大有

末代士人的身份、角色与命运

清遗民文学研究

潘静如 著

社会科学文献出版社
SOCIAL SCIENCES ACADEMIC PRESS (CHINA)

目　录

绪　论

　　"遗民"是帝制时代的产物，它的形成与传统文化的塑造相关。"忠"或"不事二主"是遗民精神的集中体现。"殷顽"也许算是有史记载的第一代遗民，但他们之作为遗民，并不在儒家文化的道德范畴下发生。遗民现象作为一种突出的道德现象，大致始于宋代。宋代"新儒家"的兴起，发展、强化了儒家文化下的伦理准则，这当然包括"守身有素""不仕新朝"在内。辛亥革命后形成的清遗民群体仍可以在这一脉络下观照。但其复杂性超越以往的遗民群体。首先，清末革命运动的宣传与展开在很大程度上借助重提"夷夏之防"。在传统中国历史的认知谱系内，这并不会对清王朝的合法性形成挑战，但在清末民初，它一度颇有影响。其次，代清而立的中华民国不同于家天下的帝制王朝，形式上是一个现代国家。① 对清遗民的存在与处境而言，二者引发了一系列问题，特别是"中华民国"自身的形态、结构处在不断变化之中。缘此，本书决定以近代中国的历史进程为线索，以群体性的文学活动为中心，兼顾个体，来考察清遗民的生存状态与社会角色，借此一窥清遗民这

---

　　① 　当然，中华民国是哪一个意义上的"现代国家"，还可以做更细致的分
　　　　疏、讨论。

一特殊士人群体在近代中国政治嬗变下的精神侧影。

回望清遗民

近四十年来海内外的清遗民研究远非显学，却也颇具规模，为本书的研究提供了坚实的基础。学界已有丰硕的学术史回顾或综述，[①] 这里不再重复，仅选取清遗民研究的若干重要议题作为论述对象。下面的论述并非中性的陈述，故不可避免地加入了一些个人观点，这是需要预先说明的。

（一）在民国："忠"与清遗民的生成

中华民国的成立不但宣告了清王朝的覆灭，也宣告了帝制的终结。这一结果的达成并不以大规模的流血为代价。从现实情势来看，清末中央与地方的权力格局是重要因素，无论是"内轻外重"，还是"内外皆轻"，都有助于妥协局面的形成。从政治宪法学来看，共和或宪制观念是重要因素，无论是立宪派、革命派、清室还是袁世凯，都不具备对此说"不"的能力，甚至在某种意义上都可从中受益，尽管利益有大小之别。清遗民就是在这一背景下诞生的。

易代之际，43 位督抚除赵尔丰、端方、吴禄贞等 6 人"殉节"外，其余 37 人大体可分为三类：逊清遗民 14 位，民国政要 11 位，处于仕隐之间者 12 位。[②] 这表明即使贵为督抚，

---

① 相关论述，参见张笑川《民初"清遗民"研究的回顾与展望》，《兰州学刊》2012 年第 9 期；林志宏《民国乃敌国也：政治文化转型下的清遗民》，中华书局 2013 年版，第 4～13 页；程太红《清遗民研究的学术史回顾与展望》，《岭南师范学院学报》2020 年第 2 期。

② 参见李细珠《辛亥鼎革之际地方督抚的出处抉择：兼论"内外皆轻"权力格局的影响》，《地方督抚与清末新政：晚清权力格局再研究》（增订版），社会科学文献出版社 2018 年版，第 499～536 页。

也并非一例地选择做遗民。一个人的出身、秉性、操守、价值观、境况（尤其是经济状况）都是影响行藏出处的因素。林志宏《清遗民基本资料表》钩稽出清遗民 368 人，① 而正像作者说的，这一统计并不完整。刘承干《清遗民诗咏》含 400人，② 刘成禺《世载堂杂忆》甚至称"宣统大婚，全国自命遗老者，具婚礼计千余份"。③ 这些数字不免粗略、朴陋或夸张，但还是给我们提供了一个观察的基础。然后，这样几个事实应该被注意到。首先，和宋、明的覆亡不同，清皇室保留了自己的宫廷、财产和优待款项。其次，革命派借晚明推出的"排满"宣传虽然不见得获得普遍认可，但民国成立时通行的话语的确是"光复"。最后，历代遗民存在于王朝更迭的谱系里，民国至少在北洋时期是一个有着"标准"共和政体的现代国家。清遗民很少昧于上述几个事实，但依然选择以遗民自居，乃是有自己的一套逻辑或准则。遗民之作为遗民，首先与忠君思想有关。这是不错的，作为一个抽象的道德理念，"忠"观念远自春秋战国甚至三代之际，就已经萌芽乃至确立。④ 不过，就"忠"作为道德律令而言，忠于君国只是忠的外在形式和具体表现，"尽己"才是忠的第一义。叶昌炽、梁济的例子可以说明这一点。叶昌炽《寒山寺志》后序云："或谓此序扞冒时忌，可以不出，余谓不然。强学为义者，不徇一

---

① 参见林志宏《清遗民基本资料表》，《民国乃敌国也：政治文化转型下的清遗民》，第 395～460 页。

② 刘承干：《清遗民诗咏序》，《嘉业堂群书序跋》卷四，缪荃孙等《嘉业堂藏书志》，复旦大学出版社 1997 年版，第 1398 页。《清遗民诗咏》没有刻行，稿本现藏上海交通大学人文艺术研究院程羽黑家。

③ 刘成禺：《世载堂杂忆》，中华书局 1960 年版，第 276 页。

④ 裴传勇：《忠观念的起源与早期映像研究》，《文史哲》2009 年第 3 期。

姓之兴废；拙政自安者，无预当世之理乱。……但守移山之愚，匪高蹈海之节。"① 他既然表态"不徇一姓之兴废"，也就是不反对民国，又何必"扦冒时忌"？这是为了良知上的自安和道德上的自律。梁济的自杀是另一个极重要的例子，可以有不同的视角和看法，但从他留下的《敬告世人书》和其他文字，可知他备受良知的折磨，认定自己没能完成作为"道德贵族"的使命，以唤起社会责任感和正直心。② 这实际超出了忠于君国的范畴，在他的道德体系里，一死才能"尽己"。不妨说，朱熹《四书章句集注》里的那个创造性阐释"尽己之谓忠"③ 才构成了"忠"的第一义。辜鸿铭的说法适堪取证："我的许多外国朋友笑话我，认为我对满人朝廷愚忠，但我的忠诚不仅是对我世代受恩于她的王朝的忠诚，在这种情况下，也是对中国政教的忠诚，对中国文明目标的忠诚。"④

（二）遗民·租界·地域分布：独特的历史景观

正像熊月之先生指出的，国运鼎革之际，故国旧臣的命

---

① 叶昌炽：《寒山寺志》，江苏古籍出版社1999年版，后序第2页。
② 梁济：《敬告世人书》，《桂林梁先生遗书》，台北：文海出版社1969年版，第82页。相关研究，参见艾恺《精神变态、自杀、成圣》，《最后的儒家：梁漱溟与中国现代化的两难》，王宗昱、冀建中译，江苏人民出版社2003年版，第24~47页；孙明《由禅让而共和——梁济与民初政治思想史一页》，《史林》2011年第2期；邵盈午《从梁济自沉看中国近代遗老的文化心态》，《上海师范大学学报》2004年第1期。
③ 朱熹：《四书章句集注》，中华书局2012年版，第48页。在朱子以前，程颐也做过类似的解释，但没有深入，且并不系统。参见罗祥相《释"忠恕"与"一贯"》，《孔子研究》2012年第5期。
④ 辜鸿铭：《清流传》，《中国人的精神》（二），陈高华、杜川译，陕西师范大学出版社2007年版，第18页。

运，或死，或降，或隐，并无他路可走，但辛亥革命以后，清朝旧臣的命运，除了死、降（从另一角度说是反正、起义）、隐以外，又多了一条出路，即不死、不降也不隐，而是到租界去做遗老。这在历史上是绝无仅有的。当时中国有 23 个租界，对逊清旧臣最有吸引力的数上海、青岛、天津。黄河以南的封疆大吏到上海的比较多，清廷皇室近臣以及满族、蒙古族官员和黄河以北的地方大员到天津的比较多，也有一部分分流到了青岛。① 通过进一步分析可知，这些散落在租界的清遗民，距离民初的政治中心北京愈近，则涉入政治活动愈深，如参与具体的复辟谋划的成员大抵在天津、青岛一带，而离北京较远的，则以文化活动为主，像侨居上海的清遗民多半乐于结社联吟或刊刻古书，港、澳、粤一带的清遗民则以筹办教育事业、纂修方志等活动为主。② 清遗民失去了昔日的权势，潦倒甚至因贫自杀的不是没有，旗人的出路尤其狭窄，譬如 1930 年《兴华》杂志的一篇报道，题名就叫《前清遗老因贫自杀》。③ 但很多清遗民是科第出身，科举时代树立的名望使这一群体还存有相当的声望和魅力，而为社会所认可和景仰。他们仍能通过纂修史志、撰述碑文、鬻卖字画篆刻或授徒等方式维持生计，像李瑞清、郑孝胥、王乃征、章梫等都是绝佳的例子，罗振玉甚至通过买进卖出历史上的名人字画发了横财，为自己的

---

① 熊月之：《辛亥鼎革与租界遗老》，《学术月刊》2001 年第 9 期。
② 林志宏：《民国乃敌国也：政治文化转型下的清遗民》，第 63 页。
③ 佚名：《前清遗老因贫自杀》，《兴华》第 27 卷第 7 期，1930 年。该自杀者即清御前大臣茂奎。关于旗人的出路，参见戴迎华《清末民初旗民生存状态研究》，人民出版社 2010 年版；张福记《清末民初北京旗人社会的变迁》，《北京社会科学》1997 年第 2 期。

学术活动攒下了充足的资金。① 虽然大部分清遗民仍要为生计犯愁，但对于生活在租界这一异质空间或异托邦的清遗民来说，这一点显得尤为重要。正因为有此作为基础，他们才能在惘惘不甘、蹙蹙靡骋之余，徙倚于洋人庇护地，啸咏自娱，优游人海，形成自己的共同体，不断强化彼此的政治认同特别是文化认同。② 并非所有清遗民都置身于租界这一特定空间，但这是清、民易代之际一个突出的新现象，则无可置疑。

（三）概念与身份

清遗民作为一个群体概念，一个范畴，当然有其标准，亦有其分际，然而这是不稳定的。作为一个概念，它有被"过度社会化"③ 的嫌疑和倾向；在"清遗民"这一概念的笼罩下，仿佛其行为、意识包括诗文创作都受这一角色支配，我们过去常常是这样操作的。它还抛出这样一系列问题：从谁的视角出发，社会才能被看作互相冲突的通常是不平等的力量、兴

---

① 参见陈丹丹《民初上海清遗民之生计与交接》，《汉语言文学研究》2014年第3期；林志宏《易代之际的生计与政治选择》，《民国乃敌国也：政治文化转型下的清遗民》，第67~78页；周明之《罗振玉的海外生涯》，《近代中国的文化危机：清遗老的精神世界》，山东大学出版社2009年版，第80~84页；陈晶华《清遗民社会生活研究》，民族出版社2019年版。

② 参见王标《空间的想像和经验——民初上海租界中的逊清遗民》，《杭州师范学院学报》2006年第1期；陈丹丹《十里洋场与独上高楼——民初上海遗民的"都市遗民想象"》，《北京大学研究生学志》2006年第2期；吴盛青《亡国人·采珠者·有情的共同体：民初上海遗民诗社研究》，《中国现代文学研究丛刊》2013年第4期。吴文发表时似有删节，更翔实、连贯的探讨，参见吴盛青《风雅难追攀：民初士人禊集与诗社研究》，吴盛青、高嘉谦编《抒情传统与维新时代——辛亥前后的文人、文学、文化》，上海文艺出版社2012年版，第24~74页。

③ 参见Dennis H. Wrong, "The Oversocialized Conception of Man in Modern Sociology," *American Sociological Review*, Vol. 26, No. 2, 1961, pp. 183–193。

趣、意识形态的领域? 个人具有多个冲突的位置,这有没有使人类过于社会化的模型足够弱化或问题化?[1] 这是需要反思的。作为一个身份,它并不具备自明性,更不具备一贯性,词义上的考辨源流、分疏异同也并不总是奏效,特别是在涉及具体问题的时候。清遗民这一指称包括若干个体,即使可以人为地定一客观标准,同一标准下筛选出的遗民仍各有其独特的背景与思想。标准还容易定,但用以验证标准的依据离不开文本、言说与行为——这三者从来富于包蕴性、歧异性。一个人的立身或先后有变,或暧昧不清,或言行不一,在技术上并不容易处理。这里可以举几个例子。现有的证据表明,徐世昌在1916 年以前颇为眷念故朝,袁世凯称帝被声讨之际,他极力主张清皇室复辟。[2] 他在任职总统期间,清皇室对他有御赐、恩典,他也照例上陈谢恩折子。冯国璋、张勋也有类似的情况。[3] 再比如说康有为,我们从来都认定他是"清遗民",不过回到历史场景中,当时的"遗老"似乎并不认可,在康死去之后,他们劝溥仪无视康门弟子徐良求谥的奏折,理由是康氏是乱臣贼子,"虚君共和"说尤属大逆不道。类似的还有郑孝胥,很多遗老或旁观者只认为他是"功名士",并不具备遗民的品格。[4] 还

---

① 参见伯克霍福《超越伟大故事:作为文本和话语的历史》,邢立军译,北京师范大学出版社 2008 年版,第 391~396 页。

② 参见胡平生《民国初期的复辟派》,台湾学生书局 1985 年版。

③ 冯国璋曾一度主张复辟,在张勋的辫子军入京后,他又发电兴师誓讨。至于张勋本人的情况,可以参见范丽《另类的遗民:民国初年张勋身份认同研究(1912~1923)》,硕士学位论文,中央民族大学,2014。

④ 比如吴宗慈记载云:"郑孝胥之所为,老人(陈三立)谈及,辄为深叹,谓郑所为非忠于清,直以清裔为傀儡,而自图功利。"陈隆恪:《复胡先骕(二)》,《同照阁诗集》,中华书局 2007 年版,第 408 页。

可以再举一个陈三立的例子。吴宗慈草拟《陈三立传略》有"甘隐沦为遗民以终老，只自尽其为子为臣之本分"之语，胡先骕两次致函与他商榷，认为这不符合陈三立的自我定位，劝他删去，吴宗慈则援引顾炎武、黄宗羲、王夫之等人之例为自己辩护，称"此名词（遗民）似亦不违其志"。[①] 王闿运、林纾、辜鸿铭等人的身上，同样存在各种争议。

（四）"复辟"旗帜下的同与异：清遗民的政治思想

在张勋丁巳复辟以前，以良弼、善耆、溥伟等逊清皇室贵族为核心的宗社党和以铁良、升允为代表的旗人大员已多次密谋复辟，然而不得不说，这些组织是脆弱而散漫的，只有极有限的能量。值得注意的是从张勋丁巳复辟到伪满洲国建立的过程中，旧官僚群体即北洋军阀系人物、逊清遗民和保皇派三个群体在历次复辟活动中的表现。[②] 通过考察，可知隐藏在"复辟"这一旗帜下的思想并不纯粹，也许忠清范畴可以用来统摄，却不能用来有效地解释。就像研究者注意到的，民国初年政治及民生的衰败、隳颓和凋敝，一时之间使中国宜于帝制的舆论颇为盛行。劳乃宣、康有为等人还形成了比较系统的论述。[③] 劳

---

① 胡先骕、吴宗慈的往来信函，载陈隆恪《同照阁诗集》，第399～408页。

② 逊清遗民与保皇派都属于清遗民的范畴。把二者分开，是本之于胡平生《民国初期的复辟派》。保皇派以康有为中心，而与闻其事的逊清遗民大抵属于清朝官员，像胡思敬、劳乃宣、刘廷琛等。从地域分布上讲，青岛、天津一带的清遗民较多与闻其事，而侨居上海及上海以南的清遗民则不甚相与交接。这是可以确定的。关于遗老复辟的研究，另参见章开沅、刘望龄《民国初年清朝"遗老"的复辟活动》，《江汉学报》1964年第4期；刘望龄《辛亥革命后帝制复辟和反复辟斗争》，人民出版社1975年版。

③ 参见徐文涛《逊清遗民的"忠"思想》，《孔子研究》2014年第4期；马勇《丁巳复辟再检讨》，《安徽史学》2017年第6期。

乃宣的主张见于《共和正解》《续共和正解》《君主民主平议》等文章，一言以蔽之，他的整个主张不外戊戌时期、预备立宪时期的"君主立宪制"（内阁制）。他相信目下的一切乱象都是共和造成的，恢复帝制可以有效地扭转这一局面。他的逻辑并不坚固，甲非何尝就能推出乙是？不过，这确实代表了有些人的想法，暗示了那个时代存在一丝"望治"的复辟氛围。作为旁观者和中国通，濮兰德同样觉得共和造成了不少混乱，但他绝不相信恢复帝制可以解决当下的问题。① 相映成趣的是，康有为也一度不执着于君主立宪，而是倡导奉衍圣公或清帝为君主的"虚君共和制"，② 这与内阁制下君主仍拥有相当权力不同，应该说是康有为审时度势的结果，但仍被视为"逆流而行"。历史不容假设，但康有为的主张，显然不能用忠君、保皇或复辟这样极简约的概念来概括。最后，还应该提到的是郑孝胥在伪满洲国时期的"王道"和"三共"言说。③ 王道是固有的政治思想资源，在当时既能迎合日人的亚洲战略，也能让"汉奸"聊以自慰，这里不必去说。④ 而所谓"三共"，即由共

---

① 濮兰德的言论见记者爱德华·马歇尔的采访稿，原刊于 1912 年 12 月 8 日的《纽约时报》，见郑曦原编《共和十年·政治篇：〈纽约时报〉民初观察记（1911～1921）》，蒋书婉等译，当代中国出版社 2011 年版，第 68～77 页。

② 《共和政体论》，姜义华、张荣华编校《康有为全集》第 9 集，中国人民大学出版社 2007 年版，第 248 页。

③ 参见林志宏《王道乐土：情感的抵制和参与"满洲国"》，《民国乃敌国也：政治文化转型下的清遗民》，第 281～330 页；周明之《王道理想国》，《近代中国的文化危机：清遗老的精神世界》，第 224～250 页。

④ 日本人的"亚洲共同体"言说或构想大约发端于明治维新期间，在中日甲午战争、日俄战争中相继获胜之后，开始急剧膨胀，"王道"论仍是这一言说的延续。参见葛兆光《想象的和实际的：谁认同"亚洲"？》，《西潮又东风：晚清民初思想、宗教与学术十讲》，上海古籍出版社 2006 年版，第 27～46 页。

和，而共产，而"共管"，① 虽然是郑孝胥的"发明"——或者说是"期待"，但并不具备什么学理，只能说，透过这一构想，郑孝胥个人去就之际的世界认知得以凸显。通过这几种较典型的政治思想，合以诸如忠君、贪名、逐利等动机，我们可以窥见同在拥戴清帝这一行为之下，清遗民之间的思想鸿沟是如此巨大。事实上，清遗民之间的互相攻讦倒是民国时的一大景观。②

（五）从 loyalist 到 adherent："文化遗民"概念的辨析

过去没有"文化遗民"的提法，古人感兴趣的是对遗民、逸民等义域的辨析。③ 但也许是近代中国经历了从"在传统中变"到"在传统外变"的历史变局，很多古老命题的讨论重心都发生了转移。王国维自沉颐和园之后，社会各界展开了一场话语权或解释权的争夺。作为王国维的知交好友，陈寅恪在腾挪躲闪、补苴弥缝的窘境中找到了一个突破口。他一面说"赢得大清干净水，年年呜咽说灵均"，一面又借"一假之义"发挥王国维之死的文化意义。④ 这可能是"文化遗

---

① 郑孝胥曾说："共和生子曰共产，共产生子曰共管。共氏三世，皆短折。共氏遂亡，皇清复昌。此图谶也。"《郑孝胥日记》，中华书局 1993 年版，第 2072 页。

② 参见储方朔《晚清遗老间的"相斫书"》，《东方早报》2015 年 3 月 22 日。

③ 《历代遗民录序》，《归庄集》卷三，上海古籍出版社 1984 年版，第170 页。

④ 参见《挽王静安先生》，《陈寅恪集·诗集》，生活·读书·新知三联书店 2011 年版，第 11~12 页；《王静安先生挽词序》，《陈寅恪集·诗集》，第 12 页；《王静安先生遗书序》，《金明馆丛稿二编》，生活·读书·新知三联书店 2011 年版，第 247~248 页。近年有学者对陈寅恪的"殉文化"说与"殉真理"说做了新的探讨，参见陈慧《以王观陈：重审陈寅恪对王国维之死的双重解释》，《中山大学学报》2020 年第 6 期。

民"说的源头所在，在清遗民研究史上有重要的意义。清遗民因此被分为政治遗民和文化遗民两大类。而且，这一思路并不仅限于清遗民研究，在宋、明遗民研究那里，也得到了广泛认可。①

　　一般认为，文化遗民不必与实际的政治活动甚至政治态度相关联。易代之际，一方面他们自身的行为、学术或思想受传统文化的影响，另一方面他们又积极从事传统文化的整理、阐发、反思或弘扬。② 按照这个标准，沈曾植、罗振玉、王国维不用说，柯劭忞、张尔田的史学，朱祖谋、况周颐的词学，杨钟羲、金梁、刘声木、孙雄的国朝掌故学，缪荃孙、叶昌炽的目录学，汪兆镛、闵尔昌的文献整理，刘承干、徐乃昌的刻书，康有为、宋育仁的扶持孔教，乃至遗民诗人群的结社吟咏，都可以在这一范畴下予以观照。但文化遗民一词的宽泛性，滋生了很多问题。王闿运、章太炎、傅增湘、陈衍、严复、辜鸿铭、杨守敬、孙德谦、屠寄、王甲荣、李宝洤等人，是否算得文化遗民？文化遗民（cultural adherent）是不是首先得是"清遗民"（Qing loyalists 或 leftovers of Qing Dynasty）？举

---

① 比如罗义俊《"黄宗羲现象"与〈明夷待访录〉——兼政治遗民、文化遗民与夷夏之辨大义论略》，上海社会科学院《传统中国研究集刊》编辑委员会编《传统中国研究集刊》第 1 辑，上海人民出版社 2006 年版，第 307～323 页；扈耕田《从政治遗民到文化遗民——侯方域参加清廷乡试原因新论》，《河南大学学报》2014 年第 1 期；刘振华《论钱谦益的"文化遗民"心态》，《东南文化》2000 年第 11 期。

② "文化遗民"概念界定，参见罗惠缙《民初"文化遗民"研究》，武汉大学出版社 2011 年版，第 12～16 页。个案研究，另有彭玉平《王国维、陈寅恪文化遗民心态辨析》，《广州大学学报》2011 年第 1 期；傅道彬、王秀臣《郑孝胥和晚清文人的文化遗民情结》，《北方论丛》2002 年第 1 期。

个例子，民国时期一批士绅以传承古琴艺术为职志，在苏州结社，这一事件构成了"文化遗民的集体记忆"。① 但是，这批士绅显然无法归入清遗民的范畴。假使承认琴社这批士绅属于文化遗民，那么就没有理由把章太炎、孙德谦、辜鸿铭等人排除在外，甚至那位编纂有《晚晴簃诗汇》《清儒学案》《大清畿辅先哲传》的"文治总统"徐世昌仿佛也可以被加入讨论之列了。依此类推，像江瀚、赵炳麟、陈懋鼎等虽然在民国政府供职，但日常交往的对象很多都是清遗民，很难说这一模式之下没有这样或那样的认同，那么他们是否也可以归为文化遗民？还有为数极多的"遗少"，是不是也是文化遗民？因此，文化遗民这一说法尽管为研究者打开了思路，提供了方便，但同样引起了混乱。问题也许出在"遗民"两个字身上，它是历史的丛集，容不得随心所欲的引申。文化遗民的英译一般写作 cultural adherent，是颇为精到的。但我们知道，中文"遗民"一词最核心的意思相当于 loyalist（也有译为 diehard 的，意为"顽固分子"，取义当本自"殷顽"），"遗老"照字面意思又相当于 leftovers of the old society。从 loyalist（忠诚者）到 adherent（承续者），翻译悄悄地完成了创造性的转换。但在中文里，"遗民"一身而兼两用，就没那么方便，会引起义域上的纠葛。追究起来，陈寅恪最初提出王国维的死是出于殉文

---

① 今虞琴社的社启云："緊维古乐久湮，元音不复，朝堂之上，胡卤杂陈，阛阓之间，淫哇竞响。绝和平志义之思，增放滥邪僻之感。幽贞之士，去之若浼。爰有舍于众乐而求其所独乐者，入山必深，退藏必密，友泉石，傲烟霞，抒性灵，发天籁，期乎导养神气，宣和情志，则丝桐之雅器尚焉。"参见王咏《文化遗民的区隔符号——对新文化运动中古琴艺术的社会学研究》，《中国地质大学学报》2012 年第 1 期。

化，本来在淡化政治上的殉清，赋予其超越性的意义，虽然是深刻的洞见，但也不妨说是一种策略。研究者出于需要，本此而创文化遗民一说，恰仿佛要把陈寅恪苦心拆开的两个身份重新捏合起来。

（六）清遗民与"现代性"

谈及近现代社会、政治、文化或思想的变迁，"现代性"是无法绕开的一环。无论我们有些时候如何指摘它的吊诡乃至虚妄，它都给我们提供了一个认识历史、认识自我的参照点，哪怕这个参照点是忽进忽退的。我们通过"祛魅"告别过去，迎来现代；而现在，所谓"现代（性）"本身经历着类似祛魅的过程。这是 20 世纪尤其是二战以来全球学界的基本动态。它引发了西方的文化多元理论和去中心主义思潮。这种理论或思潮的影响，在在可见，大至贝利的《现代世界的诞生：1780～1914》，[①] 小至德里克的《后革命时代的中国》，[②] 都在反复论说着"流动现代性"或"本土现代性"。在此情形下，老一辈学人如史景迁的那种"教条式"现代性论述，自然就显得"不合时宜"了。以往中国学界谈及现代性，往往关注那些有西学背景或西游经历的士人，如魏源、王韬、洪仁玕、冯桂芬或黄遵宪。近些年有了显著变化，西方汉学家尤开风气之先，在他们笔下，18 世纪江南地区的"学术共同体"[③]、19

---

① 参见 C. A. 贝利《现代世界的诞生：1780～1914》，于展、何美兰译，商务印书馆 2013 年版。

② 参见阿里夫·德里克主讲《后革命时代的中国》，刘东评议主持，上海人民出版社 2015 年版。

③ 参见本杰明·艾尔曼《从理学到朴学：中华帝国晚期的思想与社会变化面面观》，赵刚译，江苏人民出版社 2012 年版。

世纪中叶的传统士人郑珍①或 19 世纪的清代金石学转型②，都是中国"本土现代性"的因子、表现或证据。

　　清遗民呼吸视听于 20 世纪，当然不会例外。相关论著很多，从研究路径来看，似乎可以略作两类不甚严谨的区分。一类是大体默认有一种经典或标准"现代性"作为参考，承认西方"现代性"在许多（不是所有）层面有普遍性，但不认同新文化人独断的"自我作新"——把"现代"垄断为己有。这种路径强调清遗民身上纵有这样或那样的保守成分，但自有现代性追求、现代性体验，比如康有为之于政治，沈曾植、王国维之于学术。不过，相关探讨主要出现在文学、审美等领域。1980 年代现代文学研究界发起的"重写文学史"倡议与讨论，③ 要算得这种路径的本土源头，通俗文学、旧体文学等都得到了关注。这个倡议的践行者很多，朱文华《风骚余韵论——中国现代文学背景下的旧体诗》就是一例，只是似乎不出老派新文学史的格局，对现代文学史"面"的延展多、"里"的追问少。④ 日本学者吉川幸次郎的《清末的诗》（1962 年）一文对陈三立诗世界"近代（现代）的感觉"之阐发，⑤ 虽然是"孤明先发"，却有"遥相呼应"的效果——此文 1986 年

---

① 参见施吉瑞《诗人郑珍与中国现代性的崛起》，王立译，河南大学出版社 2016 年版。

② 参见 Shana J. Brown, *Pastimes: From Art and Antiquarianism to Modern Chinese Historiography*, University of Hawai'i Press, 2011。

③ 参见钱理群、黄子平、陈平原《二十世纪中国文学三人谈·漫说文化》，北京大学出版社 2004 年版。

④ 参见朱文华《风骚余韵论——中国现代文学背景下的旧体诗》，复旦大学出版社 1998 年版。

⑤ 吉川幸次郎：《中国诗史》，高桥和已编，章培恒等译，安徽文艺出版社 1986 年版，第 357 页。

被译介到中国，适值"重写文学史"运动的发轫期。1969 年，另一日本学者仓田贞美出版了研究清末民初诗歌的专著，[①] 但对中国学界影响甚微。进入 21 世纪，不但有学者沿着吉川幸次郎的足迹对陈三立做了进一步研究，[②] 还有学者对郑孝胥、易顺鼎等人的"现代经验"做了重溯，[③] 甚至有学者相信清遗民诗歌作品里表现出的"没落帝国时期"的美学品味，在深层心理上应和了西方现代主义文学思潮的律动。[④] 西方汉学界也不乏类似路径的著述。如寇志明《微妙的革命：清末民初的"旧派"诗人》从有代表性的诗人、诗派入手，细读文学文本，指出胡适、陈独秀等人对近代旧体文学的恶评完全不符合实际。[⑤] 这已是常识。吴盛青《现代之古风：中国抒情传统的延续与革新（1900～1937）》的研究则更加细腻，她对"语言的透明纯净——即可以表达任何内心想法的这种认识——只是一个意识形态的神话"的重新强调，意义十足：对新文学神话釜底抽薪式的检讨，也就是对清遗民旧文学或"现代古风"的辩护。[⑥]

另一类路径是不对现代性做过于确切的界定或价值评估，

---

① 参见倉田貞美『清末民初を中心とした中國近代詩の研究』大修館書店、1969。

② 杨剑锋：《现代性视野中的陈三立》，中国社会科学出版社 2011 年版。原是上海大学 2007 年博士学位论文。

③ 参见沙红兵《早期现代经验的诗性领会——清末民初五大经典诗人研究》，《文学评论》2013 年第 1 期。

④ 参见朱兴和《超社的诗学思维与思想文化意义》，胡晓明主编《古代文学理论研究》第 54 辑《诗学思维与批评范式》，华东师范大学出版社 2022 年版，第 529～554 页。

⑤ 参见寇志明《微妙的革命：清末民初的"旧派"诗人》，黄乔生译，生活·读书·新知三联书店 2020 年版。英文版出版于 2006 年。

⑥ Shengqing Wu, *Modern Archaics: Continuity and Innovation in the Chinese Lyric Tradition, 1900–1937*, Harvard University Asia Center Press, 2013, p. 31.

而是重在论述清遗民如何置身于全球视野的现代场域之中。这种理路尤与所谓"东南亚华文文学"或离散诗学的历史、视野、关怀有内在联系。2004 年中国台湾黄美娥出版的《重层现代性镜像：日治时代台湾传统文人的文化视域与文学想像》，① 通过对台湾传统文人与"现代性"的探讨，揭示出传统与现代、本土与世界、同化与反殖的种种纠葛，作者称之为"重层现代性镜像"。至于落脚点在"遗民"上的，则推余美玲《日治时期台湾遗民诗的多重视野》②、高嘉谦《遗民、疆界与现代性：汉诗的南方离散与抒情（1895～1945）》③ 二书。作者涉笔所至，远不止一般意义上的清遗民，而是颇为广泛。从学术史角度看，这一研究范式以王德威的《后遗民写作：时间与记忆的政治学》为代表。王德威的论述具有强烈的诗性特质，"遗民"一词，出入于时间、空间、记忆、身份等各个义域，又与移民、殖民的叙事熔于一炉，虽然是紧紧围绕台湾一岛展开，但明末清初、乙未割台乃至后来的"昭和统治时代"都在观照之中。④ 余美玲讨论的议题与之颇为相近，不过更注意从遗民传统、屈骚传统、杜甫"诗史"精神三个维度对乙未割台后的遗民诗人加以体认。高嘉谦的著述堪称是对王德威作品的踵事增华，自台湾一岛而旁及朝鲜半岛、琉

---

① 参见黄美娥《重层现代性镜像：日治时代台湾传统文人的文化视域与文学想像》，台北：麦田出版社 2004 年版。

② 参见余美玲《日治时期台湾遗民诗的多重视野》，台北：文津出版社 2008 年版。

③ 参见高嘉谦《遗民、疆界与现代性：汉诗的南方离散与抒情（1895～1945）》，台北：联经出版事业股份有限公司 2016 年版。

④ 参见王德威《后遗民写作：时间与记忆的政治学》，台北：麦田出版社 2007 年版。

球、越南、新马等地，通过"汉诗"这一纽带来重新发现"遗民"在南海周边的离散与抒情。在这种论述里，清遗民（也包括其他广义的遗民）正是所谓"现代性"的绝对主体之一。他们的"汉诗"或"旧体诗"正是现代性的承担者。换句话说，我们不需要用一种名叫"现代性"的筛子来对这些旧体诗加以挑选、肯定、揄扬（这反而是一种误导），它们就在那里。

（七）反现代化视野下的清遗民

1920 年代初，有些事颇有象征意义：一面是胡适瞧不上"旧式学者"的"半僵"和"没有条理系统"，一面是孙德谦《评今之治国学者》痛骂"考据学"。假如熟悉那个年代的学术史，我们会发现孙德谦矛头所指不是考据学，而是胡适用科学方法来"整理国故"——把国学或国故当作一种静态的历史遗迹。这似乎只是学术理念或治学方法的冲突，[①] 实则是传统与现代冲突的一环。孙德谦代表了反现代化的一个支流——胡适的科学整理是要彻底摧毁"礼俗社会"的价值系统。"反现代化"的表现五花八门，可以中庸地定义为"对现代化模式下无法解决的现实问题的一系列社会的和文化的反应"。[②]

---

① 新、旧学人治学理念的差异，参见陈平原《中国现代学术之建立——以章太炎、胡适之为中心》，北京大学出版社 1998 年版；桑兵《民国学界的老辈》，《晚清民国的学人与学术》，中华书局 2008 年版，第 183～224 页。

② 讨论当下问题时，学界不太用"反现代化"的说法，基本上采用贝克"反思性现代化"（reflexive modernization）之说，这是相对于"简单现代化"亦即建立在科学和技术基础上的资本主义之理智化和效率化而言。"反思性现代化"理论的渊源和现状，参见 Frederick H. Buttel, Arthur P. J. Mol, and Gert Spaargaren, eds., *Environment and Global Modernity*, SAGE Publications, 2000, pp. 17–35。

首先，必须承认相比一些宗教信仰极强的地区，儒家文化圈对现代化的抗拒并没有那么激烈。其次，清遗民的"反现代化"，在很大程度上是一种民族主义或文化保守主义的反应，与西方一流思想家的超越性批评还不是一回事。但是面对现代化模式下的"法理社会"，来自"礼俗社会"的他们确实隐隐感到不安和焦虑，一定程度上可能还感到道德、价值甚至意义的流失。这种感觉是真实的，它不需诉诸理性的反思或论证就可获得。在确认了这两个前提之后，反现代化的视野有助于我们从另一角度来考察清遗民。

按艾恺在《世界范围内的反现代化思潮——论文化守成主义》一书中的说法，18世纪后反现代化思潮率先在西欧出现，到20世纪尤其是一战以后，这一思潮已遍及全球。历史上，反现代化批评首先在德国成规模地出现。德国处于英、法——两个率先进入现代化的民族国家——的东面，感受到了现代文明的挑战和压迫，于是欧洲大陆内部（西欧）率先上演了"东西文化"冲突。在19世纪的德国，"文化"和"文明"一度被明确区分。这种想法认为，文化和文明是两个不同的实体：文化是一群人特有的生活方式，其本质的、有机的、规约性的和主观的各个方面包含风习、宗教、艺术、文化、道德等；文明则指的是一群人生活方式的一般方面，即其数量的、机械的、认识的和具积累性的各个方面（因此包含了科学工技、经济生产等）。① 这意味着，任何一个有文化传统的国家面对现代化的侵袭都可能有一种本能的自我防卫机制。德国人倡议

① 参见艾恺《世界范围内的反现代化思潮——论文化守成主义》，贵州人民出版社1991年版，第42～45页。

的文化和文明的分野，不正与以张之洞为代表的体、用二分之说相似吗？只不过，张之洞所谓"体"，不但包含"政教"，还包含理论上得以承续政教的"政教实体"，这代表了相当一部分士大夫的共同想法，比如沈曾植、曹廷杰等；① 事实上，一战结束后，中国知识分子持久展开的关于西方物质文明与中国精神文明或文明与文化的争论，仍可在"中体西用"的脉络里找到思维基点。② 可是，现代化是一个理智化和效率化的过程，催生出了现代民族国家，一旦某一国家或地区出现，其他国家或地区为了生存和自保，必然采用现代化之道；换言之，现代化咄咄逼人，天然具有侵略性和传染性。③ 因此，清遗民的种种言说、思想只能让位于"西化"或"现代化"；或者说，他们的很多渐近、保守主张，并非名副其实地"反现代化"。即使是某个角度可以与五四新人而不是与某些清遗民引为同调——都意识到宪制是现代国家的必由之路——的康有为，也不能幸免地被遗弃。他与五四新人的不同之处在于，后者大都把现代化——科学、民主是两个关键词——视为完整的泛文化系统，试图以此取代传统文化，④ 他本人则仅把现代化

① 参见孙明《清遗民关怀中的治统与道统——以沈曾植、曹廷杰为个案》，《史林》2003 年第 4 期。
② 争鸣文字收录于罗荣渠主编《从"西化"到现代化——五四以来有关中国的文化趋向和发展道路论争文选》（上、中、下三册），黄山书社 2008 年版。
③ 参见艾恺《世界范围内的反现代化思潮——论文化守成主义》，前言。
④ 例如胡适。只是这个论题，一个人的意见往往前后有转变，胡适也不例外。但大体来说，胡适非常反感那种认为东方精神文明可以补救西方物质文明的说法，还是倾向于"充分世界化"。他的核心论点可以分两层来说：第一，任何一种文明，都含有物质的、精神的两面；第二，西方文明卓绝的恰恰不是物质文明，尤在精神文明，一般人之所以有误解，是因

19

视为一套现世的有效的工具、机制或程序，从而与传统文化相羽翼。但正因如此，他很快就成了一个过时的人物。这正是现代化本身具有侵略性的体现。20 世纪上半叶，"西方文明破产"背景下兴起的流派众多的"新儒家"或"佛教新运动"，也不能超越这个宿命，只能称为"传统在反现代化背景下的现代转化"。

（八）作为"士人"的清遗民与保守主义

保守主义，理论上可以与"反现代化视野"①一起讲，但二者的分际使这样的处理稍显草率。保守主义在西方仅二百余年的历史。它并非名副其实的"主义"，而是一种精神，可以概括为对五种激进思潮的反对，即 18 世纪启蒙运动知识分子和休谟的理性主义、卢梭及其盟友的浪漫解放思想、边沁学派的功利主义、孔德学派的实证主义，以及各种集体主义的唯物主义，它们秉持六项准则。②五种激进思潮之外，还得加上令

为他们不明了西方近代文明的特色是充分承认物质享受的重要性，必合乎此，然后可以追求幸福，所以西方文明不是唯物的（materialistic），而是理想主义的（idealistic）、精神的（spiritual）。胡适的意见较许多文化本位主义者为公允。但从胡适的整个意见来看，他所谓的西方文明，始终还是以科学、理性、民主为核心。所以，胡适虽然纠正了文化本位论者的偏见或曲解，但按照对方的逻辑来说，也许恰恰坚定了他们的文化本位论。胡适的相关文章，详见朱正编选《胡适文集》，花城出版社2013 年版，第 2 卷第 251～262 页，第 3 卷第 60 页，第 4 卷第 5～9、35～38、131～139、140～146 页。

① 艾恺《世界范围内的反现代化思潮——论文化守成主义》一书副标题里的"守成主义"即是保守主义，只不过艾恺觉得中文里"保守"二字的贬义过于明显，才改称"守成主义"。
② 参见拉塞尔·柯克《保守主义思想——从伯克到艾略特》，张大军译，江苏凤凰文艺出版社 2019 年版，第 6～8 页。

人生畏的科学信念，比如达尔文主义。这些思潮或信念都是"启蒙理性"衍化或激化出的一支。无论说保守主义是"防御性"的，[①] 还是"争辩性"的，[②] 都显示它是一种"现代性话语"，[③] 一种因应之道。这也就是为什么最经典、最影响深远的一种看法是：保守主义诞生于法国大革命之后，英国的伯克是"保守主义之父"。当然，日与故纸堆为伍的学者多半不会满足，他们总是乐意将保守主义回溯到伯克以前的近代人物，甚或古希腊哲学、中世纪神学那里。[④] 这不奇怪，因为就连"现代性"都能溯源到古希腊，也被认为是中世纪神学的世俗化。显然，就"保守主义"之作为精神而言，是根植于西方传统尤其是英国传统的。德国社会学家曼海姆将广泛存在于世界各地的"守旧思想形态"称为"传统主义"，[⑤] 以与保守主义相区别，另一方面他本人又未放弃对德国保守主义的思想史探原。这种处理有它蹩脚的地方，[⑥] 本质上是自己划定的"伯克线"，给自己的"考据癖""好古癖"挖了个坑，但他的要

---

① 任剑涛：《"赋予保守派以身份"》，拉塞尔·柯克：《保守主义思想——从伯克到艾略特》，序言第 1 页。

② 何怀宏：《保守主义还有未来吗？》，拉塞尔·柯克：《保守主义思想——从伯克到艾略特》，导言第 13 页。

③ 参见曹卫东等《德意志的乡愁——20 世纪德国保守主义思想史》，上海人民出版社 2015 年版，第 1 ~ 40 页。

④ 参见沃林（Sheldon S. Wolin）《胡克与英国保守主义》，姚啸宇编《胡克与英国保守主义》，姚啸宇、刘亦凡译，华夏出版社有限公司 2021 年版，第 235 ~ 268 页；曹卫东等《德意志的乡愁——20 世纪德国保守主义思想史》，第 16 ~ 17 页。

⑤ 卡尔·曼海姆：《保守主义》，李朝晖、牟建君译，译林出版社 2022 年版，第 61 页。

⑥ 加尔伯、格莱芬哈根等历史学家都有批评，参见曹卫东等《德意志的乡愁——20 世纪德国保守主义思想史》，第 8 ~ 9 页。

点很容易被捕捉：守旧跟保守主义不能完全画上等号；保守主义虽然是"防御性""争辩性"的现代产物，但也有它的思想史脉络或土壤。据此，论者在中国语境中谈它并非无的放矢、凿空乱道，但也不宜脱离原始参照系。比如英国人要"保守"的东西包括古老的自发秩序与自由；此类观念就需要晚清以后的论者参互体认。换言之，越是论及中国的保守主义，越是需要对现代世界有清晰的认知、对现代价值有充分的吸收。对近代的历史人物是如此，对当下的学者亦是如此。

据有些西方学者的观察，19 世纪尤其是下半叶至 20 世纪初，欧美的保守主义声音整体上很低哑，二战爆发以后，情况才稍有变化。1957 年，一部带有"保守主义"字眼的汉学专著，即芮玛丽的《同治中兴：中国保守主义的最后抵抗（1862～1874）》问世。这其实不是一部思想史或文化史论著。芮玛丽把"同治中兴"的失败归因于儒家文化的保守性。① 今天看来，她的理论模型也许过于简陋，既忽略了清王朝的体量，也有意无意忽略了清王朝的外部环境——19 世纪末至 20 世纪初的西方（包括日本在内）处于急剧变化之中，"他者"并非常量，而是权重非常大的变量，无视这两点建立的因果关系就不很牢靠。不过，它恰如其分地反映了彼时"儒家"的狼藉声名。与之相反，到 1980 年代，曾自称其中国情结并不比美国总统肯尼迪的爱尔兰情结更深的李光耀，把新加坡的成功归因于社会上下对知识、对精英的尊重，也就是推崇儒家文化精神。儒家文化的现代浮沉充满戏剧性。它的浮起，与东南

---

① 参见芮玛丽《同治中兴：中国保守主义的最后抵抗（1862～1874）》，房德邻等译，中国社会科学出版社 2002 年版。

亚地区经济强劲背景下（文化）保守主义的兴起不无关系。而中国保守主义及自由主义、激进主义三大现代思潮的兴起，戊戌思潮有时被视作总渊薮；① 戊戌变法在中国思想史上扮演的角色，近似法国大革命之于法国或欧洲。1990 年代以来，郑大华、郑师渠、萧功秦、沈卫威、胡逢祥、喻大华、任晓兰等学者都对中国的保守主义做过研究。就思想史人物而言，张之洞、康有为、梁启超、严复、梁漱溟以至学衡派人物是讨论保守主义的重要学者。如果旨在探寻保守主义对现（当）代中国的积极意义，那么在笔者看来，严复的深邃尤其值得关注——所谓深邃，不是指复杂或缠绕，而是指其切要。② 这是越界的题外话。

　　从保守主义这一角度去探讨清遗民，"清遗民"这一政治身份就不那么重要，尽管它们有相关性。学衡派人物之外，近代中国的保守主义人物大体有士人身份，清遗民也是如此。无疑，孙雄《读经救国论》、曹元弼《大学通义》、温肃《哲学讲义》等著述或多或少都有文化保守主义的痕迹。但是，清遗民书信、日记、笔记中的只言片语，同样值得注意。相关论述往往从经验、直觉、人性出发，对现代蓝图投以怀疑的眼光，有时反而比正经的经学著作更能得英国保守主义之要领，

---

① 参见俞祖华、赵慧峰《戊戌思潮：中国三大现代性思潮的共同源头》，《学术月刊》2009 年第 11 期；喻大华《晚清文化保守思潮研究》，人民出版社 2001 年版，第 170~177 页。

② 关于严复及其保守主义思想，近年研究成果丰硕。黄克武《惟适之安：严复与近代中国的文化转型》（台北：联经出版事业股份有限公司 2010 年版）、萧功秦《走出天下秩序——近代中国变革的思想视角》（商务印书馆 2022 年版）里的相关章节，都有精彩论述。

或者说，与英国保守主义精神有更多暗合的地方。① 另外，雅文学或旧文学本身就是一种文化保守主义担当，新加坡国立大学的林立曾强调清遗民词"缺席革命"的独特意义，他征引威廉·布夫"过度的遗忘会将我们变成风中吹散的残叶"尤其富有关怀。② 这种"缺席革命"、孤芳自赏的士大夫文学是消极的。作为对比，英国浪漫主义时期的"反革命""反激进"文学则要有预谋、成气候得多，比"革命""激进"潜流本身更具侵略性，——它会让我们想起冷战时期美国政府用轮舶将激进公民运往苏联的那种辣手。从对法国大革命的第一反应到《1832 年改革法案》的颁布，英国人致力于渲染报纸、小册子等印刷品的可怕，将其与灾难性的政治变革联系在一起，相关的文学形式、修辞策略都体现了文学之于英国保守主义的贡献与意义。③ 就中国士人而言，其社会力量与天然的保守意愿未必就比英国的贵族或知识精英弱，但中国"现代化"的后发劣势，使他们无此锐气，而且"变自内生"，一发而不可收。"缺席革命"是中国旧精英保守主义的最后姿态。

---

① 这方面研究还非常欠缺。目前的研究更注重借由书信、日记、笔记等文献发微清遗民的生活、处境与心态，比如林志宏《清遗民的心态及处境：以刘声木〈苌楚斋随笔〉为例》，《东吴历史学报》（台北）第 9 期，2003 年；罗惠缙《从〈苌楚斋随笔〉五种看刘声木的"文化遗民"情结》，张新民主编《阳明学刊》第 3 辑，巴蜀书社 2008 年版，第 396 ~ 405 页；张笑川《郑孝胥在上海的遗老生活（1911 ~ 1931）——以〈郑孝胥日记〉为中心》，常建华主编《中国社会历史评论》第 13 卷，天津古籍出版社 2012 年版，第 158 ~ 175 页。

② 林立：《沧海遗音：民国时期清遗民词研究》，香港中文大学出版社 2012 年版，第 39 页。

③ 参见 Kevin Gilmartin, *Writing against Revolution: Literary Conservatism in Britain, 1790 – 1832*, Cambridge University Press, 2015, pp. 1 – 18。

文学与"表演"

遗民是一种偏消极的政治主体,"复辟"是其最极端的表现形式。抛开一部分清遗民的极端政治行为,大部分清遗民游离于中华民国的边界,成了中华民国"脱节的部分"。他们是传统的精英阶层,但此刻他们完成了从"遗民"到"弃民"的转变。刘向《说苑·建本》云:

> 今夫晚世之恶人,反非儒者曰:"何以儒为?"如此人者,是非本也。譬犹食谷衣丝,而非耕织者也;载于船车,服而安之,而非工匠者也;食于釜甑,须以生活,而非陶冶者也。此言违于情而行蒙于心者也。如此人者,骨肉不亲也,秀士不友也,此三代之弃民也,人君之所不赦也,故诗云:"投畀豺虎,豺虎不食,投畀有北,有北不受,投畀有昊。"此之谓也。①

刘向之所谓"弃民",即被社会和人君所摒弃之人。他指的是那些反儒的人。讽刺的是,当历史来到 1910 年代,一切价值翻了个身。类似"投畀豺虎"的谴责、讨伐,连本带利地还给了这些自以为秉"圣人之德教"的包括清遗民在内的儒者之身。他们从过去享有崇高声誉的"遗民"一变而为"弃民"。不用去翻检钱玄同、鲁迅、陈独秀或胡适等新文化运动巨匠的著述,单看 1930 年代初一篇文章的题目为《论中国的两大怪物:遗

---

① 刘向撰,向宗鲁校证《说苑校证》,中华书局 1987 年版,第 66 页。

老！遗少！》，[①] 便可知他们成为社会"弃民"的事实。

这意味着我们以清遗民为研究对象，必须着眼于这一角色转变——从遗民到弃民——的根本事实，从而采取一种有别于宋明遗民研究的新的思路。过去，有关清遗民的研究，有两种同样旨在丰富清遗民内涵的观点或思路。一是有关"文化遗民"的提法，这是因为部分研究者发现用忠清思想（即政治遗民）来统摄很多一般被称为遗老的光宣文人有着窒碍难通的地方，因而从传统文化的角度来加以超拔，做出相对超越的解释。二是从清政权与传统文化俱荣俱损的关系出发，即之所以忠清，是因为清政权是维系治统与道统、政教与文教的"实体"，从而其忠清也就超越了"忠于前朝"的范畴；[②] 实际上，这种思路是基于古代中国的王权是一种集政治权力、宗教权力和文化权力于一身的"普遍皇权"这一认识或事实。[③] 两种思路都含有相当深刻的洞见。但施之具体研究，又过于笼统，饱满度、细腻度都有欠缺。

清遗民之作为"弃民"，不在于参政权的被剥夺[④]或社会地位的沦胥，而在于道德和价值之源的失落。现代国家消解了儒家忠孝伦理与遗民的"崇高性"。民国建立，走向共和，从理论上讲，民治、民享、民有是根本精神，"家天下"的王朝政权因之失去合法性。遗民是帝制王朝的产物，也随之失去了自身的根基。对遗民的毁灭性打击不是王朝政权的覆灭，也不

---

① 洁：《论中国的两大怪物：遗老！遗少！》，《生机》第13期，1932年。
② 周明之《近代中国的文化危机：清遗老的精神世界》就暗含着这样的思路。
③ 林毓生：《思想与人物》，台北：联经出版事业公司1983年版，第149页。
④ 事实上，他们中的很多人以各种方式介入了北洋政府的决策。

是政治地位的剥夺，而是道德和价值之源的干涸。较之宋、明遗民，清遗民自身的"存在"遭到了挑战。在社会层面，从遗民到弃民的角色转变，是清遗民不同于宋、明遗民的关键。在成为"遗民"的那一天，他们就注定了要在自己编织的意义之网上行走。① 清遗民绝非没有意识到这一点。这样一来，作为"遗民"，他们有时仅仅是在努力"扮演"自己。生活中，"表演"无处不在，无人不然。作为一种深刻的社会心理学观察，它是一种中性描述，触及人的根本。② 鉴于现代语境的转换、忠孝伦理的消解，清遗民的"表演"总是露了痕迹的，正如走夜路的人有时要大喊一声或高歌一曲。对清遗民而言，"表演"便具有承担、维系伦理之作用。他们的逃禅遁世、变名更号、谒陵种树、易服蓄辫，乃至言论、行为与著述，都昭昭可见。就中，作为包罗万象的文本世界，"文学"比之变名更号这类行为有更为丰富的意蕴。

历史上，对遗民文学的认知或论说由来已久。清初卓尔堪编纂《（明）遗民诗》，虽然没有使用"遗民文学"一词，但它作为一个事实或一种存在，是早经意识到或关注到的。1917年南社内部唐宋之争，或 1923 年胡适《五十年来中国之文学》，"遗民文学"都是或明或暗的叙事对象。"遗民文学"作为专门术语来使用，还不知起于何时，但可以肯定，不会太晚。1930 年代初，胡怀琛《上海学艺概要》一文专门使用了"遗老文学"一词。1940 年，赵冈有一篇题为《南宋的遗民文

---

① 可以参见本书第一章第三节、第二章第五节、附录第四部分的相关探讨。
② 参见戈夫曼《日常生活中的自我表演》，徐江敏、李姚军、余伯泉译，桂冠出版社 1992 年版。

学》的文章，① 这里"遗民文学"之作为术语是确切无疑的。检视各类遗民文学，诗词唱和构成了清遗民的日常生活，意义非常。这样的唱和活动与唱和文本，自然都是"表演"，但不能忘了，它们是实实在在的日常生活，清遗民毫无表演包袱，在此意义上，唱和诗词几乎堪称清遗民的"本体"。

对清遗民这一特殊共同体来说，诗词结社比任何组织形式都来得更自然。宋遗民的月泉吟社、汐社，明末士人的复社、几社，充盈在清遗民的历史记忆之中。以清遗民辐辏的上海为例，1912 年高翀创立"希社"，自称"希也者，亦犹有几、复之遗志焉"，② 1913 年周庆云创立"淞社"，自称"仿月泉吟社之例，招邀朋旧"，③ 都透露着这样的信息。他们共同构成了中国历史的遗民谱系。仅北京、上海两个城市，有明确成员可考的清遗民诗社就有 40 多个。④ 他如天津、青岛、南京、广州、香港、成都、太原、吉林等市，都有清遗民参与组织的诗社。遗民诗社最寻常的活动之一就是雅集，但是雅集却并不是诗社的专利。清遗民的很多雅集活动并不依托于诗社，而是自发或随兴的。作为礼俗社会的遗蜕，即使身在现代都市之中，清遗民还是保留了这种积习。正如《毛传》之谓"升高能赋，可以为大夫"，雅集也扮演着这种身份标识的角色。不管是有组织的诗社，还是随机性的雅集，诗词酬唱都是必不可

---

① 赵冈：《南宋的遗民文学》，《宇宙风·乙刊》第 34 期，1940 年。

② 高翀：《希社小启》，《希社丛编》第 1 册《同人诗文钞·高翀》，1913 年刊本。

③ 周庆云：《淞滨吟社集序》，《淞滨吟社集》甲集卷首，《晨风庐丛刊》，1915 年刻本。

④ 参见潘静如《清遗民诗词结社考》，《中国韵文学刊》2017 年第 4 期。

少的环节，唐宋以降，它几乎成了文人士大夫生活的"例行公事"。通常，只有很少的唱和诗作幸运地被结集刊刻，大部分都散佚在天壤之间或被诗人零星地编存在各自的别集里，即使在印刷术发达的明、清乃至民国，这依旧是一个不可忽视的事实。虽然唱和诗词的结集刊刻只是少部分，但就笔者目力所及，它已足够惊人，有百余种。与唱和集的刊刻同样值得注意的是，各类期刊的文苑、采风录或诗词录等专栏，① 也汇聚了各种文人群体的诗词作品。据笔者极浅显的阅读经验，《庸言》（天津）、《希社丛编》（上海）、《宗圣汇志》（太原）、《正谊杂志》（上海）、《甲寅杂志》（东京）、《国学》（东京）、《国学杂志》（上海）、《微言》（北京）、《春柳》（天津）、《国闻周报》（天津、上海）、《辽东诗坛》（大连）、《青鹤》（上海）、《词学季刊》（上海）、《雅言》（北京）、《同声月刊》（南京）等期刊倾向于或比较密集地刊登清遗民群体的诗词作品。这在一定程度上表征了这些刊物的基本精神，更准确地说，是基本趣味，它们成了清遗民群体流布作品的现代平台。唱和的场地、形式与内容也是多种多样的，游园、登高、祝寿、修禊、看花、题画、咏物乃至"重宴鹿鸣"，几乎涵盖了文人生

---

① 虽然无法做确切的统计，不过，只需检阅上海图书馆编《中国近代期刊篇目汇录》（上海人民出版社 1984 年版）、唐沅等编《中国现代文学期刊目录汇编》（天津人民出版社 1988 年版）、伍杰主编《中文期刊大词典》（北京大学出版社 2000 年版）、吴俊等编《中国现代文学期刊目录新编》（上海人民出版社 2010 年版）这几部工具书，就可以知道刊载旧体诗词的期刊为数极多。有研究者仅根据上海图书馆编《中国近代期刊篇目汇录》统计出 1912～1917 年就有 89 种刊载旧体诗词的刊物（参见尹奇岭《民国南京旧体诗人雅集与结社研究》，中国社会科学出版社 2011 年版，第 56～69 页）；这一统计结果其实是相当粗略的，但已经很说明问题。

活的所有领域。考察清遗民群体性的文学活动，我们可以做如下概括：

    1. **胜地**　香山　玉泉山　陶然亭　万柳堂　天桥酒楼　斜街　南横街（宣武城南）　查楼菊部　龙树寺　戒潭寺　慈仁寺　碧云寺　崇效寺　夕照寺　什刹海　畿辅先哲祠　琉璃厂　水西庄　乾隆柳墅行宫　水香洲　哈同花园　豁蒙楼　莫愁湖　鸡鸣寺　乌龙潭　宋王台　同人斋寓……

    2. **节日**　立春　花朝　清明　上巳　端午　七夕　中元　中秋　重九　冬至　腊八　消寒　浴佛日　东坡/渔洋生日　同人生日……

    3. **生活**　宴饮　看花　观戏　登高　祝寿　送别　游泮　重宴鹿鸣　赏鉴（画卷、手迹、拓片、古物、照片等）……

通过这一极其简略的陈列，我们可以看到它们构成了生活本身，或者说都属于传统文人士大夫的生活范畴。不考虑他们的政治倾向，他们也处在中国步入现代社会或"法理社会"的前夜，这些礼俗的、韵事的、诗意的、有历史感的、充满文化气息的生活就构成了他们的舒适区。在书写中，不管出于何种原因——政治的或非政治的，他们都会融入自我的遗民身份和遗民体验。①

---

① 已有研究者从文化心态的角度加以研究，参见刘洋《在民国：逊清遗民的文化心态与诗歌书写》，博士学位论文，吉林大学，2012。

　　如此丰富的遗民文学矿藏，过去一度被忽略了。遗民文学以这样一种方式存在：形式大于内容，是一种僵化陈腐了的文学；以独特的场域或群体为特征，主要以私人化或朋友圈的形式创作、传播和为人所接受。因此，尽管清遗民文学创作的实际数量是巨大的，但在文学史中，它处在"边缘"位置。这是由于现代文学革命在本质上是一场思想革新、文化革新。就像"《新青年》研究"的对象是"思想史视野中的文学"，①有关"遗民文学"的研究也不能忽略这场影响深远的文化运动。新文化运动时期对古典文学的批判是极为严厉的，涉及的范围也非常广泛。按照新文化运动者的思路，旧文学（这个概念的义域视具体语境而定，有时似乎并不包括古代的通俗文学）常常等同于雅文学、精英文学，而新文学则往往以俗文学、平民文学为依归，二者处在对立、抗衡和冲突的位置上。对古典文学的批判，可以归约为两个层面：一是文化权力，一是文学艺术。就前者而言，古典文学并不能为一般大众所接受，所以在新文化运动的参与者看来，古典文学是统治精英通过垄断雅言来维持社会结构的产物，它阻塞了大众获得教育和文化的路径，就这一意义而言，它自然从属于雅文学或精英文学。②这一批评并不十分公平，一个国家的教育和文化程度是由多重因素或力量决定的，比如造纸术、印刷术、社会经济或生产力发展水平等。就后者而言，文言或古典语言由于本身的雅限制了其如何表现以及表现什么，因而并不很擅长表现俗物

---

① 参见陈平原《思想史视野中的文学——〈新青年〉研究》，《触摸历史与进入五四》，北京大学出版社 2010 年版，第 54 ~ 126 页。

② Sabaree Mitra, *Literature and Politics in 20th Century China*, Books Plus, 2005, p. 14.

或俗务，从而与大众以及现代社会脱节。这种批评代表新文化运动的启蒙、载道姿态，也仍是意识形态的成分居多。就文学而言，没有谁能规定文学必须如何表现或表现什么，雅、俗也者，各从其兴味而已。与此相关的是文言、白话之争。胡适曾把新文化运动称为"中国的文艺复兴"，不过文言与白话的关系，并不像拉丁语与各国土语的关系。① 其次，文言文学同样可以很"现代"，② 白话文学同样可以很"精英"（比如鲁迅先生的小说），文言、白话并不天生带着思想属性或意识形态，在很大程度上旧文学、新文学只是文学体式的分殊。从语言学的角度讲，一种语言尽管在形式和规律上对人的精神有结构性的影响，但这种作用是静态的、有限的，不可能对人形成绝对的束缚，正相反，人对语言的作用力是动态的、无限的。③

---

① 余英时：《文艺复兴与人文思潮》，《文史传统与文化重建》，生活·读书·新知三联书店 2012 年版，第 63 页。其实，这一点当时学衡派代表人物胡先骕就已经指出。胡先骕指责胡适漫加比附，胡适本人曾做回应，予以驳斥。不过，大部分学者之所以不赞同胡适这种比较，在于欧洲文艺复兴的本旨是追寻古希腊时代的人文精神，新文化运动则是要摧毁传统；而且，中国传统文化中的理性基调、人文精神早在东周时已由孔子奠定。相关研究参见格里德《胡适与中国的文艺复兴——中国革命中的自由主义（1917～1937）》，鲁奇译，江苏人民出版社 2010 年版；罗志田《中国文艺复兴之梦：从清季的"古学复兴"到民国的"新潮"》，《裂变中的传承》，中华书局 2009 年版，第 54～91 页；陈方正《试论新文化运动与欧洲文艺复兴》，《中国文化》2007 年第 2 期。需要补充的是，陈方正对新文化运动与欧洲文艺复兴二者"貌异实同"的阐述，也很令人信服；他从另一个角度确认了胡适"中国文艺复兴"这一命题的合理性。
② 雅罗斯拉夫·普实克：《鲁迅的〈怀旧〉——中国现代文学的先声》，《普实克中国现代文学论文集》，李燕乔等译，湖南文艺出版社 1987 年版，第 118 页。
③ 参见威廉·冯·洪堡特《论人类语言结构的差异及其对人类精神发展的影响》，姚小平译，商务印书馆 1997 年版。

用这些标准去苛求新文化人物并不合适，但当下学者应当尽可能走出成见。

1923 年，胡适发表《五十年来中国之文学》，把当时古典文学的代表陈三立、郑孝胥、樊增祥等人一笔带过，给予贬斥和鄙弃，以文学史书写的方式确立了新文学的正统地位。① 以后的文学史著述，如陈子展《最近三十年中国文学史》、王哲甫《中国新文学运动史》、霍衣仙《最近二十年中国文学史纲》②、郑振铎《中国俗文学史》、刘大杰《中国文学发展史》等，虽然贬斥或忽略的程度不同，但都具有类似精神。这就是戴燕先生说的"文学史的权力"。现代文学史忽略或遗弃了民国时期的旧体文学，并不意味着旧体文学没有声音，其实它也在建立自己的谱系、书写自己的历史。从更通脱的视角来看，"文学史"观念跟"新文学"一样都是舶来品，本就是相辅而生的，倒是在"旧文学"的历史框架中，并没有"文学史"观念，充当类似职能的是选本、诗话、宗派图、主客图、点将录、目录学或流略学一类的本土风物，如张鸣珂《国朝骈体正宗续编》，蒋瑞藻《新古文辞类纂》，陈衍《石遗室诗话》《石遗室诗话续编》《近代诗钞》，吴闿生《晚清四十家诗钞》，叶恭绰《广箧中词》，钱仲联《近代诗评》，胡先骕《四十年来北京之旧诗人》，杨熊士《同光诗体》，以及汪辟疆《近代诗派与地域》《光宣诗坛点将录》等都是典型。当然，一种新风气、新思潮毕竟是流动的，也有像钱基博《现代中国文学

---

① 胡适：《五十年来中国之文学》，朱正编选《胡适文集》第 2 卷，第 21～88 页。

② 参见陈国球《文学史书写形态与文化政治》，北京大学出版社 2004 年版，第 206 页。

史》这样的文学史著作来关注旧文学。进入 1980 年代，相关研究呈现全面发展态势，论者甚多，不再赘述。

就当下研究而言，真正的问题早已不是文学史的偏见，而是如何介入文学史的对象。就像上文强调的，遗民的界定是一件困难的事。在这个问题上，似乎比较适宜采取一种豁达的态度，任何预设的标准都不可避免地与那个时代的真实场景相违逆。民国初年，李详就已意识到遗民的复杂性，他把末世士大夫分为三类：

> 自古易姓之际，汹汹时时，久而不定，人士转徙，逃死无所。从凤之嬉，甘去邦族；秣马之歌，且恋丘墟。各有寄焉，理致非一。……鄙意所区，约分数类。其有金闺旧彦，草泽名儒，不赴征车，久脱朝籍。丹铅点勘，借竹素为萱苏；金石摩挲，齐若光于崦景。伯山漆简，系肘如新；子云《元经》，覆瓿不恤。此其一也。亦有刺休投劾，《哀郢》终芜，微服轻装，近关获济，迹闳窦穴之求，智免据图之请。露车父子，怆恻横流；灵台主人，周旋洛市。又或丘壑独存，觞咏不废。泰山故守，尚事编韦；母氏①家钱，日营雕造。朝夕校录，同执苦之诸生；知旧谈谐，助《语林》之故实。又其一也。复有幼清廉洁，探道渊元，日承长老之言，侧闻君子之论。子真岩石，隐动京师；少游款段，素高乡里。牛医马磨，自取给于佣书；禽息鸟视，迫偷生于晚岁。修龄名士之操，深据胡奴；兴公白楼之商，能举先达。此又其一也。悬此三

---

① 按，"母氏"二字当是"毋氏"二字之误，指毋昭裔。

例，思成一书……①

因骈文体式的限制，这里的分类略显含混，然而"各有寄焉，理致非一"是一个极真切的观察。1922年，胡先骕《评俞恪士觚庵诗存》云：

> 清季文人粗分之约为五类：第一类为泥古不化，反对一切新事业者。第二类为清季所谓清流，深知中国如欲立国于大地之上，必不能墨守故常。政法学术，必须有所更张，然仍以颠覆清室为不道，辛亥革命为叛乱，不惜为清室遗老者，如沈乙庵、陈伯严、郑海藏、赵尧生诸先生是也。第三类为有志于维新，对于清室初无仇视之心，亦未必以清室之覆、民国之兴，为天维人纪坏灭之巨变，而必以流人遗老终其身者。第四类为奔走革命，誓覆清室者，如章太炎先生是也。第五类则借名士头衔，猎食名公巨卿间，恬不为耻，反发"诸夏无君出处轻"之谬论。甚或沉湎于声色，乃托词于醇酒妇人，如樊樊山、易实甫之流是也。②

据此，属于遗老的为第二、第三类。可是，像第一类或第五类人物如樊增祥、易顺鼎等，照一般的见解，有时也属遗老范畴。最令人迷惑的是，后来胡先骕致吴宗慈函（见上文引），

---

① 李详：《海上流人录征事启》，《李审言文集》，江苏古籍出版社1989年版，第796页。

② 胡先骕：《评俞恪士觚庵诗存》，《胡先骕诗文集》下册，黄山书社2013年版，第417页。

并不认同陈三立的遗民身份，但在胡先骕这段论述里，陈三立是"以颠覆清室为不道，辛亥革命为叛乱，不惜为清室遗老者"，未免前后矛盾，——更何况，照胡先骕致吴宗慈函的立场，也应该把陈三立归为第三类人物才对，即"有志于维新，对于清室初无仇视之心，亦未必以清室之覆、民国之兴，为天维人纪坏灭之巨变，而必以流人遗老终其身"。清遗民的界定，可谓戛戛乎其难哉。1925 年，黄维翰《魏潜园七十寿序》云：

> 治世之学醇，乱世之学驳，世之治乱异，故学异与？学之醇驳异，故世异与？二者盖互为始终者也。惟君子不徇世以贬其学，且汲汲思以所学易乎世，退而求之吾党，恳恳乎其诚，棨棨乎其忧，冥心胶迹而不与物波流，有人矣。懔亡国改物之忧，发为痛哭流涕长太息之言，既不获从龙比游，则吞炭茹荼，以终其身，此退庐胡子之行也；韩亡子房奋，秦帝鲁连耻，虽晓然知其不可为力而犹庶几于万一，此潜楼刘子之行也；其进也不为仕荣，其退也不为名高，人皆鹜〔鹜〕所徇，我乃立于独，此持庵华子之行也；伥伥乎其身，皇皇乎其心，不拘挛于寻常绳墨之论，而卒蹈乎大方，此剑秋吴子之行也；谓以中国之道，治今日之中国，不假外求而自裕，日发挥而张皇之，修之其身，传之其徒，勿勿乎不知老之将至，此潜园魏子之行也。①

---

① 黄维翰：《魏潜园七十寿序》，《稼溪文存》卷二，1926 年刻本。

作为一位地道的清遗民，黄维翰论述了胡思敬、刘廷琛、华焯、吴锜、魏元旷五位清遗民的不同行迹与心志。胡思敬、刘廷琛两人还直接参与了复辟活动。但很多清遗民并不具备如此醒豁的行迹，黄维翰这篇寿序"不拘挛于寻常绳墨之论，而卒蹈乎大方"，才是大多数清遗民之所以为清遗民的解释框架。

朝代更迭之际，遗民、非遗民，未必有明显或绝对的界限，"一切都是不稳定和可塑的"。[①] 李思清曾提出"光宣文人"概念，[②] 具有很大的包容性，值得借鉴。它与本书所谓的清遗民当然不是一回事，毕竟"遗民"一词的弹性再大，原始的政治意蕴也不易完全剥除。本书所谓的清遗民主要包括这样一些情况。一是最正统意义上的"遗民"，以不仕新朝为主要特征，如陆润庠、瞿鸿禨、于式枚、周馥、沈曾植、刘廷琛、章梫、陈夔龙、郑孝胥、郭曾炘、林葆恒、梁鼎芬、罗振玉、王国维、唐晏、温肃、叶昌炽、缪荃孙等人。二是可以从身份认同的角度加以确认的"遗民"，这又可以分为两类情况：第一类是逊清官员，他们虽然也在民国时期出任了或长或短、或实或虚的官职，但任职之时或去职之后，往往以清遗民身份示人，而人们一般也以清遗民视之，比如赵尔巽、张尔田、王树枏、郭则沄、王式通、周树模、成多禄等人；第二类是非逊清官员，他们大都是一乡之绅，但由于文化人的身份，他们有或深或浅、或明或暗的遗民意识、遗民情调，比如以高

---

① 梅尔清：《清初扬州文化》，朱修春译，复旦大学出版社2004年版，第27页。

② 参见李思清《民国时期的光宣文人——以清史馆文人群体为中心》，《中国现代文学研究丛刊》2012年第7期。

翀领衔的希社诗人群、施赞唐领衔的蜕尘吟社诗人群、朱世贤领衔的罗溪吟社诗人群、祝廷华与谢鼎镕领衔的陶社诗人群（要特别强调的是，这些诗社比较松散，社员并非全部具有清遗民身份认同）。三是可以从清廷视角加以确认的"遗民"，在某一层面上他们都是所谓北洋政客，但他们又曾被民初溥仪小朝廷及后来的伪满视为遗臣，比如傅岳棻、许宝蘅、袁金铠等人。

尽管做了这些界定，实际处理时仍很棘手。这既由于遗民词义的不确定性，也缘于遗民身份的可塑造性。我们还可以再举三个例子。第一个例子是陈保棠，他是清光绪十九年举人，历官河南陕州知州、汝宁知府。辛亥革命后日以文酒自娱，但民国五六年之际，他重新踏上了仕途。假如我们要去讨论民国初年逊清遗臣的活动或逊清遗民的动态，就很难处理：我们是以一种全能视角来界定他，还是根植于当时具体的历史情境来界定他？第二个例子是孙雄，易代伊始，他并非有意识地去做贞悫的清遗民，几次应招乞食，都因时局变动而未果，他甚至有过为钱出卖灵魂之举——列名江苏国民会议代表，拥戴袁世凯称帝。后来他才在诗文和意识上不断强化自己的遗民形象。我们有"论迹不论心"这一富含哲理的教训，从不仕新朝和痛哭故国这一行为来看，孙雄符合"遗民"定义。但作为研究者，我们很难做这样的约化处理。相比于论定他的遗民身份，我们更应该去呈现他的"遗民发生史"。第三个例子是王照。戊戌变法期间，光绪赏三品顶戴。政变后，他不得不亡命日本。光绪二十七年清廷开复原衔，他并未赴任。宣统间因提倡拼音官话，被迫匿迹江苏。辛亥年，他又受江北都督府都督蒋雁行的委派，参加在上海召开的各省都督府代表联合会会议。民国成立后，他高蹈自处。单从这些行迹看，很难说他是不是清遗民。不过，在清遗民郭曾炘眼中，他"晚年豪气尽敛，闭门课子，自侪遗民，其人自可取"。[①]验以《方家园杂咏记事》里王照对光绪帝的感怀，郭曾炘的认定不无道理。这里之所以不采用最正统意义上的"遗民"概念来清晰地界定、研究清遗民，而给研究徒添纷扰，也正是为了种种存在于人身上的张力。为了追求确定性而抽去这种张力，也许是得不偿失的。

这种不确定性或张力，还广泛存在于一个人文学文本与日常生活的枘凿中。

政治变迁与自我因应

考察清遗民及其唱和文学，"表演"是不可忽视的维度。作为遗民，他们有自己的身份认同。明季清初的士大夫就已经比较关注历代特别是宋代遗民，比如程敏政《宋遗民录》、朱子素《历代遗民录》、李长科《宋遗民广录》、朱明德《广宋遗民录》都是这一精神的产物。[②]这实际上是有意识地开始了遗民谱系的建立。进入民国，清遗民经历了从遗民到弃民的角色转变，意味着遗民的意义不再是自明的，必将促使清遗民比宋明遗民更依赖遗民认同的广泛建立。西方心理学有关身份认同的经典理论，不论是社会认同理论还是自我归类理论，都可以在清遗民群体的身上找到坚实的依据。汪兆镛《元广东遗

---

① 《郭曾炘日记》，中华书局 2019 年版，第 52 页。

② 赵园：《明清之际士大夫研究》，北京大学出版社 2014 年版，第 237 页。其中，程敏政《宋遗民录》撰于明亡以前。

民录》、陈伯陶《宋东莞遗民录》《胜朝粤东遗民录》、张其淦《元八百遗民诗咏》《明代千遗民诗咏》、佚名《清遗民诗咏》、罗正钧《辛亥殉节录》、吴庆坻《辛亥殉难记（附殉难表)》、冯恕《庚子辛亥忠烈像赞》、金梁《增辑辛亥殉难记》《清遗逸传》等著述，不论是对宋、元、明遗民谱系的建构，还是对清遗民/殉节者的记录，不仅是在承续遗民谱系，更寓有相当真切的伦理担当和身份认同。通过身份认同，他们构建了一个共同体，并倚赖这一共同体将遗民伦理悬为常宪，传诸不朽。但是，遗民认同的广泛建立，并不能证成遗民伦理的神圣或崇高，时移世易，它充其量只起到"壮胆""鼓气"的作用，使清遗民群体获得精神上的补给和慰藉。试看孙雄为张其淦《元八百遗民诗咏》所作的序言："南宋晚明遭异代之变，遗民接踵而起……挥戈回日、尽瘁国事者，则如文文山、瞿稼轩，凿坏肥遁、著书待后者，则如郑所南、王而农，均为当时所矜式、后人所仰止。诸公之为此，非有种族系统之见也……是故，有元之逊荒、有清之禅让，遗民亦复接踵而起，其用心亦与宋遗民、明遗民相同……嗟乎，处今日大同之世，乃犹有持种族狭隘之见，谓有元、有清两代虽能混一区宇，而终属非我族类。凡在孑遗之民，不应效文山、稼轩、所南、而农之所为者，抑何所见之不广欤？"[1] 其争辩性质，正反映了清遗民的身份危机。

清遗民作为一个群体或共同体，并不全然靠遗民伦理——忠君——而聚合，而是有广泛的基础，地缘、血缘、师承乃至

---

① 孙雄：《元八百遗民诗咏序》，张其淦：《元八百遗民诗咏》卷首，1933年东莞张氏铅印本。

文化旨趣等构成了共同体的纽带。就中，清遗民群体的文学活动几乎涵盖或牵涉上述各种纽带。考察清遗民群体的文学活动及相关的文学文本，其"身份认同"的确认和强化，倚赖多种多样的机制和手段，而突出表现在集体记忆与文化记忆上，后者具有鲜明的政治与意识形态色彩。① 据此，清遗民的逃禅遁世、易服变名无不体现了由宋、金、元、明遗民所集体塑造的遗民仪式与相关的文化记忆。相比于宋、元、明遗民，清遗民关于清王朝文治武功的记忆格外突出。清王朝的文治武功经由历代帝王和文臣的记录，构成了清王朝士人的集体记忆，在清遗民的文学主题中，它占有统治地位。它还有一类亚主题，那就是同光（或光宣）记忆。它介乎"文化记忆"与"交往记忆"之间，是二者的奇特融合，一方面有关"同光中兴"的历史叙述借由晚清最后五十年官私文献的记录而定格下来，

---

① 德国学者扬·阿斯曼以哈布瓦赫的集体记忆概念为基础，提出"文化记忆"理论，探讨了记忆、身份认同、文化连续性三者之间的关系，记忆即关于过去的知识，身份认同关乎政治想象，文化连续性则主要涉及传统的确立和维系。在一种文化传统中，个人记忆是无关紧要的，重要的是集体记忆。集体记忆又分为交往记忆和文化记忆两种。交往记忆是小群体、短时间的，涉及日常生活中个体间、个体与群体之间相互作用促成的记忆。相比之下，文化记忆则超越了日常个体间交流的记忆。所谓文化记忆就是特定的社会机构借助文字、图画、纪念碑、博物馆、节日、仪式等形式创建的记忆。这种记忆涉及的是对一个社会或一个时代至关重要的有关过去的信息，这段过去构成了该社会或时代的集体记忆，相关的人通过不同的文化形式如背诵、庆祝、瞻仰重温这些记忆。相关的人群在上述文化活动中意识到共同的属性和他们所属集体的独特性，他们在阅读理解特定的记忆内容时确认并强化自己的身份。在共同的回忆过程中，相关的人确认"这是我们"或意识到"这不是我们"。换言之，文化记忆带有明确的政治和意识形态色彩。参见扬·阿斯曼《文化记忆：早期高级文化中的文字、回忆和政治身份》，金寿福、黄晓晨译，北京大学出版社 2015 年版。

另一方面他们经历了同光之际的生活，是同光的遗蜕，同光的见证者和叙述者。总之，清遗民文学文本中的各种记忆与想象，不管是文化记忆，还是交往记忆，抑或二者的中间地带，都成了清遗民互相聚合、自我确认的重要资源。

在广泛的意义上，这些仪式或文学书写，都具有"表演"功能，可以强化身份认同。然而，对我们而言，最迷人的并非这类显而易见的身份认同，而是在葆有这种认同的同时，清遗民是如何与生活周旋的？对他们而言，这才是考验灵魂的地方。

毋庸置疑，近代的社会变迁尤其是政治变迁，会对他们施加显著的压力或影响。中华民国的成立，袁世凯的洪宪复辟，北伐以至国民党政权形式上完成对中国的统一，全面抗战爆发，解放战争以至中华人民共和国的成立，都深刻影响着他们。超九成的清遗民卒于民国时期，到 1949 年时只有不到一成的清遗民还活着；以 1937 年抗日战争全面爆发为界，民国又可分为前后两个阶段，卒于前一阶段的清遗民又占了七成。[1] 就政治形态而言，民国前一阶段还包括北洋政权时期、国民党政权时期。清遗民必须接受这些变迁，在变迁中寻求自我安顿之所。对此进行观察时，有以下两点值得注意。第一，清遗民是一种偏消极的政治主体，在不同的场合或情境下，会呈现出不同的色彩。清遗民作为标识被赋予光宣文人之身，变

---

[1] 林志宏《清遗民基本资料表》列述 368 人，笔者在此基础上进行增删，得 309 人，另行编撰《清遗民文学编年》（未刊）；增删的依据、内容这里不予详述。309 人中，卒于 1912～1936 年的 220 人，占 71.2%，其中卒于北洋政权时期的 142 人，占 46%；卒于 1937～1949 年的 65 人，占 21%；卒于 1949 年以后的 24 人，占 7.8%。

成了他们的身份或徽号。但清亡的第一天与清亡的第一千天、第一万天，对他们有着相当不同的意义，不同的历史情境会迫使他们做出不同的反应或调整。第二，虽然他们作为清遗民是中华民国"脱节的部分"，但他们的士人身份促使他们对政治变迁有着极为敏感的体察或焦虑。就传统四民社会而言，士人天生就是有"政治（关怀）的"，近代中国一系列的政治变迁也正始于士人主导的戊戌变法、立宪运动。借由费孝通、张仲礼、余英时、阎步克等前辈学者的研究，我们已经知道，士人与政治的关系并非天然的，它由各种社会、经济、思想、制度等条件所造成、所支撑。北洋政权垮台以后，士人阶层就不再充当政治主导者的角色，而且渐次凋零，但就思想、道德而言，其挂心政治的惯性或本能不会遽然消失。正是以遗民、士人的双重身份与外界社会的互动，才决定了清遗民的位置与角色，不论这种互动是在世俗生活中展开，还是在精神世界中展开。

清遗民与外界社会的曲折互动，往往可以经由感知他们的"位置感"而获得深刻揭示。譬如，北洋政府时期北京地区的漫社诗人黄维翰毕生以遗民自居，他撰述的《黑水先民传》《渤海国记》都在追怀满族人遥远的历史，寄寓自己的"遗民情怀"，可以视为"遗民史学"的典范。但是在《黑水先民传叙》中他展望道："黑水泱泱，渟森滀庆，当更有魁奇庞鸿日浴月之士挺生崛起于其间以励相我国家也。"[1] 这里"励相我国家也"就是指中华民国，这与同为清遗民的郑孝胥声称"民国乃敌国也"明显不同。再譬如，孙雄也是漫社的一员，

---

[1] 黄维翰：《黑水先民传叙》，《黑水先民传》卷首，1925 年崇仁黄氏刻本。

他对北洋政权怀有敌意，但随着南方国民革命军北伐的展开，他对北洋政权的感情乃至认同却凸显或被唤醒了，他个人的位置也就随之发生了转移。类似的现象还发生在沦陷时期的北平、南京。作为政治主体，清遗民只效忠于清王朝，他们在沦陷区就经由这种自我定位或逸民想象规避自己现世的伦理承担，以一种局外人的身份斡旋于沦陷区。质言之，他们总是在不断调适自己的位置或角色，因而他们的"身份"尽管恒定，"角色"却是模糊变动着的。帕累托在《精英的兴衰》一书中做出这样一个论断：一个社会阶级所拥有的权力和它能捍卫这一权力的能力之间，一定要达到某种平衡，否则其统治是不能持久的；旧精英阶层常会变得软弱无力，他们尚存一丝消极的气息，但缺乏积极的勇气。① 权力通常可以控制话语，但反过来，一种新的话语也足以改变旧有的权力结构，从"合法性"上切断旧权力的根基。处在古今交汇处的清遗民，正面临着各种各样的挑战与考验。在大多数情况下，清遗民虚与委蛇的行径、颓废不振的精神，正符合旧精英衰落之际的表现——尚存一丝消极的气息，但缺乏积极的勇气。

本书的研究方法也就与清遗民的这种处境或状态相关。本书希望通过考察清遗民在近代政治变迁中的自我因应，来揭示清遗民这一"想象的政治主体"的不稳定性、可塑性，以及他们是怎样想象自己、界定自己、调整自己、书写自己并怎样被时代所裹挟着的。因此，对我们来说，与其把清遗民视为一种模型，不如把清遗民视为一个变量、一个过程。文学深具"表演"功能，理所当然地成为研究的切入点，它有助于我们

---

① 帕累托：《精英的兴衰》，宫维明译，北京出版社 2010 年版，第 49 页。

回溯清遗民精神世界中的那些隐秘地带。限于文学自身的特点，这远不能满足本书的研究取向。所以，清遗民的经史著述以至笔记、日记、书信等文献同样是本书所倚赖的。只有经过交错梳理，清遗民身上的不确定性与张力才可能被较为准确地揭示出来。鉴于本书处理的文学主要是群体性的唱和文学，在不同情境下做一些社会学考察通常是必要的，哪怕是最粗浅的表格或统计。但就像前面已经强调过的，很多研究都难以避免"过度社会化"的问题，清遗民研究也是如此，特别是本书还围绕着诗社、雅集或杂志中的群体展开。为此，在每种不同情境中，本书也会寻求适当的微观视角。这类微观视角皆非作为例外或不和谐分子出现，相反，它们旨在让那些历史情境及清遗民的自我因应更加立体。

自我因应关涉的不仅是清遗民与政府或社会之间的关系，还关涉清遗民或其所置身的政治形态的方方面面，本书包括以下内容："流人"的身份认同、现代体验以及"地位政治"焦虑，托庇"洋场"而获得周全的讽刺（1910年代的"海上流人"）；遗民话语与遗民伦理的向背，北洋政权的特性——共和政体·清帝国正统，认同政治的反转，清遗民对"革命"的恐惧（1920年代北洋政府时期北京地区的清遗民群体）；"白山黑水"的历史叙述、社会记忆与意识生成，末代士人的"圣贤-豪杰"情怀（1920年代末至1930年代初的东三省）；清遗民的"逸民想象"，沦陷区生存伦理，遗民与中国人两个身份之间的紧张关系，"传统叙事"的陷阱（1940～1945年沦陷区的清遗民生存状态）；外向型革命与内向型革命的分野，遗民政治主体的"终结"（1949年后）。

当然，考察近代政治变迁过程中清遗民自我因应的意义还在于，我们是否可能通过清遗民这个"旁观者"群体，去感受主导近代政治变迁的混沌力量，甚至对之做出观照、省察，特别是考虑到包括清遗民在内的士人阶层原是近代政治变迁的引领者、主导者。

第一章　民初的遗民与租界

鸦片战争以后，上海就一直充当着中国通往"现代"的入口。它一方面确保了外国居住者的安逸闲适，成为租界的典范，另一方面又引燃了中国人激烈的民族主义和革命运动之火。到了 19 世纪末，它"有幸"得以与伦敦、巴黎一样同脏污、瘟疫和淫乱斗争：这是典型的大都市之病。[1] 它的繁华，连同它的喧嚣，只需看一下当时中外文士推出的"旅游指南"，[2] 就可知晓一二。

在繁华的背后，上海同很多殖民统治地区一样，被割裂为两个世界，一个是特权的世界，一个是混乱无序的世界。[3] 因此，殖民统治地区的空间监管成了帝国主义的首要任务。[4] 现在的研究表明，虽然上海的清廷官员与"租借者"的关系是不平等的，但彼此的合作远大于冲突。他们的合作给上海带来

---

[1]　参见 Marie-Claire Bergère, *Shanghai: China's Gateway to Modernity*, Stanford University Press, 2009, p. 109。

[2]　参见夏晓虹《上海旅游指南溯源》，《晚清上海片影》，上海古籍出版社 2009 年版，第 1 ~ 16 页；叶凯蒂《上海指南》，《上海·爱：名妓、知识分子和娱乐文化（1850 ~ 1910）》，杨可译，生活·读书·新知三联书店 2012 年版，第 312 ~ 351 页。

[3]　参见 Frantz Fanon, *The Wretched of the Earth*, Grove Press, 1963, pp. 38 – 39。

[4]　Ian Baucon, *Out of Place*, Princeton University Press, 1999, p. 102.

稳定。作为十里洋场，上海既是输入西方文明的中心和先锋，又有着高度的商业性以及相应的包容性。正是这一系列因素，使许多中国士绅从最初因为太平天国运动而被迫避居上海（租界），逐渐开始主动移居上海。于是 1898 年时有人慨叹道：“（上海）繁华之盛，冠于各省。遂令居于他处者，以上海为天堂，而欣然深羡。或买棹而来游，或移家而寄居。噫，人果何幸，而得处于上海耶?”[①] 截至 1914 年，上海租界面积已从一开始的 0.56 平方公里扩展到 33 平方公里，容纳的人口多达 64 万。[②]

上海是一个租界城市，拥有一系列的政治、文化和经济优势，很快成为士绅和其他不同阶层者的麇集之地。早在太平天国运动期间，成千上万的富裕家庭不断涌入租界，租界华洋分居的限制就已松动。[③] 之后，上海的迅速发展，更引起了一连串的市政变革。作为租界的上海是发展着、流动着的，任何统摄性的说法都必须有一个尺度或时限。假使以殖民地都市文化作为考察对象，殖民与被殖民、传统与现代、民族主义与帝国主义这些概念当然会吸引研究者的目光。文学、电影或建筑常常成为考察殖民地都市文化的焦点。[④] 但是，就文学研究而言，传统的雅文学、旧文学或精英文学相对被忽略较多，至少

---

① 《记上海古今盛衰沿革之不同》，《新闻报》1898 年 7 月 3 日。

② Marie-Claire Bergère, *Shanghai: China's Gateway to Modernity*, p. 111.

③ 参见裴昔司《晚清上海史》，孙川华译，上海社会科学院出版社 2012 年版，第 188~189 页。

④ 参见 Jini Kim Watson, *The New Asian City: Three-Dimensional Fictions of Space and Urban Form*, University of Minnesota Press, 2011, p. 8；孙绍谊《想象的城市——文学、电影和视觉上海（1927~1937）》，复旦大学出版社 2009 年版。

还不那么充分。其中就包括民初的清遗民文学。

如果说，在西方侨民的眼中，上海是一个极具魅惑力的"异托邦"，[1] 那么对于中国人尤其是那些侨居在此的士绅而言，上海又是怎样的存在？这些士绅又将如何自我界定？特别是胡思敬曾对民国初年清遗民麇集上海的现象发出了这样的感慨：

> 今日之乱，故所未有；今日避乱之方，亦古所未闻。[2]

到洋人租界去是一个全新的"避乱之方"。这对清遗民而言意味着什么？

第一节 "海上流人"

辛亥以后，中国发生了翻天覆地的变化。不少清官员或士绅避地上海，成为这个大都市的一员。从移民史看，太平天国运动时期、全面抗战时期与解放战争时期是移民上海的三个高峰段，[3] 鼎革之际的上海没有出现显著的移民潮，"旧精英"在这批移民中占据的比例则极不寻常。胡思敬《吴中访旧记》云：

---

① 参见吕超《海上异托邦——西方文化视野中的上海形象》，黑龙江大学出版社 2010 年版。
② 胡思敬：《吴中访旧记》，《退庐全集》，台北：文海出版社 1970 年版，第 216 页。
③ 参见邹依仁《旧上海人口变迁的研究》，上海人民出版社 1980 年版，第 3~5 页。

予既莅沪，则从陈考功伯严访故人居址。伯严（按，即陈三立）一一为予述之曰："梁按察节盦、秦学使右衡、左兵备笏卿、麦孝廉蜕庵，皆至自广州。李藩司梅庵、樊藩司云门、吴学使康伯、杨太守子勤，皆至自江宁。赵侍郎尧生、陈侍御仁先、吴学使子修，皆至自北京。朱古微侍郎，新自苏州至。陈叔伊部郎，新自福州至。郑苏龛藩司、李孟符部郎、沈子培巡抚，皆旧寓于此。"①

可以印证这一记载的是陈三立《清故江苏候补道庞君墓志铭》：

当国变，上海号外裔所庇地，健儿游士群聚耦语，睥睨指画，造端流毒倚为渊薮。而四方士大夫雅儒故老，亦往往寄命其间，喘息定，类摅其忧悲愤怨，托诸歌诗。②

陈祖壬《墨巢先生墓志铭》：

上海故东南一都会，重以海内多故，流人四面而至，遗老退宦谋士硕贾方伎之徒负策抵掌，蜂出不可穷。③

---

① 胡思敬：《吴中访旧记》，《退庐全集》，第 216 页。
② 陈三立：《清故江苏候补道庞君墓志铭》，《散原精舍诗文集》，上海古籍出版社 2003 年版，第 986~987 页。
③ 陈祖壬：《墨巢先生墓志铭》，《李宣龚诗文集》，华东师范大学出版社 2009 年版，第 432 页。

这大约是当时清遗民的共同观感。

从文学文本来看，"流人"成了他们的自我定位。沈曾植诗中，这样的表述随处可见："永嘉为记流人目，昼闭荆门草色深"；"舍卫园林多长者，永嘉名士是流人"；"寒食王周三月春，还家上冢越流人"；"梦游建德乡非远，簿记流人客未归"；"半生长作越流人，辜负淡妆浓抹妍"；"长为越流人，踽顾重行行"；"华亭吾故县，未肯㘣流人"；"他乡共入流人簿，闭户谁知𬘡绝天"；"再见如隔世，流人不繺贷"。① 这些诗句里，有两个不同的古典或原典。一个是《世说新语》刘峻注的引用书目有《永嘉流人名》，《旧唐书》职官类也著录卫禹《晋永嘉流士》十三卷。这个切其身世和心境。另一个出《庄子·徐无鬼》："子不闻夫越之流人乎？去国数日，见其所知而喜。去国旬月，见所尝见于国中者喜。及期年也，见似人者而喜矣。不亦去人滋久，思人滋深乎？"② 这个典故既切心境，也切籍贯。

关于流人，还藏有一个今典。尹炎武《朱李二先生传》说："（李详）先生目击横流，常有所感，拟纂《海上流人录》。"③ 李详是民初流寓上海的士绅之一。沈曾植诗歌中首次出现"流人"这个词就是在《答李审言》一诗中。显然，李详把撰述《海上流人录》的想法告诉了沈曾植。虽然沈曾植在复函中对"流人"的说法表示了担忧："《启事》文辞古雅，

---

① 钱仲联校注《沈曾植集校注》，中华书局 2001 年版，第 609、618、791、832、833、905、996、1105、1186 页。

② 郭庆藩：《庄子集释》，中华书局 2012 年版，第 816 页。

③ 尹炎武：《朱李二先生传》，闵尔昌编《碑传集补》卷五十三，周富骏编《清代人物传记丛刊》第 123 册，台北：明文书局 1985 年版，第 382 页。

然流人之目，恐非诸老所乐闻，且永嘉有侨郡之置，有土断之制，流人之目，因是以生，今岂有此望乎？请更酌之。"① 但从那以后，"流人"这个词就成了沈曾植诗中的高频词，说明这触动了他的内心世界。同一时期，他为李详骈文集所作序中也说："嗟夫！繁霜既降，乔木先摧；王泽既穷，三川遂竭。长尾之流移靡诉，庆伯之皂隶同悲。"②"长尾"即长勺氏、尾勺氏，用此两族指代"殷民六族"，他们作为前朝贵族或"殷遗民"被周成王赐给周公，徙至伯禽代受封的鲁地。所谓"长尾之流移靡诉"是"海上流人"的自况，表示前朝遗民的身不由己、无家可归。叶昌炽有一首诗题目较长："三叠前韵，赠审言，闻撰《海上流人录》，正在征求事实，此汝南月旦评也，以俟后贤，不亦可乎，并以讽之。"③ 说的同样是这件事。李详为此先行撰述的《海上流人录征事启》是经徐乃昌"袖交"给叶昌炽阅读的。④ 看来，李详这个想法在圈子里流播很广，很快博得了大家的赞同。陈三立称"自辛亥之变，流人类聚于沪渎"也是这个意思，⑤ 因此他一次次吟道："流人猬集蚁旋磨，眼穿禹域摇归心"；"谁念功名归健者，聊同哀乐作流人"；"卷怀杂流人，湖海答孤啸"；"流人万恨凭

---

① 《与李详》，许全胜整理《沈曾植书信集》，中华书局2021年版，第90～91页。
② 沈曾植：《李审言学制斋骈文序》，钱仲联编校《海日楼文集》卷一，广东教育出版社2019年版，第57页。
③ 《叶昌炽诗集》，华东师范大学出版社2012年版，第169～170页。
④ 叶昌炽：《缘督庐日记》，台湾学生书局1964年版，第525页。值得注意的是，在日记中，叶昌炽以为此举有标榜声气之嫌。
⑤ 陈三立：《苍虬阁诗集序》，陈曾寿：《苍虬阁诗集》，上海古籍出版社2009年版，第487页。

湔洗，潮打楼船恨益深"；"老俱赁庑杂流人，破砚残杯对笑鼙"。① 瞿鸿禨在一次雅集活动中也吟道："沧海一角流人潜，春望不见浮屠尖。"② 我们不清楚瞿诗是否与李详有直接关系，就算没有，这种不约而同的表述，也足以说明他们的处境和心境。

李详《海上流人录征事启》开头就说："自古易姓之际，汹汹时时，久而不定，人士转徙，逃死无所。从凤之嬉，甘去邦族；秣马之歌，且恋丘墟。各有寄焉，理致非一。"③ 这表明他撰《海上流人录》是跟"易姓之际""人士转徙"联系在一起的。由此可见，聚居沪上的"同人"特别多。借缪荃孙《花朝日同作》的原话来说，则是"海东一隅地，名士多于鲫"。④ 这还不包括王闿运、康有为、王国维等来此小住或其他频繁迁徙的人。这些人有着近似的出身、文化背景及价值取向。他们迁居海滨，聚而成群。

他们作为流人，并不只是空间意义上的存在，还有时间意义上的存在，而这与上海（租界）作为现代都会相关联。应该说，他们在上海有着相当便利舒适的物质生活。⑤ 但就像沈

---

① 陈三立：《散原精舍诗文集》，第273、643、647、679、680页。
② 瞿鸿禨：《庸庵招同社集饮予以病不赴见示新诗辄次韵答和》，钱仲联校注《沈曾植集校注》，第1036页。《瞿鸿禨集》作"沧海可用流人潜"（湖南人民出版社2010年版，第138页），"可用"当是"一角"二字之误认。
③ 李详：《海上流人录征事启》，《李审言文集》，第796页。
④ 缪荃孙：《逸社第二集花朝分韵得白字》，《艺风堂文漫存》卷一，《清代诗文集汇编》第756册，上海古籍出版社2010年版，第805页。
⑤ 正因如此，当时有人以为现在的"遗老"不够清苦。参见林志宏《民国乃敌国也：政治文化转型下的清遗民》，第63页。

瑜庆在一首诗中说的那样，"陆沉沧海尚留堧"。① 陆沉之余，竟恰恰是上海这一个洋人租界收容他们。正因如此，沈曾植要强调："华亭吾故县，未肯伈流人。"② 他不说上海、不说租界，只说这是他们原来的华亭县，想来不会把他们拦在门外吧？言下之隐，可得而推。"托庇外人"让他们有了纵情偃仰啸歌之地，但他们又很难找到归属感。王仁东在 1913 年生日那天吟道："混迹淞滨又一年，流离琐尾意凄然。"③ "混迹"两字写得极微妙，写出了他的漂泊感。王仁东在另一首诗中又说："枝叶漂摇本实拨，避地海堧成苟活。"④ "苟活"两个字容易让人联想到国破偷生的意思，但是，或许这里的"枝叶漂摇本实拨"并不限于国破家亡，有意无意间兼有别指，那就是他们曾经依附的融为一体的文化正在式微乃至消逝，至少在租界仅仅表现为片段性的存在。他们有点像"活标本"。在这个意义上，他们不是逊清的遗民，借用王德威的话来说，他们成了"时间的遗民"。⑤

正是基于这一点，沈曾植诗中又多次出现"陈人"这个词。他在其中一首赠同人的诗中说："电露光中玩好春，沧桑劫后幻陈人。"⑥ "陈人"二字出《庄子·寓言》："人而无以

---

① 沈瑜庆：《乙庵三叠移居诗，依韵奉和，兼示樊山、节庵》，《涛园集》卷三，福建人民出版社 2010 年版，第 60 页。
② 钱仲联校注《沈曾植集校注》，第 996 页。
③ 王仁东：《癸丑生日感赋》，钱仲联校注《沈曾植集校注》，第 732 页。
④ 王仁东：《超社第十一集设饮樊园即席分韵限七曷》，钱仲联校注《沈曾植集校注》，第 714 页。
⑤ 参见王德威《后遗民写作：时间与记忆的政治学》，第 8～9 页。
⑥ 《雪塍提刑招同天琴古微艺风完巢诒书黄楼积余诸君饮于醉沤》，钱仲联校注《沈曾植集校注》，第 849～850 页。

先人，无人道也；人而无人道，是之谓陈人。"① 郭象注："陈久之人。"那么，就是老朽或落伍的意思了。有时，他还用"录民"一词："无穷天地陈刍狗，岂有肝心化录民。"典出《酉阳杂俎》："录民，膝不朽，埋之百二十年，化为人。"② 诗中"岂有"二字反用这个典故，含有无限感喟。他更在另一首诗中说："大陵积尸气，侬是陈死人。"③ 传统诗歌不乏叹老嗟卑、忧世伤生式的表达，沈曾植的诗也未尝不可做此解读，但是理解为他们深刻感受到与时代的脱节应该是正确的方向。在时间（现代性角度）上，他们也是"流人"。

这样，同人则成了彼此的慰藉。当1913年初王闿运途经上海时，他们喜出望外，远道迎接，建议王闿运"留此度岁（壬子岁杪）"。④ 当1914年章梫应德国传教士卫礼贤创办的尊孔文社之聘前往青岛时，他们又依依惜别，不胜惋惜。⑤ 这些行为没有超出传统人情礼节的范畴，但是，无论从哪个角度讲，他们空间上和时间上的双重流人身份，的确使彼此的文化认同感分外强烈——《庄子》中那个"越之流人"去国一年之后"见似人者而喜"的寓言在这里找到了现代诠释。李详拟纂《海上流人录》，是这种认同感的流露。

---

① 郭庆藩：《庄子集释》，第941页。
② 《小除夕樊宧见怀韵》，钱仲联校注《沈曾植集校注》，第851页。
③ 《倚装答石遗杂言》，钱仲联校注《沈曾植集校注》，第1232页。
④ 很多人有诗，例如沈曾植《喜湘绮至沪》四首，樊增祥《喜湘绮至沪》四首，吴庆坻《湘绮来沪次樊山韵》四首，吴士鉴《王湘绮老人来自长沙小住沪渎用止庵师相樊山丈韵赋此赠之》四首等。参见钱仲联校注《沈曾植集校注》，第510~514页。
⑤ 瞿鸿禨、吴庆坻、吴士鉴、缪荃孙、戴启文、沈煜、周庆云、喻长霖、潘飞声、李详、吴俊卿、刘承干、杨钟羲等人都有诗送别。参见钱仲联校注《沈曾植集校注》，第802页。

第二节　"流人"的结社

这种文化认同感是如此强烈，结社联吟就是水到渠成的事。从地域上来说，当时，南京、青岛、北京、天津、大连等地也大量存在文人结社现象。"海上流人"的结社，其特殊背景既如前所述，格外值得关注。

上文所谓"流人"，约略相当于通常所说的遗老。1912～1913 年在上海成立的诗社，按一般标准，属于遗老诗社的有超社（超然吟社，1915 年超社元老瞿鸿禨继举逸社，人员有变动）、淞社（淞滨吟社，1913 年由周庆云、刘承干发起）、一元会（又称十角会，前身为五角会，以雅集为主，无诗社之名，而有诗社之实）。这几个诗社的成员当然不必概以遗老或流人视之，但约观其大，相去不远。一些偶然的活动，如前面提到的章梫移居青岛，很多分属不同诗社的人都有诗相送，表明彼此圈子极小。为便于理解，列简表如表 1 - 1 所示。每一社下，包括通常认定的成员以及参与该社雅集的成员；逸社的活动时间较长，第一阶段为 1915 年至 1918 年，第二阶段为 1920 年至 1928 年，其成员较超社及逸社第一阶段变化大，雅集的规模也都没有保证，故表 1 - 1 止于第一阶段即 1918 年。①

---

① 1917 年张勋复辟的失败及 1918 年超社 - 逸社领袖瞿鸿禨（清朝军机大臣）的去世，是逸社活动进入萧条期的关键。参见朱兴和《现代中国的斯文骨肉：超社逸社诗人群体研究》，上海三联书店 2014 年版，第 99～101 页。

表1–1 超社–逸社（1913～1918）、淞社、一元会成员

超社–逸社		淞社				一元会（十角会、五角会）	
瞿鸿禨 陈三立		刘承干	周庆云	李瑞清	缪荃孙	郑孝胥 王乃征	
沈曾植 樊增祥		李岳瑞	吴庆坻	徐 珂	陶葆廉	朱祖谋 唐 晏	
		章 梫	王国维	胡朴安	喻长霖		
		张尔田	潘兰史	姚文栋	李 详		
		金武祥	许浣祥	沈守廉	钱溯耆		
		吴昌硕	叶昌炽	王秉恩	刘谦甫	杨钟羲 章 梫	
梁鼎芬 沈瑜庆		王旭庄	杨兆望	褚成昌	郑文焯	陈三立 沈曾植	
周树模 缪荃孙		刘炳照	施赞唐	汪 洵	李橘农	李岳瑞 梁鼎芬	
吴庆坻 吴士鉴		戴启文	金甸丞	钱亮臣	潘 任	秦树声 左绍佐	
左绍佐 林开谟		汪符生	朱 锟	恽孟乐	李孟符	麦孟华 李瑞清	
张 彬 杨钟羲		曹揆一	唐 晏	崔磐石	张让三	樊增祥 吴 瑬	
王仁东 陈夔龙		宗子戴	冯孟余	刘葆良	李经畬	赵 熙 陈曾寿	
冯 煦 朱祖谋		程颂万	况周颐	吕幼舲	陆纯伯	吴庆坻 陈 衍	
王乃征 邹嘉来		刘世珩	张荫椿	胡幼嘉	孙恂如	胡思敬 杨增荦	
刘锦藻 徐寿昌		钱履穆	张石铭	费景韩	王叔用	梅光远 熊亦园	
胡嗣瑗 郑孝胥		洪鹭汀	陆茂勋	吴颖函	缪朝荃	胡铁华 胡孝先	
陈曾寿 王秉恩		白也诗	长尾甲	曹恂卿	恽季申	何天柱 林开暮	
余肇康 陈夔麟		杨仲庄	胡定丞	徐乃昌	杨芷生	沈瑜庆	
王国维		童心安	赵叔孺	恽瑾叔	俞 云		
		诸季迟	姚虞琴	孙益庵	褚礼堂		
		夏敬观	赵浣孙	白石农	沈醉愚		
		戴嵒皋	许松如	王莼农	黄公渚		

资料来源：超社–逸社（1913～1918）成员列表，参见朱兴和《现代中国的斯文骨肉：超社逸社诗人群体研究》，第64～68、94～97页；一元会成员列表，参见叶中强《上海社会与文人生活（1843～1945）》，上海辞书出版社2010年版，第263～270页；淞社成员列表，参见周延礽《吴兴周梦坡先生年谱》，《北京图书馆珍本年谱丛刊》第188册，北京图书馆出版社1999年版，第51～52页。

超社、淞社、一元会性质大体上相近，[①] 郑孝胥、陈三

---

① 三个诗社中，淞社人员构成稍显复杂。体现在以下几个方面：一是社员参与时间相对分散；二是政见分歧相对较大；三是个别成员当时并不居住上海；四是还有日本成员，如长尾甲。不过，总体上有着近似的旨趣和文化背景是不成问题的。

立、沈曾植、杨钟羲、吴庆坻、朱祖谋、樊增祥、王乃征、左绍佐、沈瑜庆、缪荃孙、林开谟等人，都至少参与过其中的两个。这几个诗社特别是超社－逸社的成员绝大部分是清朝进士出身，仕宦较显，其中瞿鸿禨官至军机大臣，地位最为显赫，因而他成了超社－逸社最主要的领袖。瞿鸿禨死后，前直隶总督兼北洋大臣陈夔龙为继任领袖。他们属传统王朝社会的绝对精英；按照过去的政治伦理，忠于逊清是他们的不二选择。这里要补充的是，超社的后身逸社的成立，与海上流人之间思想的分化和超社最初的政治色彩较浓引起社会反感有关；樊增祥等在1914年受袁世凯之召赴京供职直接促成了超社的解体。但整体上，尤其是在人员构成、清功名科第及文化倾向三个层面，超社－逸社的同一性是显而易见的，因此可以视作一体，用超社包举逸社。

樊增祥的超社第一次雅集启说："孙卿氏曰：'其为人也多暇日者，其出人不远矣。'吾属海上寓公，殷墟黎老，因蹉跎而得寿，求自在以偷闲。本乏出人头地之思，而惟废我啸歌是惧。此超然吟社所由立也。"①"吾属""海上寓公""殷墟黎老"构成了诗启的关键词。日后雅集的吟唱主题比如超社第十九集的"九日登高"、逸社第四集的"异乡偏聚故人多"，所流露出的情感都是对"海上寓公"流人身份的确认。"殷墟黎老"则显然与政治态度相关。淞社也是如此。杨钟羲说："歇浦一隅……无山水之观、园林之盛……向非海内风尘，中原板荡，吾与诸君子安得抟沙不散，如今日之多且久哉？避地

---

① 樊增祥：《超然吟社第一集致同人启》，《樊樊山诗集》，上海古籍出版社2004年版，第1982～1983页。

来此，将成土断；情好既洽，觞咏遂兴。"① 周庆云说："当辛壬之际，东南人士，胥避地淞滨。余于暇日，仿月泉吟社之例，招邀朋旧，月必一集……每当酒酣耳热，亦有悲黍离麦秀之歌，生去国离乡之感者。"② 杨、周两人强调的都是"海上流人"这一身份，并把它同传统的王朝兴替相联系。一元会则主要是以雅集的形式维持，很多与会者又列名于超社或淞社，彼此的联系，昭昭可见。

作为整体，这几个诗社不管在政治上还是在文化上的倾向是大致接近的。然而，对个体而言，概括性论断有它的局限性。实际上，李详撰述《海上流人录征事启》的时候，就已意识到士人"各有寄焉，理致非一"，③ 并把海上流人分为三类。不过由于《海上流人录征事启》是骈文，借助典故来区分类目，略有重复或含混处。不管怎么说，海上流人自己就注意到彼此的差异。一般被公认为"遗老"的也有被人忽视的一面。例如，淞社的叶昌炽在《寒山寺志》后序里说："或谓此序扦冒时忌，可以不出，余谓不然。强学为义者，不徇一姓之兴废；拙政自安者，无预当世之理乱。……但守移山之愚，匪高蹈海之节。"④ 而一元会的陈衍则说，"自前清革命，而旧日之官僚伏处不出者顿添许多诗料。黍离麦秀、荆棘铜驼、义熙甲子之类，摇笔即来，满纸皆是。其实此时局羌无故实，用典难于恰切"，还说章梫赠他的诗中的"生年同在周秦际"一

---

① 杨钟羲：《淞滨吟社集序》，《淞滨吟社集》甲集卷首，《晨风庐丛刊》。
② 周庆云：《淞滨吟社集序》，《淞滨吟社集》甲集卷首，《晨风庐丛刊》。
③ 李详：《海上流人录征事启》，《李审言文集》，第796页。
④ 叶昌炽：《寒山寺志》，后序第2页。

句"喻亦未切"。① 从他们尤其是叶昌炽的表述来看，他们中的有些人甚至并不反对中华民国。姚永概1912年在上海赠沈曾植、陈三立等人的诗中说道："忽忽前尘梦里除，是非难执旧诗书。"② 这表明他们意识到自己与宋、明遗民有着相当不同的处境。

就形式来说，他们的结社无疑仍是传统的延续。在中国文学史上，金谷、兰亭之会可以被视为后世文人雅集的滥觞。唐宋时期文人雅集很常见，也刊刻了不少酬唱集，但自觉的有组织的结社并不普遍。大规模的结社始于明代，可考的文人结社就有将近1000家，其中可归入诗社类的有数百家。③ 清代结社尽管还没获得全面考察，而且受到政治压力的干扰，但数量也相当可观。仔细考察这些诗社或文社，可以发现其常常是通过旨趣、地域、血缘等因素形成，除供彼此发抒性情、扬抈风雅或臧否人物、议论时局外，最常见的是起到社交、娱乐作用。对于民初这些"海上流人"来说，他们的结社依然保持着旧有的形式和功用。然而，又不尽相同。

以超社－逸社诗人群为例，他们的雅集地点可以分为三类：一类是社员的私人寓斋（大多为租赁），通常为小楼或小楼套间，比如樊增祥的樊园、周树模的泊园、陈夔龙的花近楼、沈曾植的海日楼；一类是别墅园林，比如张园（味莼园）、愚园、徐园或哈同花园；一类是公共餐馆，比如小有天菜馆、桃源隐酒楼、惠中旅馆、醉沤斋川菜馆、式菜轩菜馆、

① 陈衍：《石遗室诗话》卷九，人民文学出版社2004年版，第150页。
② 姚永概：《上海逢沈乙庵陈伯严陈介庵陈劲吾及伦叔》，《慎宜轩诗》卷七，《清代诗文集汇编》第791册，第287页。
③ 参见李玉栓《明代文人结社考》，中华书局2013年版。

云在月凫菜馆。它们都位于租界内，这是不寻常的。这些诗社既有别于中国古代，也有别于西方。举个例子，与这几个诗社差不多同时的美国"新英格兰诗歌俱乐部"（New England Poetry Club），成立于1915年。这个诗歌俱乐部的发起人，也是当时诗界的名流，如罗伯特·弗罗斯特。弗罗斯特本人的诗学有一个基本倾向，那就是19世纪华兹华斯那一派以歌咏宁静乡村见长的诗风。这与超社诸公以名流身份倡导宋诗或同光体颇相类，但细加探索，则超社诸公在民初坚守的实非区区某一流派，在很大程度上是一种被放逐的文化。用文学一点的话来说，这是失去了文化家园者彼此之间互相依偎、互相取暖之所在。反观新英格兰诗歌俱乐部不久就设立了"金玫瑰奖"（the golden rose），来奖励那些在诗歌方面有卓越贡献的人，这使该俱乐部具有一定的公共性。到现在，每年还能在杂志上看到它那万年不变的征诗启。① 这是它们的根本不同。也就是说，超社、淞社、一元会等诗社或雅集实际上仅仅是清遗民面向"自己"，——通过日复一日的诗歌书写，确认自己的身份，扮演自己的角色的场所。

第三节　以明亡哭清亡

面向"自己"的遗民身份，是海上流人的日常主题。尧年、夏正、殷顽、周遗、汉腊、鼎湖、攀髯、首阳薇、义熙甲子、西台恸哭、野史亭、井函心史、仲宣登楼、鲍照芜城、桃

---

① *Poets & Writers Magazine*，May-June 2014，pp. 95 - 96. 往前推，2013年、2012年、2010年等年，该刊都登有启事。

源、避秦、畸人、陆沉、新亭、戮民、暮年庾信、黍离、永嘉流人、过江、南渡、白莲社、汐社、月泉、落花时节、越吟、贞元朝士、石马、铜盘、铜驼、铜狄、辽鹤、觚棱、细柳新蒲、开天遗事、衣冠、文物、人物、昆明劫灰这样的词语或典故在其诗文中几乎触目皆是，不择时、不择地而有。虽说不能将这些词语或典故泛意识形态化，但说它们代表了某种遗民情调、遗民美学是大致不差的。在歌咏题材或对象上，隆裕皇后的死固然能引发清遗民的孤臣之痛，但孙毓汶旧藏的宋荦《红树秋鸦图》也一样有效，所谓"身际丧乱想平世，令我对此增幽赏"，[①]"思人爱树今何日，雪涕新亭感不胜"。[②]种树大臣梁鼎芬寄来的崇陵雪水固然让他们陷入故国之思，但翁方纲手纂的《四库提要稿》也同样具备这一功能，所谓"有清二百七十祀，右文独盛乾隆朝。鸿都观经萃邦彦，兰台细史登俊髦"，[③]"高宗御宇卅七载，八方无事靖戈铤。睿智天纵圣学富，宵旰余暇亲简编"，[④]"有清三百年，文物轶前代。最盛乾隆朝，睿德坤舆载"。[⑤]这可以理解，无论是隆裕皇后、孙毓

---

① 陈虁龙：《八月二十七日逸社第五集题商丘宋牧仲尚书红树秋鸦图画轴旧为济宁孙莱山尚书斋中物仁和王小邬大令持赠特赋长歌索同社诸老正和》，钱仲联校注《沈曾植集校注》，第 1350 页。

② 余肇康：《逸社第五集庸庵尚书同年出示宋牧仲尚书红树秋鸦图征题率成二律》，钱仲联校注《沈曾植集校注》，第 1351 页。

③ 吕景端：《同题（题刘君翰怡所藏翁覃溪学士手纂四库提要稿本都二百四十册）》，周庆云编《淞滨吟社集》乙集，《晨风庐丛刊》，1915 年刻本，第 2 页。

④ 褚德彝：《同题》，周庆云编《淞滨吟社集》乙集，《晨风庐丛刊》，第 3 页。

⑤ 周庆云：《同题》，周庆云编《淞滨吟社集》乙集，《晨风庐丛刊》，第 8 页。

汶、宋荦、翁方纲，还是崇陵雪水、《四库提要稿》，都与清王朝相关。

如此多而滥的主题中，崇祯帝之死显得格外特别。1644年，李自成攻破北京，明思宗自缢。这首先构成了明末清初士人的惨痛体验，也构成了清末排满者的惨痛记忆。清遗民的文学文本中也不乏晚明想象，[①]但明思宗之于他们，却有极不寻常的意义。看上去并不相干，但推寻其内在机制，它涉及清王朝—中华民国这一根本性变革对清遗民的影响。

1920年5月7日，旧历三月十九日，是明思宗万寿山殉国之日，距明思宗之殁恰276年，距清王朝覆亡已经九年，"丁巳复辟"也已经是三年前的事。陈夔龙招邀故老到他的住处花近楼雅集，以"万寿山怀古"为题。万寿山又称万岁山，是明思宗崇祯的自缢之地。万岁山在元代称青山，明初因常在此堆放煤炭，故称煤山。永乐间，明成祖朱棣大兴土木，将紫禁城内筒子河、太液池和南海的泥土堆积在煤山，形成五座凸起的山峰，遂称万岁山。清顺治年间改称景山，寓高大之意，这一名称沿用至今。

作为召集人，陈夔龙首作《三月十九日逸社第二集是日为明思陵殉国之日各咏万岁山怀古一首不拘体韵感怀今昔聊赋此篇》。陈夔龙从光宣往事介入："北上门前峰峻嶒，昔祝慈厘一再登（光绪中叶，慈圣六旬万寿，余时在曹司奉派点景讽经，曾陟斯麓）。硫黄俯窥宫万瓦，轮赤斜射塔七层。五楹

---

① 清遗民的"晚明想象"，参见秦燕春《忠于文化还是忠于君国：晚清的遗老们》，《清末民初的晚明想象》，北京大学出版社2008年版，第126～143页；罗惠缙《民初遗民对晚明历史的文学表达——以〈淞滨吟社集〉为中心》，《江汉论坛》2008年第9期。

佛殿万松里，莲花璨璨长明灯。旁有一龛永封闷，藓斑深锁缠枯藤。老阁为说前朝事，烈皇毅魄此焉凭。"经"旁有一龛"到"此焉凭"的过渡来到正题："有明二百七九载，怀古令我感废兴。思陵岂是亡国主，大廷惜少二八升。十七年间屡易相，持危扶颠嗟何能。流贼滔天苦民耳，罪己诏成了一绳。"① 后人史论，大抵推崇明思宗励精图治，而以其"易相"太快为病。陈夔龙虽然称"思陵岂是亡国主"，但他也说"持危扶颠嗟何能"，字里行间流露出的仍是对"十七年间屡易相"的诟病。邹嘉来"运穷祚讫固有由，刚柔失驭实乱始"，② 杨钟羲"苦乏知人哲，空伤殉国心"，③ 也都扼腕于明思宗的治国无方。余肇康则痛之愈深而责之愈切："呜呼明帝二祖十三宗，恭俭英睿卓有仁宣风。……奈何中人复干政，外监边塞内户工。顿师养寇穷不追，一误再误抚与降。楚蜀连据岷先负，山陕继沦锋逾凶。易相独不易臣奸，坐令用事久居中。长城自坏槛自折，刀杖之下皆鬼雄。肥己适滋天下困，练饷更蹙民间穷。"④ 近乎将亡国之责归于明思宗一人之身。与陈夔龙、邹嘉来、杨钟羲、余肇康一味责备明思宗不同，冯煦、胡嗣瑗则为明思宗开脱，所谓"太阳与君二而一，廋辞隐旨堪哀怜。

---

① 陈夔龙：《三月十九日逸社第二集是日为明思陵殉国之日各咏万岁山怀古一首不拘体韵感怀今昔聊赋此篇》，陈夔龙辑《花近楼逸社诗存》，民国上海聚珍仿宋印书局排印本，第12a～12b页。

② 邹嘉来：《三月十九日逸社第二集以万岁山怀古命题勉赋一首》，陈夔龙辑《花近楼逸社诗存》，第14b页。

③ 杨钟羲：《万岁山怀古》，陈夔龙辑《花近楼逸社诗存》，第18a页。

④ 余肇康：《三月十九日花近楼逸社第二集万岁山怀古以适值明思宗殉国日也各赋一诗予得二十八韵》，陈夔龙辑《花近楼逸社诗存》，第16a～16b页。

烈皇勤政迈隆万，所惜辅弼非才贤"，① "初政觥觥慑群嬖，妖乱狁丁四朝弊……任蒿作柱不堪辄，充位诸臣率误国"。② 冯煦、胡嗣瑗与明思宗一样，都把明亡的主要原因指向"辅弼"的无能与平庸。这两种史论看似相反，实则相成。一般而言，逊清遗民的晚明想象和明亡史论都会投射或观照到"清亡"：前者痛陈明思宗的治国无能，后者指责"冲位诸臣"或"辅弼"的误国，二者很可能包含相同的指涉对象。由于溥仪年幼，并不与明思宗构成对应关系，因而逊清遗民的两种貌似相悖的明亡史论，都落在同一批人身上，亦即晚清的主政者——摄政王及其他权贵。

但不管清遗民的明亡史论多么的不同，他们对明思宗和明遗民的惨痛记忆却别无二致。冯煦"甲申三月十九日，列皇殉国兹山颠。遗民惨痛记不得，托为太阳经一篇。每值此日潜缫祀，千门万户红灯悬（江淮间仍有之）"，③ 沈曾植"燕市悲风，长记省、胜朝末日。谁信道，除奸英主，晚途穷厄……社稷殉，千秋烈；内侍寄，三唱述。叹南迁谁辅，夺门无策……只大荒，披发意成身"，④ 邹嘉来"一旦长安满蛾贼，铜驼将见埋荆棘。北门筦钥守无人，南渡乘舆行不得。至尊蒙难岂辱身，诏书罪己词尤恻。金水桥边呜咽声，琼华岛

---

① 冯煦：《三月十九日逸社第二集是日明思宗殉国日也怆怀往事爰赋万寿山怀古长篇》，陈夔龙辑《花近楼逸社诗存》，第13a页。

② 胡嗣瑗：《三月十九为明思宗殉国之日逸社适开第二集约以万岁山怀古为题》，陈夔龙辑《花近楼逸社诗存》，第19b～20a页。

③ 冯煦：《三月十九日逸社第二集是日明思宗殉国日也怆怀往事爰赋万寿山怀古长篇》，陈夔龙辑《花近楼逸社诗存》，第13a页。

④ 沈曾植：《上江红·三月十九日花近楼第二集万岁山怀古》，陈夔龙辑《花近楼逸社诗存》，第14a～14b页。

上凄凉色",① 陈三立 "思陵号恭俭，坐困流贼出。罪归亡国臣，茹恨殉社稷。至今万岁山，指点过者泣。杳杳歌太阳，峨峨瞰凝碧",② 余肇康 "景山高高接后宫，妖氛惨绿鬼火红。琼华岛孤埋玉虹，金水河枯莲石龙。裂襟书诏不可读，以发覆面灵其恫……要其不惜死社稷，天子殉国前应空",③ 吴庆坻 "吁嗟乎！晚明失政社将屋，黑子频书二申录。虞渊沉兮四海怵，剩水残山多野哭……江东风义动人间，渴逐精诚几夸父。殷墟薇蕨天所留，汉腊枌榆社仍古。七衡六间天门开，近自吴越传江淮（读蒿叟诗知江淮间亦同此俗）。乾精耿耿愿长寿，人心不死弥可哀",④ 胡嗣瑗 "引绳当绝陨危涕，貔貅食人齿牙利。沉沉虎豹九关睡，上墋下黩何天地。一死决矣去安避，寿皇亭上月昏黑。宫树不春杜鹃咽，琳琅襟底数行墨，二祖列宗共酸恻",⑤ 都经由想象来渲染明思宗之死的壮烈凄美与明遗民的贞悫惨怛。

　　寻绎上引的各首《万岁山怀古》，我们很容易发现，这些逊清故老还借助民间思想资源来深化明思宗之死给各地特别是江浙一带民众造成的持久创伤，以及江浙民众对明思宗的持久

① 邹嘉来：《三月十九日逸社第二集以万岁山怀古命题勉赋一首》，陈夔龙辑《花近楼逸社诗存》，第15a页。
② 陈三立：《庸庵尚书主逸社第二集适值三月十九日爰命题为万岁山怀古余忝与会归而补作》，陈夔龙辑《花近楼逸社诗存》，第15a页。
③ 余肇康：《三月十九日花近楼逸社第二集万岁山怀古以适值明思宗殉国日也各赋一诗予得二十八韵》，陈夔龙辑《花近楼逸社诗存》，第16b～17a页。
④ 吴庆坻：《花近楼逸社第二集以万岁山怀古为题余未与会作太阳生日歌寄正》，陈夔龙辑《花近楼逸社诗存》，第18b～19a页。
⑤ 胡嗣瑗：《三月十九为明思宗殉国之日逸社适开第二集约以万岁山怀古为题》，陈夔龙辑《花近楼逸社诗存》，第19b～20a页。

纪念。吴庆坻在其诗"异哉吴越间,传诵太阳经。易子为辰改月不改日,但见家家户户张红灯"句下注释道:"俗传《太阳经》有云'太阳三月十九生,家家户户挂红灯'谜语。"所谓《太阳经》,与民间传说相关。全国各地各种版本的太阳诞辰说,主要有二月初一日(北方)、冬月(十一月)十九日(南方)两种说法。但东南沿海一带的民间传说,却以三月十九日为太阳菩萨的生日。不过,仔细考察,三月十九日诞辰这一说法的起源基本可以断定在崇祯十七年以后。吴庆坻所引那句,有的《太阳经》版本还作"太阳三月十九生,家家念佛点红灯"。"户户"变成了"念佛"。很明显,崇祯帝正好殁于三月十九日,与传说中的太阳生日即冬月十九日恰在同一日,出于需要,"冬月十九日"被附会为"三月十九日"。三月十九日挂红灯这一行为或仪式,经由江浙一带民众"地方性话语"的塑造,成为特殊的民俗传统,进而凝结为明亡的历史记忆。① 冯煦诗"遗民惨痛记不得,托为太阳经一篇。每值此日潜飨祀,千门万户红灯悬"指此而言。逊清故老在吟咏中注入这一故实,旨在渲染明亡三百年间江淮民众久奉"汉腊"的感人力量,从而陶醉于隔代相感的遗民精神之中。

遗民体验总是相似的。然而就身份而言,清遗民始终是"清遗民",而不是明遗民。因而,他们的歌咏又是不安分或"跑题"的。陈夔龙在"罪己诏成了一绳"之后,紧接着吟道:"闯献仅供驱除用,长白王气云飞腾。盛朝龙兴修祀典,

---

① 参见赵世瑜、杜正贞《太阳生日:东南沿海地区对崇祯之死的历史记忆》,《北京师范大学学报》1999 年第 6 期;孙江《太阳的记忆——关于太阳三月十九日诞辰话语的知识考古》,《南京大学学报》2004 年第 4 期。

改葬妃园起山陵。原庙衣冠时来往，清明麦饭代尝蒸。"① 邹嘉来诗："盛朝祀典继尝蒸，麦饭冬青望故陵。除凶雪耻酬崇报，飒爽灵旗尚式凭。"② 胡嗣瑗诗："呜呼蛙紫供驱除，真人崛起风云粗。瑚戈西指清上都，八表恢廓三纲扶。"③ 从痛哭明亡，变而为对清王朝武功文德的缅怀。清王朝之平闯、献，被解释为替崇祯复仇，——这是清顺治、康熙年间官方的标准言说。不如此，他们无以成为"清遗民"。但几乎在同一时刻，明亡的记忆又唤醒了清亡的记忆。陈夔龙云："读史掩卷三太息，登高凭吊泪填膺。我生幸际咸同世，光宣中兴美再称。五甲申后占朝籍，宣厘兹地礼番僧。世非唐虞忽揖逊，北门卧治力难胜（按，宣统间陈夔龙任直隶总督兼北洋大臣）。神武挂冠又十稔，魂梦犹时绕觚棱。"④ 邹嘉来云："我从先帝（按，指光绪）鼎湖日，攀髯过此亦一登。忝尘朝列愧无补，四海惊波又沸腾。遭家多难冲龄主，芊蜂桃虫集蓼苦。揖让唐虞事竟非，共和周召谁为辅?"⑤ 这里寄寓的都是清遗民的伤痛。

---

① 陈夔龙：《三月十九日逸社第二集是日为明思陵殉国之日各咏万岁山怀古一首不拘体韵感怀今昔聊赋此篇》，陈夔龙辑《花近楼逸社诗存》，第12b页。

② 邹嘉来：《三月十九日逸社第二集以万岁山怀古命题勉赋一首》，陈夔龙辑《花近楼逸社诗存》，第15a页。

③ 胡嗣瑗：《三月十九为明思宗殉国之日逸社适开第二集约以万岁山怀古为题》，陈夔龙辑《花近楼逸社诗存》，第20a页。

④ 陈夔龙：《三月十九日逸社第二集是日为明思陵殉国之日各咏万岁山怀古一首不拘体韵感怀今昔聊赋此篇》，陈夔龙辑《花近楼逸社诗存》，第12b页。

⑤ 邹嘉来：《三月十九日逸社第二集以万岁山怀古命题勉赋一首》，陈夔龙辑《花近楼逸社诗存》，第15a页。

南社诗人借由晚明想象以"排满"，而逊清故老则借助晚明想象来强化自己的遗民体验。质言之，逊清故老将"遗民体验"升华为一种超越时空的存在，在明遗民、清遗民身上，他们看到的不是朝代的区隔，也不是族群的区隔，而是有关遗民的种种"共相"。也就是孙雄《元八百遗民诗咏序》中说的："南宋晚明遭异代之变，遗民接踵而起……挥戈回日、尽瘁国事者，则如文文山、瞿稼轩，凿坏肥遁、著书待后者，则如郑所南、王而农，均为当时所矜式、后人所仰止。诸公之为此，非有种族系统之见也……是故，有元之逊荒、有清之禅让，遗民亦复接踵而起，其用心亦与宋遗民、明遗民相同……嗟乎，处今日大同之世，乃犹有持种族狭隘之见，谓有元、有清两代虽能混一区宇，而终属非我族类。凡在孑遗之民，不应效文山、稼轩、所南、而农之所为者，抑何所见之不广欤？"①

另一个潜在但不可忽视的原因在于，明思宗之死富于直透人心的"悲壮美"，正如余肇康诗所谓"天子殉国前应空"。较之宋、金等朝遗民（也包括后来的清遗民），明遗民种种行为所体现的坚忍、痛楚与罪尤感是前所未有的，他们有超乎寻常的变态的"自虐"倾向，见诸各种载籍；② 在美学上，这可以匹配崇祯的煤山一缢，所谓"天子守国门，君王死社稷"。反观清王朝，其覆亡并不悲壮，是以禅让的和平方式甚至"窝囊"方式完成的，陈夔龙诗所谓"世非唐虞忽揖逊"，③ 邹

① 孙雄：《元八百遗民诗咏序》，张其淦：《元八百遗民诗咏》卷首。
② 参见赵园《明清之际士大夫研究》，第 3～22 页。
③ 陈夔龙：《三月十九日逸社第二集是日为明思陵殉国之日各咏万岁山怀古一首不拘体韵感怀今昔聊赋此篇》，陈夔龙辑《花近楼逸社诗存》，第 12b 页。

嘉来诗所谓"揖让唐虞事竟非"，[①] 绝无任何"悲壮美"。其结果正像郑孝胥指责的：

> 闻满洲皇族所争者，优待条款而已，是已甘心亡国，孰能助之，哀哉！……王室如此，而欲责忠义于臣民，难矣。[②]

或杨钧（1881～1940）抱怨的：

> 国变之后，局势全非，忠节二字，完全无着，出力不知为谁，舍生尤为白死。[③]

宣统三年成多禄自撰《澹庵年谱稿》尤具代表性：

> 十二月二十五日，皇帝逊位，国体改为共和，此千古未有之变局也。以为犹此国，而吾土安在？以为非此国，而吾君固存。[④]

在这一情形之下，清遗民欲借助清亡而直接诉诸悲剧美学，很难做到灵与肉的合一，将自己整个地沉浸在无可逃遁的质实而

---

① 邹嘉来：《三月十九日逸社第二集以万岁山怀古命题勉赋一首》，陈夔龙辑《花近楼逸社诗存》，第15a页。
② 《郑孝胥日记》，第1390页。
③ 杨钧：《草堂之灵》卷十四，岳麓书社1985年版，第272页。
④ 《澹庵年谱稿》，翟立伟、成其昌编注《成多禄集》，吉林文史出版社1988年版，第46页。

诚挚的悲痛之中。为此，他们需要一个镜像，通过晚明想象的痛楚记忆与代入感来完成遗民悲剧美学的书写与构筑，从而使自己获得"净化"或"宣泄"。这使我们想起西方文艺理论的常识：悲剧给人想象的空间，是因为它能在减轻自己的罪恶感的同时使人获得快感，是因为满足正义感和对秩序的愤怒，是因为有施虐倾向和道德良心。

"海上流人"以明亡哭清亡，除构建起超越时空的遗民认同外，最主要的是得到了情感的补偿。如果说"禅让"之局让清王室得以保全，以往易代之际的惨痛被极大削弱了的话，那么"共和"之局，则是以现代国家观念否定了君臣伦理及其价值意义。"天子""遗民"的存在失去了正当性基础。与历代遗民之处于深山老林不同，清遗民与其说是藏在租界，毋宁说是浮在空中——就人之存在总是包含"他者"而言，他们至少一半是浮在空中的。这是他们的独特处境。对崇祯之死及明亡的短暂代入，使他们无须保持对抗当下"公理"的姿态，哪怕是罔顾它，——"罔顾"这一姿态本身就包含精力的付出、精神的分散。

第四节　租界体验与京师记忆

面向"自己"是就海上流人的精神世界而言，其社会生活则主要限于租界。整个上海的空间由公共租界、法租界与华界三部分构成。租界占地有限，却是上海商业最繁华、建筑最多样、国籍最庞杂、人口密度最大的地方。这里的土地价格、生活成本极高，避地来此的清遗民虽是旧精英，但除少数人外，经济上并不宽裕，反而较为拮据。但不管怎么样，上海租界为他们提供了喘息之地。

公共租界、法租界大致处在以黄浦江与苏州河（旧名吴淞江）交界处为中心的黄浦江西北岸地区，其中公共租界横跨苏州河两岸。这是一个微型社会，有自己的治理机构，从工部局（Shanghai Municipal Council）到巡捕局，应有尽有。它包含了居住、工业、商业、港岸等不同空间，几乎提供一切生活、生产所需。① 以 1845 年英租界的创辟为起点，上海租界经历多次扩张，1914 年公共租界、法租界的面积合计 4.87 万亩，占当时上海总面积的 0.06% 不到，人口却多达 83.3 万，占总人口的 41.5%。② "受惠"于租界的扩张，辛亥前后这些清遗民得以卜居赁屋于此。比如，樊增祥的樊园、陈夔龙的花近楼位于静安寺路，沈曾植的海日楼位于麦根路，周树模的泊园位于宝昌路。早期租界扩张主要通过"越界筑路"达成，这几条路恰好都是越界筑路的遗产：静安寺路是公共租界最早的一批越界路之一，筑路完成后，工部局介入，将其划入租界，作为公共租界西区的主干道；③ 麦根路（Markham Road）是公共租界的另一条路，越界后一再延展，最讽刺的是，这条路得名于英国驻上海副领事麦根（John Markham）④ 之姓氏，

---

① 参见张鹏《都市形态的历史根基——上海公共租界市政发展与都市变迁研究》，同济大学出版社 2008 年版，第 34～42 页。

② 相关统计的基础数据，来自邹依仁《旧上海人口变迁的研究》附表，第 90～92 页。

③ 参见伍江《上海百年建筑史：1840～1949》，同济大学出版社 2008 年版，第 30 页。

④ 麦根（1830～1872），中文名"马安"，后于 1867 年被派任驻镇江领事。近代外交史、电报史、贸易史研究常涉及他，但中西学术界都尚无关于他的专门研究。

而他本人是越界筑路的始作俑者之一；法租界的宝昌路则是沿着原先的法华路辟建的。① 这些纵横交错的道路，沟通了租界的里里外外。

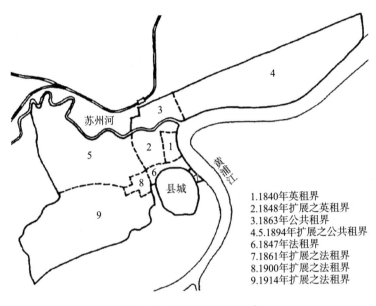

图 1－1　上海租界扩展示意

资料来源：罗小未主编《上海建筑指南》，上海人民美术出版社 1996 年版，第 6 页。

海上流人对租界风景较少"侔色揣称"的兴趣。通常，他们在诗歌中，不过用一用"电毂"② "电车"③ 这种无伤大雅的新名词，或者用"钩辀"④ 的旧义来表示洋人言语难解，

---

① 参见牟振宇《从苇荻渔歌到东方巴黎：近代上海法租界城市化空间过程研究》，上海书店出版社 2012 年版，第 148 页。

② 《乙庵坠车无恙，走此候之》，《瞿鸿禨集》，第 99 页。

③ 陈三立：《乘电车访实甫寄庐》，《散原精舍诗文集》，第 321 页。

④ 《沪滨杂咏》其三，《叶昌炽诗集》，第 163 页。

徒似禽鸟般聒噪，又或者以写意的方式，用"地以布金成"①
来表示租界的奢华、地价的昂贵。这与旧文化精英的雅正旨趣
不无关系，"雅正"常常以牺牲修辞的灵活性、通俗性为代
价。当然，并非人人如此，亦非时时如此。例如陈三立"四
临楼馆缀蜂房"② 一句就形象而传神地写出了密集的现代建筑
带来的视觉体验；当时，租界房屋建筑都维持在 6 层以下，③
没有明显的高低差，整饬程度正如蜂房之相缀。海上流人群体
中，刻画形迹的写作理念体现得最明显的是易顺鼎。1912 年，
黄楚九创建的综合娱乐场所"楼外楼"开业，易顺鼎躬逢其
盛，先后写了两首诗。"楼外楼登天上天""万电红于脸颊后
（电灯极多），半淞绿到眼波前"，④ "性虽下可过颡也（有池
设机器喷水），心不同如其面焉（有哈哈亭，悬十大镜屏，照
人面，圆椭不一）""登临都作辘轳体（有升降梯，不劳足力），
呼吸早通阊阖天"⑤ 等句都在"侔色揣称"上下功夫，虽然过
多倚赖注文使其在艺术上尚未达到最理想的程度。易顺鼎还特
地来到苏州河观赏飞艇：

> 何物行空中，而能使不坠。昨者观飞艇，仰面与天
> 对。点缀到太虚，正如片云翳。私奔太白星，又似织女
> 婢。须臾忽无睹，自咎双眼瞆。鸿都有道士，排空而驭

---

① 《沪滨杂咏》其七，《叶昌炽诗集》，第 163 页。"布金地"是佛典。
② 陈三立：《楼居与真长对宇戏诒二绝》，《散原精舍诗文集》，第 332 页。
③ 参见伍江《上海百年建筑史：1840～1949》，第 97 页。
④ 易顺鼎：《楼外楼落成士女游观者极盛余亦往焉因题一律》，《琴志楼诗
集》，上海古籍出版社 2012 年版，第 1231 页。
⑤ 易顺鼎：《再登楼外楼戏题》，《琴志楼诗集》，第 1232 页。

气。其人今犹存，即坐此艇内。东可入日窟，西可入月
窟。奈何甫顷刻，还堕波底快。……①

这首诗一面寄寓理致，一面着力于飞艇形迹的刻画。瞿鸿機的
《飞艇行》与之形成鲜明对比：

新知日发辟奥秘，造化退处穷模型。堪家推测异诡
诞，地与七曜皆行星。月中伫见作都聚，人物生殖繁流
形。不资飞行曷来往，始信天衢真可登。②

瞿诗纯以虚行，并不在乎飞艇的形迹，只就理致与引申出的哲
思落笔。这显示了二者的差异。就整体倾向而言，易顺鼎是海
上流人中的少数派。

　　像大多数海上流人一样，沈曾植诗歌对租界风景的书写也
不拘形迹，以"写意"为主。但与大多数海上流人不一样的
是，沈曾植诗歌中充斥着佛典，远比苏轼、黄庭坚、钱谦益等
大家来得密集，这使他成了另一种意义上的少数派。陈三立
《海日楼诗集跋》说："寐叟于学无所不窥，道录梵笈，并皆
究习，故其诗沉博奥邃，陆离斑驳，如列古鼎彝法物，对之气
敛而神肃。盖硕师魁儒之绪余，一弄狡狯耳，疑不必以派别正
变之说求之也。"③ "一弄狡狯""不必以派别正变之说求之"

---

①　易顺鼎：《十六日乘汽车至吴淞观飞艇归复偕天琴先生诣天仙园听王客琴歌曲
天琴月中乘小车返有诗柬余依韵答和之》，《琴志楼诗集》，第1231页。

②　《飞艇行》，《瞿鸿機集》，第72页。

③　陈三立：《海日楼诗集跋》，钱仲联校注《沈曾植集校注》，序跋总录第
18页。

云云，推崇之下带有排斥或贬抑的意味，尽管很含蓄。潜台词是，沈曾植的创作来得有些邪乎，不宜或无法用正统、常规的文学史叙事（但注意，一般的"派别正变"仍包含在正统范围内）加以概括。然而，正是这种取资于"道录梵笈"的"沉博奥邃，陆离斑驳"，将沈曾植的"写意"与其他人区分开来，深中现代性的肯綮。

沈诗歌中引人注目的不是"广陌高车轩意气，幽窗隙日足光明"这类工笔，[①] 而是充满迷幻感的奇思。从 1912 年底或 1913 年初《楼望叠前韵》开始，沈曾植写了一系列可以用"楼望"来概括的类型诗，例如《远望》（远望归何处）、《楼上》、《寄太夷》、《晓起》、《远望》（远望悲风傆慕思）、《北楼》等。这是因为日常生活限于一楼之地，"楼望"（而不是"楼"）成了与外部世界联系的重要媒介，"宵光熠耀星争出，妄想圆成日再中"[②]"定光虚室白，正色海波红"[③]"晚云千里至，病树百年枯"[④] 等诗句描绘的景象都从楼望得来。

沈曾植的"楼望"情趣，无疑还与租界这一独特空间相关。沈曾植《缶翁诗序》被不少研究者注意到：

> 余来海上，好楼居，居且十年。运会变迁，岁纪回周，春秋寒暑晦明之往复更迭，生老病死，成住坏空，一皆摄聚于吾楼堂皇阑楯之间。晨起雾蒙蒙，下视万家，蕉鹿槐蚁，浑沦无朕。仰而瞻大圜，云彷徨乎？雷雨动乎？

---

① 《答杨子勤》，钱仲联校注《沈曾植集校注》，第 424 页。
② 《楼上》，钱仲联校注《沈曾植校注》，第 441 页。
③ 《朝气》，钱仲联校注《沈曾植校注》，第 537 页。
④ 《晚望》，钱仲联校注《沈曾植集校注》，第 639 页。

雾霾曀乎？日杲杲月穆穆乎？气之色虹霓霞，其声风，其香味触沆瀣，朝霞沧阴，正阳玄黄，仙人道士所存想，浮屠之观，非有非无，非非有非无，亦有亦无。心之喻不能形诸口，意所会不能文以辞。尝以重阳与孤清居士倚阑四望，广野木落，鸿鹄之声在寥廓，喟然相谓，汇万象以庄严吾楼，资吾诗，诗诚有其不可亡者邪？[1]

与诗歌里的情况一样，沈曾植无意对租界风景做工笔描绘，他更偏爱印象式的挥洒。这番图景未必来自眼、耳、鼻、舌等感官对真实外部世界的摄取，更像是沈曾植"意"之所造，或是二者交相为用，"心之喻不能形诸口，意所会不能文以辞"。这当作何解？租界风景虽然新奇，但并非难以名状，半个世纪前的王韬或其他普通文人都足以胜任，正如我们已经见识过的。这对沈曾植来说绝非难事，但他别有解会。这段书写融合道教、佛教以及其他典籍里的各种资源，呈现了一个须臾变灭而又生生不息的世界，乃是对租界风景的"超越"。沈曾植类似的书写还有三段：

旅居近市，郁郁不聊。春夏之交，雾晨延望，万室蒙蒙，如在烟海。憬然悟曰：此与峨眉黄山云海何异？[2]
昔余初至此邦，尝作《山居图》寓意，以涂人为鱼鸟，阛阓为峰崎，广衢为大川，而高囱为窣堵坡。[3]

---

① 沈曾植：《缶翁诗序》，《海日楼文集》，第69页。
② 钱仲联校注《沈曾植集校注》，第452~453页。
③ 沈曾植：《余尧衢参议德配左夫人古希偕老图序》，《海日楼文集》，第191页。

> 题目寓楼曰海日楼，终日盘桓，不出一室。每诵陶公
> "云鹤有奇翼，八表须臾还"之句，千载同情，有如接
> 席。意之所会，即事为诗。①

用沈曾植自己的话来说，凡此皆为"寓意"或"意之所会"。

19 世纪末公共租界开始新一轮扩张，1914 年完工的一段路被命名为"西摩路"，得名于英国海军上将爱德华·霍巴特·西摩（Edward Hobart Seymour）的姓氏。沈曾植寓所离其较近，出入所经，又适逢其落成，他便立刻想到了佛典里发音相近的"须摩提"，意为极乐世界。沈曾植解释道："西、须、苏，一字之异写耳。称意华曰须曼那，好意女曰西（一作须）弥迦。余所居迤西南曰西摩路，不知邪寐尼书当作何解，中天语则悦意释也。路为出入所必经，感此嘉名，彰以雅咏。"② 同样，前文提到麦根路得名于英国驻上海副领事的姓氏麦根，沈曾植易之以《离骚》"揽木根以结茝"中的"木根"二字。③ 这些行为近乎"一弄狡狯"。但是，如果我们结合"此与峨眉黄山云海何异""以涂人为鱼鸟，阛阓为峰崎，广衢为大川，而高冈为窐堵坡"这些"寓言"，尤其是《缶翁诗序》里的精彩文字，就有必要把这种"狡狯"从技艺上升到精神层次。它是对租界风景的"超越"，但又并未斩断与租界的联系，这些"寓意"正来自租界的"楼居/楼望"生活。解读它，需要回到租界，回到沈曾植。

上海是中国走向现代的先锋，20 世纪初它是世界性的大

---

① 钱仲联校注《沈曾植集校注》，第 696 页。
② 《西摩路》，钱仲联校注《沈曾植集校注》，第 701 页。
③ 钱仲联校注《沈曾植集校注》，第 709 页。

都会。租界及其周边，自然的河流，传统的村舍棚户，摩登的洋楼、长街、霓虹、铁轨与电车，广告牌，赛马、打猎等的娱乐场地，散发着烟尘的工厂，既各有区隔又连成一气，构成了璀璨陆离的奇特景观。上海号称东方巴黎，其景观确实像极了本雅明对19世纪巴黎的批判性描绘：密集的商铺、街道，时间、空间连同人的存在、生活，都变幻错乱如"万花筒"。沈曾植生活的1910～1922年，是混凝土、钢结构建筑开始在租界展现魅力的时期：1895年，工部局电气处发电厂的烟囱落成，高39米，采用砖砌与混凝土混合结构，是过渡形态的建筑；1908年，上海第一座完全采用钢筋混凝土框架结构的建筑德律风公司大楼落成；到1917年，上海第一座钢框架多层办公楼天祥洋行大楼建成。[1] 沈曾植《山居图》寓意，"（以）高囱为窜堵坡"的"高囱"指的就是这座工部局发电厂的烟囱也未可知，它离沈曾植的住处很近。但就构成"都市"基本面貌的道路、建筑而言，不仅租界周边，就是租界一隅之地也还处于待开发或未完成的状态；旧上海建筑的鼎盛期要等到1920年代才开始，一直持续到1949年。从沈曾植的寓楼望去，不光摩登建筑，近之则断河荒苇，远之则云光海色，仍蒙蒙一片，密迩如接。沉酣于"楼望"是沈曾植迥异于其他海上流人的显著特点。这又让我们想到本雅明笔下的城市"游荡者"。"游荡者"是典型的现代人，他们与城市相依存，城市本身也是"游荡"的，游荡者置身商业空间，既孤独又自在。[2] 大致可以说，"游

---

[1] 参见伍江《上海百年建筑史：1840～1949》，第58～59页。

[2] 参见汪民安《游荡与现代性经验》，李小娟、付洪泉主编《批判与反思：文化哲学研究十年》，黑龙江大学出版社2011年版，第373～374页。

荡者"身上展现了现代人主体性与理性之间的割裂。沈曾植或许有类似感受，但肯定不尽然。就外在而言，村舍棚户、断河荒苇这类农耕景观与自然景观还点缀着租界内外。沈曾植在寓楼上远望秋郊时云："暗水明磷屑，荒城蔽狄氛。"① "荒城"虽容有寓意成分，确有现实基础，正如当时一外国人写的《上海指南》所云："上海，摩天大楼，耸立云天，美国以外，天下第一，与此同时，茅屋草棚，鳞次栉比。"② 这与充分城市化、商业化的巴黎不同。而且除公园外，沈曾植对租界的城市空间尤其是商业空间缺少"游荡"的兴趣。就内在来说，沈曾植之"游荡"上海，主要是通过"楼望"达成，类似古人之"卧游""神游"，只是所游之地并非具体的山水，而是一个融合了租界、上海与中国古典（特别是佛、道）资源的"寓意"世界。沈曾植的楼望诗中，还有一联值得注意："天怜低倚杵，地即画成牢。"③ 它可以采用自然主义的解释，比如"天低"是因为上海的湿气重，"画地为牢"是源于租界建筑类同、密集。但这无疑是上海租界居处给他带来的压抑感。可以认为，他营造的那些融合了多种资源的"寓意"世界，既包含现代性体验，又是对现代性体验的疏离、反抗或超越。

　　沈曾植超越租界风景的"寓意"世界，还与他的"流人"身份相关。清室逊政后，"流人"成了遗民、遗臣。他在《涛园记》中说："吾与君旅于海上六年，君今年六十矣。于《尚

---

① 《秋郊》，钱仲联校注《沈曾植集校注》，第 640 页。
② 参见熊月之主编《上海通史》第 1 卷《导论》，上海人民出版社 1999 年版，第 189 页。
③ 《远望》，钱仲联校注《沈曾植集校注》，第 427 页。

书》五行家说，言之不从厥极忧，视之不明厥极疾，听之不聪厥极贫。我都人士之流离琐尾于斯者，固已无不离兹三极，其为言与视听之咎何疑。"① 沈曾植列举了《尚书》五行家说"六极"中的"三极"，即忧愁、疾病、贫穷。这源于清廷覆亡，进入末世，他们老病无依、"流离琐尾"，被迫侨居于租界。更让他们难堪的是，"租界"是吾土而又非吾土，处在洋人管辖之下。就像沈曾植在诗中说的："登楼四望非吾土，谁向江潭感逝波。"② 所以，他要把十里洋场的麦根路称为木根路，将西摩理解为须摩提，先在字面上"一弄狡狯"，进而营造一个"寓意"世界，"汇万象以庄严吾楼"。

不仅沈曾植，几乎所有的海上流人都对租界有复杂情感。我们可以先从日常游览空间说起。前文说过，海上流人在租界的雅集地点可以分为私人寓斋、别墅园林、公共餐馆三类。显然，只有别墅园林是游览空间，特别是中式园林。张园、愚园、徐园、哈园（哈同花园）是海上流人的必临之地，春秋佳日，或雅集，或独游，早已成为日常，相关诗歌书写在他们的别集中层见叠出。他们会吟出"沪渎数园林，贾胡有胜地。手辟一村落，营筑蔼佳气"③ 之句，把哈园推为上海的有数园林，甚至第一；有时他们又会说"诸园独有愚与哈"，④ 给愚园以相同的评价；可是，换个时间、换个地点，为了衬托张园的独一无二，他们又会来一句"沪渎落落几名园，徐园地小愚园喧"，⑤

① 沈曾植：《涛园记》，《海日楼文集》，第198页。
② 《简天琴》，钱仲联校注《沈曾植集校注》，第549页。
③ 陈三立：《哈同园观梅》，《散原精舍诗文集》，第323页。
④ 易顺鼎：《愚园哈园看花作》，《琴志楼诗集》，第1203页。
⑤ 《夏夜张园观荷》，《陈夔龙全集》，贵州民族出版社2013年版，第501页。

把徐园、愚园贬个痛快。诗人的即兴甲乙，不必当真，参互阅读，只看到他们对此间园林的沉溺。陈夔龙沉醉于犹太商人哈同的中式园林："主人海外客，丘壑胸中住。拓地十余顷，意匠神为驭。不作欧洲式，华风殷景附。楼阁何玲珑，风月亦容与……"①"宾至如归"之感，不难窥及。在他的描绘中，夏夜的张园也很不错："城市不知山林幽，东坡隽语传千秋。谁令山林在城市，阛阓声中得佳致。"②置身喧闹的十里洋场，陈夔龙却在张园一隅找到了山林之乐。十多天前，陈夔龙还把这份荣光给了徐园："绿云满地天沉阴，翛翛城市变山林。"③看得出来，租界的生活其实比较惬意。所以他们才能吟出：

> 两京犹是乱离年，海上差欣避地便。④
> 吁嗟浦西真福地，南阮北阮皆可托。⑤

甚至视租界为桃花源：

> 人不分无著与天亲，花不识炎汉与暴秦。⑥

---

① 《五月十八日佩瑜约同言声游哈园，福儿随侍，兴尽而返，遂成此诗》，《陈夔龙全集》，第479页。
② 《夏夜张园观荷》，《陈夔龙全集》，第501页。
③ 《六月二日徐园雅集，即席赋示梦华、子修、子封、伯严、菊坡、耕荪、静安诸同年，并订后约》，《陈夔龙全集》，第481页。
④ 樊增祥：《次刚侯韵三首》，《樊樊山诗集》，第1824页。
⑤ 易顺鼎：《壬子清明前一日偕左笏卿金滋轩汪笃甫潘兰史及兰史之如君姜月子女士由康脑脱路徐园游曹家渡之徐园又游梵王渡之小万柳堂访廉君惠卿及其配吴芝瑛夫人归途有作》，《琴志楼诗集》，第1205页。
⑥ 樊增祥：《癸丑三月三日樊园社集用杜诗丽人行韵》，《樊樊山诗集》，第1786页。

> 避秦家世从曹逃，胜于阿谀随脂膏。①
> 海滨权作桃源洞，犹说东京梦华梦。②

可是，瞿鸿禨"海滨权作桃源洞"的"权作"二字已经暗示了它是脆弱的乌托邦。

在桃源隐酒楼的一次雅集中，借着酒楼的名字，瞿鸿禨解释了为什么"海滨权作桃源洞"：

> 武陵仙源谁种桃，沿溪万树红云包。避秦不识人间世，但见巢父栖安巢。即今那复有此地，强就海曲名乐郊。③

当世不同于古代，只能勉强把"海曲"当作桃源；此"海曲"正是租界之所在。相比于桃源，瞿鸿禨使用得更多的是《庄子》中"泉涸，鱼相与处于陆，相呴以湿，相濡以沫"的意象："海濒濡煦方避地"，④"涸鳞濡煦嗟孑遗"，⑤"海濒潜伏甘濡沫"，⑥

---

① 沈瑜庆：《超社第十二集，止庵相国招饮桃源隐酒楼，所设食器，为陶文毅公印心石屋遗制，益阳胡参议家藏物也。限七古"陶"字韵》，《涛园集》卷三，第73页。

② 《和樊山酬送湘橘，即次其韵》，《瞿鸿禨集》，第107页。

③ 《招同社集胡定臣桃源隐酒楼，用所藏陶文毅公印心石屋石器，限陶字韵，各赋七古》，《瞿鸿禨集》，第93页。

④ 《六月十二日，山谷生日，乙庵作社集于泊园，观宋刻任天社山谷内集诗解，予用集中对酒歌答谢公，静韵》，《瞿鸿禨集》，第85页。

⑤ 《八月二十八日，渔洋生日，补松作社集于樊园，分韵各为七古，予得司字》，《瞿鸿禨集》，第91页。

⑥ 《酬涛园并简散原》，《瞿鸿禨集》，第104页。

"煦沫相依忽海滨"，① "孑黎濡沫沧溟濒"。② 这些诗句写的是
"流人"的悲凉，他们只能藏身海滨租界，相互取暖。在陈三
立眼中，租界一隅之地，不过是"天假隙地哀疲癃"，③ 是上
天对流人的眷顾、哀悯。但推究起来，这个"隙地"的存在
乃是托洋人之"福"。陈三立写道：

> 维人发杀机，殃祸塞坤轴。安获干净土，苏喘庇殊
> 族。夷市俨雷池，庶几莫予毒。侨置十万家，蚁旋黄歇
> 渎。……④

"夷市"变成了"雷池"，当局无法逾越，无权过问，他们得
以苟且喘息于此，"安获干净土，苏喘庇殊族"。毋庸置疑，
这是一种尴尬甚至屈辱的处境。

"海上流人"的租界体验，来自现代都市生活、逊清遗臣
身份、列强"治外法权"等多重因素的交互作用。但是，要
完整地去想象这种体验，我们还需要历史意识，一种传统精英
士大夫必备的历史意识。事实上，"今日之乱，故所未有；今
日避乱之方，亦古所未闻"，就是以历史为参照的。当"海上
流人"栖身于海滨租界的时候，历史意识会在各种机缘下被
唤醒。沈曾植《移居》诗及众人的唱和就是一次历史意识最

---

① 《题陈庸庵〈徐园雅集图〉，皆其丙戌同年也》，《瞿鸿禨集》，第130页。
② 《丁巳正月十三日立春，同人集海日楼，分韵赋诗，予得新字》，《瞿鸿
禨集》，第135页。
③ 陈三立：《展花朝超社第一集樊园看杏花限东韵》，《散原精舍诗文集》，
第355页。
④ 陈三立：《潜楼读书图题寄幼云》，《散原精舍诗文集》，第330页。

集中的展示。

1912 年旧历七月，沈曾植移居上海麦根路十一号，写了四首《移居》诗：

> 残生只合入山迁，那更移居向海壖。百尺楼高弹指见，五车书在启行先。张南周北多相识，远眺明居也自怜。不用指南重审度，景公夕室是西偏。
>
> 岑楼高建赤城标，霞思云情慰寂寥。举手径疑回若木，有怀直与欹神宵。天空一相圆于水，月海千家静不潮。如此山居元不恶，一峰更比一峰超。
>
> 乱后河山病后身，老悬海澨拜鹃魂。移家图画安洪灶，禁足光阴在瞿门。剑首唐虞无起灭，卮言凡楚有亡存。崆峒仙杖经年望，一唾终消万劫痕。
>
> 随处容身一露车，隐囊纱帽竟何如？安排白伞仍持诵，不用黄神助解除。三白瓜来冰振齿，五明扇动电缠枢。披襟别有真人想，云白山青万世庐。①

"残生只合入山迁，那更移居向海壖""乱后河山病后身，老悬海澨拜鹃魂"等联的确可以说是引入了自己的遗民身份。不过组诗在基调上相对超然，"天空一相圆于水，月海千家静不潮""剑首唐虞无起灭，卮言凡楚有亡存"，展现的是一种看淡兴废存亡的"逸民"心态。在同人的赓唱中，情况很快出现了一面倒的变化，"超然"的一面被淡化乃至无视。樊增祥"义熙末运无安土，只有柴桑得地偏""德祐亡犹遗谢枋，

---

① 《移居》，钱仲联校注《沈曾植集校注》，第 473～474 页。

宣仁在已罢王存",① 陈三立"枯槁卜居能颂橘，苍茫挥涕与添潮""寻源《世本》余新语，移梦华胥署老樵",② 梁鼎芬"晚岁浮萍似高密，单身结草见阿先""开元盛日寻常过，德祐师儒一二存",③ 杨钟羲"家有辋川荒鹿柴，人疑皋羽过蛟门""三度卜居终未定，说经待傍郑公庐",④ 吴庆坻"自著田冠逃世法，且餐橡饭受天怜""出世姓名人尚讶，归禅文字障难除",⑤ 吴士鉴"芳时鹈鴃如相诉，晚岁夔蛇各自怜""琴剑西征伤往事，衣冠南渡尽高门",⑥ 沈瑜庆"野史亭边几来往，凉宵清梦有啼痕""等身著述无年月，容膝门庭但扫除",⑦ 都聚焦乱世遗民避居自隐这一主题。推寻背后的缘由，清亡后第一年的"移居"本易引发各种联想，比如隐士逸民的隐居，或历代遗民的避乱结庐，唱和诸人用的典故，关涉的都是陶潜、郑玄、焦先、谢翱、杜甫、王维、元好问等一流人物，不是隐士，就是忠臣、遗民。这些"故实"不是当下"纪实"，而是指向或呈现一个意象、一个历史场景或画面，也就是说，作者在使用它们时包含想象或记忆，形诸歌咏则是一种历史的投射。

　　作为传统的士大夫，清遗民的历史意识并不外在于逝去的

---

①　钱仲联校注《沈曾植集校注》，第 475 页。按，"德祐"句用谢枋得事，德祐二年，元兵攻占临安；"宣仁"句用北宋王存事，此当指宣统二年沈曾植因开罪贝子戴振而乞归事。

②　钱仲联校注《沈曾植集校注》，第 475~476 页。

③　钱仲联校注《沈曾植集校注》，第 476 页。按，"晚岁"句用郑玄事；"单身"句用东汉末隐士焦先事。

④　钱仲联校注《沈曾植集校注》，第 477 页。

⑤　钱仲联校注《沈曾植集校注》，第 477 页。

⑥　钱仲联校注《沈曾植集校注》，第 480~481 页。

⑦　钱仲联校注《沈曾植集校注》，第 484 页。

历史，他们就生活在历史之中。上海不仅是租界，它在地理位置上还属于两晋南北朝时所谓"江表"一带，容易引发吴士鉴和诗所谓"衣冠南渡尽高门"、沈瑜庆和诗所谓"名士过江怨播迁"的想象，表现为一种"异代同时"或"异代同情"。他们借助两晋之际（也许还得加上两宋之际）"名士过江"或"衣冠南渡"这一公共的文化记忆来强化自己的亡国体验、遗民体验。[①] 正如前文论及的，李详拟纂《海上流人录》，其灵感正来自《永嘉流人名》或《晋永嘉流士》。北方世家大族奔命到江左以后，东晋政权广置侨州郡县。"侨州""侨郡"绝不同于"租界"，但有一点是共通的，都意味着居处此间的人丧失了"根本"。上海租界的遗民由此联想到西晋末年的"衣冠南渡"或"名士过江"，自在情理之中。

显然，"移居"乃是作为隐喻而存在。虽然细微，却至关重要。用学理性的话来说，隐喻是不同的高级体验域中两个概念之间的映射，即是说它是一种超出事物表层的映射机制，借由高级体验而达成。在这个意义上，作为思维的主体，我们人就活在隐喻里，因为"日常生活中隐喻无所不在"。[②] 这听起来有些抽象，不妨回到具体的移居唱和事件中来。移居的本义是从一个住宅迁移到另一个住宅，但在民国元年沈曾植的"移居"唱和中，唱和者把"移居"的空间范围大大地拓宽了，且植入了强烈的隐喻义。沈曾植于宣统二年（1910）七月辞官归里，八月来到上海，寄寓在上海开封路修德里，继而

---

① 参见潘静如《清遗民话语系统与清遗民现象——以"贞元朝士"为例》，《文艺理论研究》2018 年第 2 期。

② 乔治·莱考夫、马克·约翰逊：《我们赖以生存的隐喻》，何文忠译，浙江大学出版社 2015 年版，第 1 页。

返回嘉兴故里，此后因事往来上海、嘉兴、南京三地，九月赴南京参与杨文会（1837～1911）创办的佛学研究会。事毕后返回嘉兴，于是年十月十七日致函李翊灼托其在上海代为租房，他觉得"梅福里屋价尚相宜"。至宣统三年春夏间，沈曾植客居上海直隶路的红庙。民国元年七月，沈曾植从红庙搬到麦根路十一号。① 这就是沈曾植作《移居》诗的由来。这里之所以不厌其烦地介绍沈曾植的移居始末，是想说明：第一，沈曾植所谓"移居"仅仅是指从直隶路搬到麦根路，相去甚近；第二，即便不拘泥于一时一地，沈曾植卜居上海也远始于宣统二年七月辞官南下时，彼时海内尚称宴安，并无翌年就要"亡国"的信号。然而，正是沈曾植的这首《移居》诗，引起了唱和者强烈的故国哀思。其关键在于"移居"带来的隐喻。在他们看来，"移居"等同于"避世"。更重要的是，他们将"移居"的空间范围放大了，从直隶路到麦根路的移居，变为从神州故国到一角海滨租界的移居。这不啻现代版的"披发入林"，他们犹如畸人，被放逐于寻常世界或神州故国的边缘。历史意识遂与移居隐喻融为一体。

　　东晋政权立足江表后广置"侨郡""侨县"，不仅是聊慰对中原故土之念想，亦是豪族身份的存照、展示，一种可以与政权"正统性"相羽翼的弱意识形态。"海上流人"托庇洋人租界，则无此便利。沈曾植私下里采《离骚》"揽木根以结茝"之句，把"麦根路"改为"木根路"具有象征意义：对租界"流人"而言，他们只能在精神世界完成此种安置。

---

① 沈曾植几年间的行迹，参见许全胜编《沈曾植年谱长编》，中华书局2007年版。

1915 年秋，逸社第六次雅集在陈夔龙的上海寓所举行。13 人与会，分咏 13 处京师胜迹：陈夔龙（天桥酒楼）、沈曾植（陶然亭）、瞿鸿禨（天宁寺塔灯）、冯煦（金台夕照）、缪荃孙（碧云寺魏阉葬衣冠处）、吴庆坻（净业湖李文正故宅）、陈三立（龙树寺古槐）、沈瑜庆（斜街花市）、王乃征（崇效寺红杏青松卷子）、林开谟（长椿寺九莲菩萨画像）、杨钟羲（慈仁寺双松）、张彬（东西庙市）、朱祖谋（查楼菊部）。这同样包含精神安置的意义，值得注意。

从张彬"登坛寸铁更号令，选题十数征心裁。前尘无日忘乡国，庙市信手信拈来"① 来看，这次分咏是在事先准备好的十几个胜迹中随机分派的。从陈三立的"恸彼殷墟瞬易代，疏列往迹烦追题。纸堆暗记各拈出，古槐匿寺如探骊"② 来看，刚才的猜想是对的，题目写好了藏在纸堆里，由同人任抓一张。最重要的是它交代出"疏列往迹烦追题"至少部分是为了"恸彼易代"，可与沈瑜庆"逸社第四集，庸庵主席，以都下故事命题"相参证，③ 这就赋予这次雅集特殊的意义。如果说瞿鸿禨"相轮不灭龙汉火，劫尘飞遍吹余腥"④、缪荃孙"两朝如梦感沧桑，水色山光淡若忘"⑤ 之类还过于宽泛的话，那么陈夔龙"坐中俱是望京客，一片心常北斗悬"⑥、沈曾植"北斗阑干依望睟，风物仿佛亭中秋。身在南藩且无预，心悬

---

① 钱仲联校注《沈曾植集校注》，第 937 页。
② 钱仲联校注《沈曾植集校注》，第 935 页。
③ 沈瑜庆：《涛园集》卷三，第 98 页。沈题作"第四集"，与他人不同。
④ 钱仲联校注《沈曾植集校注》，第 933 页。
⑤ 钱仲联校注《沈曾植集校注》，第 934 页。
⑥ 钱仲联校注《沈曾植集校注》，第 933 页。

魏阙怀千忧"① 等诗句，则明确无误地表达了他们的故国之
思。但是，我们又不能过分执着于政治意义上的清遗民。陶然
亭、龙树寺、碧云寺、天桥酒楼等胜迹，都是士大夫包括他们
自己惯去之地，文采风流，映照一时。他们把这些胜迹形诸歌
咏，第一反应往往是"故事"或"掌故"——

> 此是春明掌故亭，雍乾诗事征纤积。（陶然亭）
>
> 三百年来谈掌故，前有怀清后存素。（净业湖李文正
> 故宅）
>
> 尔来铜驼窜荆棘，承平故事过者迷。（龙树寺古槐)②

重温昔贤或自我的"春明梦"——

> 昔在乾隆新梵宇，有举不废从因仍。当时物力席全
> 盛，金涂宝烛交晶荧。……罢归常系春明梦，玉泉山色浮
> 舠棱。（天宁寺塔灯）
>
> 往者益都翊新运，堂开万柳藉英才。去台咫尺足游
> 衍，朱陈严李纷追陪。坐上谈经轶郑服，殿前作赋穷邹
> 枚。（金台夕照）
>
> 风流渺矣乾嘉年，后来相业思光宣。松禅墨妙落人
> 手，西涯一角空夤缘。南皮觥觥入枢府，十刹海湄起堂
> 宇。（净业湖李文正故宅）
>
> 当年计携二三子，一趁薄醉寻轮蹄。（龙树寺古槐）

---

① 钱仲联校注《沈曾植集校注》，第932页。
② 分别见钱仲联校注《沈曾植集校注》，第928、935、935页。

> 宣南访古日曾记，白纸坊前通径邃。……弥勒龛前锦
> 轴装，日下胜流争题识。（崇效寺红杏青松卷子）
>
> 尚书梁栋施，孤落不予猥。分题首日下，意仍恋荃
> 宰。忆昔从王孙，雪屧不嫌每。（慈仁寺双松）①

他们竭力追怀的其实是过去的那种士大夫生活。

直观看，京师胜迹关乎的是风景。但考虑到分咏京师胜迹时处在上海租界之内，清室逊政之后，这一行为就有了相当复杂的意味。这是空间上的遥望，也是时间上的追忆。沈曾植移居唱和事件在时间维度上所展现的是历史经验（永嘉南渡的历史想象），而非个人经验。分咏京师胜迹则有所不同，它不可避免地勾起他们关于京师风景与生活的种种记忆。尽管在"海上流人"群体间，这样的记忆有集体性，但它首先根植于个人具体的生活经验。这种生活经验为何如此重要？因为它使士大夫成为士大夫，使士大夫确认自己是士大夫。从这里出发，就可以发现"风景"不仅仅是风景，不论上海租界还是京师胜迹，都是如此。在文化意义上，风景不只是观赏、游览的对象，它总是关涉身份与权力。它是人"生活、活动、实现自身之存在的媒介"，一种"最终注定返回的媒介"。②清遗民分咏京师胜迹，堪称"风景的再现"，深度根植于权力与知识的关系之中。③中国自古就有"大夫九能"之说，"升高能

---

① 分别见钱仲联校注《沈曾植集校注》，第 933、934、935、935、936、937 页。

② W. J. T. 米切尔编《风景与权力》，杨丽、万信琼译，译林出版社 2014 年版，序言第 7 页。

③ 温迪·J. 达比：《风景与认同：英国民族与阶级地理》，张箭飞、赵红英译，译林出版社 2011 年版，第 9 页。

赋"是其一。两千年来，其含义有所变化，从强调实际才干，变为象征博雅、闲适，却始终是士大夫的标识。现在渐渐失去了根基。虽然城市功能、社会生活、大众文化的转变在清亡前就已开始或酝酿，但共和政体的建立就像一种坚定的宣言，不但加速了这种转变，更使这种转变"公开化"——崭新的意识形态以及与之相匹配的国民伦理、市政理念犹如被置于青天白日之下。民国初期，北京城内外大量的皇宫禁苑、私家花园、寺观坛庙被辟为公园，向大众开放。① 风景还是那样的风景，但名义或性质的改变，足以消解文人士大夫的身份标识与诗意空间，尤其是在他们逐渐失去政治、经济、文化各方面基础的情况下。② 这是北京由皇城向现代都市转变的一个侧影。置身租界，翘首眺望、追忆那些仍然存在但又有些模糊的京师胜迹，是"流人"最生动的剪影。

第五节　"流人"意蕴与租界悖论

上海租界里的这些遗民不断诠释着"流人"的处境、心境。但是，"流人"非上海所独有。青岛也是一个洋人租界，为清遗民避地之所。与李详拟撰《海上流人录》类似，黄公渚撰有《岛上流人篇》，历咏寓居青岛的逊清遗民张人骏、陆润庠、周馥、劳乃宣、于式枚、李思敬、王垿、陈毅、胡建枢、童祥熊、徐世光、商衍瀛、商衍鎏、赵尔巽、邹嘉来、吴

---

① 参见王丹丹《北京公共园林的发展与演变历程研究》，博士学位论文，北京林业大学，2012。

② 参见陈丹丹《十里洋场与独上高楼——民初上海遗民的"都市遗民想象"》（《北京大学研究生学态》2006 年第 2 期）的相关讨论。

郁生、刘廷琛、章梫、叶泰椿、萧应椿、丁兆德等人。黄公渚在诗序中说："辛亥世变，海宇骚然。青岛一隅，遂为流人翕集之地。假息壤于仙源，拟华胥之酣梦。冠盖辐辏，称极盛焉。乃不数年，兵气荐及，风流云散，人世沧桑。余亦奉亲避地青州，追拟畴曩，爰述斯篇，窃附虞山《吾炙》之意，用申永嘉板荡之思云。"① "岛上流人"之间的认同感，不难想见。

再比如天津这一租界城市，逊清遗民，所在多有，他们因身为"流人"而建立了更为强烈的认同感，于是借由结社唱和而出之。陈恩澍、查尔崇、李孺、章钰、周登皞、白廷夔、杨寿枏、林葆恒、王承垣、郭宗熙、徐沅、陈宝铭、周学渊、许钟璐、胡嗣瑗、陈曾寿、李书勋、郭则沄等人结集的《烟沽渔唱》七卷，今犹可见。"序一"的第一句就是："世异，士大夫所学于古无所用。州郡乡里害兵旅盗贼，不得食陇亩、栖山林，居大都名城为流人，穷愁无憀，相响濡以文酒。"② 《例言》的第一句也称："须社词侣，等是流人，戢羽云津，希踪渔钓。"③ 其中，杨寿枏的"序二""萃永嘉之流人，多贞元之朝士"一句把彼此的认同感书写得几无遗蕴，"贞元朝士"这一意象指向他们的同光记忆和想象，从而构成了认同的底色。④

殖民地通常被割裂为两个世界，一个是特权世界，一个是混乱无序的世界，"空间监管"通常是殖民当局的首要任务。

---

① 黄公渚：《岛上流人篇》，《雅言》辛巳卷三，南江涛选编《民国旧体诗词期刊三种》第 7 册，国家图书馆出版社 2013 年版，第 109 页。
② 袁思亮：《烟沽渔唱序》，《烟沽渔唱》卷首，1933 年铅印本。
③ 《例言》，《烟沽渔唱》卷首。
④ 杨寿枏：《烟沽渔唱序》，《烟沽渔唱》卷首。

租界也是如此，但并不总是如此。以上海租界为例，太平天国时期华洋分居的限制就有所松动。就租界之性质而言，这一点无足轻重，重要的是主权问题。按照清政府签订的协议与组织原则，起初上海租界只是"外国人居留地"，但是后来上海租界的市政、司法、财税诸权，都为外国领事和工部局所控制，这是明白无误的主权丧失。这种局面延续到了民国。是以清遗臣在惶恐、震动中麇集租界，托庇这里的"治外法权"。饱读诗书而获得的敏锐的历史意识，使他们第一时间确立了避地租界在中国遗民史上的坐标系：

今日之乱，故所未有；今日避乱之方，亦古所未闻。①

将家悬海市，指眼朱成碧。此厄古未有，万劫互寻觅。②

谷底已无巢许迹，海滨都作望夷居。③

逃尧古有人，避秦今无地。可怜津沪间，同恃外人庇。④

显然，遗民托身海滨租界乃是一种"古所未闻"的现象。不妨说，它是"三千年未有之大变局"的一部分。不出意外，藏身于租界这一事实使清遗民进退失据，格外窘迫。不仅吴稚

---

① 胡思敬：《吴中访旧记》，《退庐全集》，第 216 页。

② 陈三立：《于乙盦寓楼值汪鸥客出示所写山居图长卷遂以相饷余与乙盦各缀句记之》，《散原精舍诗文集》，第 326 页。

③ 姚永概：《上海逢沈乙庵陈伯严陈介庵陈劢吾及伦叔》，《慎宜轩诗》卷七，《清代诗文集汇编》第 791 册，第 287 页。

④ 江瀚：《重至天津》，《慎所立斋诗集》卷八，1934 年刻本，第 6b 页。

晖这样的新文人百般讽刺："真正遗老，已入山必深，入林必密，隐其姓名，饱薇蕨以没世。今日在通都大邑出锋头的遗老，好比如康有为哩、陈宝琛哩、郑孝胥哩、罗振玉哩，诸如此类底东西，都是挟有另一种骗法的痞棍，昼伏夜动，名之曰鼠窃亦可。"① 就是旧文人也深致不满："今之逸老，居青岛，住上海，高楼大厦，车水马龙。其供奉内廷者，每月薪千余圆，乘轩驾驷，大肉细肴，犹自以逸老自居。吁，奇矣!"② 清遗民有违"入山必深，入林必密"的大德，确实对自身构成了十足的讽刺，但若仅从"高楼大厦，车水马龙"这一视角看待他们避居租界，理解为骄奢淫逸，则亦失之偏颇。

曹聚仁曾说："一部租界史，就把上海变成了世界的城市。"③ 在这个语境里，所谓"世界的城市"，并非仅仅如字面所言，上海在世界上有举足轻重的地位或上海是世界人民瞩目的地方。它实际是说，上海摇身一变，成了"现代大都会"。也就是说，所谓"世界的城市"强调的其实是其"现代的"这一意涵。但租界最吸引清遗民的，未必是舒适便利的现代生活或有的研究者拈出的"异托邦"，其实很可能是它那超越或涵容一切意识形态的气度。就像王国维说的：

> 古者，卿大夫老，则归于乡里。大夫以上曰"父师"，士曰"少师"，皆称之曰"乡先生"。与于乡饮酒、乡射之礼，则谓之"遵"。遵者，以言其尊也。席于宾主

---

① 吴稚晖：《溥仪先生》，《民国日报》（上海）1925 年 2 月 22 日。
② 赵炳麟：《柏岩感旧诗话》卷三，张寅彭主编《民国诗话丛编》第 2 册，上海书店出版社 2002 年版，第 541 页。
③ 曹聚仁：《上海春秋》，生活·读书·新知三联书店 2007 年版，第 10 页。

之间者，以言其亲也。乡之人尊而亲之，归者亦习而安之。故古者有去国，无去乡。……光、宣以来，士大夫流寓之地，北则天津，南则上海。其初，席丰厚、耽游豫者萃焉。辛亥以后，通都小邑，桴鼓时鸣，恒不可以居，于是趋海滨者如水之赴壑，而避世避地之贤亦往往而在。然二地皆湫隘卑湿，又中外互市之所，土薄而俗偷，奸商傀民，鳞萃鸟集；妖言巫风，胥于是乎出。士大夫寄居者，非徒不知尊亲，又加以老侮焉。夫入非桑梓之地，出非游宦之所；内则无父老子弟谈宴之乐，外则无名山大川奇伟之观。惟友朋文字之往复，差便于居乡。①

这里触及"士大夫"由礼俗社会进入法理社会后的现代命运。所谓"通都小邑，桴鼓时鸣，恒不可以居"，说的是国内先进之人从洋人那里贩来的"现代"与"革命"话语。昔人之所谓乡里，已经回不去了。海滨租界虽然也"奸商傀民，鳞萃鸟集"，且为洋人所控制，却富于弹性，可以容纳流人。正是在这一意义上，而非简单的"高楼大厦，车水马龙"意义上，租界才被清遗民视为"桃源"。② 避地上海的陈夔龙在"酣睡他人卧榻旁"一句下自注道："内地不靖，租界转成乐土。"③ 一面是"乐土"，一面是"他人卧榻"，颇为乖谬。避地香港

①《彊村校词图序》，《王国维手定观堂集林》卷十九，浙江教育出版社2014年版，第504页。

② 已经有研究者从"桃/逃源"的角度做过论述，参见吴盛青《亡国人·采珠者·有情的共同体：民初上海遗民诗社研究》，《中国现代文学研究丛刊》2013年第4期。

③《湘绮先生莅沪，余既赋短章奉迓矣，日间走访得读樊山方伯赠诗暨止庵协揆和诗，依韵再赠四律》，《陈夔龙全集》，第463页。

的何藻翔（1865～1930）在"惟有此中堪避世，不须凭吊宋王台"一句下自注道："西人拓展租界，华民辄争界址。由今思之，转幸得避乱地也。"①"不须凭吊宋王台"就等于说，不必对自己的国家、国族或国民有太多一厢情愿的挂念，倒是（香港）租界给了自己藏身之所。这是负气话，但至少反映出，对流人而言，租界是"悖论"式的存在。

1937 年以前，上海一直较为稳定。但并非所有的租界城市都是如此。当"租界"失去稳定性，变为角力场的时候，原本处于隐藏状态的那种窘促情境就会变得异常刺眼。青岛就向避居此间的清遗民展示了这一点。青岛之成为德国租界，始于 1898 年。德国人以"巨野教案"为借口侵占了青岛，逼迫清政府签订《胶澳租界条约》。江瀚《青岛》诗所谓"中华疏武略，要港让人先"，②指的就是这个。1914 年夏第一次世界大战爆发，置身上海租界的陈夔龙幸灾乐祸地写道："坐上酒樽惭北海，城中蛮触笑西方（自注：时闻欧洲战事）。"③殊不知，战争很快波及中国。到了秋天，日本准备在中国海岸与德国交兵，伺机攻占青岛。因此，寓居青岛的遗民全无陈夔龙那样的"看戏"心态。劳乃宣极为不安，好友唐晏在致他的信中更有"虞芮入周之叹"。④何谓"虞芮入周"？这个古典的原

---

① 何藻翔：《柬九龙真逸》，《邹崖先生诗集》卷三，1985 年香港印本，第 3a 页。

② 江瀚：《青岛》，《慎所立斋诗集》卷六，第 14b 页。

③ 《七月五日柬约笏卿、爱玲、晓南、诒书、云帆、抱初、仲瑀兄弟寓斋小集，笏卿即席赋诗，依韵奉酬并示坐中诸君子》，《陈夔龙全集》，第 504 页。

④ 中国社会科学院近代史研究所编《近代史所藏清代名人稿本抄本》第 3 辑第 8 册《劳乃宣档五》，大象出版社 2015 年版，第 234 页。

始意义是，虞、芮这两个小国为了争夺土地而诉讼，乞求周天子的仲裁。但此时却是用来表示德、日两国在中国土地上争抢租借地，它们的武力是唯一的仲裁。这一流人笔下"扭曲"的古典，正如流人脚下"扭曲"的租界一样，展现了"殖民主义"的野蛮。

德、日行将开战，寓居青岛已经好几年的周馥不得不考虑到其他地方避乱。周馥初寓青岛之时，正当清廷逊国，不免有"哀郢问天骚客泪，居夷浮海圣人心"之叹。① 不久他就觉得青岛是一个"桃花源"：

> 争传民国历更新，白发凄然草莽臣。桂树幸无招隐客，桃源尚有避秦人。羁鸿雨雪天边路，杜宇河山梦里春。老死胶东吾愿足，唐虞自昔有遗民。②

尾联"老死胶东吾愿足，唐虞自昔有遗民"意味着周馥决定在青岛度过自己的遗民生涯。"桃源尚有避秦人"，表明隐居青岛是一个理想选择。这是很多清遗民的共识。不少"流人"在客寓青岛期间，还参与了复辟活动。郭则沄《十朝诗乘》记载："辛亥国变，遗臣逸老翕集于青岛一隅，抗志避居，绸缪故国。假息壤于瓯脱，拟孤蹈于首阳。"③ 除了受到殖民当

---

① 周馥：《胶澳岛上》，《玉山诗集》卷四，《秋浦周尚书（玉山）全集》，台北：文海出版社 1967 年版，第 1370 页。

② 周馥：《青岛元旦》，《玉山诗集》卷四，《秋浦周尚书（玉山）全集》，第 1370 页。

③ 郭则沄：《十朝诗乘》卷二十四，张寅彭主编《民国诗话丛编》第 4 册，第 846 页。

局的庇护外，很大程度上还因为恭亲王溥伟也住在青岛，具有收拾人心的作用。不论是张勋《松寿老人自叙》所谓"时恭亲王居青岛，朝士如于侍郎式枚、刘副大臣廷琛、陈左丞毅、温侍御肃、胡侍御思敬，先后会岛上，谋讨贼反正"，[①] 还是刘成禺《世载堂杂忆》所谓"胡小石言，辛亥之后，清室遗臣，居处分两大部分：一为青岛，倚德人为保护，恭王、肃王及重臣多人皆居此，以便远走日本、朝鲜、东三省……"[②] 都强调了恭亲王作为"主心骨"的作用。周馥官至闽浙总督、两广总督，自然也成为其中的一员。这些政治活动极为有限，并未过多侵入他们的日常生活。据载，"前清诸老，各有名厨，移家青岛，厨师随至。逊国之余，闲暇无事，争谈精馔，领略京华风味，如明湖春之龙井虾仁，为潘伯寅家制；鸭肝面包，银丝鱼脍，为翁叔平意造之类"。[③] 可见，"岛上流人"的生活是较为惬意的。

与国内先进积极采用公历不同，寓居青岛的德国官员入乡随俗，居然选择在旧历元旦投刺贺喜。周馥有一首诗记述了这种奇妙的体验：

癸好妖氛久已销，如何尚数太平朝。（咸丰三年，洪秀全踞金陵，自称太平天国，改癸丑为癸好。近闻有人尚称引太平天国事者）遗民孤寡犹余痛，残劫河山可再摇。天运从来随剥复，人心要使靖浮嚣。多惭海客尊王意，投刺频

---

①　张勋：《松寿老人自叙》，1921 年刻本。
②　刘成禺：《世载堂杂忆》，第 136 页。
③　刘成禺、张伯驹：《洪宪纪事诗三种》，上海古籍出版社 1983 年版，第 272 页。

来贺岁朝。(青岛德国官，仍照阴历投刺，贺元旦不绝)①

"海客尊王"构成了殖民地或租界城市的奇妙景观。陈夔龙在
上海租界的体验也类似，其"不料沪江民气古，红笺五剧写春
牛"句自注云："上海市场尚有书春联、图春牛者，仍旧日风
景。"② 从某种意义上讲，"海客尊王"是"礼失而求诸野"
的现代翻版，但同样是"扭曲"的。过去，所谓"野"，是
"王化"照而未彻之地，但这里的"海客"分明拥有治外法
权，要来做这块土地的主人，至少也是相当长时期内的主人。
1913 年署名黄人镜的旅游指南读物《沪人宝鉴》出版，其英
文标题赫然写作"上海华人须知"（What the Chinese in Shang-
hai Ought to Know）。不须去揣摩"黄人镜"三个字和英文标
题背后的微言大义，单看绪言中"入国问禁，慎者之天职也"
一语，③ 就可知这个海滨租界主客易位的现实。在这一"外裔
所庇地"之上，"四方士大夫雅儒故老，亦往往寄命其间"，
当然就不那么雅观。同住青岛的刘廷琛在致罗振玉的函中说：
"此间山水不恶，然托庇外族，举目伤怀，弟等亦乘桴居夷之
意耳。"④ 不过，"海客尊王"提供了一个无视革命话语的时
空，尽管革命话语恰恰舶来于"海客"世界。一言以蔽之，
租界里"犹见遗风遵汉腊"。⑤ 也正是出于这些原因，1914 年

---

① 周馥：《癸丑元旦二首》，《玉山诗集》卷四，《秋浦周尚书（玉山）全集》，第 1372 ~ 1373 页。

② 《和梦华〈立春日感赋〉诗韵》，《陈夔龙全集》，第 465 页。

③ 黄人镜：《沪人宝鉴》，华美书局 1913 年版，绪言。

④ 房学惠：《罗振玉友朋书札》，《文献》2005 年第 2 期。

⑤ 周馥：《癸丑元旦二首》，《玉山诗集》卷四，《秋浦周尚书（玉山）全集》，第 1372 页。

春，周馥与另外九位年逾七旬的流人劳乃宣、陆润庠、吕海寰、刘嶰祺、王季寅、赵尔巽、童祥熊、李思敬、张人骏在青岛组建了"十老会"，[1] 以示他们翛然尘外，偃仰自得。

但帝国主义是一种系统性存在，只要以武力输送"文明"的逻辑未变，殖民者与被殖民者之间、帝国与帝国之间的冲突便永不停歇。远在欧洲的战事迅速波及中国，青岛一隅上演了帝国主义国家间的权力争夺与权力转移。原先避地来此的清遗民深受冲击。黄公渚《岛上流人篇》诗序说的"乃不数年，兵气荐及，风流云散"，[2] 主要指德日之间的交兵情况。一战在东亚引起的这一涟漪效应造成了青岛流人的"风流云散"之局。有人匆匆就近避居济南，比如劳乃宣；有人避居北京，比如陆润庠；有人避居其他租界城市，例如章梫避居上海，周馥、吕海寰、张人骏等人避居天津。天津是另一个老牌租界城市。1860 年以后，英、法、美、德、意、俄、日、奥、比诸国先后在天津老城东南部划定租界，1945 年才收回，历时 85 年。不论是辛亥鼎革之际的那桐、荣庆、李准、章钰、铁良，还是此时的周馥，抑或后来的袁世凯后人袁克权，丁巳复辟的主要人物张勋，前总统徐世昌、黎元洪，落魄政客王揖唐，乃至溥仪小朝廷，都曾来这里落脚。整个北洋时期，"天津寓公"成了天津租界的一道风景线。[3]

---

[1]　参见周馥《十老图照像记》，《秋浦周尚书（玉山）全集·文集》卷二，第 1017 页。

[2]　黄公渚：《岛上流人篇》，《雅言》辛巳卷三，南江涛选编《民国旧体诗词期刊三种》第 7 册，第 109 页。

[3]　参见罗澍伟《民国初年天津的寓公》，天津社会科学院历史研究所、天津市城市科学研究会编《城市史研究》第 21 辑，天津社会科学院出版社 2002 年版，第 419～433 页；尚克强《九国租界与近代天津》，天津教育出版社 2008 年版，第 48～57 页。

1914 年一战爆发的时候，这里租界林立，列强的相互制衡与共同利益，维持了这里的安宁。周馥、吕海寰、张人骏等人移居此地，是个并不令人意外的选择。周馥选择天津，还有一个额外的便利。其子周学熙早在 1912 年就在天津租界购买了十余亩宅地，此即后来的"周公馆"所在地。

获悉周馥已抵天津，劳乃宣写了一封信给周馥："海隅聚首，方幸色笑常亲，不意欧西战云，波及东亚，匆匆离逖，怅惘奚如。叔弢来东，询知从者到津，起居康胜，至慰至仰。"[1] 但对周馥本人而言，"起居康胜"云云只是一种安慰。其《至天津》一诗云："南国烽销烬尚然，寰瀛旋见浪滔天。难从齐国求三窟，可叹殷人已五迁。黄口几疑桑梓地，白头又到乱离年。人民城郭何从辨，凄切重来化鹤仙。"[2] 诗题下自注曰："时德、奥与法、俄、英、塞四国构战，风闻日本将攻青岛，全球几震。青岛戒严，遂避至津。"[3] 辗转租界之间寻求避难场所，是一种带有屈辱感的别样体验。两年后，周馥还就近听到袁世凯称帝的消息。作为袁世凯的儿女亲家，周馥很可能还受到过袁的拉拢，其态度自然会引来友人尤其是清遗民群体的好奇。为此，他写了一首《答友人问寓天津近况》：

> 不扬汉德不论秦，更不摛文著美新。东海枉劳填石鸟，西山原有食薇民。荒凉丞相门前路，凄切山阳笛里

---

① 劳乃宣：《致周玉山书》，《桐乡劳先生遗稿》卷四，台北：文海出版社 1969 年版，第 447 页。

② 周馥：《玉山诗集》卷四，《秋浦周尚书（玉山）全集》，第 1377～1378 页。

③ 周馥：《玉山诗集》卷四，《秋浦周尚书（玉山）全集》，第 1377 页。

人。四十余年何限事，那堪白首尚风尘。①

设身处地地去想，"不扬汉德不论秦，更不摘文著美新"大概是周馥作为逊清遗民最后的"自留地"了。从在天津居住时期的诗文看，无论是托庇外族的事实，还是袁世凯称帝，抑或丁巳复辟的失败，都困扰着周馥。尽管如此，天津还是从最初的避居之地成了周馥与吕海寰、张人骏等友人的定居之地。1918年，周馥对自己的寓庐稍加修葺后，咏出了"天津信是有前缘"之句。② 所谓"前缘"要追溯到他光绪年间出任永定河道、天津兵备道、津海关道、北洋行营翼长等职。他治理天津水患，卓有成效。他逝世后，河北士绅向总统徐世昌联名呈请在天津为他建立专祠，就是以他治理天津水患的功绩为由。③ 治水而外，周馥在津海关道任上时还促进了天津商埠的繁荣："天津当渤海之冲，市廛湫隘。通商而后，民户殷阗，乃议设工程局，纳船步捐，（周馥）首斥万金倡厥事，创马路，拓街衢，浚沟渠，设巡徼，气象肃然。天津商埠之盛，自此始。"④ 不言而喻，天津作为租界城市，其繁荣兴盛，周馥是有功可表的。但即便天津是周馥的"故地"，即便周家在天津租界有"周公馆"，周馥自己有颐养之所，其"室家漂摇"之感也并未因此减少。

---

① 周馥：《玉山诗集》卷四，《秋浦周尚书（玉山）全集》，第1387页。
② 周馥：《天津葺寓庐有感》，《玉山诗集》卷四，《秋浦周尚书（玉山）全集》，第1400页。
③ 参见李士珍等《直隶请在天津建立专祠呈》，周馥《秋浦周尚书（玉山）全集》卷首，第23～25页。
④ 周学熙、周学渊、周学辉：《行状》，周馥：《秋浦周尚书（玉山）全集》卷首，第85页。

1919 年——五四运动爆发的这一年，周馥忆起了一战爆发前夕的青岛"十老会"："胶澳会饮之后，童次山观察卒于上海，陆凤石中堂晋京供职，旋薨于位，余人皆分避各处，久不得其消息。惟馥与吕镜宇、张安圃两尚书寓天津租界，得以朝夕往来。册中诗句，惟馥与吕、张二公自写入册，余请友人补书之。嗟嗟！计甲寅迄今，已逾五年。再逾五年，会中所余八人，不知谁健存也？人生梦幻，原无足道。特是世界沧桑，室家漂摇，遗老且尽，未卜升平何日，是则诸老心中所惓惓不能忘者也。"① 假如他一开始就避居天津，这种"室家漂摇"之感也许会弱一些。但从一个租界奔亡另一个租界的凄惶与讽刺，是如此显眼以至扎眼，周馥很难假装没有发生过。上海、青岛、天津租界的清遗民喜欢以"流人"自况，这在很大程度上是借用古典表明自己"去国离乡"的放逐心态。他们在理性上固然认识到租界的治外法权也将他们贬为"流人"——这有他们的文学书写证明，但未必有多么深的切肤之痛，特别是考虑到租界提供的"庇护"及舒适生活，否则周馥也不会拳拳于青岛的"十老会"时光。但一战爆发，波及东亚，周馥由青岛亡命天津，在"去国离乡""托庇外族"的双重意义上，才真正体验到了何谓"流人"。

"流人"躲到"租界"——一个管辖权暂时从属于欧美帝国、带来了"现代"、逐渐引燃了中国人激烈的民族主义和革命运动的地方（尤其是上海）——去坚守、哀悼被流放的文化，有一种肉眼可见的张力。租界是殖民主义的产物，是对领

① 周馥：《十老图照像记》，《秋浦周尚书（玉山）全集·文集》卷二，第1017~1018 页。

土和主权赤裸裸的暴力侵犯。遗民藏身租界，是对遗民的讽刺，但又何尝不是对新民的讽刺。租界的悖论，也正是现代性的悖论。租界是现代的，也是摩登的，然而它也庇护一切"老朽"，比取法西方的国内"先进"或新民多一些包容。用清遗民能够理解的话来说，这里奉行一种"天行有常"之道，只要生活上遵守"文明"规则，他无所禁。清遗民遂得以歌于斯、游于斯、抱残守缺于斯。易顺鼎所谓"诸夏竞浇漓，九夷转敦庞"，[①] 立论点正在于此。劳乃宣在《青岛尊孔文社建藏书楼记》里这样预想：

> 青岛为德国租界，内地官吏势力所不及，虽欲摧残之而不能。他日内地读书者日少，老者既代谢，后生不获窥圣人之典籍，寰宇之中，晦盲否塞，芸芸群生，必且如秦代黔首之见愚，莫克知人道之所在，有欲考寻圣人之书以为人道之指导者，将不可得。而是楼也，岿然独存，且卷帙富有，足资探讨，与古昔之抱残守缺者尤不同。人道之晦而复明，绝而复续，不于是乎在而安在？[②]

尊孔文社及其藏书楼是卫礼贤（Richard Wilhelm）所建，属礼贤书院之一部分。卫礼贤是德国同善会牧师，光绪二十三年来华，取名卫希圣，字礼贤，因光绪二十七年创"礼贤书院"，三十二年清政府赏给他四品京堂。按照劳乃宣的想象，青岛作

---

① 易顺鼎：《五日樊园宴集限三江韵五言一首》，《琴志楼诗集》，第 1251 页。
② 劳乃宣：《青岛尊孔文社建藏书楼记》，《桐乡劳先生遗稿》卷五，第 512 页。

为"德国租界"，是"内地官吏势力所不及"的，典籍与圣人之道不会被连根"摧残"；有朝一日，这些"残"、这些"缺"，会被后人重新捡起，当作中华文明绳绳相续的见证。上海租界有其伦类，1913 年由美传教士李佳白（Gilbert Reid）创立的尚贤堂①先后邀请沈曾植、王闿运前去讲演，王闿运尤其得意，博得海上流人"湘潭一老翁，驾说〔税〕振琼琚"的夸赞。② 用陈夔龙诗句来概括的话，"流人"托庇于租界乃是"留将一发千钧系，且作居夷浮海看"。③ 这代表了一种典型的保守主义姿态。在劳乃宣《青岛尊孔文社建藏书楼记》的论述中，文化保守主义的未来要依托"租界"。它显示出中国士大夫的保守主义整体上是偏消极的、无力的。

租界这一殖民主义的暴力产物所具有的多副面孔、多个向度，也在流人寻求"托庇"的过程中渐次展现。租界之所以成为遗民的归息地，很可能在于它是"去意识形态"的。租界是一种"现代"产物，其空间也由"现代"建筑与理念加以设置，理论上它比中国的任何地方更"现代"，更不适合遗民这一"老朽"群体。但细加考察，则正像前引王国维《彊村校词图序》"辛亥以后，通都小邑，桴鼓时鸣，恒不可以居"所示，中华民国成立后，中国的"通都小邑"虽然远不如租界摩登，可是它们之必须"革命"、必须"现代"，在可感受的当下、可预见的未来，不仅在居处空间、日常生活等层面发生，更在意识形态层面发生，具有笼罩性、压迫性。租界

---

① 尚贤堂最初设立于北京，后迁到上海法租界的霞飞路。相关研究，参见饶玲一《尚贤堂研究（1894～1927）》，博士学位论文，复旦大学，2013。

② 易顺鼎：《和湘绮丈尚贤堂讲》，《琴志楼诗集》，第 1250 页。

③ 《元日书怀》，《陈夔龙全集》，第 524 页。

之为"现代"，缺乏此种笼罩性、压迫性。所以它不排斥清遗民的"老朽"，甚至能提供"桃源"想象。然而一方面，正如沈曾植楼望诗里的"寓意"世界所隐喻的，清遗民尽管享受着租界里的舒适生活，但并不总是恬然的，他们在感受现代都市生活的同时，往往又有疏离、反抗或超越的冲动。这种欲迎还拒的姿态，显示了清遗民与租界或现代化之间固有的张力。另一方面，就像周馥等人的经历显示的，租界并不是真正的"桃源"，一战的爆发使青岛变作帝国主义的角力场。刘成禺《洪宪纪事诗》"新丰楼馆转皇都"一首注云："清室禅政，内外遗臣，群居青岛，虽未以身殉，大有田横岛上五百人愤慨自杀之意。未几，欧洲战发，遗老退出避国之桃源……"① 这段不经意的文字相当有艺术性：清亡以后，两千年前田横岛上的壮烈一幕并未再现，倒是一战带来的连锁反应，迫使遗老"退出避国之桃源"，可谓极尽讽刺之能事。清遗民狼狈可笑之状如在眼前，但如果因此忽略帝国主义之恶，不免偏颇。与章梫、周馥、吕海寰、张人骏等人之定居他处不同，劳乃宣在德日罢兵之后回到青岛。此时，德国人已经被日本人取代。劳乃宣看着德国人留下的旧炮台，吟道：

> 萧条故垒百重台，一望沧溟暮色开。雄势似殊秦蜀险，巧机远迈墨输材。鸡虫已自成前迹，螳雀谁能测未来。独有殷遗海滨老，摩挲铜狄不胜哀。②

---

① 刘成禺、张伯驹：《洪宪纪事诗三种》，第272页。
② 劳乃宣：《游海滨德人旧炮台》，《桐乡劳先生遗稿》卷八，第674页。

"巧机远迈墨输材""螳雀谁能测未来"正触及了帝国主义的诸多方面：强大的科技工艺，本是文明的象征，却往往成为帝国主义征伐、殖民的工具；[1] 以武力作为唯一仲裁依据的帝国主义时代，又有谁是义师？"螳"或"雀"，又有谁是真正的赢家？但输家是显而易见的，青岛被从德国转手日本，带给劳乃宣的只有"摩挲铜狄不胜哀"。中国在巴黎和会上的外交失败是五四运动的导火线，这早已载入史册。但在我们通常看不到的地方，清遗民所悲鸣的，也正是主权之哀，与街头学生的诉求无乎不同。"流人"窘促的地方在于，租界一隅之外，他们立刻变作不受欢迎的人。唯其如此，对他们而言，租界始终是悖论式的存在。在某种意义上，租界的悖论也正是"现代性"的悖论。说到现代性，它充满着意义的不确定性，内涵不清、外延不明，因此，"概念之争不可能被化解"。[2] 但是，如果我们注意到鲍曼"建立秩序"是现代性给自己设定的"其他一切任务的原型（将其他所有的任务仅仅当作自身的隐喻）"这一命题所蕴含的洞见，[3] 那么就能理解他的下述断言：秩序总是作为一个难题出现在秩序化的骚动之后，它与混乱是"现代"的孪生儿。我们可以从这个视角出发，进一步审视租界。19 世纪，西方的全球殖民统治虽然由财富、利益驱动，但也包含了一度近乎不言而喻的以"武力"输送文明的逻辑。

---

[1] 科学与殖民主义、帝国主义之间的复杂关系，学界有很多讨论，涉及不同视角。参见 Nathan Reingold and Marc Rothenberg, eds., *Scientific Colonialism: A Cross-Cultural Comparison*, Smithsonian Institution Press, 1987。

[2] 齐格蒙特·鲍曼：《现代性与矛盾性》，邵迎生译，商务印书馆 2003 年版，第 7 页。

[3] 参见齐格蒙特·鲍曼《现代性与矛盾性》，第 7 页。

其内在矛盾是容易看到的，但在当时，可能被"现代性"的自我设定所掩盖。如前所述，近代全球殖民史表明，"空间监管"常常成为殖民当局的首要任务。这是一种典型的现代实践："只要存在是由资源充裕的（即占有知识、技能和技术）、主权的机构所监管，它便具有了现代性。"① 然而，仅仅在技术层面，租界的空间监管就无法维持，太平天国时期华洋分居的限制就已松动。就审视租界而言，更重要的是主权问题。在主权问题上，租界协议（"外国人居留地"）与租界实践（租界外国领事、工部局等控制市政）之间是矛盾的，由此它将租界内、外分为两个世界。清遗民遂得委蛇其间，藏"老朽"于摩登，予保守以羽翼。但清遗民的"主权"之念并未因此消失。这并非因为清遗民不识好歹或不辨利弊，甚至也并不简单源自青岛权力转移所带来的惨痛教训，而在于"现代性"的秩序追求包含或鼓励某种整体性的价值倾向——无论他们有没有意识到。这里不必去援引民族主义或民族国家这些现代命题，就租界而言，它在事实上造成了内、外有别，但协议、契约上对主权的承认，仍体现了精密的仿佛留了后手似的秩序追求。"现代性通过为自己确定一项不可能的任务而使自己成为可能"，② "建立秩序"在终极意义上是不可能的，但在任何现世意义上，"现代性"（及其实践主体）都竭力使之成为可能，这关系到现代性自身之成立。缘此，清遗民视角中的租界悖论终须以某种方式消除。西方世界对它的彻底反思，要等到二战

---

① 齐格蒙特·鲍曼：《现代性与矛盾性》，第12页。当然，在租界的具体情境中，引文中的"主权"二字需要打上引号。

② 齐格蒙特·鲍曼：《现代性与矛盾性》，第16页。

结束以后。中国学界的反思来得更晚，要等到 1980 年代，那时，中国大地上的清遗民早就墓木已拱。这是一种"错位"，一如他们曾经是中华民国脱节的部分。

但是，上文对租界、对"流人"意蕴的阐发过于清晰明了，又是危险的。我们要将眼光放得更远，或者说聚焦在更早的时候。上海开埠后的 19 世纪下半叶，已有不少士绅移居于此。这些士绅中的很多人何以甚少"流人"之感？这不是清亡不亡的问题。考察起来，他们的仕进之路往往并不顺畅，虽是士人阶层，却未曾达到绝对精英的高度，因而往往能够与上海——号为商业上海、现代上海，也无不可——打成一片，在报业、出版业、娱乐业或其他商业领域开启新的生活。这非同小可。我们注意到，近年学术界考察美洲殖民史，开始强调不同的美洲土著适应外来者甚至迫使外来者让步的能力。① 尽管当时美洲与清王朝的文明程度天壤悬绝，但同样面对"强势文明"，其不同群体的不同反应确有一些可资比较的地方：底层读书人或者说科举进阶之路上的"失败者"反而能较快适应上海，甚至如鱼得水。民初的"海上流人"则不同，他们曾是绝对的精英。因此，他们的"流人"感，肯定还与他们曾经有过的权势（包括现实的与理想的）相关。美国历史学家理查德·霍夫斯塔德特在 1950 年代提出了"地位政治"（status politics）这个范畴。简单来说，大多数历史学家把政治看作一种受促进或保全私人的物质利益的努力这个单一来源滋养的行为形式，霍夫斯塔德特却在这种对有组织的自私的表达

---

① 参见 Alan Taylor, *Colonial America: A Very Short Introduction*, Oxford University Press, 2012。

之外发现了地位政治这样一种公共行为模式，其大部分能量来自焦虑——对失去权力或特权或"种族纯粹性"或社会支配权的焦虑。[①] 虽然彼时的中国人普遍缺乏西方社会的那种权利意识与权力概念，但对社会剧变时期的士大夫而言，"地位政治"这种分析有它特别的适用性。这涉及的是权势转移，不仅是社会范畴、政治范畴的，更是理想范畴、价值范畴的。这关乎自我的存在与意义。作为一种视角，它醒豁而精准，有力解释了充斥在清遗民唱和文学中的群体性的情感模式：近乎没有征兆、没有节制的感伤。有时是哀悼清亡，有时是看山，有时是赏花，有时根本说不出为什么。

杨增荦《（辛亥）除夕》诗云："天工自有新民代，日表犹烦外使修。"[②] 理性告诉他们，"新民"将取代他们，他们无力扭转。这是"流人"最根本的由来。

---

① 参见彼得·盖伊（Peter Gay）《历史中的精神分析》（"Psychoanalysis in History," *Poetics Today*, Vol. 9, No. 1, 1988, pp. 239 – 247），王立秋译，微信公众号"拜德雅 Paideia"，2015 年 5 月 16 日。
② 杨增荦：《除夕》，《杨昀谷先生遗诗》卷四，1935 年铅印本。

第二章　清遗民与北洋政权的
依违离合

1928 年国民革命军北伐胜利后，大批官僚、名士纷纷南下。正当此时，多年不入都门的陈三立准备入京。徐一士有个观察：

> 昔年北政府盛时，闽赣派诗团悠游于江亭后海，或沽上之中原酒楼，往来频数，酬唱无虚；陈则驻景南天，荧荧匡庐钟埠间，冥索狂探，自饶真赏。及戊辰首会迁移，故都荒落。诗人泰半南去，此叟忽而北来，省其师陈弢庵，得"残年小聚"之欢。壬子间，杨昀谷赠诗："四海五家对影孤，余生犹幸有江湖。"足为诗人写照。曩者春明胜流云集，则苏赣间有江湖；今日南中裙屐雨稠，则旧王城为江湖。颇闻北徙之故，乃不胜要津风雅之追求。有介絜登堂者，有排闼径入者，江干车马，蓬户喧阗，悉奉斗山，愿闻玄秘。解围之术，乃思依琼岛作桃源。此中委曲，殆非世俗所能喻。而其支离突兀，掉臂游行，迥异常人，尤可钦焉。①

---

① 徐一士：《一士类稿》，中华书局 2007 年版，第 176～177 页。

辛亥鼎革以后，陈三立徙倚于江西、上海、南京、杭州各地，始终不曾入都。国都南迁之后，陈三立却一反先前行事。徐一士的理解是"曩者春明胜流云集，则苏赣间有江湖；今日南中裙屐雨稠，则旧王城为江湖"，还特别强调"此中委曲，殆非世俗所能喻"。此一观察，幽眇深刻，颇具法眼。这既关涉陈三立个人的身世、操守，亦关涉北洋时期都下"清遗民"的伦理考验、现实困境及由此衍生的那种虚与委蛇的生存状态。这种状态的表现及来由，值得进一步发掘。1912～1928年，北洋政府是中华民国的中央政府，庞大的官僚群体很大程度上是直接脱胎于清代。这对北京地区清遗民的行藏出处和身份识别有着多方面的影响。漫社诗人群体则是一个相当合适的切入点。

第一节 从漫社到赓社：谁是清遗民

漫社历时十余年，或作或辍，疑窦非一。其源流演变大概可以表示为：漫社—嘤社—后漫社（分流于声社、榖社、棠社）—赓社。现依据文献，略加疏通。

漫社创立于1921年，最初在张朝墉的半园举行。两三年中，漫社举行社集七十余次，孙雄于1922年、1923年先后辑刻社课《漫社集》二卷、《漫社二集》二卷及《补遗》一卷、《漫社三集》二卷及《补遗》一卷行世，均由张朝墉题签。《漫社集》卷首所列《社友名录》凡13人，排名以年齿为序：张朝墉（1860～1942）、萧延平（1860～1933）、陈浏（1863～1929）、贺良朴（1861～1937）、成多禄（1864～1928）、孙雄（1866～1935）、黄维翰（1867～1930）、周贞亮（1867～

1933）、程炎震（1875～1922）、陈士廉（1876～1929）[①]、路朝銮（1880～1954）、向迪琮（1889～1969）、曹经沅（1891～1946）。孙雄作有《漫社十三友生日歌》，结尾有云：

> 诸子云龙相角逐，不才附骥羞刻鹄。列坐如围十二峰，成诗不厌百回读。他年漫社永传名，宁让前朝几与复。鹦鲵幸厕凤鲲俦，炳烛勤将载籍搜。诸老风姿如海鹤，陬生心事付溟鸥。传神略似纪文达，堕地惭同江慎修。首夏清和酌芳醴，狂吟小变梅村体。写将生日入诗歌，万古愁消盏更洗。任他鹬蚌苦鏖兵，河山漫洒新亭涕。[②]

诵读此诗，犹可见当日盛况。“他年漫社永传名，宁让前朝几与复”展现了漫社同人对晚明几社、复社的追随。

考郑逸梅《曹纕蘅居近滂喜斋》云：

> 纕蘅僦居宣武城南之南横街，其间壁为翁松禅相国故居。……既而移居城东……纕蘅有《留别南园》及《移居城东》两律，弢庵、樊山均和之，传诵一时。其时有中华大学者，教授多诗人，如彭醇士粹中、罗超凡兆风、李筱瀛国柱、张翰飞鹏翎皆是，而纕蘅亦参与讲座，因组织一诗社曰漫社。壬戌正月二十日，纕蘅与孙师郑同集漫

① 据孙雄1930年《公祭旧京诗社故友宋程成陈陈延黄徐章九先生文》（孙雄《旧京诗文存》，台北：文海出版社1960年版，第143页），陈士廉当卒于1928年或1929年，后者可能性更大。

② 孙雄：《漫社十三友生日歌》，程炎震编《漫社集》卷首，1922年刻本。

社，为东坡作生日；或谓继武毕制府灵岩山馆之事，足以
共传也。①

曹经沅移居城东在 1929 年，所谓"因组织诗社曰漫社"云
云，不确。复考《今传是楼诗话》：

> 绵竹曹缵蘅（经沅），一字宝融，香宋侍御之乡人也。
> 名字与毕秋帆尚书适合，据云初非有意袭之，世固有此奇
> 事。余中华校中多诗友，宝融而外，如彭醇士（粹中）、罗
> 超凡（兆凤）、李筱瀛（国柱）、张翰飞（鹏翎），其最著
> 者。醇士、翰飞兼擅丹青，尤为难得。筱瀛有《赋答缵蘅
> 社长以〈漫社集〉见示，赋赠一首》云："……瓣香自有
> 眉山在，接迹灵岩与共传。（毕秋帆制府每岁必集宾客为东
> 坡作生日，毕著有《灵岩山馆集》，壬戌正月二十日，先生
> 客京师，亦与孙师郑吏部同集漫社诸友，为东坡作生日。）"
> "香宋"一联，以赠宝融殊切，并录于此。②

郑说本此，但明显是误读。王揖唐（1877～1948）明明说
"余中华校中多诗友"，并非指曹经沅而言，而且漫社同人为
东坡作生日在壬戌年（1922）。不过，据王氏《诗话》，可知
《漫社集》传播甚广。事实上，《漫社二集》和《漫社三集》
之所以还附录《特别社友题名》，一则因为与漫社同人唱和的

---

① 郑逸梅：《曹缵蘅居近湀喜斋》，曹经沅：《借槐庐诗集》，巴蜀书社 1997
年版，第 281 页。

② 王揖唐：《今传是楼诗话》，张寅彭主编《民国诗话丛编》第 3 册，第
259 页。

胜流、故老逐渐增多，再则因为负责辑刻社课的孙雄颇长于营造声势。孙雄曾多次函催"特别社友"徐兆玮作诗，以便刻入《漫社三集》，① 就是一个例证。

进入 1924 年，漫社社集逐渐变少。陈浏《闻嘤社诸公花朝集都下止园感叹有作》序云：

> 止园者，有清恭忠亲王故邸，今属之吉林宋使君者也。……宋使君者，诗人也。塞外归来，无心簪组，维摩病起，不耐参禅。先是，奉节张髯侯结漫社半园。阅时三载，宾客雨散，使君别就止园召集之，而易其名曰嘤社。自园主人暨新城（属直隶）。王先生、三台萧君、丹徒丁君、云阳涂君外，余皆漫社旧人也。②

漫社在这一年更名嘤社，首集在宋小濂（1860～1926）的止园，新加入宋小濂、王树枏（1852～1936）、萧方骏（1884～1965）、丁传靖（1870～1930）、涂凤书（1874～1940），其中宋、王、涂三人原先是漫社的"特别社友"。孙雄《甲子集序》云："共和十有三年中元甲子，先生（张朝墉）年六十有五矣。……是年，漫社旧友散而之四方者，十之二三，因于仲春之月，会于城北宋氏止园故址，更名嘤社，月仍一举。腊八后五日为嘤社第十一集。"③ 可知漫社重组的原因是"漫社旧

---

① 《徐兆玮日记》第 4 册，黄山书社 2013 年版，第 2466 页。
② 李兴盛等主编《陈浏集（外十六种）》，黑龙江人民出版社 2001 年版，第 381 页。
③ 孙雄：《甲子集序》，张朝墉：《甲子集》卷首，《半园老人诗集》，民国铅印本。

友散而之四方者，十之二三"。黄维翰《花朝嘤社初集宴宋中丞止园》诗云："长者国黄发（王晋公年七十四，宋、张、萧三公均六十五），稚逾强仕身（瓠盦最幼，年四十六）。"① 也可为旁证。复考涂凤书《甲子花朝嘤社初集止园》诗云："十五人中少三士，滨江陈子汉江萧。澹堪病榻听题纸，欠伸时复挥吟毫。"② 陈浏、萧延平他走，而成多禄缺席，故云。再加上漫社旧友程炎震于 1922 年病故，则嘤社成员便可以大致推定。

嘤社的存续时间非常短暂，很快又改回漫社旧称。孙雄《公祭旧京诗社故友宋程成陈陈延黄徐章九先生文》小引："旧京之有诗社，始自共和纪元之七载，岁在戊午，初曰漫社，嗣又分为嘤社、縠社，旋又规复漫社之旧称。"③ 陈浏《后漫社诗》第二首："近得稼溪书，书词其简短。云已复漫社，胜吕集嵇阮。"④ 孙、刘两说可相参证，而陈浏诗题所谓"后漫社"也有了着落。孙雄小引称漫社"又分为嘤社、縠社"，就不完全符合事实。陈浏《后漫社诗》：

> 易漫而曰嘤，社名迭更代。……又闻创声社，我意滋乖背。鸣盛甚无谓，恐恩歌舞队。我乃无一诗，羯鼓速解秽。……厥后蓿士（延鸿后小西涯有明玕馆）起，縠社良沉瀣。我亦与游宴，雨前茗芽焙。……⑤

---

① 黄维翰：《稼溪诗草》卷三，1925 年刻本，第 36 页。
② 涂凤书：《石城山人诗钞》，《石城山人文集》第 3 册，稿本。
③ 孙雄：《旧京诗文存》，第 143 页。
④ 李兴盛等主编《陈浏集（外十六种）》，第 297 页。
⑤ 李兴盛等主编《陈浏集（外十六种）》，第 297 页。

与嘤社并立的起初有声社。不久，漫社特别社友延鸿（1881～
1930）又在小西涯之明玕馆中举穀社。可以想见，漫社－嘤
社同人时有参与，至少陈浏就称"我亦与游宴"。可能正是因
为三社并行，① 人员分散，同人才"规复漫社之旧称"，其时
约在 1925 年底或 1926 年初。② 不过，这是就嘤社、声社而言，
穀社跟漫社并立了很久。孙雄《丁卯七月十七日六十有二初
度率赋自寿诗七律四首乞漫社穀社诸君暨海内朋好赐和》
诗，③ 诗题以漫社、穀社并举，可以证明这一点。重开漫社
后，同人陆续增多，由于未刻社课，很难确考。

到 1930 年初夏，即农历四月初八，④ （后）漫社更名赓
社。新社友凡 12 人，为徐鼎霖（1860～1940）、孙雄、萧方
骏、金兆丰（1871～1934）、邓镕（1872～1932）、冒广生
（1873～1959）、涂凤书、谭祖任（1876～？）、李宣倜（1888～
1961）、曹经沅、溥儒（1896～1963）、溥僡（1906～1963）。更
名的起因是漫社旧友宋小濂、程笃原、成多禄、陈士廉、陈浏、
延鸿、黄维翰、章华（1872～1930）等相率亡故，而张朝墉、
贺良朴、周贞亮、路朝銮、向迪琮、徐行恭则相继离社，⑤ 像周

---

① 1925～1926 年，孙雄、徐行恭等人还参与了"棠社"。
② 陈浏《后漫社诗》的前一首是《王作镐召饮，张庸庵、杨子鸿各出古币
见示，时乙丑（1925）腊月十一日也》，后一首是《人日（正月初七）
集澹园和主人》。《后漫社诗》作于 1926 年初可以确定无疑，后漫社的成
立亦当在此时或稍前。
③ 孙雄：《旧京诗文存》，第 150 页。
④ 孙雄《题双城韩旅长遗墨七古一首》题下自注云："庚午四月浴佛日，
漫社改组为赓社，集于城北徐君敬宜寓斋，以此为题。"（《旧京诗文
存》，第 119 页）
⑤ 孙雄：《旧京诗文存》，第 142 页。延鸿、徐行恭应该是后漫社后期新加
入的社员，只是未正式纳入社友名录。

贞亮得去武汉大学任教。[①] 由于虆社未刻社课，其延续情形不得而知，当随着邓镕、孙雄、金兆丰的亡故而解散于无形之中。

漫社演变既如上述，其宗旨也有变更。1922 年，《漫社集》刊刻行世，卷首程炎震序：

> 乞浆得酒之年，慷慨悲歌之地。日不停御，风欲焚轮。水阅世而滔滔，民视天而梦梦。……虽复九衢若砥，双阙排空，立鲁国之儒冠，走丛台之炫服，靡不息阴恶木，假润狂泉，苌楚忧生，芝兰败馥。……若乃西蜀公子，东吴王孙，不惠不夷，亦玄亦史……聊假日以逍遥，本无情于禄仕。[②]

这可视为漫社的宗旨。据陈浏《后漫社诗》："燕市多酒徒，招邀结漫社。……取义在漫与，累月杯屡把。"[③] 可知"漫"取"漫与"之义。程炎震序"西蜀公子，东吴王孙，不惠不夷，亦玄亦史"一句，很好地定位了漫社同人。"不惠不夷"出扬雄《法言·渊骞》："不屈其意，不累其身，曰：'是夷、惠之徒欤？'曰：'不夷不惠，可否之间也。'"[④] 扬雄这句话的背景则是孟子对伯夷、柳下惠的评论："伯夷隘，柳下惠不

---

① 涂凤书：《诗社同人公饯退舟回武汉大学集宋》，《石城山人诗钞续稿》，稿本。

② 程炎震：《漫社集序》，《漫社集》卷首，1922 年刻本。

③ 李兴盛等主编《陈浏集（外十六种）》，第 296 页。

④ 汪荣宝：《法言义疏渊骞》，中华书局 1987 年版，第 490 页。

恭。隘与不恭，君子不由也。"① 孟子原文是论伯夷、柳下惠的"去就之际"的。故"不惠不夷"即折中而不偏激之义。显然，漫社不以绝对的狭隘的遗民自居，虽然其精神实与遗民为近。1930 年漫社更名赓社：

> 赓，有赓续、赓扬二义。意在守先待后，则有取于赓续；意在忧乱望治，则有取于赓扬。②

如果说从《漫社集》程序及所收社课诗作中还多少可以看到"国变"的悲哀的话，那么当 1930 年漫社更名赓社，以"守先待后""忧乱望治"为鹄的时，"国变"的悲哀已经极为微弱，取而代之的则是当下的忧患，文化上的、社会上的、政局上的。

既然漫社最初取旨"不惠不夷"，并非纯粹的遗民诗社，那么同人因何而同？或者说，对于这样一个诗社，应该放在怎样的视野下加以考察？现在先取漫社－嘤社－赓社的社友名录，列简表如表 2－1 所示，特别社友或临时社友不予列入。

表 2－1　漫社－嘤社－赓社社友名录

姓名	籍贯	科第、履历	民元以后的出路	说明
张朝墉	四川	程德全、周树模幕	黑龙江都督宋小濂幕。朱庆澜督黑时，为黑龙江通志局纂修	宋小濂、徐鼐霖均为旧识
萧延平	湖北	举人	安福国会参议院议员[a]、武昌医学馆馆长	

---

① 朱熹：《四书章句集注》，第 242 页。
② 孙雄：《旧京诗文存》，第 143 页。

续表

姓名	籍贯	科第、履历	民元以后的出路	说明
陈浏	江苏	外务部郎中，福建盐法道	交通总长梁敦彦幕，权电政司长；广东巡按使朱庆澜幕；国史馆分纂[b]	洪宪称制，梁敦彦、朱庆澜均辞不受命[c]
贺良朴	湖北	拔贡	北京美专教授，北京大学画法研究会导师	
成多禄	吉林	拔贡；绥化知府	临时参议院吉林议员，安福国会参议院议员，教育部审核处处长[d]	洪宪称制，清幕主程德全弃官去[e]
孙雄	江苏	进士；京师大学堂监督	国史馆协修[f]	曾以乡人入翁同龢幕
黄维翰	江西	进士；兵部主事、呼兰知府	国史馆分纂；应督军朱庆澜、政府主席万福麟聘，两次主黑龙江通志局[g]	
周贞亮	湖北	邮传部主事	国务院法制局参事，平政院评事，司法官惩戒委员会委员，南开大学教授	社友陈士廉亦于清末任邮传部主事
程炎震	安徽	副贡	累任要职[h]	
陈士廉	湖南	举人；邮传部主事		
路朝銮	贵州	举人	教育部秘书，国史馆分纂	1927 年归隐奉天
向迪琮	四川	入同盟会	北京内务部土木司水利科长，北平永定河堵口工程处长，行政院参议[i]	
曹经沅	四川	拔贡；礼部主事	国民政府内务部科长秘书参事，执政府简任秘书，政府秘书长等职[j]	操《国闻周报·采风录》选政数十年
宋小濂	吉林	程德全幕，黑龙江民政长	黑龙江都督兼民政长，大总统顾问参议院参政[k]	

续表

姓名	籍贯	科第、履历	民元以后的出路	说明
徐鼐霖	吉林	贡生；黑龙江民政使	黑龙江都督府参谋长，参政院参政，吉林省长	与成多禄、宋小濂俱受业于顾肇熙
王树枏	直隶	进士；新疆布政使	国史馆总纂，参政院参政，国务院顾问，总统顾问[l]	
涂凤书	四川	程德全幕、宋小濂幕、龙江府知府	黑龙江教育司长、政务厅长；国务院秘书、参议；国史编纂处处长[m]	北洋政府垮台后归隐
丁传靖	江苏	贡生；礼学馆纂修	江苏督军冯国璋幕；随冯入京，任总统府秘书[n]	
萧方骏	四川	拔贡；山东嘉祥知县	农商部债券局总办，农商部参事，财政部参事	1928年，辞官行医
金兆丰	浙江	进士；京师大学堂提调	隐居不仕；国史馆纂修、总纂《吉林县志》[o]	
邓镕	四川	明治大学毕业，赐举人；内阁中书	众议院议员、参政院参政	
冒广生	江苏	举人；刑部郎中、农工部郎中	财政部顾问；瓯海、镇江、淮安海关监督；中山大学教授；国史馆纂修[p]	
谭祖任	广东	优贡；邮传部员外郎	奉吉黑电政管理局监督，汉口电报局长，财政部秘书	1929年黑龙江通志局与黄维翰共事
李宣倜	福建	日本陆军士官学校步兵科；御前侍卫	大总统侍从武官，币制局参事，国务院秘书，将军府文威将军	
溥儒	北京	宗室，恭亲王奕䜣孙	奉亲隐居；肄业于日本法政大学，游学德国[q]	
溥德	北京	宗室，恭亲王奕䜣孙	任教于中国大学	

注：a. 参见刘寿林等编《民国职官年表》，中华书局1995年版，第173、

1476 页。

b. 参见钟广生《清授资政大夫福建盐法道陈公行状》，李兴盛等主编《陈浏集（外十六种）》卷首附，第 9～12 页。

c. 参见叶恭绰《绍兴朱子桥先生墓志铭》，卞孝萱、唐文权编《民国人物碑传集》，团结出版社 1995 年版，第 184 页。

d. 参见王树枏《故旧文存小传·成多禄》，《故旧文存》卷首，1927 年刻本；王树枏《成澹堪墓志铭》，卞孝萱、唐文权编《民国人物碑传集》卷九，第 627～629 页；永吉县地方志编纂委员会编《永吉县志》，长春出版社 1991 年版，第 796～798 页。

e. 参见张謇《云阳程公纪念之碑》，卞孝萱、唐文权编《民国人物碑传集》卷二，第 122 页。

f. 参见俞寿沧《常熟孙吏部传》，卞孝萱、唐文权编《辛亥人物碑传集》卷十四，凤凰出版社 2011 年版，第 628～630 页。

g. 参见王树枏《呼兰知府黄君墓志铭》，卞孝萱、唐文权编《民国人物碑传集》卷七，第 519～521 页。

h. 参见民国《歙县志》卷七《人物传·文苑·程炎震》，《中华方志丛书·华中地方》第 246 号，台北：成文出版社 1975 年版，第 1184～1185 页。

i. 朱国伟、宗瑞冰：《论向迪琮词学观及其词作》，《河南社会科学》2012 年第 5 期。

j. 参见黄稚荃《曹经沅小传》，曹经沅《借槐庐诗集》，第 269～270 页。

k. 参见王树枏《黑龙江都督兼民政长宋公墓志铭》，卞孝萱、唐文权编《辛亥人物碑传集》卷九，第 414～415 页；栗建中《宋小濂纪略》，《北方人物》第 1987 年第 4 期。

l. 参见尚秉和《王树枏传》，卞孝萱、唐文权编《民国人物碑传集》，第 67～70 页；王树枏《陶庐老人随年录》，中华书局 2007 年版，第 75～83 页。

m. 参见涂凤书《厚庵先生六十自述》，1941 年铅印本；王树枏《故旧文存小传·涂凤书》，《故旧文存》卷首。

n. 参见陈宝琛《丁君闇公墓志铭》，钱仲联主编《广清碑传集》卷十九，苏州大学出版社 1999 年版，第 1339～1340 页。

o. 参见王树枏《清封二品衔记名提学使翰林院编修金雪苏君行状》，卞孝萱、唐文权编《民国人物碑传集》卷七，第 473～475 页。

p. 参见冒怀苏编著《冒鹤亭先生年谱》，学林出版社 1998 年版。

q. 参见毛小庆《溥心畬先生年谱简编》，《溥儒集》下册，浙江人民美术出版社 2015 年版，第 918～997 页。

通过表 2－1 可知：第一，漫社－嘤社－瘿社同人，多因乡谊而集，其中以四川、江苏、湖北、吉林四省为大宗。第二，漫社同人多在清代相识，有仕宦东北的经历，比如张朝墉、成多禄、黄维翰、周贞亮、宋小濂、徐鼐霖、涂凤书等，其中张、成、宋、涂入过齐齐哈尔副都统、黑龙江将军程德全（1860～1930）之幕。第三，从出身讲，基本在贡生以上，举人、进士也各有四五位，除年岁较小的向迪琮、路朝銮及清宗室溥儒、溥僡兄弟外，都曾在清代入仕；值得一提的是，向迪琮、贺良朴是同盟会会员。

考察漫社同人的出处，问题变得暧昧起来。约略说来，漫社同人可分六类：第一类积极参与国史馆或地方通志局修史，但未尝入仕北洋政府，孙雄、黄维翰、金兆丰属之；第二类（在他们自己看来）介于仕与不仕之间，即仅仅做过政府官员的幕僚、顾问、秘书或议员、参政，张朝墉、王树枏、邓镕、萧延平、陈浏、丁传靖属之；第三类民初一度入仕北洋政府，后来辞官归隐，成多禄、宋小濂属之；第四类长期在民国为官，涂凤书、路朝銮、向迪琮、曹经沅、冒广生、谭祖任、李宣倜属之；第五类是高校教授，周贞亮、贺良朴、溥僡属之；[①] 第六类从事其他行业。此外，还可以看到，陈浏、孙雄、黄维翰、路朝銮、王树枏、金兆丰、冒广生都曾在北洋政府的国史馆或清史馆供职。

正是这些出处不同的人聚集到了一起，成立诗社，啸咏自遣。然而就像《漫社集》序言所说的，"西蜀公子，东吴王孙，不惠不夷，亦玄亦史"，"不惠不夷"成了很多同人的一

---

① 近代中国大学的第一代教授大都是科举时代的人（参见尚小明《近代中国大学史学教授群像》，《近代史研究》2011 年第 1 期），他们与清遗民的社交圈、趣味常常不分畛域。

种标识，遗民与非遗民的界限因此变得模糊。这就滋生了一个问题：谁是清遗民？或者说，他们之中的"清遗民"是如何成为清遗民的？

第二节　"落叶"与天子

1924 年，溥仪被冯玉祥驱逐出宫。孙雄率先写了《落叶诗十二首（咏甲子十月初九日事）》。组诗内的"此树婆娑生意尽，剪灯愁煞庾兰成""百尺高枝根莫庇，淮南摇落古来嗟""太息本根先自拔，生稊无术盼枯杨""满阶红烂何人扫，琼宇高寒尽日扃""堕水飘茵由命薄，托根曾傍五云栽""绿阴芳草休重忆，寂寞前尘叩法王""槐安蚁梦今宵醒，笛咽桓伊不忍听"[①] 等句风致楚楚，哀婉动人，很快引起漫社同人的竞相赓和。其中郭曾炘、成多禄的两首诗相当具有代表性：

> 铁围山绕蒺藜多，啼鸟真呼帝奈何。骚客愁新临北渚，痴人霉梦说南柯。流红沟水无消息，转绿年光亦刹那。生小菱枝原自弱，不堪前路尽风波。[②]
> 故家乔木变恩仇，玉叶金枝不自由。积化可无迁地感，桐焦偏有爨余愁。长年秋色悲何极，御水题痕咽不流。万户野烟高树尽，伤心凝碧古池头。[③]

郭曾炘"生小菱枝原自弱"、成多禄"玉叶金枝不自由"这两

---

① 孙雄辑《落叶集》卷一，1926 年铅印本。
② 郭曾炘：《落叶诗四首奉和师郑社长吟坛并正》，孙雄辑《落叶集》卷一。
③ 成多禄：《落叶诗和师郑》，孙雄辑《落叶集》卷一。

句诗极为工切，仿佛是提前给 1980 年代末意大利导演贝纳尔多·贝托鲁奇的不朽杰作《末代皇帝》（*The Last Emperor*）下的注脚。其他的，像周贞亮"莫作铜驼荆棘感，此间犹是白云乡"、萧方骏"屈轶何曾工指佞，灵蓍早已应归藏"、黄维翰"运去错教荷作柱，宵来又痛蜇亡舟"、路朝銮"看朱成碧情怀恶，转绿回黄节候移"、陈士廉"空山悄下王孙涕，自扫残霜拜杜鹃"、王树柟"挂眼无多天上树，西风何事苦摧残""从今漂泊知何处，梦里南柯一刹那"、张朝墉"他年輦路迷荒草，只有铜驼泪眼知"① 等句，也都使作者在这惝恍凄迷的氛围中获致了一种"升华"与"净化"。

不仅如此，孙雄的落叶诗引起了全社会的唱和，唱和者遍及大江南北。现依据辑刻的《落叶集》列为表 2-2。

表 2-2　《落叶集》作者名录

卷数	作者
卷一	孙雄、郭曾炘、王照、周蕴华、周贞亮、成多禄、萧方骏、邵瑞彭、俞钟銮、黄维翰、程学恂、徐行恭、路朝銮、朱辛彝、陈士廉、王树柟、陈韬、邵章、张朝墉、蓝光策、李祖荫、李公迪、穆元植、金毓黻、郑廷璧、小佣、朱寯瀛、袁家骥、张葆荃、邱翊华、竺大炘、隐名
卷二	陈名经、曹家达、谢鼎镕、陈鸣珂、张其淦、黄式叙、黄启宗、史锡永、杨赞贤、吴良莱、顾祖彭、周绍昌、赵桂丹、刘承干、周学渊、杜纯、廖恩焘、刘善泽、陈诵芬、朱家驹、杨孚先、杨遵路

---

① 引文分别出自周贞亮《甲子落叶词和师郑》、萧方骏《落叶六首次师郑社长韵》、黄维翰《落叶词五首》、路朝銮《落叶诗八首和师郑吏部用工部秋兴八首韵》、陈士廉《落叶四首》、王树柟《师郑先生见示落叶诗》、张朝墉《落叶四首和郑斋》，孙雄辑《落叶集》卷一。

续表

卷数	作者
卷三	赵晋臣、赵元成、恬庵、邓邦述、洪汝冲、宗威、唐文治、姚宗堂、刘富槐、郑功懋、金秉穗、张惟骧、邓典谟、王守恂、姚诒庆、李绮青、盛孚泰、黄靖海、倪道杰、邹日煊、陈诜、陆树棠、王永江、潘飞声、姜凤章、意脄、尤焕宇、陈翰章、李善谦、龚元凯、沈宗畸、蓝光简、息园、张润普、杨秀先、痴根、陈同澍
卷四	杨无恙、金鹤翔、胜屋骏、徐珂、龚耕庐、会稽腐儒、俞寿璋、徐鋆、吴德增、周行广、杨蔚、陈重庆、景崧、殷松年、王宗海、周赘民、钱少华、少亭、刘学询、张炎、刘潜、谢宝书、诸章达、戴姜福

注：《落叶集》四卷按供稿时间编次，因此一个作者不同时间的来稿分散在不同卷次中。本表列述原则是卷一已经出现过的作者，卷二、卷三、卷四如再出现，不予列出。余皆准此。

　　表2-2中百分之九十以上的唱和者有姓名、籍贯及履历可考，与漫社同人一样，他们很多人都是民国官员以及其他各领域的职业者。在落叶-天子-孤儿-清朝这个隐喻网里，他们找到了共鸣。

　　当时反对冯玉祥逼宫的声音很大，"遗老"最为激烈。遗老而外，张作霖、段祺瑞、吴佩孚等北洋政要都以为此举有损民国的体面与信誉。远在上海的陈夔龙说："恶耗传来，无中外，无男女，无少长，均斥其荒谬绝伦。余卧病沧江，闻之尤为愤懑。"他迅即联合上海遗老致电张作霖、段祺瑞："报载，京政府以阁令擅改优待皇室条件，迫迁乘舆，逼索宫禁，众情皇骇万状。辛亥逊政，优待本属国民公意。此项条件昭告中外，为民国成立公据，屡更政变，恪守不渝。若一二人可任意推翻，则何法可资遵守？"① 陈夔龙搬出了优待皇室条款，但

① 陈夔龙：《梦蕉亭杂记》卷二，中华书局2018年版，第109页。

对视皇室为革命不彻底象征的人来说，正是皇室与遗老的丁巳复辟毁约在先。因此，赞同冯玉祥逼宫的声音更大，像孙中山、章太炎、周作人、钱玄同等极具影响力的政治界、文化界人物都对此拍手称快。① 新文化中人反对逼宫的寥寥可数，只有胡适等极个别人。胡适声称："我是不赞成清帝保存帝号的，但清室的优待乃是一种国际的信义，条约的关系。条约可以修正，可以废止，但堂堂的民国，欺人之弱，乘人之丧，以强暴行之，这真是民国史上的一件最不名誉的事。"② 此论一出，胡适遭到了大量同辈、后进的驳难与攻讦。

与之相应，孙雄在编辑《落叶集》时定了若干条凡例，其中两条是：

> 一　同人和诗，有意在韬晦，或书隐名，或仅署别号者，悉仍之。
>
> 一　和诗原稿，有自加注语者，或笺故实，或涉时事，今悉删除不载，借免纠纷，以意逆志，不妨俟诸后人。③

这两条凡例当参看序目的小引：

---

① 参见胡晓《国民党与溥仪出宫事件》，《安徽史学》2012 年第 2 期；李坤睿《王孙归不归？——溥仪出宫与北洋朝野局势的变化》，《南京大学学报》2012 年第 5 期；王晴飞《溥仪出宫与北京知识界：以胡适为中心的考察》，《社会科学》2015 年第 4 期。有学者甚至认为冯玉祥的这次逼宫在一定程度上引发了后来伪满洲国的建立，参见喻大华《重评 1924 年冯玉祥驱逐溥仪出宫事件》，《学术月刊》1993 年第 11 期；《〈清室优待条件〉新论——兼探溥仪潜往东北的一个原因》，《近代史研究》1994 年第 1 期。
② 《胡适致王正廷》，中国社会科学院近代史研究所中华民国史组编《胡适来往书信选》，中华书局 1979 年版，第 268～269 页。
③ 孙雄：《落叶集》卷首，凡例。

《落叶集》四卷写定，都凡诗六百五十余首，词二阕。初拟作序，濡毫数夕，竟不能成一字，所谓佛云不可说，不可说也。适阅王而农先生落花诗，意有所感，倚枕不寐，因成七律五章，即以代序。时为共和十有五年夏正丙寅仲春之月春分前一夕。①

《落叶集》里的作者都感受得到社会舆论的压力。孙雄在印行唱和集时反复声称"佛云不可说，不可说也"，并把供稿者的自注"删除不载"，任由后人"以意逆志"，就是一种不得已的策略。

孙雄的这一处理是有效的，很多诗句依然可以找到"的诂"。比如孙雄"菩提树在摩迦国，护法西方有圣人"隐喻1924年春泰戈尔拜访溥仪；黄维翰"匏系于人宁有害，菟丝乘势竟相欺"、陈嵩芬"却与鶷鶒竞一枝"、成多禄"故家乔木变恩仇"隐喻冯玉祥逼宫，事实上冯玉祥不仅是清室旧臣，他于两年前即1922年溥仪大婚时还送了贺礼；至于一同参与逼宫的鹿钟麟、李煜瀛（李石曾），一是鹿传霖之后，一是李鸿藻之后，皆是所谓"胡家乔木"；郭曾炘"转绿年光亦刹那"隐喻1917年的张勋复辟。然而，社会压力并不是孙雄删去自注的唯一原因，自注的存在也损毁了落叶诗的美学价值。孙雄特别欣赏刘熙载的一段话："融斋先生又云：'文所不能言之意，诗或能言之。大抵文善醒，诗善醉。醉中之语，亦有醒时道不到者。盖其天机之发，不可思议也。'"② 这是关键所

---

① 孙雄：《落叶集》卷首，序目。
② 孙雄：《写印旧京诗存缘起》，《旧京诗文存》，第3页。

在。在溥仪被逐出宫这件事上，旧官僚群、清遗民及其他人员首先在"遗民美学"和"悲剧美学"而不是"遗民伦理"这里找到了契合点。但事实上，这种界限并不像分析时那样醒豁。特别是，第一，经由这种唱和，唱和者之间建立了某种认同（而不必苛求到底是基于遗民美学还是遗民伦理）；第二，不管是刻意的还是无意的，当事人常泯灭美学与伦理的界限。落叶诗的美学意境恰好保留了这种张力。

问题的关键在于，遗民伦理与遗民美学果然有本质的区别吗？如果有，界限在哪里？这当然不易得出一个绝对答案，因为"美学"本身就是一个复杂而含混的存在。美学是真实的自律，无关价值，但它也可能保证事实和价值之间的调和。"遗民美学"关涉的是某种真实，而"遗民伦理"则指向价值。二者可以调和，但是是有条件的。美学关联于认识，又区别于认识。在《落叶集》的唱和过程中，有那么一个时刻或节点，所有唱和者进入了类同的状态，对这一状态做事实（遗民美学）或价值（遗民伦理）的判断，是多余的。

上述探讨只是基于一种纯粹的理论或假设，尽管的确有助于我们理解"落叶诗"的社会心理机制。事实是，在这样的唱和中，当事人遗民形象的建构开始了。只是，遗民形象的塑造，只有"当事人"还不够，还需要"叙事者"。

第三节　遗民话语与遗民伦理的向背

即使是在宋、明两代，遗民伦理也无法消泯其内在紧张，而外露于士人的出处行藏之际。中华民国代清而立，儒家意识形态因之骎骎解体，而根植于儒家意识形态的遗民伦理，自然也失其根基。但它不会立即消亡，作为一种话语，它有维持自我的动力。

黄维翰《魏潜园七十寿序》以"不拘牵于寻常绳墨之论，而卒蹈乎大方"之语来形容清遗民吴锜的出处，但揆之清遗民生平，这一论断似乎适用于大部分所谓"清遗民"。黄维翰曾说："孔子谓虞仲夷逸，隐居放言，身中清，废中权，若两处士（指传主王正心、谢士鹗——引者注）者，身未受一命一衿之荣，无所谓废也，而隐居放言，以寄其拳拳故国之思，至于槁项黄馘而不之悔。此无他，本其所欲，恶甚于生死之心而安行之，贤于以众人国士之遇为报者远矣。"① 但他毕竟意识到"世乱无完人，不以天下之凶凶易其行，达而在上者寡矣"，② 那么在传统道德失范的民国，要维持遗民伦理于不坠，一个自然的思路是不能使遗民这一遗民伦理实践的产物绝迹，要尽可能地增多，互为倚援，以证明这一伦理是自在永在的。

有清覆灭，不但殉节的人少之又少，而且真正的遗民，似乎也与有清庞大的官僚群体不相称。因此，纂修《清史稿》时，于式枚辩解道："死者人之至难，亦最不祥之事"，"古之忠臣，本不必人人强死也"。③ 这是很近人情之论。不过，正像我们强调的，这些论点足以威胁到遗民伦理。特别是，如果没有足够的遗民来担当遗民伦理，那么遗民伦理还存在吗？金梁《清史稿补叙》云：

---

① 黄维翰：《处士王正心谢士鹗传》，《稼溪文存》卷二。
② 黄维翰：《盐山石伯衡先生七十寿序》，《稼溪文存》卷二。
③ 朱师辙：《于式枚修史商例按语》，《清史述闻》卷七，生活·读书·新知三联书店1957年版，第144、145页。

是编初拟名《清遗民传稿》，继改《遗臣》，又改《遗逸》，见者皆有疑问，终乃定名曰《清史稿补》。……余初草例言，即谓以严格论，必如夷齐始得入传，今有几人？且即如夷齐薇蕨，何异周粟？叩马亦复干人，求仁得仁，讵甘饿死？盖大义所关，不容坐视，欲洁其身，而乱大伦，岂忠臣孝子所忍出哉？但有所为，虽污伪命，亦当略迹原心。死且不辞，何论降辱？[①]

议论所及，实即遗民伦理内在紧张之一端，故金梁不得不宽而论之，以维持此一伦理于不坠。这是相当奏效的，所以金受申看完其例言之后，称颂他"表彰幽潜，功莫大焉"。[②] 何藻翔亦声言："在朝不锄奸，国亡不举义，未足为遗老也。"[③] 假如是为了倒袁（世凯），仕袁（世凯）作为策略也无妨。这可以与金梁"但有所为，虽污伪命，亦当略迹原心"之论相呼应。这其实加重了遗民伦理固有的危机。遗民伦理越富于弹性，道德约束力就越趋于薄弱。

漫社中年纪最大的张朝墉，其《半园老人诗集》全由《甲子集》《丙寅集》《乙巳集》《庚午集》《癸亥集》等小集组成，其寓意正如孙雄所称，"先生自丁巳以后，每岁腊尾辄裒所作诗为一集，以是年甲子名之，盖隐托柴桑遗意也"。[④]

---

① 金梁：《清史稿补叙》，《清史稿补》卷首，1942 年铅印本。
② 金受申：《跋〈清诗选补例言〉及〈清遗民传稿例言〉》，《立言画刊》第 221 期，1942 年。金跋所称的《清遗民传稿》即《清史稿补》，又称《清遗逸传稿》。
③ 吴天任编著《清何翙高先生国焱年谱》，台湾商务印书馆 1981 年版，第 138 页。
④ 孙雄：《甲子集序》，张朝墉：《甲子集》卷首，《半园老人诗集》。

但事实是，民国初立，张朝墉即入黑龙江都督兼民政长宋小濂之幕。王树枏撰《陶庐老人随年录》，民元以后，一律使用甲子纪年，寓意也很明显。通观王树枏的著述，他在发挥遗民伦理方面不遗余力。他在为社友成多禄作的墓志铭中，记载了"国变"时成氏力劝江苏巡抚程德全严守君臣大义之举，还点题道：

> 国变后，自号澹堪，明其志也。①

但成多禄也曾任临时参议院、安福国会参议院议员，王树枏却绝口不提。可想而知，王树枏要塑造的是一个贞悫的遗民形象，只有对此略而不书，才能更好地承续自古至今的遗民谱系。当然，这种塑造也正合成多禄之意。民国肇建时他被授予国史馆典籍厅厅长的官职，他辞而不受，说："吾入民国未尝拜明令故也。"② 意思是自己是"被进入"民国的，当然不会接受委任。成多禄手定《年谱稿》（止于宣统三年）也有如下自跋："生不逢辰，丁此阳九，既无东海衔木之能，又鲜西山作歌之节。明年裁五十，泯然无闻，浮生若赘，即至八十、九十，亦不过一忍辱翁、长乐老耳！"③ 署"宣统三年十二月三十日"。有理由怀疑，这段自跋是1924年《年谱稿》付刊前改动的。因为从年谱内容来看，成多禄是准备严守"西山作歌之节"的。只不过，正如我们所见，后来出于种种原因，

---

① 王树枏：《成澹堪墓志铭》，卞孝萱、唐文权编《民国人物碑传集》卷九，第629页。
② 钟广生：《哭成六澹堪》，翟立伟、成其昌编注《成多禄集》，第34页。
③ 《澹堪年谱稿》，翟立伟、成其昌编注《成多禄集》，第46页。

他出任了参议院议员，与《年谱稿》里的形象、叙事相矛盾。成多禄自己不会没有意识到，这才以宣统三年的名义添加或改动了自跋，一则说"既无东海衔木之能，又鲜西山作歌之节"，再则说"不过一忍辱翁、长乐老"，为后来的出处行藏保持逻辑上的统一。王树枏的墓志叙事，显示他之于成多禄有一种特别的默契。王树枏为另一个社友金兆丰撰述的行状中这样写道：

> 未几，鼎革。君遂不再出任事，惟以著述自娱。①

还称，金兆丰"癸丑，丁外艰，回籍……会赵次珊总制尔巽长清史馆，聘君为协修。母蒋太夫人以修史为千古事，勉其行，君乃奉母命就道"。② 本来，遗民是否应该修国史是见仁见智的事，在一般意义上，为修国史而供职清史馆，并不等于入仕新朝。尽管如此，王树枏还是强调金兆丰是"奉母命就道"。这是为了最完美地完成遗民形象的叙述。需要补充的是，王树枏卒后，尚秉和（1870～1950）同样只说：

> 自公东归，值国变，隐居僻巷，终日著书。③

绝口不提王树枏任参政院参政、国务院顾问等事。参政院参政

---

① 王树枏：《清封二品衔记名提学使翰林院编修金雪苏君行状》，卞孝萱、唐文权编《民国人物碑传集》卷七，第474页。
② 王树枏：《清封二品衔记名提学使翰林院编修金雪苏君行状》，卞孝萱、唐文权编《民国人物碑传集》卷七，第474页。
③ 尚秉和：《故新疆布政使王公行状》，钱仲联主编《广清碑传集》，第619页。

是袁世凯拟名授命的，但王树枏似乎并没有像瞿鸿禨、袁树勋、于式枚、劳乃宣等人那样坚辞不受。一种可能的解释是，"清遗民"并未将担任幕僚、参政、顾问甚至议员等职务视为"入仕新朝"。这不正是讽刺之所在吗？假如不违遗民之德，那么墓志铭、传记应该不惮于记述才对。

与漫社－虞社相始终的孙雄是最精彩的个案。考察孙雄生平，颇合于漫社"不惠不夷"的宗旨。1914 年他在致徐兆玮函中说："侍在鲁省亦系浮沉，东方曼倩像赞所谓，'退不终否，进亦避荣，栖迟下位，聊以从容'。鄙意颇欲师事之，以为处此浊世之法。"① 这是他的立身准则。他曾列名江苏国民会议代表拥戴袁世凯称帝，其后不得不在致徐兆玮函中自嘲为"颂莽"。又因生活所迫，于 1913 年、1914 年先后应江西都督李烈钧、山东民政长高景祺之邀，准备入其官署，谋求仕禄，但都因政局和人事的变动而未果，以至于有"走运塞时乖，所如辄阻，天之厄我甚矣"之叹。② 不仅如此，他还在 1912 年致徐兆玮函中云："前汉与后汉、前五代与后五代均相对之称，今人动云前清，是希望有后清者出，将不利于我民国也。五族共和，实行融化界限，亦不应曰满清，以挑拨满汉之恶感。《汤誓》言有夏，《周书》屡言有夏、有殷，均为亡国以后之名词。武王伐商之诗且云燮代大商矣。今人喜以汤武为借口，而相率禁言大清。走于定一报时评中曾发明之，谓宜一律称有清。"③ 从一系列的行事和言论看，孙雄初非以遗民自居。

---

① 《徐兆玮日记》第 2 册，第 1461 页。
② 《徐兆玮日记》第 2 册，第 1467 页。
③ 《徐兆玮日记》第 2 册，第 1421～1422 页。

关于既不应称"前清"，亦不应称"满清"，而宜称"有清"的议论，尤征他颇持中庸之道，漫社宗旨所谓"不夷不惠"。

1914 年，孙雄致函徐兆玮甚频繁，其中有关入职清史馆的三函依次云："前月本定拟赴东，后因都中屡有清史馆日内成立之说，颇思滥竽一席，故迟迟其行，乃迁延至今，尚无眉目。赵次山尚未莅京，且诋者谋者日见其多。现又有湘绮不日来京就任国史馆长，且将清史、国史并为一馆之说。湘绮门徒咸思把持此事，如走迂疏，断难插足，亦遂不作此想矣"；"清史馆开办无期，且谋夫孔多，即令开办亦未必许南郭滥竽也"；"清史馆聘为名誉纂修，侍至今日乃真成一钱不值之名士矣"。① 袁世凯政府于 1912 年立国史馆，至 1914 年立清史馆，广聘遗老，与修《清史》。入清史馆修史一事，与遗民伦理颇为相关。曹元弼《叶侍讲墓志铭》云："及辛亥乱后，公（叶昌炽）悲天悯人，艰贞自矢，新都窃柄，假修汉史，招徕耆旧，歆、丰之徒思浼龚、鲍，公毅然峻拒之，守死善道，渺与世绝。"② 所谓"歆、丰之徒"当然包括赵尔巽、缪荃孙等故人。王舟瑶《一山文存序》也云："昔元裕之欲修金史以报故国，而委蛇于异代之朝贵，君子惜其近于降志辱身。若危太仆之蒙面异姓，借国史以自脱，尤无耻不足道。一山以实录之命出自朝廷，必终其事；国史之聘出于异代，坚不与闻。其辨义之精，自守之固，非有得于乡先正方逊志诸贤之学者，而能如是乎？"③ 然而在庞大的清遗民群体中，"辨义之精，自守之

① 《徐兆玮日记》第 2 册，第 1456、1475、1491 页。

② 曹元弼：《叶侍讲墓志铭》，《叶昌炽诗集》，第 321 页。

③ 王舟瑶：《一山文存序》，章梫：《一山文存》卷首，1918 年吴兴刘氏嘉业堂刻本。

固"如章梫者并不多见，大多数像孙雄一样，"颇思滥竽"，借此为谋生之计。与修清史的遗民自然亦有其说辞。金梁称："读史氏曰：（赵）尔巽暂留旧镇，实备东巡。其修清史，亦为存国故，卒成一代完书，苦心孤诣，自与污命变节者有间。"① "修清史"以"存国故"的确可以从遗民伦理中找到依据。但是，二者之间的那种紧张感，孙雄丝毫没有察觉，而是汲汲焉求之营之。这至少表明他缺少作为遗民的热忱和初衷。

但孙雄却在人事的迁衍流转和传统的濡化熏习中完成了遗民形象的塑造。他在1931年刊刻的《旧京诗文存》序中称："辛亥以前，余所为诗，概不存稿，盖不欲以诗人自命也。……"② 就是典型的有关遗民形象的自我暗示。当他亡故以后，俞寿沧《常熟孙吏部传》又出现了一种标准叙事：

> 洎国步已移，震其名者，百计礼罗，君终以众咻一傅，非昌明吾道之时，仍杜户著书。③

我们知道，这不是完整的事实。

时人不仅诟病清遗民"腐朽"的忠君观念，更诟病他们守节之志不坚，而又以守节之荣自炫。林庚白《孑楼诗词话》论孙雄云："客籍学堂校长孙雄，生平好附庸风雅，略能为骈文，于诗词皆门外汉。而谬操《道咸同光四朝诗史》之选政，

---

① 金梁：《清史稿补·附传·赵尔巽》，第34页。
② 孙雄：《旧京诗文存》，序第3页。
③ 俞寿沧：《常熟孙吏部传》，卞孝萱、唐文权编《辛亥人物碑传集》，第629页。

盖借以进身于豪贵也。郑孝胥为题一绝句以讥之，诗云：'近代诗人让达官，曾闻实甫论词坛。潜夫只有忧时泪，也作君家史料看。'可谓皮里阳秋矣。孙君晚年颇潦倒，其六十岁征诗启，意在向门生、故人打秋风。某君寿以一律云：'诗人六十尚为郎，梦想承平鬓亦苍。忠孝非关文字事，咏歌尽付管弦场。在山不信泉能浊，浮海真怜道未光。金石自来堪寿世，一觞何事向行藏。'极嬉笑怒骂之能事。诗亦工，三四及五六两联，不堪使委蛇于清室与民国间遗老读之。"① 可谓辛辣至极。叶德辉致缪荃孙函云："近又有人为人叙书，称子培为尚书。此张勋时代之名称，出自张勋，固属伪诏；果其出自皇上，则主忧臣辱（此不可以辛亥、壬子之人例），当死难京城，岂有背负尚书官衔，而逃命上海者。前此复辟，请归政之首衔二人，一则电报窃名，一则亡命逃走。遗老架子可谓倒塌尽矣。尝言今日遗老皆亡国大夫，断无再作中兴功臣之理。"② 不论是新人林庚白，还是旧人叶德辉，都对清遗民表现出轻蔑、戏侮的态度。讽刺的是，叶德辉所致函的缪荃孙同样不具备遗民品格，他不但汲汲于清史馆之聘，更有劝进袁世凯之举，甚至为了些许碎银，于1915年起草《江苏国民代表缪荃孙等正式推戴书》。③

　　很多"清遗民"甚至惧怕真正的守节者。刘成禺《世载堂杂忆》记载过这样一件事：

---

① 林庚白：《孑楼诗词话》，张寅彭主编《民国诗话丛编》第 6 册，第 123 页。
② 顾廷龙校阅《艺风堂友朋书札》，上海古籍出版社 1980 年版，第 563 页。
③ 参见张仲民《七十老翁何所求？缪荃孙的失足》，《上海书评》2022 年 12 月 27 日。

　　李梅庵患疮，僵卧不能行动，家无米，拮据无法。张
勋忽派差官来，赍一函，附纹银六百两，投函即走。梅庵
派人追回曰："曩日少轩之银可受，今日少轩之银万不能
受。少轩今日之银，民国政府所给饷项也，予不欲间接受
民国政府之赐。"勒令差官将原银六百两持去。胡小石
云："当时适住梅庵家，亲见其事。"

　　有人问何以不受张少轩馈赠？梅翁曰："余既愿作孤
臣，当然不受此惠，卖字鬻画，但求自给而已。"此语传
出，适触沪上遗老之忌，盖言者无心，闻者有意。当时标
榜遗老者甚众，而临财则又往往变易面目，自解为不拘小
节矣。①

　　李瑞清因为不接受出仕民国故人的馈银，"触沪上遗老之忌"。
这正是因为"当时标榜遗老者甚众，而临财则又往往变易面
目，自解为不拘小节矣"。

　　正像前文强调的，遗民伦理始终无法消泯其内在紧张，当
事人和叙事者不得不加以解释或修饰，但结果是侵犯了遗民伦
理的不是旁人，正是他们自己。他们在各种行状、年谱、传
记、墓志铭等碑传文中的模拟性、选择性甚至虚构性叙事，只
是在维持遗民话语的威权，并在这一威权的羽翼之下，获得优
越感。但实际上，遗民伦理已被他们腐蚀殆尽。从根本上说，
则是遗民伦理的内在紧张使然，它与个体的衣食生计、社会生
活常处于冲突之中。当遗民伦理遭遇真正的挑战，他们必须做

---

　　① 刘成禺：《世载堂杂忆》，第146页。

出回应。本来应该采取的法则是自我的身体力行，但它与衣食生计和社会生活冲突甚烈，仅仅以个体来践行并不足以挽救它，或者说，挽救遗民伦理的另一方面是他们还要仰仗它，仰仗它给予自己挽救它的理由和动力，因此，他们要做的就是维持这一伦理的神圣性，托庇于旧有的话语威权并巩固旧有的话语威权，然后再寻求托庇，沿着旧有的叙事结构"国变/鼎革 - 杜门/著书"，通过合谋的方式共同塑造更多的典型，以维持这一伦理于不坠。正是在这一环节，遗民伦理的脆弱性豁然呈露。

　　也正由于这一机制的存在，很多人之成为"清遗民"，乃是自己与他人共谋的结果。我们还可以再举两个例子。曾任北洋司法次长的王式通，"殓时衣服，（后人）遵其遗嘱，用道装"，① 其用心多少可以推测；而同人孙宣敬《王公志盦先生传》说，"民国建立，强起公（王式通）为司法次长"，② "强起"二字意味着入仕民国乃是不得已之举，非其本志。曾任北洋政府国务院秘书厅秘书、铨叙局长、侨务局总裁的郭则沄，在友人撰述的碑志中，是因父亲郭曾炘的劝勉才出仕中华民国，因为郭曾炘认为，自己年纪大了，不妨退隐，而郭则沄正值壮年，应该效用于社会；1922 年郭则沄随徐世昌一同退隐后，他只认定自己的清遗臣身份，1946 年弥留之际嘱咐子孙以清朝官服入殓。当然不能说这些记录是假的。但是，与其说这是记录，不如说是一种叙事，而叙事总是包含某种修辞。

---

① 李立民整理《〈《清儒学案》曹氏书札〉整理》，中国社会科学出版社 2016 年版，第 53 页。

② 孙宣敬：《王公志盦先生传》，王式通：《志盦遗稿》卷首附，台北：文海出版社 1966 年版，第 3 页。

最终，他们维持的与其说是遗民伦理，不如说是遗民话语——话语背后的权力与荣耀，因为遗民伦理已被他们自己腐蚀殆尽。北洋政府脚下的"旧官僚群"与"清遗民"，是考察这一现象的标本。在他们身上，遗民话语与遗民伦理常常是分离的；他们是"遗民"，同时又"被遗民"。

第四节　北伐前后孙雄的世变书写

指出遗民话语与遗民伦理的分离，并不是否认遗民伦理仍有相当的约束力。只是想强调在民主共和的场域下，北洋政府时期北京地区的"清遗民"与"旧官僚"处在什么样的生态中。尽管理论上"民国乃敌国也"，但是很多清遗民长期处于委蛇状态中，情感上不会没有影响。当南方新兴的政治力量开始崛起时，很多清遗民不仅在感情上，更在理性上有了倾向性。

北伐一路挺进，孙雄跟康有为、严修等人一样，都感到"忧惧特甚"。[①] 一开始，他们还有一种"我当局外静观棋"的心态。[②] 这容易理解，北洋政府时期军阀的连年战乱给他们留下了极坏的印象，他们习以为常。随着战况升级，"观棋"的心绪变得紧张起来。这一年旧历八月孙雄所作的《诸将五首》很能体现这一点。其一云：

[①]　王承礼：《严修先生自订年谱辑注》，严修自订，高凌雯补，严仁曾增编《严修年谱》，齐鲁书社1990年版，第473页。

[②]　严修：《严范孙先生遗墨》，《陈诵洛集》，广陵书社2011年版，第579页。

长白巫间王气钟，干将百炼养全锋。宁馨育子夸雏
凤，反侧除奸制毒龙。守隘如云屯虎旅，交邻未雨息狼
烽。止戈为武君须记，弃甲还宜事劝农。①

一望而知，这首是写张作霖的。"宁馨"和"雏凤"分别典出
《世说新语》及唐人诗句，是指张学良；"毒龙"是指冯玉祥。
本来，北洋人物中，孙雄最认可的是段祺瑞。② 但是，此时段
祺瑞已经下野。张作霖、吴佩孚在北京会晤，联合起来组建了
北京政府。直奉军阀通力合作击溃了由冯玉祥旧部张之江继续
领导的国民军，这使孙雄对其格外有好感。《诸将五首》其
二云：

韩文驱鳄笔攻心，诸葛征蛮七纵擒。天子未妨称白
版，秀才依旧赋青衿。鹰扬自昔雄河朔，鹞退于今感汉
阴。盼汝一匡成霸业，招魂哀郢不须吟。③

这首诗咏直系军阀吴佩孚。他的主力在湖北被北伐的国民革命
军全歼，败退至河南，"鹰扬自昔雄河朔，鹞退于今感汉阴"
一联说的就是此事。尾联"盼汝一匡成霸业，招魂哀郢不须
吟"显示了孙雄对于吴佩孚的认可。在《诸将五首》其他三
首中，孙雄分别咏述了张宗昌、孙传芳与唐生智，也都表达了

---

① 孙雄：《旧京诗文存》，第 52 页。
② 参见孙雄《读史杂感六首》（丙寅仲春二十八日合肥下野感赋此诗）、
《挽徐又铮将军五首》，《旧京诗文存》，第 63～64、169～170 页。当然，
孙雄《读史杂感六首》对段祺瑞也有讥刺的一面。
③ 孙雄：《旧京诗文存》，第 52 页。

同样的立场——他站在北洋政权一方。① 这不是孤立的现象。从当时包括清遗民在内的士绅群体来看，这一现象相当普遍。1926 年 9 月，康有为等听闻"武汉失守"之后，连忙赶赴北京"催促张宗昌出兵"。② 严修记载北洋军阀的败北时，用了"失利"二字。③ 不用说，这是隐含着立场的。这场南北之间

---

① 《诸将五首》其三："将星光焰烛青州，历下亭高峙锦秋。鲁壁六经校鱼豕，齐烟万灶肃貔貅。留侯天授韬钤略，臧谷宵为博塞游。近妇饮醇疑自晦，黄金买笑不知愁。"这是咏张宗昌的。他当时任直鲁联军总司令，黄赌毒俱沾，诗中"青州""鲁壁""留侯""博塞""近妇饮醇"都能跟他对上号。从"近妇饮醇疑自晦"一句看，孙雄当时还对张宗昌抵御北伐军很有信心。《诸将五首》其四："江东师虎擅英资，胜算能操静待时。形势已成三足鼎，兴亡坐视一枰棋。周旋坛坫魁群牧，缥缈云山望九疑。羊祜祭遵风未远，投壶中隽且娱嬉。"这是咏孙传芳的。当吴佩孚与北伐军鏖战之际，孙传芳坐镇东南观望，不肯出兵援吴，闽、浙、苏、皖、赣五省大体在他统辖之下，"江东师虎擅英资，胜算能操静待时""缥缈云山望九疑"两句谓此。但随着吴佩孚兵败，形势突然严峻起来，所谓"三足鼎"当是指武汉北伐军一系（包括广州方面）、北洋军阀一系（孙传芳、张宗昌等）及东北张作霖一系。末一联用羊祜、祭遵事，据《晋书·羊祜传》，羊祜奉晋武帝之命讨吴，驻军江淮一带，而《后汉书·祭遵传》云，"遵为将军，取士皆用儒术，对酒设乐，必雅歌投壶"，都与孙传芳相合。值得一提的是，祭遵乃东汉中兴名将，号征虏将军。《诸将五首》其五："突起苍头奋异军，江楼饮至酒微醺。湘妃露布曾驰檄，楚客风流善运斤。烹狗竟忘盟曒日，斩蛇不免伏疑云。是非留待千秋定，暂学君苗笔砚焚。"这首当是咏唐生智。唐生智原是赵恒惕部下。赵恒惕主张制定宪法，联省自治，1922 年被选为湖南省省长。1926年，赵恒惕反对国民革命军北伐，认为这有违"法统"。唐生智羽翼丰满后，摆脱了赵恒惕的控制，赵恒惕被迫辞职远走。唐生智与北伐的国民革命军合作，任国民革命军第八军军长，所谓"突起苍头奋异军""烹狗竟忘盟曒日，斩蛇不免伏疑云"指此而言。孙雄这组《诸将五首》诗的立场与基调是显而易见的。

② 王承礼：《严修先生自订年谱辑注》，严修自订，高凌雯补，严仁曾增编《严修年谱》，第 468 页。

③ 王承礼：《严修先生自订年谱辑注》，严修自订，高凌雯补，严仁曾增编《严修年谱》，第 473 页。

的内战是如此胶着、反复，任何人都很难忽视。漫社中其他人，如邓镕、涂凤书都表达了关切。①

他们的"忧惧"，不全是出于担心被战乱波及。他们在情感与理性层面向北洋政权倾斜，与他们的士绅身份、"政治光谱"相关。作为士大夫阶层，他们不少人都经历过或推动过清末的立宪运动。他们之所以特别期待吴佩孚，就是因为吴佩孚在某种意义上集士绅、军阀、"护法人"的角色于一身。按照杨寿枏的叙事，吴佩孚在湖北的溃败，实为民国史最大的转折点，也为最大的悲剧。杨寿枏（1868～1948）是江苏无锡人，光绪年间以举人捐内阁中书，曾入孙家鼐幕府。1905年，清廷派五大臣出洋考察宪政时，他随载泽赴日本，嗣赴英、法。归国后，任农工商部工务司主事，兼充商律馆纂修。辛亥鼎革，他本意不再出仕。他回忆道："周缉之总长长财部，先欲调余为秘书长，余荐赵仲宣自代。又欲任余为首席参事，余荐赵剑秋自代。至是，呈请设盐政处，任余为总办，坚辞不允，始就职。"② 此后历任长芦盐运使、山东财政厅厅长、财政部次长等职。1923年，他辞去一切官职，在天津专办实业。1925～1926年，他回到故乡，同样密切关注北伐局势。他对国民军（冯玉祥部）与国民革命军颇抱疑惧。直奉联军在北京西北郊南口镇暂时击退国民军后，他向吴佩孚献计出来调停，与国民军代表张之江、鹿钟麟谈判，"勿坚持护宪，先推

---

① 参见邓镕《诸将》，《荃察余斋诗存》不分卷，上海商务印书馆1927年铅印本；涂凤书《秋感八首》，《石城山人诗钞续稿》不分卷，稿本，中国国家图书馆藏。

② 杨寿枏：《苓泉居士自订年谱》卷下，北京图书馆编《北京图书馆藏珍本年谱丛刊》第192册，北京图书馆出版社1999年版，第277页。

定总统，组织内阁，划北京为缓冲地"。① 他相信，以吴佩孚的"声望"与"资格"，"调停战事，主持大局，可以执牛耳而为盟主"。② 假如可以这样，在谈判时即使没有"坚持护宪"，但只要与国民军的和议达成，实际上也能暂时起到"护宪"的效果，至少是能留下种子，并且可以腾出手来应对南方的国民革命军。吴佩孚没有听从他的建议，而是亲赴前线督师，于张家口一带击溃了张之江的国民军。就在这时，国民革命军攻取岳州，进逼武汉。吴佩孚"回师武昌"已来不及，主力挺进湖北以后，被全歼。杨寿枬发出"大势已去"的叹息。③ 他当即秉笔撰述《苓泉居士自订年谱》二卷："自同治戊辰年起，至民国丁卯年（1927）止，首尾六十年，世运之平陂，国事之治乱，一身之升沉显晦，悉具其中矣。沧流东逝，晷景西驰，追年平生，如梦如幻。"④ 决意从此"皈依道院，托趣幽玄"。⑤ 作为末代士大夫的一员，杨寿枬精神世界的凄苦，可能超出我们的想象。他早年追随五大臣出国考察宪政，是清末立宪运动的积极参与者。清亡以后，改初志，出任北洋政府官职。他当然深知北洋政权积弊甚深。军阀一面扮演"护法人"角色，比如面对袁世凯称帝、张勋复辟、冯玉祥发

① 杨寿枬：《苓泉居士自订年谱》卷下，《北京图书馆藏珍本年谱丛刊》第192 册，第 306 页。
② 杨寿枬：《苓泉居士自订年谱》卷下，《北京图书馆藏珍本年谱丛刊》第192 册，第 306 页。
③ 杨寿枬：《苓泉居士自订年谱》卷下，《北京图书馆藏珍本年谱丛刊》第192 册，第 306 页。
④ 杨寿枬：《苓泉居士自订年谱》卷下，《北京图书馆藏珍本年谱丛刊》第192 册，第 309 页。
⑤ 杨寿枬：《苓泉居士自订年谱》卷下，《北京图书馆藏珍本年谱丛刊》第192 册，第 310 页。

动北京政变时的反应与秩序维护都体现了这一点，但另一面他们又是"法统"最大的威胁者、破坏者。只能说在形式上，这个政权还算是"法统"的践行者、维系者。所以，1926 年，面对国民革命军势如破竹的北伐，归隐数年的他积极响应吴佩孚的招邀。但结果我们已经知道。

1928 年 6 月，张作霖退出北京，国民革命军的北伐取得了决定性的胜利。这宣告了北洋时代的正式终结。此后，不管是作为特别市、院辖市还是省辖市，北京的地位虽或高于一般"行省"，但已今非昔比。迁都时，有所谓南、北二京之争，社会上舆论不一，这既有出于各自利益的考量，也有出于全国政治、经济、文化上的权衡。① 随着迁都南京成为既定事实，北京不可避免地衰落下去，不复旧日盛况。② 邓镕自撰年谱有云："四月，张作霖出关，首都迁往南京，北京易名北平，指挥略定，市狱不扰，但日即于萧索耳。"③ 是相当真切的写照。

迁都后，孙雄写有《龙战四首戊辰仲夏作邮呈严范孙前辈、郑叔进、黎薇孙同年政和》。题中的严范孙即严修，郑叔进即郑沅（1866～1943），黎薇孙即黎承礼（？～1930），都是清代官员。组诗前三首云：

---

① 参见许小青《南京国民政府初期两次迁都之争》，《暨南学报》2012 年第 6 期；赵阳《从北京到北平：国都南迁与北方的社会舆论》，硕士学位论文，中共中央党校，2010。
② 参见陈鹏《试论 1928 年迁都对北京的影响》，《北京社会科学》2010 年第 4 期。
③ 邓镕：《忍堪居士年谱》，《北京图书馆藏珍本年谱丛刊》第 192 册，第 730 页。

> 元黄龙战道疑穷，龟筮安知吉与凶。象服双辉行万里，狐裘一国峙三公。在辰太岁钩钤厄，呼癸遗黎杯柚空。草木皆兵戎伏莽，毕箕鼓吹庶人风。（其一）
>
> 凤城杨柳换春旗，枭里归来悟昨非。未必青蓝能远胜，最怜苍赤尽无衣。争巢乳燕梁间语，避弋冥鸿海外飞。传写三都真纸贵，千红万紫斗芳菲。（其二）
>
> 黄金铸范例翻新，来复斋庄问鬼神。注籍东林皆硕彦，播芳南国有佳人。涉波莫漫悲辽豕，绝笔还疑获鲁麟。学舞天魔都散发，似闻娿娜詈申申。（其三）①

《龙战四首》不像《诸将五首》那样容易索解，但是整组诗的情感与观念还是可以把握的。除了第四首是泛写，其他三首都有所指。第一首"狐裘一国峙三公"是对新政权的讽刺，指蒋介石、汪精卫等人的政治博弈，实际上触及了国民党军政组织的内在张力。"在辰太岁钩钤厄，呼癸遗黎杯柚空"一联，前一句用郑玄事自况，犹是文化凋零、悲观向死之义，后一句"呼癸"典出《左传》，是借粮、借钱的雅称，写自己或大众的贫困。"毕箕鼓吹庶人风"用宋玉《风赋》里的典故，写新生的国共政治力量倚重民族话语、大众话语。第二首"凤城杨柳换春旗"写的是北京政权更迭，"满地青天白日红"取代了"五色旗"。"未必青蓝能远胜，最怜苍赤尽无衣"一联表明作者对南京国民政府始终持怀疑态度。第三首讽刺随国民政府南迁的北洋旧僚。所谓"黄金铸范例翻新""播芳南国有佳

---

① 孙雄：《旧京诗文存》，第 31~32 页。

人""涉波莫漫悲辽豕"，① 是说北洋旧僚是北伐的对象，也是北伐的降臣，本无功于南京国民政府，居然恬不知耻渡江南下，出仕新府。②

北洋部分旧僚南迁，孙雄颇为鄙视。他情愿留守北平。此种感情是复杂的，有诸多因素。《邱貉五首》其三云："邱貉无新故，林莺叹寂寥。南飞禽历乱，北渚叶飘萧。梁燕辞花径，宫鸦恋柳条。危冠衣短后，樵牧久腾嘲。"③ 与"南飞禽历乱""梁燕辞花径"形成鲜明对比的是"北渚叶飘萧""宫

---

① "辽豕"典出《后汉书·朱浮传》："往时辽东有豕，生子白头，异而献之，行至河东，见群豕皆白，怀惭而还。若以子之功论于朝廷，则为辽东豕也。"

② 孙雄鄙弃南下官绅，当然也与他对南京国民政府的看法有关。他在《戊辰季夏张君季易自燕京南返毗陵》诗中又说："辛有为戎伤被发，王阳去位莫弹冠。"（孙雄：《旧京诗文存》，第 32 页）题中"张季易"，即张惟骧（1883~1948）。在学术史上，他以《清代毗陵名人小传稿》《疑年录汇编》著声闻。孙雄用此联表示自己烛见几兆，中国祸乱的种子才刚刚埋下，但又无可奈何。其"燃脐祸惯看，邱貉无新故"（孙雄：《旧京诗文存》，第 76 页）一联也是说新政权未必胜于北洋政权，而祸已不远。1931 年，他在《共和纪元十有九年岁在庚午阳历元旦口占七律二首索同人和》诗中说："已逢海上看羊岁，仍是寰中逐鹿期。"（孙雄：《旧京诗文存》，第 88 页）前一句用苏武牧羊之典表明自己誓守旧京之志，后一句则写眼前之乱局。所谓"寰中逐鹿"，应该既包括国共之间的内战，也包括日本陈兵东北。这并非孙雄的特识。1928 年北伐结束时，定都北京之议再起。时人力主定都北京的一个重要缘由就是出于政治与国家安全的考虑，"以首都当北部之前线，平时可以杜狡焉思逞之心，有事足以作一致敌忾之气"（方天啸：《关于国都问题之讨论》，《大公报》1928 年 6 月 15 日）。广慧庵主《故都怀古诗》的第一首也耿耿于此："幽燕自古帝王都，谋国如何失壮图。成败几朝都阅尽，狂歌聊以酒为徒。"自注："国都南迁，北方各团体具呈力争，南北二京，利害比较，极为详切，而不见纳，遂酿辽沈之变，痛哉！"（广慧庵主：《故都怀古诗（未完）》，《艺林月刊》第 71 期，1935 年）

③ 孙雄：《旧京诗文存》，第 76 页。

鸦恋柳条"。所谓"北渚叶飘萧",说的当然是旧京的冷清。
他无数次写及此种冷清之状:

> 昔年首善区,九天奏韶濩。潭潭万人海,纷纶五经
> 库。运去地无灵,江流向南注。……陵谷送残年,安问新
> 与故。……寒鸦闪夕阳,梦绕舼棱屡。①
> 旧都日萧索,萍泛归无家。②
> 寥落居民畏虎狼,故都岑寂等穷荒(自都会南移后,
> 几于巷无居人。到处奸宄酒伏,日落即相率闭门)。③
> 旧都眷恋舼棱影,穷塞羁栖涸辙鳞。④
> 旧都吟侣悲萧瑟,故国王孙叹忽诸。⑤

哀叹完旧京的冷清萧索之后,他表示自己将坚守在这里,因为
这里是皇家故地,像"寒鸦闪夕阳,梦绕舼棱屡""旧都眷恋
舼棱影,穷塞羁栖涸辙鳞"都是这种感情的流露。在考虑这
种悲情的时候,我们也应该特别重视"穷塞羁栖涸辙鳞"这
个表达。国都南迁以后,不但旧京的人物、人文大为衰退,经
济也一度一蹶不振。⑥ 特别是从 1928 年开始,西北、华北等

---

① 孙雄:《戊辰七月十七日六十有三初度率赋五言长古二首述怀》,《旧京
诗文存》,第 34 页。
② 孙雄:《清河君病逝赋诗哭之》,《旧京诗文存》,第 41 页。
③ 孙雄:《旧都感事二首》,《旧京诗文存》,第 51 页。
④ 孙雄:《己巳杂感四首奉怀黎薇孙同年湘中代柬》,《旧京诗文存》,第
68 页。
⑤ 孙雄:《雇庸公属题焚膏补读图率赋四诗应教即次庸公自题四律元韵》,
《旧京诗文存》,第 107 页。
⑥ 参见王建伟《旧都新城:近代北京的社会变革与文化演进》,中国社会科
学出版社 2022 年版,第 190~197 页。

地还遭遇了罕见的特大旱灾，绥远、甘肃、陕西、河南、察哈尔、山东、山西、河北、湖北九省遭受重创。① 定都南京，进一步加剧了北平物资供给的困窘。连远在江苏的唐文治都获悉，"前在（北洋）各部署供职者，饥饿不能出门户，甚至阖门自经"。② 孙雄自然也被波及。

孙雄致函同乡好友徐兆玮（1867～1940）云：

> 此间临淮易帅，旌旗变色，五百余年之都会失其资格，各机关均闭门结束，下走此后遂长处饿乡矣，思之失笑。……六十三年穷不死，此后真难逆料，平生不言阿堵物，今日始知许鲁斋之言，学者以治生为急务，良有至理，然已无及矣……此后新潮澎湃，已无卖文之余地，聊以自娱而已。③

"新潮澎湃"并非始于此时，但北平失去"都会"地位后，会加剧它对光宣文人的负面影响。北洋时期，北京以其国都身份，成为各方人士的辐辏之区、麇集之地，流品既杂，审美亦复多元，旧文人尚有讨生活的余地。不过，具体到孙雄，他此前已经严重倚赖严修、张霭青、赵乃唐等故友及门人的馈赠。他感慨道，"赖及门唐君慕汾、刘君敬舆、贾君近思、倪君幼丹频频分金济急，今则都会南移，人事萧索，此后生计益入于

---

① 参见魏宏运主编《民国史纪事本末》第 3 册，辽宁人民出版社 1999 年版，第 110～116 页。

② 唐文治：《茹经先生自订年谱》，邓国光辑释《唐文治文集》第 6 册，上海古籍出版社 2018 年版，第 3724 页。

③ 《徐兆玮日记》第 5 册，第 3037 页。

坎习矣",① 转而回常熟故里，也不容易。他在《庚午旧历元旦试笔成七律三首索同人和》自注中说：

> 余以买山无资，故不能作归计。平生积书数万卷，视为性命，皆由节衣缩食以购得者。今值此世变，携归既艰于捆载（且南中无一椽之庇，何从拥此百城耶），出售又损耗过巨（近年旧都萧索，海王村书肆已无人过问，且下走所藏，皆经史子集应用之书，非若版本家可炫玉求售也），意欲以身殉之。枯鱼朽蠹，离成仙之期殆已不远。家山万里，徒营〔萦〕梦想而已。上年曾撰一联，自题画像云：井中心史，亭中野史，阁中诗史；天上桥山，海上仙山，纸上家山。狂呓之言，聊抒郁勃。②

"值此世变……意欲以身殉之"不是说要自杀，而是说面对旧京的萧条、生活的困顿，他不做归乡之计，准备放弃挣扎，老死旧京。其自撰联"井中心史，亭中野史，阁中诗史；天上桥山，海上仙山，纸上家山"表明决定背后还隐藏着这位诗史阁主人心中的使命感。他将这组诗寄示汪荣宝（1878～1933）。汪荣宝有诗相和，其第二首有云：

> 看君大节晚觥觥，不独瑰词早有声。南渡衣冠非典午，西京轨迹失由庚。③

---

① 孙雄：《旧京诗文存》，第33页。
② 孙雄：《旧京诗文存》，第97页。
③ 汪荣宝：《思玄堂诗》，台北：文海出版社1970年版，第170～171页。

"南渡衣冠非典午"是讽刺南下的北洋旧僚，意谓永嘉名士南渡是为了避乱，而若辈不过是为了做官。相形之下，孙雄"大节觥觥"。1927 年起，桥川时雄（1894～1982）在《辽东诗坛》杂志辟"现代支那诗界人物"专栏，第一篇即是《诗史阁主人孙师郑的诗藻》，其后不定期地介绍评述了樊增祥、陈宝琛、张楠、王国维、黄节、曹经沅、杨令茀、程淯、吴闿生、吴芳吉、王云等诗界名流。他在介绍孙雄时说：

> 诗史阁主人孙师郑翁，名雄，原名同康，今六十二岁，潜居于北京城南西砖胡同，对如今学废道丧之世相有所不满，慨然寄思吟咏，自遣自慰。前清遗老，多蒙世人哂笑与白眼，依然蠢尔如贪残年。其中如师郑翁者，老气傲顽，泛招都下诗人，结诗社，自作社长，欲挽斯文于不坠，气概自见。可敬矣。①

现在，面对迁都后的困顿，孙雄进一步"升华"了自我。

孙雄有意在书写中告诉世人，"戊辰（1928）之变"给他带来的创痛绝不下于"辛亥之变"。国都南迁之后，他即刻写了《戒诗诗五首戊辰孟夏作》，小引云："余于辛亥以前，偶作古近体诗，均不存稿。自壬子以后，蛰居人海，多忧时感事之作。十六年中，已成五千余首，世遂以诗人目之……友人赵乃唐礼部、徐少逵编修，均于近月贻我双鲤，询问近状，深致

---

① 待晓庐主人（桥川时雄）《现代支那詩界の人物（一）：詩史閣主人孫師郑氏の詩藻》，《辽东诗坛》第 20 期，1927 年。引文原文为二战前日本旧文体，兹采早川太基博士译文，谨此致谢。

拳拳。函中语意不谋而合，谓君诗多忧时感事之作，洵不愧少陵诗史。然世变方殷，忧亦徒忧，感不胜感，宜学君苗之焚砚，勿效丰干之饶舌也。余深匙其言，因作戒诗诗五章。"① 这段话需要参看《写印旧京诗存缘起》："辛亥以前，余所为诗，概不存稿，盖不欲以诗人自命也。自壬子迄癸亥十二年之诗，业于甲子年印行，名曰壬癸诗存。兹编所录八卷，皆甲子迄辛未诗也。初意仅录戊辰三月以后之诗，以三卷为限，因是月国都南迁，故名曰《旧京诗存》。"② 两相参看，可以注意到以下三个事实：第一，《旧京诗存》印行于 1931 年，收录了从甲子（1924）到辛未（1931）八年间的诗歌，但是孙雄原计划只收录戊辰（1928）三月以后的诗歌，"以三卷为限，因是月国都南迁，故名曰《旧京诗存》"；第二，他不断向读者强调"辛亥""戊辰"两个年份的重要意义，前者是生平锐意作诗之始，后者是生平戒诗之年；第三，《旧京诗存》刊本的第一首诗就是《戒诗诗五首戊辰孟夏作》，既然最后决定刻印全部八年的诗，他本可以按年编次，但他没有，而是把这首作于 1928 年的"戒诗诗"作为卷一的开篇之作。这一切都昭示着他急于向世人表达他内心的痛楚。他当然没有真的"戒诗"，这只是一种态度。其《庚午旧历元旦试笔成七律三首索同人和》自注云：

　　戊辰、己巳两年，深受激刺，久怀厌世之心，思应龙蛇之谶，以追踪高密、希轨叠山为职志。而鬼伯巫阳迟迟

① 孙雄：《旧京诗文存》，第 29 页。
② 孙雄：《旧京诗文存》，第 3 页。

不来召我，今马齿又增，已六十有五矣。夷齐采薇之歌曰：
'以暴易暴兮，不知其非兮。'渊明《归去来词〔辞〕》云：
'世与我而相遗〔违〕，复驾言兮焉求。'值此泯棼之世，
真不知我生之何乐也。①

"思应龙蛇之谶"有求死之意；"追踪高密"指效法汉末大儒
郑玄隐居著述；"希轨叠山"则以谢翱式的遗民自居，可见其
内心的悲凉；"以暴易暴兮，不知其非兮"则是他对新生的国
民党政权的排斥。这是"戊辰之变"给孙雄带来的刺激与创
痛。因此，孙雄之作为遗民的悲情哀思，在理解时，就不能仅
仅对应于清王朝的覆灭，而应混融北洋政权的消亡。也就是
说，"旧京"实维系着这两个政权：

　　昔日王城号人海，而今寂寞似山林。趋炎集棘蝇都
去，剩有冰壶一片心。②
　　能安弦诵即吾乡，终古寒鸦恋上阳。逐影何妨效夸
父，沉沉北陆发朱光。③

"王城"变而为"山林"之后，孙雄守而不去，由此完成了
"剩有冰壶一片心""终古寒鸦恋上阳"的书写。

　　此一北伐前后的世变书写，在相当程度上展现了一个清遗
民的心灵史。对孙雄而言，"旧京"既维系着清王朝，也维系

---

① 孙雄：《旧京诗文存》，第 93～94 页。
② 孙雄：《王城一首》，《旧京诗文存》，第 48 页。
③ 孙雄：《客有劝南归者赋此答之》，《旧京诗文存》，第 71 页。

着北洋政权。前者不难理解，后者是为何？在他的精神世界、认知世界中，北洋政权不仅在国都上承续清王朝，其组织与文化形态也并未斩断与清王朝的联系。同样重要的是，他还从新兴的国共力量那里看到了"异质性"的东西。他以"旧道德"来讽刺南迁的"北洋旧僚"，既说明他自己，也多少说明北洋政权在道德、文化上的含混状态。

第五节　清遗民与北洋政权

　　孙雄对北洋政权的情感不全是习惯使然，而是带着士大夫的自觉。中华民国是辛亥革命的果实，但谁也不能否认，它还是清末士绅立宪运动的遗产。① 北伐高歌猛进之际，推动过立宪运动的杨寿枏在退隐数年后积极为吴佩孚献计，就包含了这一缘故。康有为亦是如此，虽然他仍坚持君主立宪为最优解。吴佩孚击溃国民军后，他不改故态，建议吴佩孚拥戴溥仪；又前去游说张宗昌出兵支援，在张的寿宴上"演说中国之必须君主立宪，滔滔不绝"。② 虽然具体主张有别，但他们都认为北伐是对共和或宪政的威胁、破坏。③ 深究起来，北洋政权是

---

① 历史学方面的研究，参见张朋园《立宪派与辛亥革命》，上海三联书店2013年版；政治宪法学方面的研究，参见高全喜《立宪时刻：论〈清帝逊位诏书〉》，广西师范大学出版社2011年版。

② 《郭曾炘日记》，第33页。

③ 北伐期间与康有为有颇多交流的严修，早在辛亥年清室孤危之际也曾力主君主立宪制［《严修日记》里有详细记载，参见桑兵《走进共和：日记所见政权更替时期亲历者的心路历程（1911～1912）》，北京师范大学出版社2016年版，第194～199页］。面对北伐，他们都"忧惧特甚"，显然是为共和而忧。

一种"军绅政权"，各路人马打出的旗号不外"护法"或"讨无道"。作为制高点的法统、道统并存于这一政权之下。① 这是士绅阶层最后一次既作为政治力量也作为文化思想力量出现在中国历史舞台的中心。北洋政权与士绅阶层有天然的亲缘关系。

理论上，这并不能消泯清遗民与北洋政权的对立关系。但生活比理论复杂。北洋政权继承了清朝的庞大遗产，"国都""五色旗"是最具体的象征。北洋政权的主要人物如段祺瑞、吴佩孚、孙传芳、张宗昌、徐世昌等人也相率提倡儒学，反对激进主义。北洋政权下庞大的官僚群体也大多出自士绅阶层，在文化趣味上与清遗民有桴鼓之应。我们也不该忽略清遗民的嗅觉：新兴的政治力量——国、共两党——与北洋政权是截然二物。北伐前后，这些保守的清遗民仿佛感受到了"异物"的侵袭。这也会使他们倒向北洋政权。

当然，我们更不该忘记中华民国代逊清而立，并不是一般的"易代"。它的意识形态是现代"公理"。清室发布逊位诏书后，袁世凯第一时间通电全国督抚："凡我国民，须知此次改革，为我国从来未有之创局。非舍故君而代以新君，乃由帝政而变为民政。自兹以往，我中国之统治权，非复一姓所独擅，而为四百兆人所公有。"② 这种国家观念一旦确立，任何人、任何党派都很难再否认。所以，袁世凯称帝时，以漫社诗

① 参见陈志让《军绅政权：近代中国的军阀时期》，广西师范大学出版社2008年版。

② 《袁世凯等为改定国体致各督抚等电》（1912年2月13日），中国第二历史档案馆编《中华民国史档案资料汇编》第2辑，江苏人民出版社1981年版，第79页。

人群体及其知交而言，陈浏与其幕主交通总长梁敦彦（1857～
1924）、广东巡按使朱庆澜（1874～1941）以及江苏都督程德
全均极力抵制，翻然去职。陈、梁、朱、程四人都是清代官
员，在"国变"后，也都入仕民国。按照旧道德，他们固无
特操；按照新道德，袁世凯任大总统并非"篡窃"，他们入仕
民国并不算"污伪命"或"事二主"。恽毓鼎（1861～1918）
云："今之改仕民国者，亦皆借口于为斯民公仆，救中国之危
亡。且国无专属，并无事二姓之嫌。正朱子所谓'自有一种
议论'也。"① 就反映了这一逻辑。虽然语含讥讽，但确实为
入仕民国的清官员提供了理论依据。因此，北京地区的"清
遗民"与"旧官僚"之间依然常常不分畛域，有着广泛的互
动乃至认同。然而，洪宪称制却是他们不能容忍的，这意味着
"篡窃"在事实、名义两个层面同时发生。故同样愤而去职的
平政院院长周树模（1860～1925）称："前清变民国，予等皆清
室旧臣，民国无君，以人民为君，予等无二姓之嫌，皆可厕身
作官。今袁氏称帝，予等事之，弃旧君而事叛臣，何以自解？"②
这与清遗民何藻翔所谓"人人可以做皇帝，惟袁不能"，③ 相
去不远。正是在这里，我们可以清晰地看到他们身上的双重道
德。也正是因为如此，不少曾入仕北洋政府的官僚在归隐后，
不时以清遗民身份示人。更有甚者，如冒广生等人虽然长期与
民国官职相伴，却总在文字间昭告他们的遗民情调。长期供职
北洋的许宝蘅、傅岳棻等人后来都供职于伪满洲国。刘成禺云：

① 《恽毓鼎澄斋日记》，浙江古籍出版社 2004 年版，第 584 页。
② 刘成禺、张伯驹：《洪宪纪事诗三种》，第 186 页。
③ 吴天任编著《清何翙高先生国炎年谱》，第 138 页。

> 清末朝士，风尚卑劣，既非顽固，又非革新，不过走旗门混官职而已。故辛亥革命，为清室死节者，文臣如陆春江等，武臣如黄忠浩等，皆旧人耳，新进朝士无有与焉。向之助清杀党人者，既入民国，摇身一变，皆称元勋。朝有官而无士，何以为朝？清之亡，亦历史上之一教训也。①

不仅"新进朝士"如此，号称遗老者也往往不能严出处之辨。这些事实与论述都暗示了北洋政府时期都下"旧官僚"与"清遗民"之间的复杂关系。二者有区隔，但并不总是界限分明。林庚白《孑楼诗词话》有如下观察：

> 逊清遗老，什九貌为忠孝，而以民国法网之宽，得恣所欲言。在北洋军阀时代，以一身出入于清室与民国者，又指不胜屈。"笑骂由他，好官自为"，此辈遗老，亦庶几矣。②

传神写照，正在阿堵中。

当我们把视野从漫社拓展到北洋政府时期北京地区更多的诗社，就会发现"北洋旧官僚"与"清遗民"有持久、密集的互动。寒山社、潇鸣社、梯园诗社、寒庐吟社、可兴诗社、晚晴簃诗社、瓶社、漫社、嘤社、赓社、蛰园诗社、聊园词社、趣园词社、棠社这 14 个诗社，存续时间、成员交互错综，

---

① 刘成禺：《世载堂杂忆》，第 145 页。
② 林庚白：《孑楼诗词话》，张寅彭主编《民国诗话丛编》第 6 册，第 115 页。

形成了巨大的交际网。尽管远非全貌，① 但已经提供了足够的信息。除少数例外，其余在京著名文人都参与了多个诗社。傅增湘（1872～1949）、成多禄加入 4 个不同诗社，闵尔昌（1872～1948）、曹经沅、贺良朴、邓镕、邵瑞彭（1887～1937）、宗威（1875～1945）②、高步瀛加入 5 个不同诗社，丁传靖、谭祖任、易顺鼎、郑沅（1866～1937 年后）③、夏孙桐、罗惇曧加入 6 个不同诗社，郭曾炘、章华（1872～1930）、关赓麟加入 7 个不同诗社，郭则沄、王式通加入 8 个不同诗社，孙雄则加入多达 10 个诗社。

表 2-3 北洋政府时期北京地区诗社举隅

单位：人

诗社	存续时间	发起人（或主持人）	人数	说明
寒山社	1911～1919	关赓麟、易顺鼎、樊增祥	199	据寒山社甲、乙、丙三集名录
潇鸣社	1912～1917	顾准曾	299	社含主课者 36 人；名列社员者不再另计
稊园诗社	1914～1927	关赓麟	110	仅据唱和集二种及社员回忆，非极盛时全貌
寒庐吟社	1913～？	袁克文	8	

① 如还有榖社、声社、联珠社、栩园诗社等，因具体成员数尚难确切考证，未予列入。再如射虎社虽是谜社，成员间也颇有诗词唱和，为免枝蔓，这里没有列入。又如，艺社规模也很可观，但因成员中甚少清遗民，与本书关系不大，也未予列入。

② 宗威生卒年，参见朱则杰《清诗考证续编》，浙江大学出版社 2019 年版，第 34 页。

③ 王啸苏《郑沅传》载："晚于沪赁西人居……历数年卒，年七十有几。时中倭已兴戎矣，丧戕穷乏，遂戕其生，人以是重悲之！"（卞孝萱、唐文权编《民国人物碑传集》卷一，第 82 页）据此，应卒于 1937 年后。

诗社	存续时间	发起人（或主持人）	人数	说明
可兴诗社	1915～？	孙雄	3	人数不全，仅限已确定者
晚晴簃诗社	1919～1931	徐世昌	41	人数不全，仅限已确定者
瓶社	1919	孙雄	38	为纪念翁同龢专设
漫社	1921～1930	张朝墉	61	曾中断、重组；社友13人，特别社友48人
嘤社	1924	宋小濂	15	
赓社	1930～？	孙雄	12	
蛰园诗社	1920～1928	郭曾炘、郭则沄	80	
聊园词社	1925～1935？	谭祖任	22	人数不全，仅限已确定者
趣园词社	1925～？	汪曾武	9	人数不全，仅限已确定者
棠社	1925～1926	张润普	5	人数不全，仅限已确定者

资料来源：寒山社情况，据《寒山诗社诗钟选甲集》卷首《社友名录》、《寒山诗社诗钟选乙集》卷首《社友名录》、《寒山诗社诗钟选丙集》卷首《社友名录》，南江涛选编《清末民国旧体诗词结社文献汇编》第13、14册，国家图书馆出版社2013年版。潇鸣社情况，据《主课姓氏录》《社员姓氏录》，顾准曾编《潇鸣社诗钟选甲集》卷首附，1917年铅印本。稊园诗社情况，据《稊园二百次大会诗选》，南江涛选编《清末民国旧体诗词结社文献汇编》第12册，第103～117页；侯毅《题记》，《乙丑江亭修禊分韵诗存》卷首，南江涛选编《清末民国旧体诗词结社文献汇编》第12册，第124页；《稊园癸卯吟集》卷首《稊园吟集缘起与复课经过》，南江涛选编《清末民国旧体诗词结社文献汇编》第13册，第149页。寒庐吟社情况，据陶拙庵（郑逸梅）《"皇二子"袁寒云的一生》，袁克文《辛丙秘苑·寒云日记》，山西古籍出版社、山西教育出版社1999年版（按，为袁克文《寒庐茗话图》题诗的达数十人，但他们不属于寒庐吟社的成员）。可兴诗社情况，据孙雄等《可兴诗社第一次开会启》，《宗圣汇志》第2卷第2期，1915年。晚晴簃诗社情况，据陆瑶《〈晚晴簃诗汇〉研究》，硕士学位论文，苏州大学，2013；潘静如《〈晚晴簃诗汇〉的编纂成员、续补与别纂考论》，《中国典籍与文化》2016年第2期；潘静如《〈晚晴簃诗汇〉编纂史发覆——兼论清遗民与徐世昌等北洋旧人的离合》，《苏州大学学报》2018年第2期。瓶社情况，据孙雄辑《瓶社诗录》，1919年铅印本。漫社情况，据《漫社集》卷首《社友名录》，1922年铅印本；《漫社三集》卷首《特别社友名录》，1923年铅印本（按，如果准以《漫社三集》开列特别社友名录的体例，《漫社集》《漫社二集》中也有相当多的社外人士作品，他们可以归为"特别社友"，如世康、詹鸿逵、伍致中、游

宗酢等。但原集没有单独列出，这里一仍其旧）。嘤社情况，据陈浏《闻嘤社诸公花朝集都下止园感叹有作》，李兴盛等主编《陈浏集（外十六种）》，第 381 页；黄维翰《花朝嘤社初集宴宋中丞止园》，《稼溪诗草》卷三；涂凤书《甲子花朝嘤社初集止园》，《石城山人文集》第 3 册，绿格稿本，中国国家图书馆藏。赓社情况，据孙雄《庚午仲秋赓社周而复始重印社友题名喜赋》，《旧京诗文存》，第 141 ~ 144 页。蛰园诗社情况，据郭则沄辑《蛰园击钵吟》卷首附《蛰园吟社同人姓氏》，1933 年铅印本（按，1937 年以后，郭则沄从天津迁居北平，重开蛰园律社之集，编有《蛰园律集》前后编，有新旧社共 49 人，因为本书主要考察北洋政府时期的遗民诗社，这里没有统计入内）。聊园词社情况，据金坡（路朝銮）《大圣乐·寄颖人及词社诸子依玉田韵》小序，《咫社词钞》卷三，南江涛选编《清末民国旧体诗词结社文献汇编》第 13 册，第 12 页；慧远（夏纬明）《近五十年北京词人社集之梗概》，张伯驹主编、编著《春游社琐谈　素月楼联语》，北京出版社 1998 年版，第 22 页。趣园词社情况，据陈声聪《填词要略及词评四篇》，广东人民出版社 1986 年版，第 101 页。棠社情况，据孙雄《秋风》《棠社第十七集张君霭青润普召宴于积水潭》《上巳日江亭饮罢棠社同人又往积水潭修禊》，《旧京诗文存》，第 45、165、171 页。

表 2 - 4　北洋政府时期北京地区诗社、社员及其关联举隅

	寒山	潇鸣	稊园	寒庐	可兴	晚晴簃	瓶社	漫社	嘤社	赓社	蛰园	聊园	趣园	棠社
孙雄	√	√	√		√		√	√	√	√	√			√
王式通	√	√	√			√	√	√			√		√	
郭则沄	√	√	√			√	√	√			√	√	√	
关赓麟	√	√	√			√	√	√			√			
郭曾炘	√	√	√			√	√	√			√			
易顺鼎	√	√	√	√			√				√			
郑沅	√		√			√					√			
夏孙桐	√	√				√	√				√		√	
章华	√	√	√		√						√			
丁传靖	√		√			√	√				√			
谭祖任	√	√	√					√		√	√			
罗惇曧	√			√							√			

续表

	寒山	潇鸣	稊园	寒庐	可兴	晚晴簃	瓶社	漫社	嚶社	赓社	蛰园	聊园	趣园	棠社
闵尔昌			√	√		√		√			√			
宗威	√		√				√				√			
曹经沅			√					√	√	√	√			
贺良朴	√	√	√					√						
邓镕	√		√				√				√	√		
高步瀛	√	√	√			√					√			
邵瑞彭	√		√			√					√	√		
傅增湘	√					√		√			√			
成多禄						√		√			√			

　　对表 2 - 3、表 2 - 4 做综合分析，还有以下信息值得注意。首先是诗社形态、规模与旨趣的多样化。顾准曾创立的潇鸣社规模很大，社员达 299 人。关赓麟、易顺鼎、樊增祥先后领衔的寒山社社员达 199 人，而按照后来者的追忆，"著籍者达四五百人"。① 其社员的精英程度，实在潇鸣社之上。除寒山社外，关赓麟别举稊园诗社，有名可考的社员有 110 人。这与关赓麟本人迁居相关，按照樊增祥的说法，"稊园与寒山同源而异流者也……譬诸一家而分爨者，人皆两利而俱存之"。② 从表 2 - 4 可以看出，稊园、寒山二社的成员确实有很高的重合度。规模约略相当的是郭曾炘、郭则沄父子的蛰园诗社，社员达 80 人。1920 年后的几年间，寒山、稊园、蛰园三社鼎足

---

① 《题癸卯吟集后·稊园吟集缘起与复课经过》，《稊园癸卯吟集》卷首，南江涛选编《清末民国旧体诗词结社文献汇编》第 13 册，第 149 页。
② 樊增祥：《稊园诗钟社二百次大会招客启》，南江涛选编《清末民国旧体诗词结社文献汇编》第 12 册，第 91～92 页。

而立，号为"宣南三社"。① 以上规模最大的四个诗社，寒山、
潇鸣二社是诗钟社，蛰园诗社是击钵吟社，稊园诗社则"兼
倡钟、钵"，② 足征一时风气。诗钟、击钵吟皆为当时盛行的
"文字游戏"，不仅是文学现象，更是社会现象，具有高雅、
欢娱、颓废等多重意蕴，展现了近代大变局下旧精英精神史、
生活史之一斑。③ 寒庐吟社由袁世凯次子袁克文（1889～
1931）发起，成员为易顺鼎、闵尔昌、罗惇曧、步凤藻、何
震彝、梁鸿志、黄濬，谓"寒庐七子"。晚晴簃诗社由徐世昌
（1855～1939）创于总统府集灵囿，旨在铨选清诗，最终编印
《晚晴簃诗汇》二百卷；诗社很多成员同时供职于清史馆，如
表 2-4 中的王式通、郭曾炘、夏孙桐。稊园诗社、聊园词社、
趣园词社则分别由园林主人关赓麟、谭祖任、汪曾武（？～
1956）发起；其中，关赓麟于北洋政府垮台后随新政府迁往
南京，继续为官，汪曾武曾任平政院第一庭书记官，后以逸老
自居，曾发起"十老会"。④ 棠社由张润普（1882～1967）发
起，取"甘棠勿剪"之义，以寓故国之思；他是清户部主事、
财政监理官，民国时任财务部代理次长。可兴诗社、瓶社由孙
雄先后发起，首集都在陶然亭，后者只在翁同龢生日那天举行
了诗会，后编印了《瓶社诗录》二册（供稿人未全数到场），

---

① 参见韩策《科举改制与最后的进士》，社会科学文献出版社 2017 年版，
第 342～355 页。
② 《题癸卯吟集后·稊园吟集缘起与复课经过》，《稊园癸卯吟集》卷首，
南江涛选编《清末民国旧体诗词结社文献汇编》第 13 册，第 149 页。
③ 参见潘静如《时与变：晚清民国文学史上的诗钟》，《中山大学学报》
2017 年第 4 期。
④ 聂树楷：《北平汪曾武诸逸老，为十老会寄诗征和，用蔬农韵》，《謷园
诗剩》，贵州省新闻出版局 2009 年版，第 157 页。

是个非常规诗社。其次是社员身份的多样化。表 2 - 4 列举的
21 人中，孙雄、郭曾炘、夏孙桐、闵尔昌、罗惇曧是清遗民；
王式通、郭则沄、关赓麟、郑沅、丁传靖、宗威、高步瀛、谭
祖任、傅增湘、曹经沅是北洋政府官僚；邓镕、成多禄、邵瑞
彭曾任国会议员；易顺鼎于袁世凯称帝时出任印铸局长；章华
辛亥后抑郁发狂，徐世昌任总统时补政事堂佥事、国务院佥
事；① 贺良朴是高校美术教师。14 个诗社的发起人、社员情况
各异，"清遗民"与"旧官僚"构成了诗社主干。这些信息非
常表面化，不过，结合孙雄、成多禄、王树枏、郭则沄等人的
"遗民发生史"，就格外有意义。

　　庞大的社交网络展现了北洋政府时期北京"旧官僚"与
"清遗民"的复杂生态。这可以解释为什么有关清遗民的界
定戛戛其难。遗民伦理与日常生活之间存在紧张关系，从古
已然。鲁迅小说《采薇》中，阿金嘲笑伯夷、叔齐吃的"薇"
是"我们圣上的"，是这种紧张的极端演绎。因此，即便回
到宋元、金元或明清之际，遗民身份的认定也常常存在争
议。清遗民的情况则还与北洋政权的特殊性相关。法理上，
北洋政权代表中华民国，有相应的政体、官制。在疆界、族
群、国都、官僚上，北洋政府直接继承了清朝的遗产；以旧
文人容易理解的话来说，这有点像是改头换面的"正统"。
北洋政权庞大的旧官僚群绾合了清遗民与北洋政权间本该具
有的敌意，不啻为缓冲带或黏合剂。随着新文化运动、北伐
战争的相继爆发，共同的士绅身份与文化背景，使这种机制愈

---

① 参见郑沅《章君曼仙墓志铭》，卞孝萱、唐文权编《辛亥人物碑传集》
　卷十五，第 785～786 页。

发明显。由"北洋旧官僚"与"清遗民"构成的漫社，其宗旨由最初淡化政治身份的"不惠不夷"（漫社），到1930年改为凸显文化态度的"守先待后"（赓社），比较有力地展现了这一过程。

北洋政府的这种特殊性（共和政体，却是清朝"正统"继承者）在弥合了遗民伦理的内在紧张的同时，又无异于消解了遗民伦理，使之往往以叙事结构的形式保存下来。不全是假的，但是脆弱而游移。陈三立并非拘拘小儒，对民国并无敌意，与有些国民党官员也有正常来往。不过，以他的孤高狷介，他不会欣赏那种退化或软化为"叙事"的遗民生态。民国初年，李瑞清在上海贫不自聊，不受军政显贵（长江巡阅使、安徽督军张勋）的馈赠，自谓仅仅是守"孤臣"本分，竟触犯了"沪上遗老"的忌讳，甚至招致造谣中伤。这引来陈三立的怒斥："若辈心术如此，尚可自鸣高洁耶？"[①]这显示陈三立与很多所谓"遗老"立身的差异。1929年，另一清遗民陈曾寿（1878～1949）在《旧京》诗中不无讽刺地写道：

> 择栖何处觅千官，无语西山故屈盘。独客来时惟偃卧，杏花残后更春寒。乌衣门巷斜阳改，白发梨园旧雨看。振旅收京余愤慨，始悲才似寄奴难。[②]

---

① 参见刘成禺《世载堂杂忆》，第147页。
② 陈曾寿：《旧京》，《苍虬阁诗集》，第205页。此诗1931年发表于《中华图报》，署名"仁先"，第五句作"乌衣门巷斜阳满"。

荒凉，然而干净、纯粹。这样的旧京可能正是陈三立喜欢的。所以，大量官僚、名士南下之际，他反而翩然入京。[①]

---

① 1929 年陈三立的北行因病未果，改至庐山疗养，到 1933 年旧历十月才得以入京。陈三立入京固然是因为年纪大了，需要就养于陈寅恪（参见李开军《陈三立年谱长编》，中华书局 2014 年版，第 1375～1377 页），但何以 1925 年的时候不做此想？或 1917 年的时候不做此游？这些问题仍是敞开的。陈三立不入都门的原因还应当包含避免"与清室相周旋"的考虑。溥仪于 1924 年底被逐出宫。陈三立此前入京，觐见或不觐见，均有窒碍。这既跟他的家世特别是父亲陈宝箴的遭遇有关，也跟他的思想有关——他不是忠君意义上的遗民，应该说是"尽己之谓忠"意义上的遗民。

第三章　东北易帜前后的冷社

清军入关以后，东北被视为龙兴之地。与内地建制不同，东北不设行省，而是以将军治之，下设都统以为佐理。沈阳时名盛京，是清王朝的留都所在。从定鼎北京以降，东三省的建置、治署间有转变，但三将军模式贯穿了有清二百余年的历史，直到清王朝覆亡前夕东三省才改设行省。以将军治龙兴之地，实具军事管辖的性质。东三省之作为"禁地"，于此可见。但在解释这一事实时，"新清史"往往过度强调族群意识就显得薄弱。应该说，任何人都懂得"后路"的重要性，包括一介武夫张作霖。1927年，颇有些天命所归的张作霖从关外入主北京，组成安国军政府，自任陆海军大元帅，实际成了北洋政府的末代国家元首。这意味着他将面临北伐军的重重火力。但对他来说，这值得一赌，他还可以撤回东三省。果然，随着前线奉军的崩溃，1928年6月2日，张作霖退出北京。然而，戏剧性的一幕发生了：6月4日他乘坐的驶向奉天的专列在皇姑屯被日本人炸毁，他本人也身负重伤而亡。

这影响了东三省的历史走向。在伪满洲国（1932～1945）建立以前，东三省及其治下的清宗室、满族人、遗民、北洋政客及其他各类人物是处在怎样一种状态之中？它如何可以经由这一时期的文学书写而获得理解？这一时期发生了东北易帜、中原大战、九一八事变等一系列改变了中国历史进程的大事，他们对于北洋政府、南京国民政府、日本和满族有着怎样复杂而矛盾的认知或情感？在龙兴之地，清宗室扮演了怎样的角色？如何去界定伪满政客的政治光谱？这些问题牵涉面极广，很难获得清晰明了的解答。下文将试着通过对"冷社"诗人群体及其文学文本的解读来回答这些问题，重点则落在清宗室爱新觉罗·熙洽、满族人荣孟枚、伪满洲国政客袁金铠三个人身上。他们都与"清遗民"这一概念有所勾连，但又并非一般意义上的清遗民。

第一节　清遗老在东北

作为清朝的发祥之地，辛亥（1911）至伪满洲国成立（1932）的二十多年间，东三省成了宗社党人和清遗民的避居之地与"朝圣之地"（谒陵）。武昌起义后，43 位督抚中在清帝退位后才去职的只有 4 位：东三省总督赵尔巽、吉林巡抚陈昭常、陕甘总督长庚、新疆巡抚袁大化。东三省占了两位，这不是偶然。它当然可以归因于赵尔巽的应对有方，例如他以奉天保安公会作为起义与镇反两种策略的缓冲，又调张作霖等部巡防营来震慑各方势力，但我们还要考虑到这一点，东三省作为清朝的龙兴之地，相对于其他各省来说，离心力最小。赵尔巽甚至顺利组织了一支勤王之师，这不能不部分归功于清朝长久以来对东三省的特别经营。1911 年《奉天保安公会草章》的章程有云："本会为保卫地方公安起见，无论满、汉、回、蒙，凡在本省土著及现住之各省、各国人，其生命财产均在本会保安范围之内。"① 所谓"各国人"则以日、俄两国人为最多。清末日俄战争结束以后，日人在东三省的势力急剧扩张，一家独大。张作霖主政东北期间（1917～1928），不得不寻求与日人合作。

20 世纪上半叶，特别是 1930 年代以还，日人的势力几乎渗透或控制了东三省政治、经济、文化等各个领域。首先应当提到的是大连。大连被日本殖民统治的时间最长，前后有 40 年（1905～1945）之久。19 世纪以还，大连作为一个不起眼的港口，从清朝口中的"青泥洼"，到 1860 年代变而为英国海军眼中的"维多利亚湾"（Victoria Bay），再到 1899 年变而为俄国口中的"达里泥"（Dalny），最后变而为日本人口中的"大连"（Dairen），关联着大连乃至整个东北的近代命运。② 日本殖民当局在大连以至整个东三省直接或间接地制定了严格的审查制度，建立了出版审查机关和各种出版机构，出版发行了大量图书杂志，推行所谓的"官制文化"。他们一方面查办或取缔了《青年翼》《东北文化月报》《大连时报》《大陆》《满洲时报》《极东周报》等中文刊物，另一方面又极力垄断出版业。1908 年已有 10 种报刊问世，至 1926 年增至 212 种，此后逐年增加，并通过《盛京时报》《大同报》《康德新闻》《满洲新闻》等报刊来做宣传。截至 1945 年，日本编纂的日文版东北地区文献达上万种，其中大连相关文献就有近 2000 种，多数是满铁、关东厅、关东局等机构

---

① 《奉天保安公会草章》，中国第一历史档案馆编《清代档案史料丛编》第 8 辑，中华书局 1982 年版，第 15 页。

② 参见 Emer O'Dwyer, *Significant Soil*: *Settler Colonialism and Japan's Urban Empire in Manchuria*, Harvard University Asia Center, 2015, pp. 23 – 68。

"官修"的。① 因此，可以说，大连充当了日本对东三省进行文化侵略的门户，而1920年成立满蒙文化协会则可以视为标志性事件。

1920年代，大连先后诞生了4个诗社：嘤鸣社、浩然社、以文社、宗风学社。其中，浩然社于1924年前后由日本人田冈正树、野村直彦、武田南阳、松崎鹤雄、滨田正稻、吉川助之丞等人组建，至1930年与创立于1921年的以老同盟会会员为主的日渐萧疏的嘤鸣社合并，称"以文社"。浩然社尽管也印行过若干部酬唱集，但主要还是依托《辽东诗坛》杂志。《辽东诗坛》创刊于1924年，田冈正树在《发刊词》中鼓吹"以佛之无执著言，诗坛大同人，同人小诗坛耳，不必分为谁何，由是言之，嘤鸣、浩然两社，鼓吹文化缘也"，亦即所谓"以文学亲善国交"。1925年6月15日《辽东诗坛》刊行第9号之后休刊，直到1926年4月15日才在田冈正树的主持下复刊，复刊的《辽东诗坛》1926年第10号改用袁金铠题签，至1930年第54号改用罗振玉题签，一直延续到1936年第127号而止。② 浩然社和《辽东诗坛》的影响不仅限于东北地区，京津两地的清遗民像郑孝胥、孙雄、郭则沄等也都有作品见刊。田冈正树在《辽东诗坛》的第一个栏目"摘藻扬芬"中，第一门就选取了王国维、赵熙、吴昌硕、向仲坚、贺良朴、张元奇、余肇康、康有为、张謇、姚永概、王毓青、汪精卫、江庸、林学衡等十四位当世名家的诗作，这些人一半

① 参见魏刚、于春燕《日本统治时期东北地区的图书杂志出版与发行》，《大连近代史研究》第5卷，辽宁人民出版社2008年版，第386～400页。

② 参见孙海鹏《〈辽东诗坛〉研究》，中国历史文献研究会、大连图书馆编《典籍文化研究》，万卷出版公司2007年版，第38～164页。

是逊清故老。

表 3 – 1　《辽东诗坛》清遗民作者统计

爱新觉罗·宝熙	多罗特·升允	林思进	吴庆坻	张朝墉
爱新觉罗·溥伟	冯煦	冒广生	夏敬观	张尔田
爱新觉罗·善耆	傅岳棻	瑞洵	徐行恭	张鸣岐
爱新觉罗·熙洽	何振岱	三多	延鸿	张锡銮
曹经沅	胡嗣瑗	沈曾植	杨寿枏	赵尔巽
陈宝琛	胡玉缙	孙雄	杨钟羲	赵熙
陈祖壬	黄懋谦	汪荣宝	杨增荦	郑孝胥
陈三立	黄维翰	王国维	姚永概	郑孝柽
陈曾寿	江瀚	王闿运	叶德辉	周树模
成多禄	金梁	王鹤龄	易顺鼎	周学熙
程淯	康有为	王树枏	袁励准	周肇祥
陈宗蕃	柯劭忞	王式通	曾广钧	朱祖谋

资料来源：本表中所列清遗民姓名，是从《〈辽东诗坛〉作者统计表》开列的 1067 位作者中筛选出来的；原统计表所列都是字、号，本表将其改成姓名。"作者"并不意味着就是投稿者，不少作品是编辑者选录刊登的。参见孙海鹏《〈辽东诗坛〉作者统计表》，《〈辽东诗坛〉研究》附录，《典籍文化研究》，第 101～164 页。

作为租借地，大连与上海、青岛等租界城市一样，成为清遗民理想的避居之地。清宗室像肃亲王善耆、恭亲王溥伟、熙洽、宝熙，清遗老像罗振玉、郑孝胥、杨钟羲、陈曾寿等人都曾来此生活。《辽东诗坛》的作者除了庞大的日人作者群（约 500 人）外，还包括王揖唐、汪精卫、袁金铠、孙宝琦、段祺瑞、熊希龄、徐树铮、阎锡山、张学良、江亢虎、靳云鹏、吴用威这些权重一时的北洋政客、伪满洲国政客或国民党政客。由此可以窥见当时辽宁省乃至东北社会生态的一角。

嘤鸣社、浩然社及《辽东诗坛》的"繁荣"固然受惠于大连这一港口租借地的优势，但在整个东北，这并非特例。僻在北疆的黑龙江一省也诗社林立，如齐齐哈尔的龙城诗社（约1912～?）、浦东诗社（约1914～1934）、哲苑诗社（1922～约1924）、奎社/真率会（1928～1931?）、清明诗社（1933～?）、雪鸿诗社（沦陷时期），宾县的逸兴诗社（?～1933），哈尔滨的花江九老会/耆英会（1927/1928），东省特别区的松滨吟社（1931～?），宁安县的商山诗社（1937～1947），依兰的松江诗社（1886～1933）。① 尽管这些诗社很难归入典型意义上的遗民诗社，但逊清遗民错落其间，构成了这些诗社的一部分。像张朝墉就出入于龙城诗社、清明诗社、花江九老会、松滨吟社。松滨吟社则除张朝墉之外，还招揽了成多禄、孙雄、钟广生、柯劭忞、王树枏、林纾等一干逊清遗民，并不让人意外的是，还有曾有翼、谢荫昌、于驷兴、张之汉、张焕相、荣孟枚、袁金铠等供职东三省的北洋政客或伪满洲国政客加入酬唱之列。至于吉林一省，也有诗社兴起，如松江修暇社，② 且吉林作为伪满洲国首都长春（新京）之所在，是逊清遗民的特别瞻徊之地。这里的情形错综复杂。

第二节　爱新觉罗·熙洽与冷社

1927 年，像其他很多清遗民一样，清宗室宝熙、清遗老林开謩前往沈阳拜谒安葬着皇太极和孝文皇后的昭陵。这一次

---

① 参见柳成栋《黑龙江的诗社》，《黑龙江史志》2014 年第 4 期。
② 诗社情况，参见雷飞鹏《序》，《松江修暇集》卷首，南江涛选编《清末民国旧体诗词结社文献汇编》第 6 册，第 279～281 页。

谒陵之旅中，宝熙听闻另一宗室熙洽"参赞吉将军幕，负有特出之才名，心窃异之"。① 1929 年，宝熙移居大连，1930年，他前往吉林游玩，得以与熙洽朝夕相处，游龙潭山、老爷岭、松花江、阿什哈达摩崖。正是在这一年，他了解到几年前熙洽在城外的北山组建了冷社，社长"清醒遗民"就是熙洽本人。宝熙也顺理成章加入了冷社。

冷社全称冷吟诗社，1927 年、1928 年之交，由熙洽、荣孟枚等人创于吉林，② 可考的酬唱活动一直持续到 1932 年元旦。成员除熙洽、宝熙、荣孟枚外，尚有吴延绪、骆家骧、马超群、潘鄂年、谭长序、李光祖、熊希尧、田解、王惕、顾次英、王祖培、金毓黻、英恕、李铭书、赵汝楳、曹祖培、魏声龢、袁金铠、江济、郭进修、徐恢、王之佑、薛大可、黄式叙、杨名椿、吴崎、徐承锦、陈建、梅文昭、陈紫澜、于詹、诚勤、赵一鹤、王嵩儒、牛桂荣、张燕卿，共 39 人。验之履历，多是东三省特别是吉林省的军、政两署官员，像荣孟枚曾任黑龙江都督府参事，潘鄂年官至吉林省政府秘书长，张燕卿是东北边防军驻吉副司令公署秘书，李铭书是吉林省森林局局长兼署采金局局长，袁金铠是东北政务委员会委员兼东北边防

---

① 宝熙：《冷社诗集序》，熙洽编《冷社诗集》卷首。

② 宝熙《冷社诗集序》称冷社"丙寅丁卯之交最盛"，"丙寅丁卯"即 1926年、1927 年两年。但是据瓠公《题冷吟图（并序）》"丁卯冬日，熙参谋长招饮第一楼同座十余人，酒罢联句，共得百数十言，余仅得十字。是日适冷社成立，公推吴君毓甫作图"（南江涛选编《清末民国旧体诗词结社文献汇编》第 3 册，478 页），则冷社的成立时间当在旧历丁卯岁杪。又，1928 年秋，熙洽《冷社复活歌》有"冷社结来才半载，忽然平地起风波"之句，指 1928 年 6 月张作霖被炸死而言。综合来看，冷社应成立于 1927 年底或 1928 年初。

军司令长官公署参议，王之佑是吉林全省警务处处长，① 其余的人也大抵是不同级别的公职人员。自籍贯上讲，东三省 15 人，占比为 38.5%。自族群上讲，清宗室 3 人，旗人 5 人，汉军旗 1 人，共 9 人，占比为 23.1%。值得一提的是，清宗室除了熙洽、宝熙外，尚有于詹（1902～1983），多尔衮后裔，著名画家于莲客（1899～1980）之弟，字鸳寿，又作渊受，曾在沈阳任东三省公报社编辑，1930 年代任吉林日报社社长、吉林铁路局秘书等职。

社长熙洽（1884～1952），字格民，号清醒遗民，是努尔哈赤弟弟穆尔哈齐的后裔，清末毕业于日本陆军学校骑兵科。不过，他既非皇室，又不列于十二等封爵，按清制，属于"闲散宗室"。他的政治主张与康有为相近，是立宪派。1916 年黑龙江都督朱庆澜调任广东省省长，他随同南下，任省长公署谘议。1919 年，受张作霖之聘北还，先后出任东三省巡阅使署参谋处长、吉林边防军司令长官公署参谋长，是整个吉林省除督办兼东北保安副司令张作相之外最有实权的军政要员。② 1927 年，已升任吉军参谋长的熙洽组建诗社，得到了僚友的热烈响应。他们第一次招饮在松江的第一楼，同人公推吴延绪绘《冷吟图》，此图今存该社所刻《冷社诗集》卷一，当日盛况犹可想见。

荣孟枚《冷吟图序》有云：

---

① 参见佟佳江编《民国职官年表外编》，中华书局 2011 年版，第 61～68 页。

② 很多论著说他是民初宗社党成员，并无依据，这是据伪满人物做出的臆测性回溯，熙洽当时是一个边缘人。熙洽的生平与思想，参见周克让《三不畏斋随笔》，吉林文史出版社 1993 年版，第 314～335 页。

夫青铜百尺，孤凤朝阳；绿萝四围，繁虫秋夜。音响
每答夫气候，歌哭尤系乎盛衰。所以彭泽思归，吟情愈
淡；杜陵遭乱，诗句弥哀。言愁欲愁，苦矣做人之滋味；
得乐且乐，达哉旷士之襟期。新亭老泪，忍而不挥；旧雨
闲曹，招之斯集。花枝照座，接名将之风流；石鼎联吟，
饶雅人之深致。济南觞咏，一笑任嘲鲫鱼；塞上雪泥，千
秋倘留鸿爪。此冷吟图之所由作也。丁卯之年，孟冬之
月，格民中将，治军鸡林，政有余暇，诗成独笑，瞰江立
马，买酒登楼。慨英雄于今古，恶浪淘人；笑蛮触之河
山，浊醪酌汝。……涤笔冰瓯，足醒热梦。呜呼，长安棋
弈，几变兴亡；海上鱼龙，递演将相。……①

从整篇序的内容和况味来看，荣孟枚有着很浓厚的故国之思。
"新亭老泪，忍而不挥"也许表征了清朝覆亡的阴影在东三省
士人——不管是满、蒙还是汉——身上的投射：在几百年的历
史塑造和沉淀中，关外士人的清王朝认同和记忆颇为坚定。
"涤笔冰瓯，足醒热梦"一句也就蕴含了凄婉的嗟伤。荣孟枚
（1878~1946），出身于阿勒楚喀，满洲正黄旗，胡苏哈拉氏，
本名胡荣选，字叔右，一字孟枚，别署佛桑馆，与游国臣、王
光烈并称"关东三才子"，著有《佛桑馆诗集》一卷。28岁
时官费赴日，就读于东京法政大学，归国后应清廷学部试，授
政法科举人。宣统三年授主事衔，外出至苏州布政使陆钟奇府
中任职。中华民国成立后，他迭任江苏巡抚署秘书、黑龙江都

---

① 佛桑（荣孟枚）：《冷吟图序》，《冷社诗集》卷一，南江涛选编《清末民
国旧体诗词结社文献汇编》第3册，第469~471页。

督府参事、驻京奉军总司令部秘书等职。无论从哪个角度讲，他都很难算得上是贞悫的清遗民。然而，其故国之思却又并非全然是虚构的。当他重新回到辽宁，与清宗室熙洽相游宴时，故国之思便不加掩饰地流溢在楮墨间了。他甚至给吴延绪的《冷吟图》题诗道："来日大难君记取，桃源留笔貌秦人。"① 以此来寄寓他的独特情怀。这是他后来出任伪满洲国官职的伏笔。

但是，不管是荣孟枚还是熙洽，抑或是冷社任何其他成员，都难说所谓"复国"占据了他们的精神世界。毋宁说，在整个1920年代，他们是被历史裹挟着，关内关外，或仕或隐，鹪借一枝，鼠饮满腹，成为社会上芸芸众生之一分子。熙洽结冷社，充其量也不过是"日长聊以销忧"而已。正如熙洽在《题冷吟图（并序）》中说的："余虽武夫，雅好言诗，宦游鸡林，于兹四载，每览江山之胜，则欲托诸吟咏。奈军书旁午，案牍劳人，将一点虚灵不昧之气，汩没殆尽。幸非热中人，浮云名利，偶触天机，自然流露，而中原鼎沸，遍野流离，感世抒怀，时呈哀愤，非故为抑郁，乃诚于中而形于外，有不得已者也。边城苦寒，风霜独早，公退之暇，百无聊赖，爰招饮同志于松江第一楼，结冷吟诗社，并倩吴君毓甫作图以志胜。自鸣天籁，不择好音。聊赋长歌，用留鸿爪。"② 这里有对"中原鼎沸，遍野流离"的关心与哀愤，但并无特别深意，只是按照传统文论的老例，抬出来充当了结社联吟的背景

---

① 佛桑：《除夕前一日题吴毓甫所画冷吟图》，南江涛选编《清末民国旧体诗词结社文献汇编》第3册，第477页。

② 清醒遗民：《题冷吟图（并序）》，《冷社诗集》卷一，南江涛选编《清末民国旧体诗词结社文献汇编》第3册，第470~471页。

或引子。"偶触天机，自然流露""公退之暇，百无聊赖"是
很可信赖的坦白。

熙洽《题冷吟图》诗云：

> 松江宦游悲萍梗，惊心岁月如泡影。红羊赤马劫运开，
> 匝地干戈频告警。河山破碎民流离，空拳难把乾坤整。眼
> 前几辈热中人，成败是非变俄顷。弹指光阴莫浪过，牢愁
> 收拾尘纷屏。漫天风雪压江城，江山改旧江楼静。风定雪
> 晴结社来，妙思争向吟坛骋。倾樽岸帻豁吟怀，江天风月
> 凭管领。座无趋炎附势人，吟成秀句魂俱冷。①

他身上有武人的雄直之气。时当北伐，"匝地干戈频告警"
"河山破碎民流离""眼前几辈热中人，成败是非变俄顷"是
一种确切存在。正像他在《丁卯除夕有感》诗中说的："人生
何事太堪怜，辜负韶华近暮年。避债乏台愁度岁，拯民无术可
回天。故园亲友常思别，乱世功名不值钱。最是惊心时序处，
中原萁豆正相煎。"② 然而，就此时而言，"空拳难把乾坤整"
很难被解读为矢志复辟而力有未逮。从他一度去广东谋生，到
被张作霖聘回辽东，授以官职，都表明他是被历史所裹挟着的
一分子。"空拳难把乾坤整"体现得更多的是济世安民的情
怀，一种空泛但并不全然虚假的传统士大夫情怀，所谓"乱
世功名"。他当然也因族人的不幸而深感自责："我生不辰，

---

① 清醒遗民：《题冷吟图（并序）》，《冷社诗集》卷一，南江涛选编《清末
民国旧体诗词结社文献汇编》第3册，第472～473页。
② 清醒：《丁卯除夕有感（有跋）》，南江涛选编《清末民国旧体诗词结社
文献汇编》第3册，第491页。

身经国变。既不能执干戈以死社稷，又不能取尊官厚禄为宗族交游光宠。此身虽存，此心已死。痛莫深于国亡，哀莫大于心死。"① 这样的历史情境决定了所谓"复国"绝没有成为这一时期熙洽的个人规划，尽管他是潜在的可以被唤醒或激活的宗室成员。

除了武人的雄直之气，熙洽身上还有诗人名士的颓纵之习：

> 冷吟社里温柔甚，拼掷穷途买笑金。座中宾主皆佳士，咳唾珠玉相追寻。美人名士两奇绝，歌可销魂诗醉心。②

他的颓纵之习在1934年被宝熙、罗振玉建构为"复国史"的一部分，熙洽时任伪满财政部大臣。宝熙回忆道："（1930年）余与之谈宗邦之陨坠，身世之苍茫，则不为无谓之歔欷，而有观变待时之深论。韬精沉饮，有由来矣。今观其集中之诗，激昂悲壮，直欲击碎唾壶，而怀旧嫉时之心，不自觉流露于言表。"③ 罗振玉的回忆则更加生动："予自津沽徙寓辽东，意谓黑山白水，王迹所基，其间殆有命世之才，晦迹庸众，待时而动者，将访求其人，与商大事。乃先见宿将某，示以意，观其酬对，虽慷慨而中少诚意，舍之去。已又闻吉林参谋长熙公任侠负奇禀，欲往见，求宝沉庵宫保（宝熙）为之介。或泥之

---

① 清醒：《丁卯除夕有感（有跋）》，南江涛选编《清末民国旧体诗词结社文献汇编》第3册，第492－493页。
② 清醒遗：《题冷吟图并序》，南江涛选编《清末民国旧体诗词结社文献汇编》第3册，第473页。
③ 宝熙：《冷社诗集序》，《冷社诗集》卷首，南江涛选编《清末民国旧体诗词结社文献汇编》第3册，第456页。

曰：'此公饮醇近妇，何见为？'余曰此安知非有托而逃以晦其迹者耶。卒往见，则果磊落坦白，推襟送抱，与某宿将大异，因以平日之所期者期之，且郑重订后约。逮柳条沟之变（按，即九一八事变）作，则去与君相见尚未逾年，亟携儿子于戎马纵横中再访公理前约，且以成谋告。公果奋袂而起，首率诸将，树立宏业，于是世莫不知新邦之建立，公其首功也。……"① 不管是宝熙之谓"韬精沉饮"，还是罗振玉之谓"晦迹庸众""饮醇近妇"，都意在建构熙洽的"复国史"。

然而，熙洽的所谓"复国史"没有自足的主线，它必须被放置在整个 1920～1930 年代的日本侵华史、东亚史乃至世界史中才能被认识。我的意思是，在熙洽那里，伪满洲国的建立乃是"诡得"，具有偶然性，它实际上是日本侵略者一手策划的。有关熙洽的"复国"叙事诚然是可以缀连起来的，但不能说在此期间的行为被一以贯之的逻辑或意志所驱使。这并不是否认熙洽的精神深处有深沉的故国之思，他自号"清醒遗民"，大概就带着这样的情感。《题冷吟图》的末尾，熙洽吟道："图名冷吟举世无，诗酒风流属吾徒。毫端绘出须眉冷，一片冰心在玉壶。"② "一片冰心在玉壶"所指并不明确。在宝熙、罗振玉的建构下，它很可能被解读为"复国"宣言。过度阐释很容易扭曲历史真实，这一来自唐人的成句可能仅仅昭示了熙洽个人的王朝认同，亦即他的遗民情怀。

通观冷社诗人的酬唱之作，尽管他们有着浓淡不同的亡国

---

① 罗振玉：《冷社诗集序》，《冷社诗集》卷首，南江涛选编《清末民国旧体诗词结社文献汇编》第 3 册，第 459～460 页。

② 清醒遗民：《题冷吟图（并序）》，南江涛选编《清末民国旧体诗词结社文献汇编》第 3 册，第 474 页。

之痛、故国之思，却又从未以传统的遗民伦理自束，而是听从个体生命、社会生活的召唤，跻身滚滚红尘之中。荣孟枚的《冷吟图题词》中体现得尤为明显：

> 枯禅"冷"境谁解此，烬身蛾焰滔滔是。结梦难醒欢喜缘，登场空造荒唐史。争如我辈饥驱走，折腰也因米五斗。首下尸高入值归，鱼羹饭亦时常有。老眼披图仔细看，合诗书画已艰难。他年飘落人间去，倘有知音过"冷"摊。①

"烬身蛾焰"注定了他们要与生活"讲和"——"争如我辈饥驱走，折腰也因米五斗"，北伐的兴起和北洋军队的节节败退使他们的忧惧与沮丧更加深重。同为旗人的英恕在《敬和丁卯除夕有感》中也说："又见堆盘供五辛，迎年爆竹耳根新。神州扰扰风中烛，人海劳劳客里身。幕燕釜鱼谁自觉，酒樽诗卷镇相亲。独携残醉书孤愤，忍看苍生话劫尘。"② 这里的"幕燕釜鱼"同荣孟枚的"烬身蛾焰"一样，都指向个体特别是满族人个体的历史情境。身为汉族人的骆家骧（湖南籍）亦有同感："同为劳燕天涯客，等是沧桑劫后身。"③ 另一汉族人谭长序则以奔放的笔调把社长兼参谋长熙洽引导的冷社狂欢推向了极致：

---

① 佛桑：《冷吟图题词》，南江涛选编《清末民国旧体诗词结社文献汇编》第 3 册，第 476 页。
② 语冰：《敬和丁卯除夕有感》，南江涛选编《清末民国旧体诗词结社文献汇编》第 3 册，第 493 页。
③ 弧公：《奉和丁卯除夕有感原韵》，南江涛选编《清末民国旧体诗词结社文献汇编》第 3 册，第 495 页。

　　熙公骏誉人中龙，持杯击剑万夫雄。致身霄汉仍犹豫，瀛寰踏遍归辽东。襟怀磊落真殊绝，不爱芳华爱冰雪。褐来荒漠玩琼瑶，吐纳高寒避炎热。清宵招客集江楼，谈诗拈韵穷冥搜。灯影乱如花陨雨，兽炭飞星上绮裘。帘前衰柳曳枯枝，如闻娴娜叹霜欺。琼楼高处张和乐，龙吟虎啸猩猿悲。更残野店荒鸡咽，寒蛩冻鸟鸣嘤咿。并作边声起四陬，赓唱迭和无时休。快手检来皆绝唱，发为雅颂为歈讴。座中吴生老画手，兴酣吮笔龙蛇走。有声之画无声诗，绘出冷吟夸众口。人生得失果安在，且喜新编盈尺厚。廿载边州话岁寒，不辞呵冻题图后。节物萧萧岁云暮，月上天街同缓步。相约小除共祭诗，冥冥示我寻诗路。①

由是，"并作边声起四陬，赓唱迭和无时休。快手检来皆绝唱，发为雅颂为歈讴"构成了《冷吟图》的"狂欢"底色。由"瀛寰踏遍归辽东"的清宗室熙洽发起的冷社，就是在这一历史情境中得以展现成员的精神世界。

　　冷社1930年第一次雅集，迎来了另一清宗室宝熙的加入。宝熙（1871～1942），字瑞臣，号沉盦，别署独醒盦，努尔哈赤第十五子豫通亲王多铎九世孙。在诸多清宗室之中，他兴许算得上是最有雅人深致的一位，对金石书画都有鉴赏力。他是光绪十八年进士，历任编修、侍读、国子监祭酒、内阁学士兼礼部侍郎衔、度支部右侍郎、修订法律大臣、总理禁烟事务大

---

① 仓海：《题冷吟图》，南江涛选编《清末民国旧体诗词结社文献汇编》第3册，第480～481页。

臣等。入民国后，曾任总统府顾问。1924 年，冯玉祥逼宫，
"办理清室善后委员会"成立，他与罗振玉等人作为清室代表
参加。他与柯劭忞、陈宝琛、劳乃宣、郑孝胥、胡嗣瑗都有深
交，但与罗振玉相交最契也最久。① 1928 年，他去拜访旅居天
津的罗振玉，与罗商量为刻印《观堂遗书》招股。在他的奔
走之下，柯劭忞、金梁、陈汉第、袁金铠先后参与进来。1929
年，他迁居大连，继而得以赴沈阳与熙洽相晤，加入冷社。他
的加入，使冷社诗人喜出望外。荣孟枚首唱：

> 沉盦先生身世尊，爱新觉罗之子孙。龙颜日角自殊
> 众，致身通显肩乾坤。词林根底袭金紫，玉尺量才佐天
> 子。遭际垂帘摄政时，九龄风度天颜喜。网底珊瑚识近
> 臣，长杨赋罢听丝纶。瀛台释褐漂缨动，身是当年第一
> 人。分曹得入文昌部，却喜门墙依座主。节使云阳入奏
> 来，远别舳棱渡江浦。从此神州浩劫开，悯民圣母诏辞
> 哀。虚军政要先生辅，曾着黄罗入值来。十年又见沧桑
> 变，泪洒移宫与下殿。恋主空号苑内鸦，依人莫问堂前
> 燕。白发宗臣欺式微，故宫禾黍有斜晖。……松花江上重
> 相见，岢然似拜灵光殿。廿载门生鬓已斑，前朝遗老公独
> 善。……②

---

① 可以参见房学惠、王宇《宝熙致罗振玉信札十七通》，《文献》2002 年第
  2 期；萧文立《可居藏罗雪堂书札考释——致宝熙（之一）》，《收藏·拍
  卖》2006 年第 8 期；萧文立《可居藏罗雪堂书札考释——致宝熙（之
  二）》，《收藏·拍卖》2006 年第 9 期。

② 叔右：《庚午初夏在北山澄江阁举行冷社第一集并欢迎宝沉庵师即席赋
  诗》，南江涛选编《清末民国旧体诗词结社文献汇编》第 3 册，第 677 ~
  670 页。

发端一联"沉盦先生身世尊，爱新觉罗之子孙"本之于杜甫
《丹青引赠曹霸将军》"将军魏武之子孙，于今为庶为清门"，
注入了历史的苍凉感，唤醒了自身所在的"发祥之地"或
"龙兴之地"的标识作用。清亡二十年后的"松花江上重相
见"，唤醒了"廿载门生"（荣孟枚）和"前朝遗老"（宝熙）
的亡国之痛、故国之思。马超群、牛桂荣、李光祖、潘鹗年、
谭长序、英恕、吴延绪、骆家骧、熊希尧、王惕等人乃纷纷加
入这一次的欢迎宗室之旅，作诗相庆。①

　　熙洽的结社、《冷吟图》的绘成与宝熙的入社，构成了冷
社历史上的几个重要事件。

第三节　旗帜的政治学

　　1928 年 6 月，张作霖在皇姑屯被炸身亡。社长熙洽作为
吉军参谋长，无暇他顾，冷社活动由此陷入沉寂。几个月后，
宾县县长赵汝楳②到省署述职，促成了冷社的重开。③ 熙洽作
了一首《冷社复活歌》，咏及冷社活动中断的缘由，"盖世之
雄忽已矣，惊破诗魔与酒魔"。④ 熊希尧、潘鹗年、李铭书、

---

① 参见南江涛选编《清末民国旧体诗词结社文献汇编》第 3 册，第 677 ~
691 页。

② 赵汝楳，字任羹，又字槐庵，号补柳村农，奉天（辽宁）海城人。他在
宾县县长任上时参与监修了《宾县县志》（1929 年铅印本），该志分元、
亨、利、贞四卷，先后由张书翰、赵汝楳、德寿三任县长监修。卷首有
吉林省政府主席张作相所作的序。

③ 参见补柳村农（赵汝楳）《冷社复活歌》，南江涛选编《清末民国旧体诗
词结社文献汇编》第 3 册，第 535 ~ 536 页。

④ 清醒：《冷社复活歌》，南江涛选编《清末民国旧体诗词结社文献汇编》
第 3 册，第 522 ~ 523 页。

曹祖培、骆家骧、马超群、魏声龢、赵一鹤、赵汝楳等人都有同题之作。

随之而来的则是东北易帜。东北易帜是张作霖时代结束后的重大事件。据说，就在张作霖决计返回东北的时候，陈汉第（1874～1949）请神降坛，得扶乩诗四首。第二首预言了"易帜"："连番易帜斗新鲜，日出扶桑照九天。醉倒玉山诗未就，龙旗又插古幽燕。"①"日出扶桑"可以解读为日本帝国主义势力，"龙旗又插古幽燕"是预言清朝"复兴"。几天后，张作霖忽然被日本人炸死。扶乩诗的记载者郭曾炘特地补充了一句："其时榆关一带，尚未有日兵踪迹也。"②扶乩诗的"神性"于焉可见。随后，东北奉系军阀与南京国民政府就"易帜"展开了近半年的谈判。最终尘埃落定，冷社发起了以"易帜行"为题的唱和。马超群《易帜行》小序特地对旗帜做了考证：

> 旗帜之说，由来久矣。《周官》"司常掌九旗之物名……日月为常，交龙为旂，通帛为旜，杂帛为物，熊虎为旗，鸟隼为旟，龟蛇为旐，全羽为旞，析羽为旌。及国之大阅，赞司马颂旗物：王建大常，诸侯建旗"云云，是旗为大阅时表示等级之用。郑注："通帛谓大赤，从周正色。"又云："凡九旗之帛，皆用绛。"是周时旗皆赤，惟以绘画别之耳。《史记·淮阴侯列传》："拔赵帜，立汉赤帜。"汉色亦尚赤也。通海以来，欧战以后，欧洲如芬兰、波

---

① 《郭曾炘日记》，第208页。
② 《郭曾炘日记》，第209页。

兰、爱沙尼亚、拉脱维亚、立陶宛、捷克斯洛伐克、兰斯
拉夫、挨斯兰等（苏俄新旗尚不在内），中美洲如危地马
拉、哄多拉斯、萨尔瓦多尔、尼加拉瓜、哥斯德尔黎加、
古巴、海地、圣多明各等，非洲则埃及、里比利亚等，或
以旧邦恢复，或以新邦分立，各树旗帜，彪炳陆离。亚洲
则暹罗白象旗以维新而改式，朝鲜八卦旗以合并而沦亡。
东西各国，罔不以旗帜表异于众。此近世国旗之概略也。
我国前清用黄龙旗，其青天白日旗创如〔始〕于陆皓东，
光绪三十年海外组织同盟会，始由中山议定以青天白日为
军旗，而以红蓝白三色为民国旗。民国元年，临时参议院
议决改用五色旗，而洪宪、复辟两役，五色旗亦几中断，
今则青天白日旗招飐于中华全部矣。我东省当局，博观世
界，顺应潮流，笃爱和平，毅然易帜。不佞躬遇斯会，爰
摄叙古今中外旗帜之大凡，作长歌以纪之。①

这篇中西事迹合璧的"摄叙"，颇有时代气息。在马超群的笔
下，一战以后的旗帜史即是亚非欧美各国的独立史、分裂史和
改革史，黄龙旗、五色旗和青天白日旗在中华大地的交相升落
又昭示了近代史的艰难历程或光辉历程。东三省是清王朝的
"龙兴之地"，但马超群"我国前清用黄龙旗"之论却当别作
解会。

作为国家旗帜的"黄龙旗"出现很晚，正式诞生于清光
绪十四年（1888）《北洋海军章程》的颁布确认。黄龙旗即

---

① 适斋：《易帜行》，南江涛选编《清末民国旧体诗词结社文献汇编》第3
册，第578～580页。

"黄底蓝龙戏红珠"旗，本是1862年确认的清"官船旗"（其后又作为"海军军旗"，三角），《北洋海军章程》颁布后正式成为大清国国旗（四角长方）。古代中国，御旗、军旗或商旗，无所不有，但因没有国家概念，也就没有国旗一说。黄龙旗作为中国历史上第一面国旗，是清王朝被卷入万国体系的产物。尚秉和《辛壬春秋·礼制》云："外人或以中国国旗为问，清廷诸臣瞠目不能答，始会议制定国旗，金谓龙为阳德，象帝王，而黄色最尊。于是始以黄龙旗为国徽，沿用古之三角式，后以各国皆用方式，复改三角为方。"① 黄龙为旗，仍取帝王之尊。"黄龙旗"从古就有，唐宋而还，史不绝书，比如《唐六典》"武库令"条下有"旗之制三十有二：一曰青龙旗，二曰白兽旗，三曰朱雀旗，四曰玄武旗，五曰黄龙负图旗"云云。② 满洲最初是一部族共同体和政治共同体，其特有的八旗制度兴于群居东三省之时，正黄、镶黄都是御用旗色。③ 由此，我们仍能找到"黄龙旗"作为国旗与满洲发祥于东三省的纽带。唯其如此，民元之际，首起"易帜"之争。《民元珍史·易帜之争》云："历代鼎革，必改朔易服，以示更始。辛亥冬，南京临时政府成立，运用公历，建号民元，以龙旗象征人主，且世界进步国家，未有以动物为表识者，因议易帜。当时各省代表中，有同盟会、共进会、光复会三派有力分子。同

---

① 尚秉和：《辛壬春秋·礼制》，四库未收书辑刊编纂委员会编《四库未收书辑刊》第5辑第6册，北京出版社1998年版，第561页。

② 李林甫等：《唐六典》卷十六，陈仲夫等点校，中华书局1992年版，第462页。

③ 起初，八旗不分上下尊卑，两黄旗为天子所有，清太祖努尔哈赤驾崩时，皇太极以一人之身挟有正黄、镶黄二旗。参见孟森《八旗制度考实》，《清史讲义》，中华书局2007年版，第20～114页。

盟会主用青白，共进会主用九星（共进会多两湖起义人物，阳夏兴师，以九星红地为军旗），光复会折衷其间，以五族共和，色宜为五，众龉其说，遂定五色为国徽，以青天白日满地红为海军旗，以九星红地为陆军旗。"① 共进会最有影响的主张并非"九星"，而是"十八星旗"，象征十八行省，承自清末革命时的排满话语，意在建立汉族国家。② 此一时彼一时，新旧两派政治人物注重现实考量，都不可能同意，所以并未实行。但不管是象征自由、平等、博爱的红蓝白三色旗，还是象征光明正照、自由平等的青天白日旗，抑或是寓意汉满蒙回藏五族共和的五色旗，都标识了中国的近代史历程，一个参与国际社会的近代史历程。因此，当"青天白日满地红"三色旗最终取代五色旗时，马超群赋予它历史性的意义：

> 或问三色义何在，自由平等兼博爱。予谓白日照乾坤，光明无间海外内。兵气销为日月光，国徽高蠹堂哉皇。扫除专制拨云雾，寰球到处皆飞扬。……神州一统三万里，庄严灿烂光熊熊。列邦角立各争雄，鹰瞵虎视东亚东。所愿力强威振国基巩，千秋万岁一道而同风。③

易帜的意义首先在于"兵气销为日月光"，不费一兵一卒完成

---

① 佚名：《民元珍史·易帜之争》，《中日文化月刊》第 1 卷第 2 期，1941年，第 120 页。

② 参见张永《从"十八星旗"到"五色旗"——辛亥革命时期从汉族国家到五族共和国家的建国模式转变》，《北京大学学报》2002 年第 2 期。

③ 适斋：《易帜行》，南江涛选编《清末民国旧体诗词结社文献汇编》第 3册，第 580～582 页。

了统一，完成了现代民族国家的建构，进而为东亚地缘政治博弈提供基础。曹祖培在同题诗作中说："噫嘘嘻，神乎异哉！国家之兴兴于少数之人才。无事乎留血，不费乎兵与财。南北其间实大有人在，统一政治和平驾驭必先泯疑猜。八九十年前，海禁早大开，莫论列强张帆扬旗辄入内地恒徘徊。代仅数人谋国是，竟尔大力能天回。"① 他的观点也与马超群相同，将张学良、蒋介石归为"代仅数人"的英雄人物。

易帜前后，波折甚多。1928 年 8～9 月就有易帜之议，群疑杂出，舆论沸腾，延宕了好几个月。顾仁铸道："最近，不幸的消息，又传到我们的耳鼓，张学良因为种种钳制，一时不能接受国府的条件，投诚的谈判，也就中止。这种谈判的中途变化，固然是帝国主义者从中作梗，但是奉方根本是否诚意投降，正如日帝国主义所说，'精神上的实施三民主义'，还是'形式上与关内从同'，也有莫大的关系。"② 顾仁铸推断谈判中止的第一个原因就是"内部将领的分裂"。东三省军政两界，举足轻重的人物除张学良外，还有张作相、万福麟、翟文选、常荫槐等人。一旦接受易帜，就涉及军队整编等事宜，内部将领当然各有各的考虑。职是之故，易帜已成定局以后，东三省军政人物也并非一例唱赞歌。

相较于马超群、曹祖培，袁金铠是更为显赫也更为保守的军政要员，其意见也更为复杂，值得仔细分疏。其同题之作《易帜行》云：

① 半闲生：《易帜行》，南江涛选编《清末民国旧体诗词结社文献汇编》第 3 册，第 582 页。

② 顾仁铸：《易帜与投诚》，《江苏党声》第 3 期，1928 年。

　　上帝偶疏约束责，逃出精灵数千白。神州自此乱纷纷，十八年间帜三易。龙潜沧海可奈何，目迷五色成共和。削足适履足虽苦，天下为公名足多。胡为青天白日下，公然结党盗山河。①

起句"上帝偶疏约束责，逃出精灵数千白"用类似《水浒传》第一回的开头，暗示了近现代中国的"不祥命运"。在袁金铠看来，共和虽无异于削足适履，但"天下为公"毕竟是一种理想之境，因此他在理念上并不完全排斥中华民国。在他看来，随着国民革命军和"党国"的兴起，"青天白日旗"成了公然讽刺，"结党盗山河"才是真相。"攫国归党"开从古未有之创格：

　　西邻乱徒生计迫，攫国归党务创格。杀人不惜尸成山，掠产那肯留寸帛。聚末亿万良民血，染得旌旗鲜艳赤。南方党人思攘利，颦效西施号新异。休将青白别朱红，暮四朝三等一帜。卖国金钱入万千，细柳营移南海边。三年训练成死党，八千子弟剧足怜。一朝发难出五岭，东南名城无一全。中原诸帅方鼾睡，彼疆此界互猜忌。长江天险既坐失，党旗指顾遍幽冀。可叹斯世无英雄，遂令竖子得逞志。千年故都弃敝屣，定鼎金陵鸣得意。龙盘虎踞气象雄，狗盗鸡鸣人物懿。夥涉为王固足

---

① 渡辽生：《易帜行》，南江涛选编《清末民国旧体诗词结社文献汇编》第3册，第583页。

夸，沐猴而冠良不类。①

他用极简省的笔墨回顾了国民党的发展史，以"指顾"状"党旗"，褒贬之意甚明。"中原诸帅方酣睡"一句，是对北洋政权的惋惜。新成立的南京国民政府，自然非袁金铠所喜：

> 国府初成百度新，党国珍称最动人。天下政权归一党，吾侪主义信三民。富民有产无所逃，贫民敲吸尽脂膏。苏俄共产均贫富，吾华贫富同哀号。斩除异己名反动，蹂躏贫民称土豪。生死在手任喜怒，乱世性命轻鸿毛。②

富有政治经验的袁金铠，对新生力量与思潮，总是颇为忧惧。这在那些传统而又保守的士大夫那里并不算罕见。比如本书第二章讨论过的漫社成员陈浏，是袁金铠的好友。为了建造理想的以乡绅为主导的社会，陈浏不由分说，对佛教、基督教、共产主义都加以批判。他在致王树枏的信中说："堂堂大国，济济多士，任人非笑，穷于答辩，因更别创一荒谬之学说，以图攫取他人之财物。许行为神农之言，号称并耕而食。樊须亲小人之事，辄发学圃之问，卒之共苦者其名，强劫者其实，而殊不省其揆之于理亦断难推行而无滞也。"③ 1920 年代末至 1930

---

① 渡辽生：《易帜行》，南江涛选编《清末民国旧体诗词结社文献汇编》第 3 册，第 583~584 页。

② 渡辽生：《易帜行》，南江涛选编《清末民国旧体诗词结社文献汇编》第 3 册，第 584~585 页。

③ 陈浏：《上新城王先生树枏书》，李兴盛等主编《陈浏集（外十六种）》，第 45 页。

年代中期，国、共都致力于打击"土豪劣绅"。在袁金铠、陈
浏这类保守士大夫眼中，二者的共性大于差异，至少都与北洋
政权有别。

基于此等顽固见解，袁金铠对东北易帜评价不高：

> 衮衮元勋膺重寄，效忠党国誓不二。从来鸷鸟难俱
> 栖，况复在怀非分觊。党势虽云盛一时，杞人不免忧天
> 坠。辽东本有金汤固，不随牛后庸何惧。只因外辱凭陵
> 急，不惜降幡求内附。白水黑山遥相望，党旗一夕偏飞
> 扬。从此立山归一统，中华党国何堂堂。但愿此帜不再
> 易，党国元勋寿且康。①

张学良因"外辱凭陵"而"降幡求内附"，他表示理解，但并
不赞赏。诗的末尾，"从此立山归一统，中华党国何堂堂。但
愿此帜不再易，党国元勋寿且康"云云，近乎诅咒。他使用
"中华党国"而非"中华民国"一词，意味着在他的认知里，
中华民国随着北洋政权的结束而消亡了，南京国民政府代表的
只是"中华党国"。袁金铠对国民党政权的这种定性，还可以
从北伐"易帜"过程中的"护旗"运动去认识。当时，国民
党部伍所至，以党旗（青天白日旗）为国旗，引起中国青年
党及其他人士的抗议。"护旗（五色旗）"运动的核心观点是：
国旗是国家象征，国民党出师之名在打倒列强、除军阀，寻求
民族的独立和解放，并非推翻中华民国，不能将革北洋军阀之

---

① 渡辽生：《易帜行》，南江涛选编《清末民国旧体诗词结社文献汇编》第
　　3册，第585页。

命，变为革"共和国体"之命；非要变革国旗、国体也不是不可以，但要有合法程序，俟统一政府成立后，召集正式国会，提出"更改国旗案"，经国民代表多数通过后方能"易帜"；世界各国政党轮替执掌政权，皆循此通例，几乎没有敢于更换国旗的。① 这段"护旗"史的背景、内涵，正好可作前引袁金铠《易帜行》"长江天险既坐失，党旗指顾遍幽冀""从此立山归一统，中华党国何堂堂"两联诗的注脚。

这些是袁金铠反对易帜的全部理由吗？我们还必须特别注意前引《易帜行》结尾的"辽东本有金汤固，不随牛后庸何惧""白水黑山遥相望，党旗一夕偏飞扬"意味着什么？"辽东本有金汤固"指向的是东三省的地缘政治军事，而"白水黑山"（也作"白山黑水"）则别有所指。《金史》卷一《世纪》："生女直地有混同江、长白山，混同江亦号黑龙江，所谓'白山、黑水'是也。"② 白山即长白山，黑水即黑龙江。在清代著述中，"白山黑水"是作为金王朝、清王朝的龙兴之地或发祥之地而存在。乾隆朝敕撰《满洲源流考》，其卷七《部族》肯定"白山黑水"为金人始祖哈当繁衍部族之地，其卷十二《疆域》云："谨按金祖肇兴白山黑水，疆域袤延，即我朝创业之地。"③ 这种历史叙述，不可小觑。形之于私人著述的，比比皆是，比如余金《熙朝新语》卷一第一句云："盛京长白山为我朝发祥之地。"④ 有清一朝文人皆存此记忆：

① 参见周游《旗帜与认同：国民革命时期国民党以党旗代国旗与各政治力量的因应》，《人文杂志》2022 年第 8 期。
② 脱脱等：《金史》卷一，中华书局 1975 年版，第 2 页。
③ 阿桂等：《满洲源流考》卷十二，中国国际广播出版社 2016 年版，第 224 页。
④ 余金：《熙朝新语》卷一，上海书店出版社 2009 年版，第 1 页。

　　白山黑水兴王地，一一曾经侍辇来。[①]

　　白山黑水，原自大东。文命溯始，如百川之朝宗。[②]

　　吉林高踞天下脊，白山黑水相回环。我朝龙兴建八
部，万骑腾踏西入关。[③]

经由一系列官私著作的强化，"白山黑水"或"白水黑山"乃
作为清王朝的龙兴之地融入历史叙述和社会记忆之中。前引罗
振玉的《冷社诗集序》有云："予自津沽徙寓辽东，意谓黑山
白水，王迹所基，其间殆有命世之才，晦迹庸众，待时而动
者。"[④] 表征的正是这一历史叙述和社会记忆的"召唤"功能。
1920 年代初，清遗民黄维翰撰成《黑水先民传》，以寄寓其故
国之思，所谓"黑水"，正如余金《熙朝新语》单举"白山"
为清王朝的"发祥之地"一样，可视为"白山黑水"的省写。
黄维翰序所谓："滨水之国，肃慎最先……经言皇帝颛顼子孙
有降居大荒以北者，肃慎岂其苗裔耶！……自辽而金而元，暨
于有清，咸崛起黑水之滨，龙骧虎步，南向以制中国，虽曰人
事，岂非天运使然哉！"[⑤] 王树枏序所谓："契丹女真蒙古及有
清立国，皆崛起黑水之滨。"[⑥] 朱庆澜序所谓："黑水土著大率

---

①　胡长龄：《陪都风雅词一百首》，董诰编《皇清文颖续编》卷一百零六，
　　《续修四库全书》第 1667 册，上海古籍出版社 2002 年版，第 694 页。

②　顾宗泰：《圣驾四诣盛京恭谒祖陵礼成恭纪颂十二章》，《月满楼诗文集》
　　卷首，《清代诗文集汇编》第 425 册，第 246 页。

③　陈作霖：《送顾子鹏赴吉林通志局》，《可园诗存》卷十九，《清代诗文集
　　汇编》第 736 册，第 256 ~ 257 页。

④　罗振玉：《冷社诗集序》，《冷社诗集》卷首。

⑤　黄维翰：《黑水先民传序上》，《稼溪文存》卷一。

⑥　王树枏：《黑水先民传序》，黄维翰：《黑水先民传》卷首，1925 年崇仁
　　黄氏刻本。

辽金元三朝遗裔，至清而武功特盛。"① 无非此意。黄维翰自序更以此作结：

> 今者，天下一家，无此疆彼界之别，诸夏人物稍凋耗矣。而大荒以北，阴霾退而天开，树艺繁而地辟。投戈讲艺，负耒谈经，而民智日加进。黑水泱泱，淳麻滴庆，当更有魁奇庞鸿沐日浴月之士，挺生崛起于其间，以劝相我国家也！②

表征的仍是"白山黑水"作为"龙兴之地"这一历史叙述和社会记忆的"召唤"功能。伪满建立前夕，熙洽寥寥百余字的劝进表就先后提到"吾祖发祥地""吾祖龙兴之地"。③

袁金铠这种政客反对东北易帜也就有了多重意蕴。东北易帜以前，顾仁铸就在《易帜与投诚》中准确地分析道："我们知道日本对外侵略，自从南进的海洋政策失败以后，就倾其全力于北进的大陆政策。而大陆（政）策的根据地，就是中国的山东和满蒙。不幸在华府会议中，因日美在远东的冲突，日本被迫而牺牲在山东的特殊权利。现在日本大陆政策唯一的根据地，就是满蒙。所以他在满蒙的特殊地位，不得不竭力死守，以往的事实，更可以证明他保持满蒙的苦心。"④ 具有超常政治嗅觉的袁金铠不可能不知道日本人的这种野心。灼然可

---

① 朱庆澜：《黑水先民传序》，黄维翰：《黑水先民传》卷首。
② 黄维翰：《黑水先民传序上》，《稼溪文存》卷一。
③ 丘树屏：《伪满洲国十四年史话》，长春文史资料编辑部 2022 年印行，第 47 页。
④ 顾仁铸：《易帜与投诚》，《江苏党声》第 3 期，1928 年。

知的是，一方面，他对"中华党国"或"赤化"深感惊惧与憎恶；另一方面，他对"白山黑水"又有着异于常人的情怀，不能忍受这里"党旗一夕偏飞扬"。写到这里要补充一点，袁金铠是清末的立宪派官僚，辛亥年发起东三省保安会时与革命派颇存嫌隙。①

第四节　另类遗民袁金铠

袁金铠（1870～1947）是熙洽之外冷社的又一位大人物，字洁三，又作洁珊，号兆佣、佣庐，别署悬盦、渡辽生，奉天辽阳人。庚子事变时，组织保甲，办理团练，开始崭露头角。后获赵尔巽赏识，延入幕府，参与政务。辛亥年武昌起义爆发时，辅佐总督赵尔巽稳住局势，因此被赏四品京堂。入民国后，他历任奉天财政司司长、督军署秘书长、国会议员、中东路理事长等职。1916 年袁世凯称帝时，他向张作霖进言，反对帝制，赶走袁世凯心腹段其贵。由此，张作霖升任东三省巡阅使，独揽东北军政大权。1927 年，张作霖任陆海军大元帅，他任参议。东北易帜后，他出任东北政务委员会委员兼东北边防军司令长官公署参议，继任国民政府监察委员。

袁金铠是一个颇有手腕、善于投机的政客。但他的精神深处，藏有浓厚的圣贤情结。朱熹有云："豪杰而不圣贤者有矣，未有圣贤而不豪杰者也。"② 袁金铠一定是将其奉为信条的。

① 参见张朋园《立宪派与辛亥革命》，第 163～165 页。
② 参见罗大经《鹤林玉露》丙编卷三，上海古籍出版社 2012 年版，第 170 页。

他一生所期许的，正是王阳明、曾国藩一流的"圣贤豪杰"。《奉天通志》的修纂，《清史稿》的刊行，都与他相关，寄寓了他个人的故土情怀。同样值得注意的是他的《中庸讲义》《诵诗随笔》等理学著述，根植于理学家自省传统的个人日记选《佣庐日记语存》，以及个人社课结集《明伦诗社社课》。明伦诗社，并非独立的诗社，乃依附于孔学会。① 两者都由他一手创办，他以会长兼任社长。袁金铠的日记曾交付友人传阅，生前刊行的《佣庐日记语存》还留存张之汉、成多禄、陈浏三人的批语。翻阅这部日记，可知他有志于成为"圣贤豪杰"。

辛亥、壬子之际，清室风雨飘摇，东南各省相继"光复"。袁金铠则向总督赵尔巽献策，成立东三省保安会，维持地方秩序。他先后在日记中这样写道：

> 我之一意孤行，刘星阁所谓押孤注也。然道理见得真，手法拿得定，无论如何危险，皆拟斡旋而安固之。天果不弃三省，庶几获济。…… 余评徐菊帅是一篇脑满肠肥大墨卷，赵次帅名家而非大家，锡清帅理路清楚是考卷文字。次帅叹为名论。

---

① 《明伦诗社》卷首有 1938 年周永谟序，略云："明伦诗社为孔学会所倡办，洁珊先生以会长兼任社长。每月一题，每题又必自作以为之倡，五年之久，得社友百余人，诗题数十次。……先生之阅之，笑曰：'积年课作，可得几许？若衰积付印，亦一成绩，子为我董其事。'……"（南江涛选编《清末民国旧体诗词结社文献汇编》第 7 册，第 3 页）据此，明伦诗社即以孔学会为依托。考袁金铠 1932 年赴日途中所作《孔学会诗社四题舟中无事补以缴卷》（袁金铠《东渡百一诗》，1932 年铅印本），所谓"孔学会诗社"当即"明伦诗社"。

天人交战须勇者方能战胜。

某师长云："历验诸人魄力之大，不能不推袁氏。"
殆语出至诚乎！①

在这种危急时刻，他的斗志被点燃。东三省的三任总督徐世昌、锡良与赵尔巽，他都追随过。在他眼中，徐世昌是"一篇脑满肠肥大墨卷"，赵尔巽是"名家而非大家"，至于锡良则更等而下之，不过是"考卷文字"。文章拟人，是一种名士月旦，介于严肃与戏谑之间。它使现任总督赵尔巽会心一笑，"叹为名论"。至于"天人交战须勇者方能战胜""历验诸人魄力之大，不能不推袁氏"，更像是他的夫子自道。袁金铠为什么如此有底气？也许他认为自己以圣贤而兼豪杰，当世巨公，罕有其匹。徐世昌的理学修为固然不必怀疑，但是他够得上豪杰吗？锡良也许算得豪杰，可是跟圣贤不搭边。袁金铠心中别有理会。

1924 年袁金铠印行了自己的《中庸讲义》。冯煦序云："其扼要在尽人合天一语，而以慎独立诚贯输其间，如网之有纲，如衣之有领，内圣外王一以贯，世之读《中庸》者，得是编而沉潜反复，自无平易玄妙之疑矣……洁珊负不世才，苟出其得中庸者，实而见诸行事，隐则为横渠，仕则为文正，世变或有万一之挽救。"② 奖饰如此，可谓能投其所好。最后一结，尤足以诱导、强化袁金铠的"圣贤豪杰"情结。探讨

---

① 引文分别见袁金铠《佣庐日记语存》第 1 册，（辛亥）十月十一日、（辛亥）十二月二十三日、（壬子）十一月十五日，1935 年铅印本。

② 冯煦：《袁洁珊中庸讲义序》，袁金铠：《中庸讲义》卷首，1924 年铅印本。

袁金铠的生涯抉择，不能忽略这一点。参与伪满洲国政权固然是政客、汉奸的投机行为，但还有其他迹象或理路可寻。1934年，黄式叙为袁金铠的《佣庐诗存》作序时，沿袭或照应了冯煦早先的叙述："退居一室，读书染翰，翩翩然如一寒儒，然每遇辽左有大事故，则慷慨敷陈，从容筹策，不从其言，则祸不旋踵，及变之已剧，又赖其力以转危而为安。"① 可以做个推想，袁金铠的友人大概没有不知其"圣贤豪杰"之梦的。

验之日记，袁金铠确实沉酣其间，不能自拔。比如1926年，他在日记中说："读于次棠中丞集，理学名臣，当之不愧。卓识毅力，实远在张香涛之上。"② 表明他有一种居高临下的自信。1927年5月15日，他又在日记中说："与夏闰枝深论由理学及于政事。朱少滨谓：'时局如此，何不出而斡旋？'夏曰：'既见理如此清楚，又何斡旋之可言。'斯言亦可谓清楚矣。孔孟不用，往事可知。"③ 日记里提到的两人，一位是清遗老夏孙桐，一位是清遗老朱孔彰之子、著名历史学家朱师辙。这段对话当发生于清史馆内外。当时，北伐势如破竹，袁金铠与夏孙桐探讨的是如何"由理学及于政事"，具体内容不得而知。不过，夏孙桐有赠诗可考，他期待袁金铠"藏山毋忽千秋业，攻错还期一字师"，④ 指《清史稿》而言。朱师辙"时局如此，何不出而斡旋"之问，可能是听了袁金铠高谈阔论之后的由衷期许，不过，更像是带一点恶趣味、假

---

① 黄式叙：《序》，袁金铠：《佣庐诗存》卷首，1934年铅印本。
② 袁金铠：《佣庐日记语存》第2册，（丙寅）十二月初十日。
③ 袁金铠：《佣庐日记语存》第2册，（丁卯）四月十五日。
④ 夏孙桐：《次韵酬袁洁珊》，《观所尚斋诗存》卷二，1939年铅印本，第15a页。

天真的闲言语。10 月 19 日，袁金铠又在日记中写道：

> 事后论事曰当日何以不如此，事后论人曰吾早知其必然。犯此弊者其人必无定识无定力。[1]

这时，张作霖已经进驻北京，任北洋政府海陆军大元帅，袁金铠任参议。日记中对定识、定力的格外强调，表明他自负不浅。这是圣贤豪杰的必备素质。他曾记载他父亲袁睦的一段自述："尝御车于省北小桥，触三官庙尚姓车夫卢某，因伤致死。余肇此意外，神气如常，逆旅主人甚惊异，私询从人袁某曾经历何等大事，而镇定乃尔。其实，余处世间事，无不如此也。"[2] 且不论这是如实记载了父亲的原话，还是做了文学加工，袁金铠神往这种境界是无疑的。日记言语间流露出的是他对自己必将造就圣贤事功的无限"期许"。

这种痴梦的发达，除了天性外，历史的因缘际会、朋辈的辗转塑造都起了相当的作用。袁金铠一生的政治资本，奠基于辛亥之际献策总督赵尔巽成立东三省保安会，而获赏四品京堂。四品京堂是一种官方荣誉，对袁金铠而言，有极为重要的意义。这使一介秀才在士大夫群体间声名鹊起。1911 年 12 月 12 日，他在写给友人的信中说：

> 奉省事原因复杂，难于缕述。简言之，非次帅必断送，而非弟为之主持亦作不到此。看此危疑震撼之秋，魄

---

① 袁金铠：《佣庐日记语存》第 2 册，（丁卯）九月二十四日。

② 袁金铠：《先考敬廷府君墓表》，《佣庐文存》卷四，1934 年铅印本。

力何如。此后事变不可知，尚宜兢兢。东人有言赵某能于此时尚不断送三省，真是伟人云云，其实弟之主持力最大，无怪彼党恨弟已极，欲得而甘心，以为赵之所为皆弟之所为也。次帅有言，使洁珊自作不至如此费手，弟亦不以赵言为谀，然赵老自有手法，亦难能矣。[1]

辛壬之际，东三省"绥靖"的首功，袁金铠居之不疑。职是之故，他才有上引"天人交战须勇者方能战胜"之论。1934年，他在撰述《佣庐经过自述》时也不忘标揭此功："（辛亥）政变以来四阅月，惊涛骇浪，危如累卵，军人则张雨亭、李鹤翔，政界则周养庵肇祥、绅界则孙鼎臣等均能力持正义，不惑浮言。予赞襄次帅，事事与闻，撑支危局，幸未颠越。"[2]"赞襄次帅，事事与闻"依然是对自我事功的肯定。

作为典型事件，1929年《佣庐寿言》的编印不可不提。《佣庐寿言》是袁金铠六十岁生日时同人为他贺寿的诗文联合集，正文四卷，附录一卷。献寿言的，大体可以分为逊清故老、东三省军政要员两类人物，前者包括王树枏、吴闿生、陈宝琛、夑良、夏孙桐、许宝蘅、赵尔巽、成多禄、钟广生、世荣、金梁等，后者包括新东北王张学良、吉林省省长翟文选、吉林保安司令部秘书长潘鹗年、辅危将军吉林保安司令兼省长张作相等，以及袁庆恩、张之汉、陈文学、王镜寰、张振鹭之流。《佣庐寿言》收录了袁金铠自己作的《五十九岁生日自叙百韵》诗，其中有云：

---

[1] 袁金铠：《佣庐日记语存》第1册，（辛亥）十月二十二日。
[2] 袁金铠：《佣庐经过自述》，《佣庐日记语存》第5册。

　　辛亥八月秋，政变蓦然起。东陲特别地，维持室虞毁。泰安幸重来，临溟实柱砥。我亦竭棉薄，祸福置生死。忠清直亮襃，京卿荷荣玺。①

末一联自注云："原奏有'忠清亮直，知明处当'诸语。"② 他对此念念不忘。贺寿友人也无不着力描绘其辛亥年的保境安民之功：

　　公倡立保安会，不动声色，从容坐镇如无事者然。于是谋我者废然，一无所施其计，而大局宁谧如常时。（王树枏）③

　　民国以来，我三省人民得晏然于惊涛骇浪之中，恬熙以生，无流离颠沛之忧者，先生之力也。（吴闿生）④

　　次珊制军谋所以安危局、杜外患者，其大体皆与先生诸商之。忠清亮直，知明处当，使清室获优待之条，民国建共和之治，而东三省则忔芑不惊、享乐太平。次珊制军之功德固不可朽，而先生实有以赞助之也。（张作相）⑤

　　武昌变起，奉省新军谋独立，次帅务保境安民，立保

① 袁金铠：《五十九岁生日自叙百韵》，袁金铠辑《佣庐寿言》卷一，1930年铅印本。
② 袁金铠：《五十九岁生日自叙百韵》，袁金铠辑《佣庐寿言》卷一。
③ 王树枏：《辽阳袁洁珊先生暨德配苏夫人六旬双寿序言》，袁金铠辑《佣庐寿言》卷一。
④ 吴闿生：《袁洁珊先生暨德配苏夫人五旬晋九双寿序》，袁金铠辑《佣庐寿言》卷一。
⑤ 张作相：《袁洁珊先生暨德配苏夫人六旬双庆寿序》，袁金铠辑《佣庐寿言》卷一。

安会以弭祸乱。时乱机四伏，岌岌不可终日。次帅主于
外，先生谋于内，至不遑寝馈，不避险难，各省皆扰，而
奉独晏如，先生赞助之力也。（金梁）①

清遗老、北洋政客均长篇大论，以此相推，足使当事人自我陶
醉。甚至世荣给袁金铠的《诵诗随笔》作序，也插入、强调
了这一点："辛壬鼎革之际，赵公屹然为东省长城，洁珊实左
右之。"② 作为一个沉迷于自我世界的人，袁金铠可能从未将
朋辈的赞许视为"谀言"或"套话"。这反而加剧了他的幻
想。辛亥之际袁金铠的"事功"固然给众人提供了叙述的材
料，而这些叙述也在相当程度上塑造着袁金铠——不仅是辛亥
时的袁金铠，也包括后来的袁金铠。

在袁金铠的想象中，他未来的"事功"不可限量，参与
《清史稿》的编纂不过是牛刀小试。1927 年，《清史稿》初稿
草就，赵尔巽深感岁不我与，聘请袁金铠总理发刊事宜。③ 作
为赵尔巽的"门生"，袁金铠乐意效劳。考《佣庐日记语存》，
1927 年 4 月 16 日袁金铠有云："次老来谈清史事，问何以善
其后。予谓先以史稿付印公布，其有不合处，任人指摘，再加
修正。此书一出，既不致有毁稿之祸，又得舆论之公，是未脱
稿而脱稿矣。次老叹赏，意即照此遵行。"④ 由此可知，1927

---

① 金梁：《辽阳袁洁珊先生六十双庆寿言》，袁金铠辑《佣庐寿言》卷一。
② 世荣：《诵诗随笔序》，袁金铠：《诵诗随笔》卷首，1921 年铅印本。
③ 袁金铠回忆云："（丁卯）四月，清史馆公函聘任总理刊发《清史稿》事
　　宜。五月一日，移入馆，拟发刊计划书十条。"袁金铠：《佣庐经过自
　　述》，《佣庐日记语存》第 5 册。
④ 袁金铠：《佣庐日记》第 2 册，（丁卯）三月十五日。

年晚春时节，赵尔巽就《清史稿》刊行事宜征询袁金铠的意见。赵尔巽征询的重点，可能包括：（1）《清史稿》成于众手，没来得及做系统的删润；（2）时局不定，北洋政权有垮台的可能，《清史稿》又未免"反动"。4月26日，袁金铠再次写道："次老因清史有法缴卷，乃惕惕焉桑榆之景迫。行长途者忘其疲乏，到目的地乃觉得神气顿倦，其此之谓欤。"①所谓"有法缴卷"，当是指赵尔巽认为袁金铠的意见切实可行。到5月，赵尔巽即以清史馆的名义聘任袁金铠总理发刊事宜。袁金铠入馆，作《移入清史馆总理发刊事宜有作》一诗：

> 岁华荏苒十三载，旧地重来有所思。败叶留阶犹待扫，繁花绕路尚含滋。一朝文献资初稿，全史输舆作导师。报德酬知关此举，踌躇满志是何时。②

除了"报德酬知"外，事关"一朝文献"也是袁金铠所看重的。

这并非没有挑战。袁金铠首先面对的就是清史馆内的纂修、修撰诸人。理学家、道学家与文人名士是"世仇"。政治家也每每鄙弃文人名士的大而无当。袁金铠以圣贤兼豪杰，就尤与名士凿枘不相入。1927年5月3日，他在日记中写道：

> 有号称名士，只支史馆之薪，不交一字功课者。名士爱财，语虽近谑，应非苛论。其天良盖已沦没矣，不然何

① 袁金铠：《佣庐日记》第2册，（丁卯）三月二十五日。
② 袁金铠：《移入清史馆总理发刊事宜有作》，《佣庐诗存》卷二。

以出此。①

他的责备不无道理，不少清史馆馆员正是冲着"噉饭"来的。② 民初袁世凯决意开设清史馆，本来就有安顿故老、拉拢人心的意图。人浮于事，大概伊始已然。谋印前夕，还有很多人没有交稿。9 月 17 日，袁金铠在日记中记载道："对交稿事发激烈语。此等冒险之举，易于奏功，亦易于误会。淮阴背水阵法，亦万不得已之举也。"③ 可以想见，迟迟不能交稿者遭到了他的斥责。1928 年 12 月 9 日，他再次在日记中予以严谴，嘲笑清史馆为"名士之末路"，为他们"架子已倒，而钱亦拿不着"幸灾乐祸。④

更大的挑战来自时局。《清史稿》将要完稿的时候，北洋政府垮台在即。在国民政府看来，这部《清史稿》充满了"反动"。1927 年 7 月 13 日袁金铠日记云：

> 金子缄函称史稿能早一日成功则早了一日心愿，此中殆有天焉。以公之毅力与次老忠贞，当有回天之力，惟日

---

① 袁金铠：《佣庐日记语存》第 2 册，（丁卯）四月初三日。
② 缪荃孙致友人信，声称入清史馆主要是为了"噉饭"。易培基攻击清史馆例目时提到这一点，参见易培基《清史例目正误》，《甲寅》第 1 卷第 6 期，1915 年。另，缪氏弟子陈庆年日记也有云："得缪艺风师书，于修清史事，自谓年老受苦，乞食无门，不得已而应聘。其语亦何可怜也。身处膏腴，好说穷话，七十后尚如此，殆不能改矣。"《〈横山乡人日记〉选摘》，中国人民政治协商会议镇江市委员会文史资料委员会编印《镇江文史资料》第 29 辑，1996 年版，第 305 页。
③ 袁金铠：《佣庐日记语存》第 2 册，（丁卯）八月二十二日。
④ 袁金铠：《佣庐日记语存》第 3 册，（戊辰）十月二十八日。

祝大功告成等语。维宙亦具此心理，其望尤切。①

"具此心理，其望尤切"的人物"维宙"即王树翰（1874～1955），维宙为其字，辽宁沈阳人，1924～1926年任吉林省代省长，1929年起历任东北政务委员会委员、东北边防军司令长官公署秘书长。②日记中的"回天之力"云云，就是指刊印《清史稿》本来是一件不可能的事。1928年2月27日，袁金铠在日记中又云："王书衡、邓守瑕谓无论如何，但史稿印成，则一朝典章文献，借之以传，其关系亦綦大矣。"③王书衡即王式通，邓守瑕即邓镕，他们二人也力主刊行《清史稿》。其中，王式通曾任清史馆纂修，领得《刑法志》，不过根据朱师辙的回忆，《功课簿》里没有他"交稿"的记录。④1928年夏，《清史稿》进入印行阶段。时局动荡，袁金铠忙于政务，不能久居馆中，因而委托金梁代理刊发事宜。《清史稿》刊行甫竣，正值国民革命军攻入北京。同年旧历五月，金梁从已经印成的一千一百部《清史稿》中抽取四百部运回辽宁，是为"关外本"《清史稿》。⑤1928年7月11日袁金铠日记云："史稿刊竣，完成一件事，心为大慰。"⑥令他"大慰"的，一是"一朝典章文献，借之以传"，一是完成了老师赵尔巽的遗愿。他在5月9日的日记中记有"为《清史稿》

---

① 袁金铠：《佣庐日记》第2册，（丁卯）六月十五日。
② 参见佟佳江编《民国职官年表外编》，第21～23、60～62、228页。
③ 袁金铠：《佣庐日记语存》第3册，（戊辰）二月初七日。
④ 朱师辙：《清史述闻》卷三，第57页。
⑤ 参见李之勤《关于〈清史稿〉的版本》，《史学史资料》1980年第1期。
⑥ 袁金铠：《佣庐日记语存》第3册，（戊辰）五月二十四日。

事，夜梦无补老人殷殷致谢，此无他，慊于心故形于梦也"
之语，① 即所以自我表功之意。赵尔巽之子致函袁金铠有云：
"史稿印竣，俾先君十数年，硁硁苦志，获底于成，皆出自我
师毅力担当，全其终始。此次事变之先，将未印者预为料理，
尤征筹虑周详，无任钦佩。"② 袁金铠将致谢函录入自己的日
记，其意可知。"此次事变之先，将未印者预为料理"当是指
国民革命军围城之时，授意金梁将尚未印完的《清史稿》从
清史馆移至个人寓所中继续刻印，历二十日而印成足本一千一
百套。1929 年，在汹汹民意下，故宫博物院院长易培基呈请
国民政府将《清史稿》列为禁书。袁金铠还不无得意地说：
"国府禁售《清史稿》，此事早在意中，此后应增几倍价值。"③

北伐结束之际，北京时局扰攘。袁金铠对《清史稿》的
刊发起了关键作用。他自己也引以为傲，在 1927 年 9 月 6 日
的日记中说："柯凤老以吾办理史稿极端，称赞谓此事纵办到
极完善地位，所全者终小，何不出而干天下事？俾吾侪坐享承
平，岂不美哉！予笑谓用行舍藏，自有遇合。学者不可不知
命，亦不可不知天。枉道求合，无好结果。听天由命，顺其自
然。"④ 柯凤老即柯劭忞。由参与《清史稿》事宜而讨论到
"所全者终小，何不出而干天下事"，则"天下事"为何等事，
不难想见。这段对话更精彩的在后头：

> 凤老笑谓：若当日袁世凯易而为袁金铠，则中国且

① 袁金铠：《佣庐日记语存》第 3 册，（戊辰）三月二十日。
② 袁金铠：《佣庐日记语存》第 3 册，（戊辰）六月初八日。
③ 袁金铠：《佣庐日记语存》第 3 册，（庚午）正月十九日。
④ 袁金铠：《佣庐日记语存》第 2 册，（丁卯）八月十一日。

> 跻于强矣。予谓：惟其如此，此之谓天，但盼终有转
> 机耳。①

不用说，与往常对待师友的赞誉一样，他对柯劭忞"若当日袁世凯易而为袁金铠，则中国且跻于强矣"的褒奖语也照单全收。随后他发出的议论，表明他早为自己的"圣贤豪杰"之梦做好了准备。1928 年 2 月 4 日日记里有关《清史稿》的那段议论又为我们展示了袁金铠的精神世界：

> 舫极满意《史稿》之成功，谓范文肃开清局之始，佣结清局之终，皆辽沈人，为之遥遥辉映。②

袁金铠号佣庐，这里的"佣"是他自指。范文肃即范文程（1597～1666），字宪斗，号辉岳，辽东沈阳人，历事清太祖、太宗、世祖、圣祖四帝，乃是清王朝的开国元勋。去世时，康熙亲撰祭文。李霨《秘书院大学士范文肃公墓志铭》云："国家定鼎燕京，武功赫奕，其以文臣著，变调绥义，勋为中外瞻倚者，首故太傅范公。"③ 陈康祺《郎潜纪闻》云："巨清开国元辅，在汉臣中必首推范文肃公文程，其遭遇如汉之留侯、明之诚意，而建树宏远则过之。"④《清史稿》修成出版，"范文肃开清局之始，佣结清局之终，皆辽沈人，为之遥遥辉映"，

---

① 袁金铠：《佣庐日记语存》第 2 册，（丁卯）八月十一日。
② 袁金铠：《佣庐日记语存》第 3 册，（戊辰）正月十三日。
③ 李霨：《秘书院大学士范文肃公墓志铭》，钱仪吉：《碑传集》卷四，《清代传记丛刊》第 106 册，台北：明文书局 1985 年版，第 263 页。
④ 陈康祺：《郎潜纪闻初笔二笔三笔》，中华书局 1984 年版，第 331～332 页。

正像上文论述过的"白山黑水"，显示了袁金铠作为奉天人所具有的别样的王朝记忆。这连同他的"圣贤豪杰"之梦，将他引向了万劫不复的深渊，成为千古罪人。

九一八事变后，他故技重施，组织辽宁地方维持委员会。伪满洲国成立后，历任伪奉天省省长、省政府最高顾问、参议府参议、尚书府大臣。1943年，辞官归乡。1945年，被抄家。两年后，病殁于辽阳。

第五节　审视伪满

如果说熙洽、宝熙的故国之思代表了爱新觉罗氏一部分宗室的天然意志，那么荣孟枚、袁金铠的故国之思则另当别论。他们并不算是赵宋以降儒家传统的经典意义上的"遗民"。考之载籍，《史记》卷三十五《管蔡世家》载：

> 于是封叔鲜于管，封叔度于蔡：二人相纠子武庚禄父，治殷遗民。[①]

这里的"殷遗民"正相当于商朝覆亡以后旧王畿之地的族人，尤其是贵族阶层。这是遗民一词最原始的含义。"白山黑水"作为清王朝的发祥地，盛京作为留都，不但体现在清王朝的历史叙述之中，也体现在清王朝的政策管制之中。清王朝的覆灭，好像使此间士人变成了原始意义上的"遗民"。但这是一种时空错置的想象。

---

① 司马迁：《史记》卷三十五《管蔡世家》，中华书局1982年版，第1564页。

作为肃慎族裔的栖居之地，白山黑水的历史记忆由来已久。照传统史书的说法，东北有三个基本族系，即肃慎、秽貊和东胡。肃慎一系，来服最早，《左传》《国语》《史记》《汉书》中都有记载。随后一脉相承，从汉魏至唐，先后称挹娄、勿吉、靺鞨，到唐末时复女真旧称，而女真即肃慎，古本同音。明末建州女真是肃慎族裔，得名所由，在于其最初居住在前渤海国的建州。最终，建州女真这一支定鼎北京，取代朱明政权。肃慎族裔，在白山黑水一带，先后建立了渤海国（698～926）、金（1115～1234）、清（1636～1911）三个王朝。清亡之后，东三省顺理成章地纳入中华民国的版图。唐代，渤海国是"偏方霸国"，唐王朝之于渤海国，止于"羁縻"而已；清王朝入主中原之后，东三省成了清朝实在的边疆。1907年东三省确立行省制度，使东北边疆不仅在事实上，更在法理上彻底而完全地中国化。[①] 不仅如此，中华民国是在与清室达成优待条款后成立的，满族参与共和先后写入了清帝逊位诏书、总统训令及宪法（包括草案）中。[②] 伪满之所以伪，既伪在它是日本侵略者的傀儡政权，也伪在它没有法理基础。

清亡以后，遗民黄维翰在《黑水先民传序》中说：

> 魏隋以前，黑水为朝聘国，至唐渐设州府，金、元、有清则龙兴地也。清初，尼布楚之约以外兴安岭为国界，岭北之水北流入北海者属之俄国，岭南之水南流入黑龙江

者属之中国。今则西迤北迤东，折而东南，黑水左岸地，胥沦异域。西境偏南，旧为蒙古喀尔喀部分地，亦稍稍被蚕食矣。夫黑水上游，若元初之木华黎四俊，下游若金之夹谷清臣，清初之巴尔达齐、倍勒尔之数人者，功著于当时，赏延于后世。易世之后，乃以疆场一彼一此之故，既不获保其邱墓、庇其子姓矣，而并没其名氏，使不得著于本籍，不亦慎乎！郡县变易，人随地迁，均之中国也。①

其所谓"郡县变易，人随地迁，均之中国也"，并非他一厢情愿之论。唐晏在《渤海国志》中更一再书写他的中国认同，完全不存在认同上的障碍。唐晏（1857～1920），本名震均，字在廷，满族瓜尔佳氏。清亡后，发愤著《渤海国志》，虽然"取材未富，立证尚孤"，②却深具草创之功。其《渤海国志》称："高王祚荣以席业之资，剪棘开基，类勾践之兴越。及幅员既建，乃以文德修之，改制度，建官号，列郡县，又克尽事大之礼，遣写书之官，遂得比迹中原、抗手上国，方域至五千里，祚国至三百年，当时四方殆无逾之者，亦云盛矣……金轮初封仲象为震国公，'帝出乎震'，遂以兆完颜、爱新之基！"③不用说，在论及渤海亡国的时候，唐晏"存亡之故，起于人事，成于天命，而竟非区区口舌所能措置于其间"④之叹与他

---

① 黄维翰：《黑水先民传序下》，《稼溪文存》卷一。
② 金毓黻：《渤海国志长编叙例》，《渤海国志长编》，王有立主编《中华文史丛书》第55号，台北：华文书局1968年版，第4页。
③ 唐晏：《渤海国志》卷一《纪年》，《丛书集成续编》第228册，台北：新文丰出版公司1988年版，第152～153页。
④ 唐晏：《渤海国志》卷一《纪年》，《丛书集成续编》第228册，第153页。

个人的亡国体验是糅合在一起的。然而一个明显的事实是：唐晏以大氏渤海国下启完颜氏金国、爱新觉罗氏清国，是从族性、"文德"两方面来建立这种联系和认同的。因此，唐晏一再言：

> 自古立国，无不有其采章服物以辨等威，况渤海为海东盛国，不假器名，何以能久？宜其事事取法中国以立邦本者矣。及其鼎移社屋，尚有余风绵延于后世，其流泽亦孔长焉。①
>
> 渤海一隅之地耳，而能礼义以为固，宜其建国将三百年也。②

从这些载在《渤海国志》之《礼乐志》《舆服志》中的议论来看，唐晏通过渤海－金－清的立国谱系强化了自己的族群自豪感，但要注意，他这种自豪感恰恰来自渤海国这些先辈族人"取法中国以立邦本""一隅之地耳，而能礼义以为固"。另一清遗民黄维翰入民国后则撰述了《渤海国记》。此书的写成在唐晏《渤海国志》之后，其卷下有《再建国》《遗民》两篇。其中，《再建国》一篇因门人陈元慎的劝阻，③仅存其目。《遗民》一篇，写渤海国覆亡之后，渤海国遗民不忘故国、坚韧

---

① 唐晏：《渤海国志》卷二《舆服志》，《丛书集成续编》第228册，第166页。

② 唐晏：《渤海国志》卷二《礼乐志》，《丛书集成续编》第228册，第166页。

③ 门人陈元慎以为其时渤海遗民已明确臣属于辽，不足以伐敌立国，因而劝其删去《再建国》一篇，别系相关事迹于其他各篇。参见黄维翰《渤海国记》，《丛书集成续编》第228册，第189~244页。

不拔及其在颠沛流离之中屡建事功的壮举。这里，渤海国的"遗民"，即是指从旧王畿中出走的渤海国族人。

冷社诗人既未颠沛流离，东三省亦非"偏方霸国"，是清王朝、中华民国治下的行省。类似"渤海国遗民"那样的历史条件与法理基础都不存在。白山黑水乃清王朝的"龙兴之地"，经由清王朝近三百年一系列官、私著作的强化，被融为一个社会的文化记忆。辛亥革命以后，大量清遗老麇集东三省避居或谒陵，都表征了"白山黑水"的召唤作用。袁金铠生于斯、长于斯，被种种历史性、社会性的记忆或意识长久地笼罩、牵引着。从这一意义上说，袁金铠投身伪满洲国，有一定的诱导因素。"范文肃开清局之始，佣结清局之终，皆辽沈人，为之遥遥辉映"云云，终于还是"误了卿卿性命"。冷社诗人群体的政治光谱颇为不同。当民国肇建，历史的洪涛处于不可羁勒之时，他们大部分人委身军、政两署讨生活，丝毫未顾及所谓遗民伦理。因此，他们绝不是通常意义上的清遗民，只不过身处清王朝的"龙兴之地"，多了一点别样的记忆。

验诸史实，中华民国时期，虽然看上去东三省好像自成一统，但这是典型的军阀割据格局导致的。袁金铠所谓"辽东本有金汤固"实乃受惠于地缘条件及中原扰攘未定。溥仪及其追随者创立的伪满洲国，在当时就遭到了很多清宗室的反对，更不用说很多清遗民了。一面是熙洽、宝熙、袁金铠、罗振玉、郑孝胥、胡嗣瑷等少数人的赞成组建伪满，[1] 一面是载

---

[1] 最近的研究表明，在伪满洲国的十余年历史中，溥仪、熙洽、袁金铠、罗振玉、郑孝胥等始终与日人时有龃龉。但傀儡政权的性质决定了每次隔阂、冲突和讨价还价之后，他们只能以委曲求全收场。

沣、载洵、载涛、溥儒、金寄水、陈宝琛、俞陛云等清宗室、
清遗民的坚不与闻、洁身远引，后一阵营的人数远超前一阵
营。伪满建立前夕，熙洽劝进表反复申言"吾祖发祥地""吾
祖龙兴之地"，希望溥仪"复兴"大清，"先据有满洲，再图
关内"。① 罗振玉回忆时也提及自己当初的规划，"吁恳我皇上
先拯救满蒙三千万有众，然后再以三省之力勘定关内"，正是
这一点，使他与熙洽"相契合"。② 这显然与日本的侵华意图
相背离；日本只是利用溥仪扶持傀儡政权，以便蚕食中国。熙
洽很快就被免去了伪吉林省省长、伪财政部大臣职务，其在伪
满的"地方""中央"实权相继被剪除，成为傀儡政权的边缘
人。③ 傀儡政权的存在，使龙兴之地的清王朝影像让位给殖民
地影像。④ 这个后果，用不着多少政治智慧就可以想到，否
则，不会有那么多洁身远引的清宗室、清遗臣。日本人炮制
"日满一如"，⑤ 改变不了他们是侵略者的事实。这不但体现在
日本人只承认溥仪是伪满洲国皇帝而不是清朝皇帝，并且一手
制定"改祖换宗"的"满洲国帝位继承法"，还体现在种种隐
微策略里。譬如，伪满洲国"国务院"和"满铁"两个系统

---

① 丘树屏：《伪满洲国十四年史话》，第 47 页。
② 罗振玉：《集蓼编》，罗振玉述，松崎鹤雄、穆传金译注《清朝学术源流
　概略》，商务印书馆 2018 年版，第 190 页。
③ 参见周克让《三不畏斋随笔》，第 325～329 页。
④ 这里也许可以加个应景的闲笔。邵丹《遥远的故里，恢复的疆界：满族、
　伪满洲国与"满洲"（1907～1985）》（*Remote Homeland，Recovered Border-
　land：Manchus，Manchoukuo，and Manchuria，1907－1985*，University of
　Hawaii Press，2011）标题里的"恢复"一词仿佛正是对"影像"的一种
　回应。
⑤ 参见解学诗《伪满洲国史新编》（修订本），人民出版社 2015 年版，第
　406～410 页。

的地理学者（都来自日本），前者的机关刊物使用伪满洲国的"大同""康德"纪年，而后者坚持使用"昭和"纪年；前者强调伪满洲国的独特性，试图建立伪满洲国特有的地政学，而后者坚持认为伪满洲国是"大日本帝国"的边际。[①] 这昭示的就是两种"影像"的竞逐。但不论是前者还是后者，日本侵略者都意在完成东三省的"去中国化"。

1934 年 3 月 1 日，伪满洲国改称"满洲帝国"，溥仪称帝，改元"康德"。这让人想到中国历史上的"儿皇帝"。[②] 事实上，早在 1932 年溥仪任伪满洲国执政的时候，清王朝的旧臣与遗民就痛哭过——

> 异时有编纲目者，必大书曰："帝为满洲国执政，清亡。"是大清不亡于辛亥，而亡于今日也。[③]

在很多清遗民心目中，如果说民国成立时因为皇室优待条款及故宫小朝廷的存在，所谓"大清"还残存着一点象征、一丝命脉的话，那么当 1932 年溥仪出任伪满洲国执政时，即便是作为幻影或遗蜕的"大清"也不复存在了。

---

① 参见柴田阳一《"满洲国"的地理学者及其活动特征》，石川祯浩主编《二十世纪中国的社会与文化》，袁广泉译，社会科学文献出版社 2013 年版，第 273～325 页。
② 时人还为此绘制了讽刺画《白山黑水间与青天百日下》（《天津商报画刊》第 10 卷第 38 期，1934 年）。
③ 《郭则沄自订年谱》，凤凰出版社 2018 年版，第 73 页。

第四章 "两京"沦陷区清遗民的位置

在近现代史或民国史领域，抗日战争时期的沦陷区是一个颇为引人注目的存在。从学界的发展趋势来看，研究的主题，从过去集中在伪政权的建立过程与相关人物，逐渐转移并深入沦陷区的教育、经济等领域；而研究范式，则从20世纪八九十年代以分区研究——东北沦陷区研究、华中沦陷区研究、华北沦陷区研究——为主的范式中脱离出来，在21世纪一变而为以"日伪政权"、"经济掠夺和经济统制"、"奴化宣传教育"与"地方社会"等专题范式为主，并进行更加细致、严密和科学的研究。① 有的研究者还呼吁进一步区分"日－伪"关系，加强社会和文化史研究。② 沦陷区的文学研究也越发深入，但对旧文学的关注还有待加强。

沦陷区的旧文学创作群体十分庞杂。为了有相对清晰的眉目，本章主要围绕北平、南京两个沦陷区的《雅言》《同声月刊》杂志及相关人物展开。论述对象聚焦清遗民，但又不限于清遗民，还包含这样一类"北洋旧人"：他们在清代有科

---

① 参见高莹莹《1949年以来的沦陷区研究综述》，《兰州学刊》2015年第5期。

② 参见臧运祜《抗日战争时期的沦陷区研究述评》，《中共党史研究》2015年第9期。

名、官职，辛亥鼎革后出于各种原因继续供职北洋政权，但在北洋政权垮台前就已经退隐林下。把他们放在一起论述，有几个理由：第一，就生命历程与精神世界来说，这类"北洋旧人"与逊清的联系并不比严格意义上的清遗民少太多；第二，由清入民的文人士大夫不论是否清遗民，就其拒仕日伪与民族感情来说，此刻几乎都是"沦陷区遗民"；① 第三，在沦陷区，这些旧日的文人士大夫当然有自己的故国意识或民族意识，但当个人早已归隐、无力左右大局的时候，就其生存状态来说，他们在很大程度上扮演着"沦陷区逸民"的角色，——当然不是真正的逸民，居现代都市之中，处日伪政权之下，充其量只是一种想象。此外，还有一类"北洋旧人"也会被关注到，那就是仕伪者。

这种界定是如此宽泛，只能援引"不以辞害意"为这个研究作掩护。但这里还想做一点严肃的辩护。遗民、逸民这样的说法，有比较稳定的内涵，如果在讨论议题时援引这类概念，会引起不必要的纠缠或分歧，那么是应当避开的。问题是，语言是历史、社会文化的丛聚，一种始终处于未完成状态的丛聚，它并非只为寻求确定性而生，实际上也办不到。如果某一类人较之另一类人有更强的历史意识，那么相关的语言、概念连同其意象、内涵在他们那里就会变得异常生动、亲切，历史与现实由此交融，也正因如此，不管他们有没有意识到，原初的内涵实际上已经被他们"扭曲"了。比如，《雅言》杂

---

① 陆游《秋夜将晓出篱门迎凉有感》诗有云："遗民泪尽胡尘里，南望王师又一年。"这里的"遗民"指的是富于故国意识的沦陷区生存主体。本书所谓"沦陷区遗民"即基于这一意义。

志创刊号的"叙例"有"草堂云鑿，与世相忘；吟社月泉，其人宛在"之语，前者指涉《凤林书院草堂诗余》，为元初无名氏编纂的一部南宋遗民词集，后者指涉南宋遗民建立的诗社——月泉吟社。按正常逻辑，这个"叙例"仿佛就是"沦陷区遗民"不与新政权合作的宣言，但正如下文会论述到的，这个杂志本身是日伪政权与政客"赞助"的，这种宣言就很不可思议。结合上文"性灵多陶冶之声，声气叶应求之雅"云云，可知"叙例"在这里想表达的近乎逸民思想。遗民、逸民虽然同样不参与政权，但二者有别，前者在消极行为中包含抗拒之意，后者则是无涉政治、不问政治，这正是日伪政权所需要的。这还可以有另一种解释。傅增湘长期在北洋政府任职，北洋政府垮台后，便不再入仕。因此，这里的"草堂云鑿，与世相忘；吟社月泉，其人宛在"实际是说自己早已是挂冠而去的一介平民，只是继续过一己的林下生活而已。这与前一个解释区别不大。因为对日本侵略者来说，沦陷区的日伪"政权重建"固然很重要，但社会意义上的"秩序重建"同样重要，《雅言》杂志就扮演了这样的角色。严格意义上的不合作，是拒绝参与创办《雅言》杂志。文人士大夫在杂志上或独唱，或群酬，一如承平时代，恰恰构成了伪"秩序重建"的一部分。在这个配合的过程中，他们不是全无底线，傅增湘友人赠诗"邻巷同生刘闳在，共君晚节励昭冥"里的"晚节"就是指绝不参与日伪政权。所以，参与创办《雅言》杂志，而又以"月泉吟社"自况，既是妥协，也是坚守。语言的张力其实就是人及其状态的张力。

第一节　沦陷区日伪政权的"秩序重建"

当时间来到 1940 年庚辰，汪伪国民政府的筹划和组建，开启了沦陷区伪"秩序重建"的新阶段。经过近半年时间的策划，1940 年 3 月 30 日，汪精卫在南京成立了伪中华民国国民政府，并就任代理政府主席。同在这一天，还发布了《临时政府解消宣言》：

> 临时政府组织成立之初，适值事变正剧之际，人心惶骇，无所统承，爰于扰攘之中，暂当维持之责，本意稍有轨道可循，即当退避贤路。两年以来，心力交瘁，事会乖牾，殊鲜补苴，每念民困之未苏，益感初衷之难副。兹幸国民政府改组还都，宣布两端，实现和平与实施宪政，均与临时政府素所揭橥并无二致，旨趣既属相同，统一可期奠定。用于二十九年三月三十日国民政府举行还都典礼之际，即行宣告解消。特此宣言，以告中外。[①]

在影响上，汪伪国民政府是南京沦陷初期即 1938 年 3 月 28 日梁鸿志等人组建的伪中华民国维新政府所不能比拟的。这里的所谓"临时政府"，即王克敏等于 1937 年 12 月 14 日在北平组建的伪中华民国临时政府。随着汪伪国民政府的成

---

① 《伪临时政府解消宣言》，中国第二历史档案馆编《中华民国史档案资料汇编》第 5 辑第 2 编《附录》（上），江苏古籍出版社 1997 年版，第 42 页。

立，伪临时政府被取消，其政务改由"华北政务委员会"继承。伪华北政务委员会在名义上隶属于南京的伪中央政府，但拥有高度的"自治权"，其人事任免乃至对外交涉，汪伪国民政府都无权过问。事实上，王克敏之所以"轻易"地同意了汪伪政权"新中央政府"在南京成立，就是基于"自治权"的保留。① 这显示"两京"沦陷区的微妙格局。

北方的伪临时政府旧由汤尔和、董康、王克敏、王揖唐、朱深、齐燮元、江朝宗、高凌霨等人出面组建，采用的是北洋政府时期的体制，设行政、议政、司法三个委员会，分掌行政、议政、司法三权，"总统"一职虚位以待，暂由伪行政委员会委员长（王克敏）代表伪临时政府行使职权。伪临时政府"国都"设在北平，"国旗"用五色旗，"国歌"用《卿云歌》，奉行"新民主义"。但伪临时政府取消以后，五色旗、《卿云歌》、"新民主义"一仍其旧，伪华北政务委员会及相关政府部门并未改用"青天白日满地红"旗、"三民主义"。这固然意在借重日人撑腰，向汪伪政权宣示他们的"自治权"，不过，这确实表征着伪临时政府沿袭了北洋旧人的某种情结。华北伪政权大体上由王克敏系统、王揖唐系统、殷同系统、汪时璟系统、王荫泰系统、齐燮元系统、吴佩孚派系、张璧系统、汤尔和系统的政要构成，验之履历，大多是北洋政客。②

这使北平的伪临时政府/伪华北政务委员会与南京的汪伪国民政府之间具有天然的张力和不可调和性，仿佛是北洋政府

---

① 参见张展《日本扶植汪伪政权研究》，江苏人民出版社 2022 年版，第 176～193 页。
② 参见张同乐《华北沦陷区日伪政权研究》，生活·读书·新知三联书店 2012 年版，第 185～204 页。

时期南、北格局的翻版。① 汪伪的李宣倜曾对人戏言：

> 王叔鲁（王克敏）是在读《前汉书》，吾们是在读
> 《后汉书》也。②

道出了两京格局的"同"与"异"。《前汉书》云云指伪华
北政务委员会成立在前，"继承"了北洋政权形态；《后汉
书》云云暗喻后出的汪伪政权，它至少在名义上"延续"或
"恢复"了国民党中央政府。这个比喻以戏谑的方式道出了
两个伪政权的先后次序与不同形态。而且，《后汉书》之譬
还藏着更微妙的东西。就是说，汪伪政权在某种意义上就像
东汉的"光武中兴"；下面我们会看到，龙榆生配合汪精卫
创办《同声月刊》杂志时最初拟的杂志名就叫《中兴鼓
吹》。如果我们回味东汉班固创作《两都赋》，是如何不动声
色地处理东都洛阳、西都长安二者的定位的，就更能体会此
中情味。然而，日人的野蛮入侵、掠夺、屠杀、扶植与控制
又给它增添了新的内容。这是李宣倜的《前汉书》《后汉
书》戏言所不能涵括的。

两种"旧文学"期刊《雅言》与《同声月刊》于 1940 年
分别在北平和南京创刊，并不是偶然。它们是日伪政权刻意营
造"秩序重建"景象的一部分。

---

① 南京、北京在中国近代政治中的对立、互动格局，参见王明德《南京
与北京：近代中国政治中心的互动空间》，中国社会科学出版社 2014
年版。

② 参见陈巨来《安持人物琐忆》，上海书画出版社 2019 年版，第 107 页。

第二节 "局外观棋事可哀": 故都与故老

《雅言》创刊于 1940 年 1～2 月,停刊于 1944 年夏季,是一个有着清晰的时代印迹的杂志。[①] 最初是月刊,因经济困难,[②] 中后期间或采取双月合刊,到最后一年即 1944 年又改为季刊,共刊出 39 期。据《雅言》创刊号亦即庚辰卷一的"叙例"来看,《雅言》的编辑由北平"余园诗社"负责。[③] 余园,旧名"漪园",本是清代大学士瑞麟府邸里的庭园,毁于英法联军之手,其残余部分经修葺以后,改称"余(馀)园"。1927 年,日本政府以庚子赔款作为基金推动"东方文化事业",并买下余园,作为北京人文科学研究所的事业部总委员会。作为总务委员署理、研究室主任,桥川时雄当然就是"余园"的关键人物。但《雅言》的刊行则由"雅言社"负责,"雅言社"之所在,即社长傅增湘的藏园。

《雅言》封面的"雅言"二字集汉《张迁碑》。版权页有云:

社址 北京市石老娘胡同七号(北京市南长街 41 号)

---

① 稻畑耕一郎对《雅言》做过初步研究,参见稻畑耕一郎《傅增湘与〈雅言〉——传统诗歌的继承事业》,陈致主编《中国诗歌传统及文本研究》,中华书局 2013 年版,第 494～529 页。

② 《雅言》甲申季刊卷一卷尾的启事有云:"敬启者:迩来纸价猛涨,工费骤增,而敝社收入甚微,挹注颇难。同人等筹维至再,为节约计,改为季刊,自甲申年起,每三月刊行一册。页数较前略多,内容亦求充实。值此物力艰窘之秋,敝社不得已之苦衷,凡爱护敝刊诸君子,诸希谅察焉。"南江涛选编《民国旧体诗词期刊三种》第 9 册,第 572 页。

③ 参见稻畑耕一郎《傅增湘与〈雅言〉——传统诗歌的继承事业》,陈致主编《中国诗歌传统及文本研究》。

发行所　　中华法令编印馆（北京隆福寺街）

发卖所　　中华法令编印馆

　　　　　文奎堂、修文堂（上海虹口朝阳里六号）

　　　　　帝国地方行政学会（东京市京桥区银座七
　　　　　之一号）

　　　　　帝国地方行政学会（新京市兴安大路一一
　　　　　六号）

　　　　　满洲行政学会（北京西河沿二一七号）

印刷者　　金华印刷局

石老娘胡同七号即藏园所在地。北平、上海、东京等地都设有
《雅言》的发售所。而更值得关注的是，《雅言》的版权页之
前还附有主办信息。除了社长傅增湘、编辑主任王嘉亨外，还
附有"大赞助"和"评议"的名录。创刊号上大赞助有王揖
唐、安藤纪三郎、梁鸿志三人，而评议则有赵椿年、林出慕
圣、冈田元三郎、桥川时雄、夏仁虎、瞿宣颖、溥儒、李元
晖、李家璟、白坚十人。从创刊号庚辰（1940）卷一到停刊
号甲申（1944）卷二，大赞助、评议两栏的人员陆续有所增
加。大赞助后来陆续增添了铃木美通、汪时璟、殷同、喻熙
杰、齐燮元、周作人、朱深、余晋龢、苏体仁、刘玉书、汪精
卫、陈公博、周佛海、王克敏、王谟等人，评议则陆续增添了
曹熙宇、黄燧、杨懿涑、李家璟、今关天彭、杨秀先、郭则
沄、傅岳棻、黄孝纾、张江裁等人。

　　《雅言》的"大赞助"，都是日本、伪华北政务委员会或
汪伪政权的政要，但就编辑、出版而言，《雅言》与过去各类
同人杂志较为接近，这从各期开设的诗录、词录、遗文、遗

诗、论学杂著等栏目可以看出。内容上也是如此，大都为士大
夫日常应酬题目。1942 年日本大使重光向阳在东交民巷宴请
"耆旧英隽"，当时与会者的谀诗见诸《雅言》。① 此外，绝少
类似作品，只有一个显著例外：王揖唐毫不遮掩地将自己吹捧
日本将军的肉麻诗公开发表于《雅言》。② 至于《雅言》"评
议"，如桥川时雄（1894～1982）、今关天彭（1884～1970）
等，几十年来与新、旧文人形成了庞大的社交网。桥川时雄曾
创办过有名的《文字同盟》，又曾以庚子赔款资助的北京人文
科学研究所为中心与清遗民等群体致力于《续修四库全书提
要》的编撰。今关天彭曾以三井公司资助的"今关研究室"
为中心从事中国古今艺文资料的搜集，撰述了《宋元明清儒
学年表》《近代支那之学艺》等专著。③ 这使《雅言》的政治
色彩被淡化。然而，这也正是"危险"之处，它无声无息地
成为"秩序重建"的一部分。

　　最初，《雅言》每卷（除创刊号外）都附有"本期作者题
名录"，通常是在卷尾，偶尔也出现在卷端。但从 1943 年癸未
卷七起，剩下的六期《雅言》不再附"作者题名录"。尽管没
有确切证据，却可以大胆推断，这与世界范围内反法西斯战争
的局势进展相关。随着欧洲战局的逆转和 1943 年 6 月日本在
太平洋中部岛屿的节节败退，中日战局的走向趋于明朗。社长

---

① 参见《东交雅集诗》，《雅言》癸未卷一，南江涛选编《民国旧体诗词期
　　刊三种》第 8 册，第 437～441 页。
② 王揖唐在《送喜多诚一将军归国》诗中甚至说"长髯吾敢希前哲（元太
　　祖常呼耶律楚材为吾图撒合里，蒙古语，长髯人也），华夏苍生望楚材"。
　　南江涛选编《民国旧体诗词期刊三种》第 5 册，第 329 页。
③ 参见张明杰《今关天彭与鲁迅关系考略》，《鲁迅研究月刊》2013 年第
　　8 期。

傅增湘对该杂志的编纂有相当的自主权，当"作者题名录"变得有些刺眼甚至可能带来难以预料的后果时，它也就不必存在了。杂志编纂者与供稿人也许并未把《雅言》看作受日本帝国主义操控或为日本帝国主义服务的刊物，但精神深处总还有些不安。《雅言》期刊后七期"作者题名录"的删去颇能说明问题。全部 39 期的题名作者，除日本人外，大部分都是所谓遗老遗少、北洋旧人或年轻的旧体文学爱好者，不少人在 20 世纪后半叶甚至 20 世纪末还很活跃，比如顾随、童书业、张伯驹、冒景璠、罗继祖、钱仲联、启功等。

《雅言》创刊号"叙例"云：

> 永歌言志，肇自虞书；缉颂制诗，昉乎公旦。岁历绵暧，条流遂纷，斧藻群言，厥惟萧选。古诗之赋，全取其名；众制之中，兼包各体。凡事出陈思，义归翰藻，皆与篇什杂而集之。后世总集，滥觞于此。间气英灵八种，选自唐贤；群公众方诸编，行于宋代。河间四库，嗤为标榜之先驱；邴上题襟，谓补前人之坠典。臧否虽殊，别裁则一。今之杂志，具体而微矣。乃者岁当龙尾，家握蛇珠。性灵多陶冶之声，声气叶应求之雅。草堂云鋈，与世相忘；吟社月泉，其人宛在。加以西昆南岳，并著倡酬；北地东溟，争图主客。元音所萃，正轨斯存。不有缥囊，何罗缃帙；爰成小牍，冀蔚巨观。甄采限于时流，搜讨及乎故事。遗编可录，类沅湘耆献之征；名下非虚，传湖海诗文之作。为疏短引，略纪大凡。①

---

① 《雅言》庚辰卷一，南江涛选编《民国旧体诗词期刊三种》第 5 册，第 231 页。

这段话当出自傅增湘的手笔。他是清翰林院庶吉士，入民国后曾在北洋政府任教育总长。最值得注意的是"草堂云壑，与世相忘；吟社月泉，其人宛在"这句话。本章的引言中已经论及。这里还可以再稍做补充。友人董康在赠傅增湘的诗中说："何须菊酒与延龄，笑傲樽前胜独醒。阅世相看双鬓白，校书依旧一灯青。名山济胜惟身健，斗室论诗见性灵。汐社主盟推宿望，高怀天表自鸿冥。"① 也是以"汐社主盟"推之，汐社同样是一个宋遗民诗社。对"月泉吟社""汐社"的理解，不能过于拘泥，应该注意其修辞维度。北平沦陷后，傅增湘参与创办《雅言》，不管是被拉拢的，还是被胁迫的，都是既成事实。《叙例》实际上表达了"去政治化"、置身于现实世界之外的倾向。邵章在赠傅增湘的诗中写道："鞠秋佳酿号延龄，且漉陶巾醉莫醒。河朔千城怜地赤，江南一发隐山青。开颜异本搜群玉，耀眼奇文迈九灵。烽火残年同饱历，鸿飞空自羡冥冥。"② 鸿飞冥冥，岂是尽人而能？他只能这样劝勉彼此："邻巷同生刘（润琴）闵（葆之）在，共君晚节励昭冥。"③ "晚节"一词究竟何指？邵章没有明说，但显然指向当下的时局，其底线是不参与日伪政权。他们两人年岁相同，交情极深，邵章《题傅沅叔前辈双鉴楼图》有云："昔闻元裕之，读书山下声琅琅；又闻顾阿瑛，玉山佳处留诗章。二子生

---

① 授经：《奉和沅叔同年》，《雅言》庚辰卷二，南江涛选编《民国旧体诗词期刊三种》第 5 册，第 321 页。
② 伯纲：《再和藏园前辈》，《雅言》庚辰卷二，南江涛选编《民国旧体诗词期刊三种》第 5 册，第 322 页。
③ 伯纲：《四和藏园前辈》，《雅言》庚辰卷二，南江涛选编《民国旧体诗词期刊三种》第 5 册，第 322 页。

遘金元末，身世感喟同苍茫……我与君同岁，又与君同官。髯鬓苍苍各已老，书林寻撦弥痴顽。旧京回首惊烽火，天禄琳琅万毡裹。南去轮蹄不复还，私家牛耳惟君可……"①做"逸民"是邵章与傅增湘的一贯选择。

"草堂云窆，与世相忘；吟社月泉，其人宛在"，看上去并不是一句空言。有时，他们出示自己珍藏或新绘的图卷（比如《思适斋游山图》），请同人题咏；有时，他们（比如夏仁虎）把《和陶诗》一组登诸杂志，意味显而易见；有时，他们整理已故清遗民的逸文或遗稿，一卷卷地登在杂志的"遗诗""遗文"栏内；有时，他们把逊清故老曾经的唱和集重新登出来；有时，他们把新近在郭则沄府邸完成的"蛰园诗课"结集，同样登出来。好几年——有据可查的1940年、1943年、1944年——的上巳，他们一如曩昔，登高望远，展禊祓尘，出入于庭院山水，欣赏秋海棠或"国花"之美。②通过这些行为，这些故老在沦陷区有意地建构自己的逸民形象。

1938年秋，傅增湘在其藏园举行了"蓬山话旧集"第五集。蓬山话旧是清进士的雅集，第一集举行于1931年秋，由傅增湘提议，陈宝琛出面召集，与会者42人。没有与会，后来补题名录的，又有15人。吴煦、袁励准两人各画《蓬山话旧图》；徐世昌、宋伯鲁闻讯之后，也各以诗画相寄。第二集举于1933年，地点仍在藏园，34人赴会，较上次少8人，增

---

① 邵章：《倬盦遗稿》，1954年油印本，第23a页。
② 1940年郭则沄发起极乐寺雅集，征同人题咏《国花堂补花图》，已有研究者论及，参见季剑青《重写旧京：民国北京书写中的历史与记忆》，生活·读书·新知三联书店2017年版，第125～133页。

加了爱新觉罗·寿耆、向迪琮、夏孙桐、商衍瀛、方履中、刘春霖等新成员。第三集举于1934年，地点在林开謩寓所，由林开謩主持，与会者30人，较之前两次，又增加2名新成员。第四集举于1936年，地点仍在藏园，与会者18人，包含己丑至甲辰八科进士。当时，因陈宝琛刚刚过世，群推文海为首，朱益藩亚之。第五集到会18人，论科目，杨钟羲最早，论年岁，则夏孙桐最大。主人傅增湘在《蓬山话旧图序》中写道：

> 丁丑岁中日启衅，万甲环城，构战连月，都人奔迸不遑，此会遂辍。今岁戊寅，战事稍息，近畿粗安，佥以盛会不常，世变方亟，拟修文讌，稍祓兵尘。爰以三月之望，仍循旧例，置酒藏园。是会也，科目以雪桥为冠，年齿以闰庵为尊，而高君松岑，适自南归，欣然戾止，仍符十八人之数。夫际此干戈俶扰之秋，加以者宿凋零之后，而盛流翕集，犹能数叶瀛洲，斯亦可谓难矣。溯辛未迄今，绵历八年，会凡五举。此八年之间，同社诸贤，相继颓丧，屈指已二十有三人……嗟夫！金瓯既破，棋局频更。凡衣冠文物之伦，经历劫穷尘之痛，莫不韬光铲迹，人海沉冥。数贞元之朝士，存者无多；慕汐社之遗民，流风可挹。辙鱼煦〔呴〕沫，穷鸟栖林，亦用以聊相慰藉而已。何意牢落频年，半为异物。叹逝者之不作，知来日之大难。迴念前游，顿成陈迹；感旧衔哀，情难自已。爰辑众图，都为一卷，粗述梗概，附为题名，俾异时撰玉堂旧事，或采遗闻，附诸春明梦余之后云尔。岁在戊寅七

月，傅增湘书于藏园。①

从 1912 年至今，"金瓯既破，棋局频更"是清遗民所处的历史情境。蓬山话旧集寄寓了这些"黄耇元臣"或"钟鼎世族"的怀旧之情，其间当然也融入了清王朝记忆。"数贞元之朝士，存者无多；慕汐社之遗民，流风可挹""辙鱼煦〔呴〕沫，穷鸟栖林，亦用以聊相慰藉而已"云云指向自己的遗民身份，至少也是逸民想象。他们以穿越的方式与过去相联结、混融、和合，短暂逃离现世，成为沦陷区大都会里的"逸民"。仿佛历史不是停留在过去，也不是被追忆的对象；他们的身躯、血脉与历史浑然一体，是历史的一部分。这样的集体仪式，使他们得以沉浸在时间之流里。

但是，"草堂云壑，与世相忘"事实上是办不到的。伪华北政务委员会成立后的第一个旧历元旦（1941 年春），杨寿枏回忆起了逊清的元旦朝贺故事："我亦凤池曾傿值，千官珂佩记朝正。"② 也记得过去元旦当天钦天监的上奏旧例。然而，按照诗词书写的老例，除夕或元旦通常也是诗人对一年生活进行总结、反省之时。杨寿枏无法绕过现实：

> 依旧风从巽地来（前朝元旦钦天监例奏风从巽地起），冰霜历尽盼春回。八方不断惟兵气，万古难消是劫灰。忧乐常怀经国计，安危终仗救时才。狂澜此日凭谁

---

① 藏园：《蓬山话旧图序》，《雅言》庚辰卷二，南江涛选编《民国旧体诗词期刊三种》第 5 册，第 419～420 页。

② 昧云：《辛巳新春书感和潘衍生》其一，《雅言》辛巳卷一，南江涛选编《民国旧体诗词期刊三种》第 6 册，第 458 页。

挽，局外观棋事可哀。①

现实是残酷的，"八方不断惟兵气，万古难消是劫灰"。既然是"局外观棋"，为何又"事可哀"？显而易见，"可哀"的是自己不能力挽狂澜。那么，"局外观棋"的真正意思不是说自己抽身在云端看戏，而是说自己无从介入、无力扭转。事实是，不管是从伦理还是从现实而言，他们已经置身这一劫难之中。1939年秋天津发生水灾，杨寿枏匆忙避地北平，"知交荡析，音问不通"：

> 楼台十里沸笙歌，此地销金别一窝。商有高资夸互市，吏无上策议防河。沙横断岸蚝房出，雨楼荒堤蚁穴多。劫运本由人事召，钱刀衮衮委洪波。②

持续而大量的降雨，导致海河地区洪水泛滥。"劫运本由人事召"一句无疑是在说，假使没有抗日战争，这次决堤便可以避免。事实上，二者之间还确有因果。1938年6月中国守军的花园口决堤行动导致了黄河水灾，③ 日军为了降低损害，也相继决堤放水，从而破坏了防汛抗洪设施。这是1939年天津水灾的一个重要前因。杨寿枏只能绝望地吟道："神州此日无

---

① 味云：《辛巳新春书感和潘衍生》其二，《雅言》辛巳卷一，南江涛选编《民国旧体诗词期刊三种》第6册，第459页。

② 味云：《己卯七月河堤溃决津门陆沉仆避地北京知交荡析音问不通》，《雅言》庚辰卷二，南江涛选编《民国旧体诗词期刊三种》第5册，第323页。

③ 参见黄美真、郝盛潮主编《中华民国史事件人物录》，上海人民出版社1987年版，第300～301页。

完土，我欲骑骦走大荒。"①

1931年九一八事变发生后北平由故都变为"边城"时，杨寿枏就写有七律组诗《秋草》以寄哀思，很快引起海内众多诗人的竞相唱和，这些诗人包括杨增荦、王揖唐、孙雄、陈宝琛、赵椿年、夏仁虎、郭则沄、宗威、赵元礼、江庸、王克敏、吴鼎昌、丁瑗、周学渊、汪曾武、曹经沅、陆增炜、钟广生、沈著、汪荣宝、夏仁溥、夏仁沂、王承垣、杨圻、刘昇、徐亮、李宣倜、黄式叙、林彦京、张伯驹、吴瑮、王树荣、顾祖彭、林葆恒、钱育仁、金式陶、张祉、菰隐、杨令茀、杨景昉等。他们的诗作被杨寿枏编为《秋草唱和集》二卷、《秋草唱和集续集》一卷，影响巨大。杨寿枏由此获得了"杨秋草"的美号。② 夏仁虎《秋草唱和集》序云："重以江湖浩荡，烽堠震惊，民叹其鱼，邻有突豕。陆浑山赤，挟海水以俱翻；震泽波黄，播禹原而为壑。国忧危于厝火，人命弱于轻尘。生也不辰，乃丁斯会。小雅怨悱之作，灵均忧愤之音，托微波以通词，哀高丘之无女。原为小草，远志何言；迫此穷秋，兴怀成咏。苓泉居士，倡为四篇，征录和章，裒然一集。"③ 点出了此次唱和背后的时事与危机。杨寿枏作为发起人，为"秋草"诗定了基调与主题。其中两首云：

---

① 昧云：《己卯七月河堤溃决津门陆沉仆避地北京知交荡析音问不通》，《雅言》庚辰卷二，南江涛选编《民国旧体诗词期刊三种》第5册，第323页。

② 杨景昉：《先君昧云公事略》，《近代无锡杨氏先人传记事略类稿》，北京市新闻出版局准印本1991年版，第25页。

③ 夏仁虎：《序》，杨寿枏编《秋草唱和集》卷首，民国云在山房刻本。

> 要路边城一夜霜，寒芜漠漠塞云黄。胭脂夺去山无色，苜蓿移来土尚香。猎骑撤围骄雉兔，穹庐笼野散牛羊。玉关一路伤心碧，谁向龙沙吊战场。

> 王孙何事滞天涯，欲问归期期总差。拔去菔心总不死，化为萍梗已无家。北征流涕金城柳，南部销魂玉树花。回首汉宫秋色冷，凄凉青冢吊琵琶。①

前一首慨叹东北国土的沦陷、赞美抗日将士的英勇善战，后一首需要略作笺释。"王孙"并非自指或泛指，乃指以溥仪为代表的清室。溥仪被驱逐出宫后，一直客居天津，九一八事变后，连清王朝的"龙兴之地"都沦陷了，所谓"王孙何事滞天涯""化为萍梗已无家"指此而言。"拔去菔心总不死"一句表面上是用《尔雅·释草》"卷施草，拔心不死"这个古典，实际上双关"今典"。清末上海报刊上曾刊载一个有名的字谜，谜面"拔心不死"，就是影射光绪帝载湉的"湉"字，②这里指代清室犹有溥仪维系。结句"回首汉宫秋色冷"的汉宫不论是解作北平的故宫，还是沈阳的旧宫，也都是指清王室而言。杨寿枏诗中的这些隐喻或暗语，很容易被捕捉到。孙雄、陈宝琛、郭则沄三位清遗民和诗有云：

> 胡笳冻处降严霜，染到榆林战血黄。横草飞行夸射虎，把茆面缚等牵羊。几人马革馨千载，万事莺花梦一

---

① 杨寿枏编《秋草唱和集》卷一，第1a~1b页。
② 这个"今典"，孙雄在其和诗第一首的自注中提到了。见杨寿枏编《秋草唱和集》卷一，第3a页。

场。帝子方沽千日醉，回旋舞袖试伊凉。（孙雄）

　　一从凉吹转蓬科，拾翠无由近御河。别后园林深积
籍，旧时池籞冷残荷。掘根险为饥鸿尽，刭荐能禁战马
过？头白王孙归得未，乱蚩如雨绕铜驼。（陈宝琛）

　　莺飞曾负五湖期，泗水亭荒又一时。衰景相催余塌
飒，芳情未尽强支持。黏天云乱征鸿没，刭地霜多病马
知。独上高丘忍回首，两京陵阙总离离。（郭则沄）①

孙雄"帝子方沽千日醉"就是设想东北被日本人侵占时溥仪
的悲痛，"回旋舞袖试伊凉"用汉代长沙定王刘发"臣国小地
狭，不足回旋"的典故，②指溥仪只能栖身在天津一角，无论
是东北还是北平都无由再临。陈宝琛诗中的"拾翠无由近御
河""头白王孙归得未"可能是自指，也可能指杨寿枬，"别
后园林深积籍，旧时池籞冷残荷"则兼指清王室，因为紧接
着的"掘根险为饥鸿尽"是说东北已经沦陷，北平成为"边
城"，"掘根"的"根"是就"龙兴之地"立论。郭则沄诗尾
联"独上高丘忍回首，两京陵阙总离离"的"两京"云云即
是盛京和北平，仍是清室视角。这时溥仪尚未在日本人扶持下
建立傀儡政权，《秋草唱和集》中的诗作不论是哀叹国土沦
丧，还是哀叹清室流离，悲愤的情感是一致的，不存在伪满建

---

① 分别见杨寿枬编《秋草唱和集》卷一，第 3a、3b、5a 页。
② 《汉书》卷五十三《景十三王传》："长沙定王发，母唐姬，故程姬侍
　者。……以其母微无宠，故王卑湿贫国。"应劭注曰："景帝后二年诸王
　来朝，有诏更前称寿歌舞。定王但张袖小举手，左右笑其拙。上怪问之，
　对曰：'臣国小地狭，不足回旋。'帝乃以武陵、零陵、桂阳益焉。"（第
　2426~2427 页）

立时的伦理困境。

及至1937年北平沦陷，杨寿枏悲愤中夹杂着消沉。这除了由于无力左右战局的挫败感，可能多少还由于帝国主义全球图景下现代文明与价值的混乱。杨寿枏在《短歌》中吟道：

> 十二万年弹指耳，后人方生昔人死。生者浩浩红尘中，死者冥冥黄壤里。女娲抟土散为人，运埴制胚忙不已。又况轩皇造甲兵，仓圣制文字。凿开混沌窍，决破鸿蒙秘。纷纷智力相攻取，忧患都从堕地始。兔走乌飞顷刻间，龙争虎斗寻常事。……百岁恒如少壮人，四时多是阳和气。不知水火与刀兵，熙熙常在华胥世。①

当一个人信奉"龙争虎斗寻常事"时，对是与非、正义与不义，就失去了分辨度。这些概念成了赘疣。杨寿枏未必真的认为正义是虚假或不存在的。然而，就"诗的真实"来说，它常常为诗人的精神世界提供某种安顿的便宜法门。近于自我欺骗，却十分有效。长此以往，强者与弱者，哪一个更值得同情，也会产生疑问。比如夏仁虎《露坐偶得八首》其三云："蜿蜎搏蚊虻，以物为之粮。颇怒彼不仁，毋乃恃豪强。蚊虻忽我集，吮啅为痏疮。强者与弱者，孰良孰不良。孰怒孰应谢，此际心彷徨。"② 之所以会"孰怒孰应谢，此际心彷徨"，就在于价值秩序的失范。很难对夏仁虎此诗做出精确的训释或

① 味云：《短歌》，《雅言》庚辰卷五，南江涛选编《民国旧体诗词期刊三种》第5册，第533页。
② 枝巢：《露坐偶得八首》，《雅言》庚辰卷五，南江涛选编《民国旧体诗词期刊三种》第5册，第525页。

解说，但它的确写出了世界文明及其秩序崩溃后的图景。思想深刻、高明的论者也许会说，世界文明及其秩序的崩溃内嵌于帝国主义或"现代性"逻辑之中。但就造成的结果及其对沦陷区文人士大夫精神世界的影响而言，采取何种解释并不重要。

不难理解，他们的诗常常充满绝望、消沉与幻灭。幻灭又常常导致虚无：是非只成为一种可笑的说辞，不再能充当行为或伦理的准绳。然而，虚无只是瞬间的冥悟，生命却是质实而连续的存在，它无法同世界暌隔。生命托诸肉体而成为人，从此无所逃于天地之间。即使肉体销殒，仍可能要受历史与伦理的"管束"。叶恭绰《秋夜感怀》说："漫向虚空求解脱，起看天地入沉冥。"① 天地的沉冥已然在望，"向虚空求解脱"只是徒劳。因此，所谓"局外观棋"就是一种语言巫术。虽然无力介入，却绝难置身事外。每年的除夕或元旦，他们都会想到眼下的时局：

> 当年岁景已成尘，孤对寒檠室不春。哀乐各殊谁与语，悲欢莫可自含辛。且拼薄醉忘佳夕，犹盼微熹启令晨。三十六旬弹指过，空余白发镜中新。（陈宗蕃）②
>
> 年年汉腊写春词，又报阳回斗柄时。虎啸龙吟开景运，笔歌墨舞触遐思。梅花不许羹调鼎，柏叶常令酒满卮。赖有一壶天赋与，个中滋味少人知。（俞寿沧）③

---

① 遐公：《秋夜感怀》，《雅言》庚辰卷八，南江涛选编《民国旧体诗词期刊三种》第6册，第156页。叶恭绰其时在上海。

② 莼衷：《己卯除夕》，《雅言》庚辰卷二，南江涛选编《民国旧体诗词期刊三种》第5册，第327页。

③ 巨溟：《庚辰元日口占二首》，《雅言》庚辰卷五，南江涛选编《民国旧体诗词期刊三种》第5册，第545页。

> 朔风连海作寒号，并入松声起怒涛。一片云流孤月去，九霄霜逼众星高。违天歌哭余心悄，随世枯荣不目逃。腐鼠相猜更何意，残灯相影独嚣嚣。（黄孝纾）①

虽然《雅言》的特殊背景决定了它不是一个可以纵情抒发亡国之痛的刊物，但诗人仍然可以经由书写一己的悲哀、颓唐与伤感来表征这种情绪。陈宗蕃"孤对寒檠室不春"、俞寿沧"个中滋味少人知"、黄孝纾"违天歌哭余心悄"等诗句，很难仅仅被理解为私人的心绪黯然。

意识到自身的所在，他们就不可能不形诸笔墨。俞寿沧《书感五首》写道："鼙鼓声催杼柚空，中原无处不沙虫。六朝金粉悲零落，万国车书欲会通。地坼尽成鸿雁泽，天骄犹逐马牛风。长年观弈心如捣，妙算因何著著穷。"②"长年观弈"是局外人语，但并不能改变这局棋也有他的份。"妙算因何著著穷"的叹息对象显然不是入侵者。俞寿沧还在癸未元旦这一天负气写道："一段闲情怜鹬蚌，十分冷眼笑鸡虫。"③这两句诗需要联系俞寿沧的生平。俞寿沧（1870～?），④浙江上虞人，光绪癸巳（1893）科举人，曾官至内阁侍读。清室逊政后，他似乎未再出仕，定居北京，生活凄苦。赖周学熙

---

① 翁庵：《岁云暮矣百端交集书此以俟知者》，《雅言》辛巳卷一，南江涛选编《民国旧体诗词期刊三种》第6册，第462页。

② 巨溟：《书感五首》，《雅言》庚辰卷十一，南江涛选编《民国旧体诗词期刊三种》第6册，第351页。

③ 巨溟：《癸未元旦试笔》其二，《雅言》癸未卷一，南江涛选编《民国旧体诗词期刊三种》第8册，第427页。

④ 关于俞寿沧生年的考订，参见朱则杰《清诗考证》，人民文学出版社2012年版，第78页。

"延主师古堂家塾月课，兼纂所刻丛书"，① 他才得以稍解困顿；周学熙是他的癸巳同年。1928 年北洋政权垮台后，他作有《金台竹枝词》四首。第一首云："龙文五色一齐灰，放出青天白日来。果使吾人见天日，生生世世祝台莱。"② 俞寿沧对五色旗（北洋政权）、青天白日旗（国民党政权）没有特别的倾向，都持怀疑态度。第二首"三民尤重在民生，满目凄凉古北平"，第三首"十七年来浑一梦，到头乞食学齐人"，都表达了他的幻灭感。"到头乞食学齐人"用《孟子》"齐人有一妻一妾"的典故，可能指已然失败的北洋政权，也可能指国民党政权；假如是后者，这个"齐人"就并非泛指西方国家，而是指苏联。他在第四首中写道："老夫世外一头陀，利锁名缰两不磨。只为忧天常痛哭，哭他鹬蚌尚争多。"③ "哭他鹬蚌尚争多"显然包括北洋军阀、国共两党在内，"一段闲情怜鹬蚌"也是如此。1936 年，俞寿沧编印《光绪癸巳科同年丙子齿录》一册，华世奎题耑。卷首有周学熙、俞寿沧两序，题词者除他们两人外，还有陈恩荣、郭家声、吕宫助、周学熙、高凌雯、齐耀琳，其中齐耀琳于 1920 年辞去江苏省省长职务后北来定居天津。他们都是癸巳科同年。此科旧有1788 名举人，光绪末在京为官者几乎年必一聚。清室逊政后其会不常，京津仅剩 20 多名同年，孙雄"创设萍社以维系之"。④ 今存俞寿沧编《癸巳同年嘤鸣集》一册，是他们的唱和集。1936 年俞寿沧编印同年齿录时，全国能联系到的仅剩

---

① 周学熙：《焦桐集序》，俞寿沧：《焦桐集》卷首，1935 年铅印本。
② 俞寿沧：《金台竹枝词》，《焦桐集》上卷，第 9b 页。
③ 俞寿沧：《金台竹枝词》，《焦桐集》上卷，第 9b 页。
④ 俞寿沧：《跋》，《光绪癸巳科同年丙子齿录》卷尾，1936 年铅印本。

58人。俞寿沧题词落款名下并列了两个字号:"巨溟"和"耻庵"。前者为俞寿沧通行别字,后者不常见。不论"耻庵"之号源于清室逊政,还是起于民国的某个时期(甚或北洋政权垮台时),都可以跟他在沦陷区的"长年观弈心如捣"之句相参看。他在癸未元旦这一天还写道:"会见龙蛇沦大海,讵容狐兔踞公田。"① 语气是斩截的。

与俞寿沧一样,程淯也在诗中用了"狐兔"这个意象:"不堪三径已蓬蒿,狐兔纵横鬼气豪。"② "狐兔"在中国古代特别是宋代的诗文里,多用来隐喻少数民族政权,是浑然天成的双关语。程淯(约1867~1940)是江苏常州人,光绪末年曾受山西巡抚恩寿之命,东游日本考察工艺、医学。东游时,一个普通日本商人对他说,"中日同种同文,深愿交通一致,冀异日两国为唇齿之协助焉",给他留下深刻印象,他断言"以一商人而具此邦交辞令,皆学校之力也"。③ 他不满日本人嘲弄中国,也颇存警惕,但深具服善之心,对日本人取得的成就由衷认可。回国前夕,他在神户岸口的船上,与一名日本学生畅谈。这名日本学生告诉他中国人口繁多,一旦用心于商业,输入20世纪的文明,"不日雄飞世界,拭目可待"。④ 他回答说:"此事敝邦尚难希望。教育不能普及,人民无学识以任事,一也。在上者未知奖劝之道,提倡补助无法,二也。敝

---

① 巨溟:《癸未元旦试笔》,《雅言》癸未卷一,南江涛选编《民国旧体诗词期刊三种》第8册,第427页。
② 伯葭:《蒿园雨中感事》,《雅言》庚辰卷五,南江涛选编《民国旧体诗词期刊三种》第5册,第546页。
③ 程淯:《丙午日本游记》,岳麓书社2016年版,第27页。
④ 程淯:《丙午日本游记》,第166页。

邦地大，中央政府几乎不能统属，官吏能言而不能实行，形势散漫，三也。现今为议论时代，而非改革时代。举办一事，知者一二，不知者七八。年老顽固之徒，且从而尼之，以至各事无效果之可言，四也。一般学生，年轻气浮，无办事资格，五也。亦尝有游欧美及贵邦回国之良学生矣，而大吏未必能用。用矣，而不能令其展布，事多掣肘，六也。二十世纪竞争时代，敝邦已不能国于地球之上。如入赛马场然，瞠乎在后。如登舞台然，徒旁观袖手而已。有心者无力，有力者无心。殊可叹也。雄飞之期，不知何日。"① 早在清末，他就对中国自身存在的问题乃至"现代化"的后发劣势有着清醒认知。易代后，旅居上海，与樊增祥、郑孝胥等故老相往来。虽然因为东游日本的关系，程淯与很多日本文人保持着良好的私交，但面对国土沦陷，他写道：

> 处处蛙声怒不平，池塘青草梦魂惊。山残水剩今何世？漏尽钟鸣夜向行。众醉了如天梦梦，独醒不觉意忾忾。炎黄六尺孤谁托？愁绝中宵对月明。②

"炎黄六尺孤谁托"式的疑问显示这位由清人民的文人士大夫毕竟心有所属。"局外观棋"是一种修辞或想象，"事可哀"是千真万确、无可逃遁的。

1944 年，时局动荡不安。徐沅《有感》写道：

---

① 程淯：《丙午日本游记》，第 166 页。
② 伯葭：《蒿园对月》，《雅言》庚辰卷五，南江涛选编《民国旧体诗词期刊三种》第 5 册，第 546 页。

眼中时事极纷纶，多少烦愁入浅春。[①]

可能他的烦愁来自下一联自注中提到的：这一年北平有人因卖“人肉馒头”而被卫生局查获。但是，从“眼中时事极纷纶”来看，他的“烦愁”别有所指。徐沅（1880～?）是江苏吴县人，光绪二十九年经济特科进士。入民国后，曾短暂出任津海关监督、肃政厅肃政使两职。他并非清遗民，精神上却并不如此分明。他曾极力称赞魏戫在辛亥鼎革后，“生事”艰难之际，毅然为遗老刘福姚经营丧葬，“且周全其后裔甚勤挚”；[②]又称赞另一遗老林葆恒“忠爱之旨……举似楼宇高寒”。[③]他晚年还曾继法式善、钱维福而起，撰著《清秘述闻再续》，记述光绪朝后期的科举掌故。《清秘述闻再续》小序云：“依梧门司成旧例分类续辑，本朝一百十二科王司爵里与夫鼎魁春秋诸元，约略大备，世有考科举掌故者，庶有取于兹编。”[④]这里的“本朝”二字很耐人寻味。也许他跟很多“半路守节者”一样，虽然做过北洋政府的官，却在卸任后拾起了遗臣身份。京津沦陷后，他与逊清故老颇有唱和。1944年春天，欧洲战局日趋明朗，但是中国战场呢？如果国际反法西斯同盟抽身到亚洲战场，日本人是否会殊死一搏，大肆屠城？北平又是否会成为决战场之一？日本侵略者被赶走后，北平将会面临什么命

① 姜盦：《有感》，《雅言》甲申卷二，南江涛选编《民国旧体诗词期刊三种》第9册，第511页。

② 徐沅：《寄榆词序》，冯乾编校《清词序跋汇编》，凤凰出版社2013年版，第2115页。

③ 徐沅：《瀼溪渔唱序》，冯乾编校《清词序跋汇编》，第2140页。

④ 徐沅、祁颂威：《清秘述闻再续》卷一，法式善等：《清秘述闻三种》下册，中华书局1982年版，第957页。

运？由谁接管？走向何处？又将怎样处理沦陷区日伪政权的遗留问题？"不可知性"再次笼罩在沦陷区。

时间回到 1940 年，正是"不可知性"塑造了沦陷区民众的日常生活，也促成了形形色色人物的登台表演。当"不可知性"与伪"秩序重建"相遇，怀着本能，委身相许，成为最天然的姻亲或催化剂。《雅言》应运而生。《雅言》是这样一个刊物：尽管大赞助栏下有一连串日伪政要的姓名，但在编纂、运作上，它甚似同人刊物。这是《雅言》之微妙处。正因如此，它讽刺性地使沦陷区旧文人成了伪"秩序重建"和"东亚共荣"版图的一部分，甚至如此和谐。但这并不意味着人心深处"张力"的消失。

第三节　"有限的政治姿态"：夏孙桐末年一瞥

要探讨沦陷区清遗民精神的内在"张力"，夏孙桐（1857～1942）是特别值得关注的一位。他在《雅言》《同声月刊》发表了不少作品，有助于研究的展开，这是一个便利。重要的是，作为清遗民，他一方面直接处于伪华北政务委员会的统治之下，另一方面又与伪满小朝廷、汪伪政权人物及日本人有互动，有意识地开启对近代史的"默省"。以历史的后见之明与夏孙桐的知识结构来看，其"默省"并无大过人处，但"默省"意识的存在，使他更深切地感受到自己的"位置"及其"张力"。这是我们感兴趣的。

夏孙桐官至杭州知府，但 1938 年他对自己的定位是"也署先朝旧史官";① 还在翰林院编修任上时,他就与修国史会典。清室逊政后,夏孙桐参与编纂《清史稿》以及徐世昌主编的《大清畿辅先哲传》《晚晴簃诗汇》《清儒学案》,还参与了《续修四库全书总目提要》的撰写。② 像他这样同时参与了五种著述编撰的人寥寥无几,显示了他在传统目录学、史学上的造诣与名声。他在诸老间颇有资望,曾为缪荃孙、叶昌炽、陈曾寿、冯开、郭则沄、关赓麟、赵椿年、张仲炘、汪曾武、黄公渚等人的编著题尚。③ 1938 年秋,傅增湘在藏园举行"蓬山话旧"第五集时,他是最年长的一位。他目睹了中法战争以来的所有军国大事,尽管从未置身于事件的中心;最接近的一次要数庚子事变,1900 年秋冬,他奔赴西安"行在",然而也远离了事变的中心北京。他之作为清遗民或清遗臣,处在类似的行列。他从未出任,也未谋求过民国政府的官职(清史馆另当别论),这使他与成多禄、郭则沄、许宝蘅、缪荃孙或孙雄那样的"遗民"不同,经得起道德考验。可是,除了礼节、名分,他又从未与溥仪小朝廷发生过实质性的政治关联,从丁巳复辟到伪满建立,他都是局外人,这有别于刘廷琛、周馥、罗振玉、郑孝胥或胡嗣瑗那样的遗民。就创造性或个性而言,夏孙桐可谓淡乎寡味,在近代学术史、思想史、政治史领域都谈不上影响;可查的唯一一篇以他的名字为题的学位论文,是研究他的诗词的,就中更偏重于他的词作与词学,

---

① 夏孙桐:《自题花之寺看海棠图》,《观所尚斋诗存》卷二,第 25b 页。
② "医家类"尤为引人注目,参见苏星菲、杨东方《夏孙桐与〈续修四库全书总目提要·医家类〉》,《北京中医药大学学报》2018 年第 4 期。
③ 参见夏武康、夏志兰整理《闰庵公遗墨辑录》,2004 年自印本,第 17~38 页。

反映了他真正的影响所在。①

但是，历史是细腻的，看似淡乎寡味的夏孙桐也从未隐身而自外于历史，只是需要我们费一些捕捉的功夫。1939 年，夏孙桐《观所尚斋文存》印行，卷末附《自述》一篇，记及清室逊政之局：

> 武昌肇乱，遂致改革之变，避地上海者两年。有采旧望、招之出仕者谢之，而无买山归隐之资，不得已客游乞食，赝聘佐修清史。②

"武昌肇乱"自是清遗臣口吻，"遂致改革之变"却与他惯用的"国变"二字有别。他为余诚格（1856～1926）、缪荃孙、朱祖谋、奭良、陈名侃（1848～1929）、刘南（1830～1912）诸人撰述的墓志铭或传记依次有云：

> 公于国变后，隐居上海，凡十余年，自号愧庵，以见志事。
>
> 国变后，文献凋零，咸惧国粹湮没，购书、刻书之风转盛。吴兴刘翰怡、张石铭两君并裒集丛书，咸向就正。
>
> 辛亥国变后，不问世事，往来湖淞之间，以遗老终矣。
>
> 遭国变后去官。
>
> 国变后，公深自韬隐，历十余年而后殂逝。

---

① 参见方慧勤《夏孙桐诗词研究》，硕士学位论文，苏州大学，2016。

② 夏孙桐：《自述》，《观所尚斋文存》卷末，1939 年铅印本，第 1b 页。

宣统三年，遭国变，忧愤致疾，次年正月初三日卒。①

凡言及清室逊政，无一例外，皆用"国变"二字。我们当然可以设想，自述不比述人，不便抬高自己，故用"国变"二字来衬托个人的遭际、反应与"气节"。但这种"降调"更可能出于别的原因。这些墓志铭或传记都写于伪满建立以前，而他的这篇《自述》又作于日本全面侵华以后。这会不会影响到"叙事"的修辞选择？我们可以带着这个疑问，进入夏孙桐的晚年世界。

九一八事变后不久，夏孙桐《吉林成澹堪龙沙感事诗遗墨乃易箦前所作其子属题》其一写道："兴山黑水旧岩疆，翻近他人卧榻旁。谁解绸缪思未雨，伊川一叹早神伤。"② 标题中提到的成多禄，病卒于1928年11月20日，当时张作霖被炸死，"易帜"尚未落定。成多禄"易箦"前的龙沙感事诗遗墨肯定与此相关。夏孙桐题咏首句中，"兴山"是兴安岭，"黑水"是黑龙江，次句中"他人"指日本侵略者，其为借题发挥，咏眼前的九一八事变无疑。同题第二首有句云：

雀螂鹬蚌催危局，怅望筹边何处楼。③

---

① 引文分别见夏孙桐《书望江余寿平中丞事》，《观所尚斋文存》卷四，第4b页；《缪艺风先生行状》，《观所尚斋文存》卷四，第7b页；《清故光禄大夫前礼部右侍郎归安朱公行状》，《观所尚斋文存》卷四，第16a页；《史馆满洲三君传·奭良》，《观所尚斋文存》卷四，第25a页；《前副都御使陈公墓志铭》，《观所尚斋文存》卷五，第1a页；《原任绵州直隶州知州刘公墓志铭》，《观所尚斋文存》卷五，第4a页。

② 夏孙桐：《观所尚斋诗存》卷二，第20a页。

③ 夏孙桐：《吉林成澹堪龙沙感事诗遗墨乃易箦前所作其子属题》，《观所尚斋诗存》卷二，第20a页。

"雀螳鹬蚌"指民国以来各军阀派系，当然还包括新生的国、共力量。1937 年日本发动全面侵华战争以后，他反复致叹，尤其是在面对国土日益沦丧之时。北平沦陷后，他作有《世事一首》，有句云：

> 唐镇纷争原祸始，秦庭孤注未盟寒。①

1938 年，东南各省沦陷后，他又作有《扬州慢》一阕，慨叹"忍看看，金粉东南，都作芜城"，1941 年发表在龙榆生主编的《同声月刊》上，有句云：

> 燎原祸始，更何须，身到才惊。②

他又于庚辰元旦即 1940 年 2 月 8 日这一天，作了一阕《满庭芳》，下半阕有云：

> 迁延。天漫问，崖珠又失，皋佩空捐。几壮怀销，猿臂残年。长此纷纷蚌鹬，劫灰畔，默省因缘。春婆梦，看人醉醒，凄语诉蛮笺。③

引人注目的仍是"长此纷纷蚌鹬，劫灰畔，默省因缘"几句。

---

① 夏孙桐：《观所尚斋诗存》卷二，第 24b 页。
② 夏孙桐：《扬州慢》，《同声月刊》第 1 卷第 3 期，1941 年，第 97 页。
③ 夏孙桐：《满庭芳·元日书怀，和仲策》，夏志兰、夏武康：《悔龛词笺注》，内蒙古大学出版社 2001 年版，第 200 页。标题里的"仲策"是梁启勋。

无论是"雀螂鹬蚌""纷纷蚌鹬",还是"唐镇",都是夏孙桐对及身而见的"当代史"的一种看法,所谓"劫灰畔,默省因缘"。这与前引俞寿沧北洋政权垮台时"哭他鹬蚌尚争多"、北平沦陷时"一段闲情怜鹬蚌"之咏并无二致。他们描述了民国史的一个表面现象,还不太谈得上解释,或者说只给了一个表面化的解释——"祸始"是民国以来的内部"纷争"。

1937年底,夏孙桐的《南楼令·宫怨》则提供了更为冷峻的观察。此词共四首,第一首写道:"白露冷瑶阶,停琴别有怀。旧荣华,逝水难回。自古蛾眉同见妒,邢与尹,一般哀。云雨梦荒台。谁怜宋玉才。关新妆,争宠频来。学得楚腰人尽瘦,犹自惜,镜鸾开。"原稿有自注:

> 前半阕言分党相争,同归于尽也。后半阕言人尽趋时好,犹楚王好细腰,宫人多饿死也。[1]

不难看出,"宫怨"词是寄托之作。自注"分党相争,同归于尽"对应上半阕的"邢与尹,一般哀",仍不出"鹬蚌"之喻。自注又说"后半阕言人尽趋时好,犹楚王好细腰,宫人多饿死也",则分明含着一种解释。"时好"指涉"新"的"进步"学说、主义、观念是无疑的。1926年底,另一清遗民郭曾炘论道:"自帝制推翻,而旧学说无所用,共和立国未几,国会一再散,总统一再逐,元首一席,近已无从产生。新学说又无所用之,此时只有人人自由行动而已。余谓人人自由

---

[1] 夏孙桐:《南楼令·宫怨三首》,夏志兰、夏武康:《悔龛词笺注》,第186页。

行动，此大乱所以终不已也。军阀也，官僚也，政客也，商会也，工党也，流派也，土匪也，虽团体大小不同，而各有其势力，各有其派系，极言之，无非耗斁生灵而已。"① 夏孙桐看法当与之相近。不过，有两点区别：第一，1926 年北洋政权还没垮台，国、共力量不似抗战时那样显著，郭曾炘看到的主要还是"国会一再散，总统一再逐"；第二，郭曾炘以"新学说又无所用之""人人自由行动"来解释民国的失败，过于简单，又缺少地缘、世界视野，不及"时好"二字有引而未发之势。"时好"是"现代性"之产物，上与公理相契，下得大众欢心，容易占据制高点。不同"时好"之间总是存在紧张，就现实而言，彼此的争夺倚赖实力、策略、情势、时机等因素，但就理路而言，"时好"具有自证性。除了最后的实际赢家，在历史进程中，"时好"并不能真正依其所是落地，来加以检验，因而"自证"便成了唯一的权威。从思想史或哲学角度看，"现代性"其实就是一种自我确证，由它而来的"时好"当然亦是如此。戊戌政变以还，激进成为中国近代史的主旋律，其原因即在于此，至少是其中之一。当然，如果旨在回答中国何以遭受日本侵略之辱，或"民国"何以失败，那么"时好"或"激进主义"这样的解释就远不够细致、完足。直到今天，它仍是军事史、党史、宪制史、经济史、工业史、思想史、世界史、比较史诸专业学者所致力回答的问题。历史进程中的个体，至多能提供微观体验与观察。夏孙桐的"默省"是一例。

夏孙桐《南楼令·宫怨》共计四首。上文所引为第一首，

---

① 《郭曾炘日记》，第 9 页。

也是唯一有自注的一首。作为组词，不可能只有一首有寄托，其他三首为闲笔。我们进一步钩深索隐，便可明白，其他三首并非没有寄托，只是不便注出。先看第四首：

> 携手下庭阶，宫娥劝别怀。祝平安，鸾驭遄回。建业文房多秘宝，休付与，劫灰哀。
>
> 何处避风台。艰难保障才。漏沉沉，漆室忧来。虎踞龙蟠形胜在，闻喜宴，可重开？①

从内容看，这首写国民政府 1937 年底迁都重庆，南京沦陷。"祝平安，鸾驭遄回""虎踞龙蟠形胜在，闻喜宴，可重开"是期待国民党早日驱逐侵略者，还都南京。但是，夏孙桐生前手定的《悔龛词续》却独独删去了这一首。这是为何？1926年，夏孙桐《悔龛词》由朱祖谋刻行，编入《沧海遗音集》丛书。夏孙桐殁于 1942 年初，《悔龛词续》的编定自在此前。《悔龛词续》交付龙榆生后，龙氏拟编入《沧海遗音集续编》。龙榆生是朱祖谋的词学传人，又与夏孙桐有很深的交谊，如此安排，甚合情理。说起来，龙榆生在南京主编《同声月刊》时，曾请夏孙桐题字，杂志从 1940 年创刊号到 1942 年第 2 卷第 6 期都用夏孙桐题字。夏孙桐辞世后，才改用叶恭绰题字。抗战胜利时，《悔龛词续》已刻版，有红印本问世，龙榆生手自批校。② 但龙榆生很快因仕伪被捕，此版遂毁。1962 年，同

---

① 夏孙桐：《南楼令·宫怨第四首，叠前韵》，夏志兰、夏武康：《悔龛词笺注》，第 259 页。据词意，点校时，"可重开"后当用"？"。
② 龙榆生手校红印本，旧藏黄永年教授处。黄永年教授 2007 年亡故，不知该书是否还在。

为翰林出身、时任全国人大常委会副委员长的陈叔通特加关照，才得以铅印行世；陈叔通、叶恭绰两人还都为此本署了耑。① 显然，当时龙榆生供职南京汪伪政权，而此词奉国民党政权为"朔"，如果不删，交付龙榆生编校，不啻指桑骂槐。

龙榆生还没仕伪时，夏孙桐与他有过时局方面的交流。北平沦陷之初，龙榆生颇为挂念，驰函问讯。夏孙桐在回信中说了大概情况，还议及陈三立之死，云：

> 散原作古，以达观言之，脱离尘世苦恼，未始非福。如蒙之老而不死，反当美之。危城情景与庚子大不同，秋词竟无继作者。②

1937 年 9 月 14 日陈三立卒于北平寓所，夏孙桐作有挽联一副："牛耳骚坛，瓣香争奉江西社；鹃声故国，丹旐凄悬蓟北秋。"③ 上联讲陈三立在诗坛的地位，下联讲北平的沦陷。夏孙桐在信中说陈三立"脱离尘世苦恼，未始非福"，自己还略有几分羡慕，就是因为"危城情景与庚子大不同"。1900 ~ 1901 年的庚子事变中，北京也是"危城"，日后在文学史上留名的《庚子秋词》便作于此时。王鹏运等人当日的词稿，夏孙桐恰好藏有汇抄一册。但此时情势不同，"秋词竟无继作者"。庚子事变时，八国联军攻入、驻扎都门，虽然很少有人会不受战乱波及，但八国联军剑锋主要指向清廷，清廷自身也

---

① 参见《〈悔龛词〉及其作者简介》，夏志兰、夏武康：《悔龛词笺注》，前言第 2 ~ 3 页。
② 夏武康、夏志兰整理《闰庵公遗墨辑录》，第 203 页。
③ 夏武康、夏志兰整理《闰庵公遗墨辑录》，第 183 页。

负有不可推卸的责任。日本侵华则不同，是赤裸裸的法西斯主义，意在侵占中国的全部领土。1937 年 7 月底的"北平地方治安维持会"和 1937 年 12 月 14 日的伪中华民国临时政府，都是傀儡机构，具监管性质，北平城中的肃杀气息与政治压力，不同于庚子年。《南楼令·宫怨》第二首便是写此局势：

> 花柳拂香阶，临春忆胜怀。怅西风，团扇秋回。阅尽兴亡多少事，胭井冷，几人哀。
> 近水有楼台。题红更妙才。御沟深，一叶传来。信道宫中多秘密，鹦鹉畔，口休开。[1]

"怅西风，团扇秋回"里的"团扇"是宫怨题材的本地风光，这里主要带出"秋"字，庚子、丁丑之秋，都在指涉范围之内。"胭井冷，几人哀"虽有典故，却是以庚子事变中的珍妃之死指代当下的"丁丑事变"。"题红更妙才"指北洋旧人献媚取容，不论是"北平地方治安维持会"、伪临时政府的和平宣言，还是王揖唐之流的肉麻文章，都深符此喻，"妙才"二字寓有讽刺意味。最后，"鹦鹉畔，口休开"，指在北平沦陷区内感受到的政治压力。明乎此，便可知夏孙桐手定《悔龛词续》，收录《南楼令·秋怨》三首，却仅注出第一首"本事"的两点用意：第一个原因是"分党相争，同归于尽"是可以明说的，并无违碍；第二个考虑是注出第一首的本事，就可以留下线索，提醒读者注意整组词的时事寄托。

---

[1] 夏孙桐：《南楼令·宫怨三首》，夏志兰、夏武康：《悔龛词笺注》，第 186 页。

　　人是社会性的存在，总是要直面现实生活。夏孙桐也不例外，清室逊政后他的主要经济来源就是笔耕。他不但要与充当汉奸的北洋旧人周旋，还要直接与日本人周旋，例如桥川时雄、土屋竹雨。1927 年 12 月，北京人文科学研究所通过《人文科学研究所暂行细则》，议定以庚子赔款作为修纂《续修四库全书提要》的经费。① 与王式通、江瀚、吴廷燮、柯劭忞、孙雄、杨钟羲、罗振玉等人一样，夏孙桐也参与此项工程，任分纂。桥川时雄是核心人物之一，他与《续修四库全书提要》撰稿人的通信，还班班可考。② 全面抗战爆发，这项事业未即中辍。如前所述，夏孙桐发表了不少作品的《雅言》杂志由"余园诗社"负责，所谓余园即是桥川时雄的北平寓所，也是《续修四库全书提要》编纂者的不时交流之所。1945 年日本战败，桥川时雄离京时写有《余园落叶赋》二十首（仅存四首），1962 年桥川时雄听说台湾已经印成《续修四库全书提要》，还特地写了《余园旧忆四首》寄给王云五，"以志谢忱"。③ 从这些事实来看，夏孙桐生活在一个多重关系交织的现实世界里。

　　1939 年秋，土屋竹雨访问中国，来到北平，桥川时雄、王揖唐先后举办了两场欢迎宴。桥川时雄设宴于会贤堂，傅增湘、夏孙桐、郭则沄、夏仁虎、黄孝纾诸人与宴。土屋竹雨

---

① 参见罗琳《〈续修四库全书总目提要〉编纂史纪要》，《图书情报工作》1994 年第 1 期；王亮《〈续修四库全书总目提要〉研究》，博士学位论文，复旦大学，2004。

② 参见萨仁高娃《有关〈续修四库全书总目提要〉的通信》，《文献》2006 年第 3 期。

③ 今村与志雄編『橋川時雄の詩文と追憶』汲古書院、2006、134 頁。

（1887～1958），名久泰，字子健，号竹雨，出身文化世家，有《猗庐诗稿》行世。他年轻时就读东京帝国大学法科大学政治学科，1928 年在东京麴町创立艺文社，主编汉诗文月刊《东华》。列名《东华》杂志的中国"名誉员"（社宾）包括溥儒、溥偲、王揖唐、汪荣宝，"顾问"包括陈宝琛、升允、郑孝胥、吴闿生、齐白石、袁励准、曹经沅、杨啸谷、程淯、王一亭、黄宾虹、罗振玉等人。① 在会贤堂的欢迎宴上，他们有诗词唱和，相关作品以《燕京唱和集》为总题发表在《东华》杂志第 138 期（1940 年 1 月）。土屋诗云："万里泛楂来自东，会贤堂上会诸公。湖山秋比苏杭地，冠带人追魏晋风。世乱殊知文可贵，节佳转愧句难工。醉余犹有挥弦意，目送数行天际鸿。"可以说是寻常文字，除第三联"世乱"二字聊作点缀外，诗中无日本胜利者姿态。夏孙桐和诗云：

> 藉甚诗名沧海东，且欣倾盖得逢公。尊前主客联今雨，世外襟期慕古风。醉倚斜阳秋未晚，句赓白雪和难工。凤城烟景犹如昨，天畔冥冥听塞鸿。②

也是名副其实的应酬文字，相当浮泛，辞不甚炼，情不甚深，

---

① 参见稻畑耕一郎《傅增湘诗篇遗留日本考——兼论〈东华〉与〈雅言〉之关联》，林宗正、张伯伟主编《从传统到现代的中国诗学》，上海古籍出版社 2017 年版，第 281～301 页。
② 转引自稻畑耕一郎《傅增湘诗篇遗留日本考——兼论〈东华〉与〈雅言〉之关联》，林宗正、张伯伟主编《从传统到现代的中国诗学》。按，这首诗《闿庵公遗墨辑录》漏辑。

事不甚明。夏孙桐晚年很多诗作都发表于《雅言》，《雅言》上却无此首。傅增湘犹然。作为《雅言》的实际负责人，傅增湘有约稿、统稿的压力，其个人诗作往往既发表于东京的《东华》杂志，又发表于北平的《雅言》杂志。应酬土屋竹雨的那首诗，却只见于前者，不见于后者。无论夏孙桐还是傅增湘，很可能都是有意为之——本就是礼节性的场面语，又何必在国内刊物上发表？我们可以视之为一种有限的政治姿态。当然，前面已提到，《雅言》杂志本身就是日伪政权笼罩下的产物。1943 年日本大使重光向阳在东交民巷宴请北平耆旧时，傅增湘不但与宴，还将唱和集《东郊雅集诗》登在了《雅言》杂志上。傅增湘的诗很醒目，题为《闻大使西山过耶律文忠墓》，诗云：“奕奕衣冠照碧波，感人遗德阅年多。楚才晋用今犹古，笑问苍生可奈何。”落款署：“重光大使新自金陵移节燕京，得瞻丰彩，喜而有作，录呈吟正。”① 傅增湘守节不坚，显而易见。虽然如此，我们可以再做一些并不离谱的推测：可能迫于某种压力，这组《东郊雅集诗》不得不在《雅言》上登出，对比一介文人土屋竹雨受到的待遇，这种行为模式很好地诠释了“欺软怕硬”四个字；或者，字面上，傅增湘并未直接阿谀重光向阳，而是就耶律楚材写起，以疑问句“笑问苍生可奈何”收尾，启发重光向阳多行“善事”。无论做何推测，我们旨在说明，所谓“有限的政治姿态”，离不开它与世俗生活之间的平衡。对它既不宜有过高标准，也不宜有过高评价，应注意人之为人是如何“无所逃于天地之间”的，

---

① 《雅言》癸未卷一，南江涛选编《民国旧体诗词期刊三种》第 8 册，第 438 页。

无论他是想进一步还是退一步。

当我们注意到这种姿态后，夏孙桐如何看伪满，就会是一个问题，特别是1937年以后。我们回到《南楼令·宫怨》的第三首：

> 无语对空阶，长门寂寞怀。暗猜详，绿转黄回。试问倾城何结果，娃馆去，马嵬哀。
>
> 桃李尽舆台，群芳未易才。顾昭阳，鸦影还来。留得凋残金粉气，生面改，待谁开。①

这首也没有自注，但可以断定，是咏溥仪伪满的。这里可以举出三个互相协调的阐释："暗猜详，绿转黄回"跟早先伪满的建立相关，前文指出郭曾炘《落叶诗》"转绿年光亦刹那"指短暂的丁巳复辟，② 同一意象自然也可以关联到伪满；"马嵬哀"指唐玄宗身不由己，与溥仪伪满的处境正同；"留得凋残金粉气，生面改，待谁开"中的"凋残金粉气"最宜注意，溥仪虽然是清王室、旧天子，但从故宫到天津，再从天津到长春，一迁再迁，徒存血脉，象征意义也变得微弱起来，尤其是溥仪在长春建立的不是"大清"，而是"（伪）满洲国"，一个日本人扶持的傀儡政权，不具合法性，用"留得凋残金粉气"来形容再合适不过。据此，"群芳未易才"就应当指围绕

---

① 夏孙桐：《南楼令·宫怨三首》，夏志兰、夏武康：《悔龛词笺注》，第186页。

② 参见本书第二章第二节。另外，郭曾炘这首诗见于孙雄编印的《落叶集》，夏孙桐同题之作也收录在此集。作为作者之一，夏孙桐手中至少藏有一册《落叶集》，他无疑读过郭曾炘的诗作。

在伪满溥仪身边的旧臣；而"生面改，待谁开"则可以视为一位逊清老臣的担忧。

1941 年夏，夏孙桐得到伪满溥仪赏赐的匾额。溥仪为什么要赐匾？因为夏孙桐是光绪八年（1882）壬午科举人，1942 年又是一个壬午年，按照旧例，可以重赴鹿鸣宴。夏孙桐感激之余，写了两首诗，题名为《来岁壬午为六十年重逢乡举之期蒙行朝颁赐匾额纪恩感遇敬赋二律》，其一云：

> 宸章褒宠主恩宣，拜赐遗臣一泫然。新政久闻停蕊榜，殊荣无异预萍筵。过江卿愧庸才厕，告朔羊犹旧制沿。在野自甘名士黦，殷殷说项赖群贤。（事由旧交许季湘、宝瑞臣、袁洁珊、胡琴初诸公及门人陈仁先合词上闻）①

据自注，伪满溥仪赐夏孙桐匾额，是由许宝蘅、宝熙、袁金铠、胡嗣瑗、陈曾寿奏请的。称陈曾寿为门人，是因陈曾寿为光绪二十九年（1903）癸卯科进士，夏孙桐充此科会试同考官。夏孙桐纪恩诗写成后，傅增湘、邢端、袁毓麟、傅岳棻、胡嗣瑗、夏仁虎、诸以仁、朱师辙、张一麐、陈汉第、陈敬第、金兆蕃、关赓麟、王季烈、仵墉、朱彭寿、尚秉和、杨鼎元、梁启勋、章锡奎等人有和作，最后结集为《闰枝先生乡举重逢纪恩唱和集》，登在《雅言》杂志上。② 从"宸章褒宠主恩宣，拜赐遗臣一泫然"一句来看，夏孙桐笃守君臣之礼。

---

① 《雅言》辛巳卷七，南江涛选编《民国旧体诗词期刊三种》第 7 册，第 297～298 页。

② 参见南江涛选编《民国旧体诗词期刊三种》第 7 册，第 298～299 页；南江涛选编《民国旧体诗词期刊三种》第 8 册，第 499～508 页。

不过，结尾"在野自甘名士翳，殷殷说项赖群贤"恐怕并不仅仅是交代始末、感谢友朋这么简单。一方面表示谦卑，另一方面主要强调了自己的山野名士身份，匾额是他人奏请。标题中"蒙行朝颁赐匾额"的"行朝"即行在，谓流亡或行旅中的天子政权，只能是承清王朝而言。就伪满洲国而言，"行朝"二字实属不通。可见，夏孙桐的"纪恩"，立足于清王朝遗臣身份。如此多不动声色的修辞处理，包含了对伪满的否定，至少是一种悬置。它反映出的心态或认知，完全可以与《南楼令·宫怨》里的"留得凋残金粉气"互相发明。

夏孙桐内心的这种认知还可以与他的其余诗作对读。1938年，夏孙桐作为蓬莱话旧第五集最年长的一位，在诗中写道：

> 玉堂旧梦原天上，汐社新盟又酒边。落落晨星余几辈，沧田遑问义熙年。①

结句"沧田遑问义熙年"是说，面对当下时局，清遗民身份已是过去时；但并不是说这一身份真的不复存在，而是说在国土不断沦丧的当下，基于国家内部政权更迭的这些身份，没有意义，也并不重要。置身北平沦陷区，真正能感受到的是中国人身份。这也许可以解决我们前面的疑问。夏孙桐"劫灰畔，默省因缘"，明明不满意中华民国，把它的失败归因于"分党相争，同归于尽"或时人的"尽趋时好"，却在1939年的《自述》中调整了关于清、民易代的经典叙事，将过去惯用的

---

① 夏孙桐：《为傅沅叔题蓬山话旧图二首》其一，《观所尚斋诗存》卷二，第25a~25b页。

"国变"二字，变而为"武昌肇乱，遂致改革之变"。

第四节　汪伪政权与"螺壳道场"

北平沦陷区是一回事，南京沦陷区又是一回事。同样创刊于 1940 年的《同声月刊》，与《雅言》将日、伪"大赞助"名单摆在面上不同，它不急于亮出政治势力或政治背景，尽管事实上《雅言》的政治色彩更淡薄些。汪伪政权是日本侵略者扶持的傀儡政权，但号称是"中央政府"还都，它有时就要营造自立乃至自主之假象，否则这个政权就没有"合法性"。这会曲折表现于杂志自身。

《同声月刊》是月刊，每年发行一卷，每卷 12 期。创刊于 1940 年 12 月 12 日，是为第 1 卷第 1 期，1945 年第 4 卷第 3 期为终刊，前后共 39 期。创刊号的《同声月刊缘起》出自龙榆生之手："《同声月刊》，曷为而作也？《易》曰：'同声相应，同气相求。'凡在人伦，孰能无声气之感？相感以情而归于真美善，此吾国先圣所以立乐之方，昌诗之旨也。"① 接下来，他列述了五条创立《同声月刊》的原因，大都仍是传统文论的遗绪，为诗词之学张目。最值得注意的是第二条："晚近以来，欧风东渐，中日朝野，震于物质文明，竞事奔趋，骎忘厥本。驯致互相轻侮，同种自残，祸结兵连，于今莫解……今欲尽泯猜嫌，永为兄弟，以奠东亚和平之伟业，似非借助于声情之交感，不足以消夙怨而弘令图。"② 龙榆生所鼓吹的"东

---

① 《同声月刊缘起》，《同声月刊》第 1 卷第 1 期，1940 年，第 1 页。

② 《同声月刊缘起》，《同声月刊》第 1 卷第 1 期，1940 年，第 2 页。

亚和平",暴露了《同声月刊》是汪伪"秩序重建"的一部分。

追溯起来，1940 年 7 月，即汪伪国民政府成立后的第四个月，汪精卫就与龙榆生筹划创办刊物。8 月，汪精卫、龙榆生先后两次函讨。龙榆生提出以"中兴鼓吹"作为刊名，被汪精卫否定。汪精卫不主张将刊物办成过于显摆的自我鼓吹的宣传刊物，建议"大处着眼，小处着手""'中兴鼓吹'四字似太弘大""初期不嫌其狭隘，但求其稳固"，[1] 还特地强调注重辞章本身。刊物最终定名为"同声月刊"，既降了调，又校了准（以文学性为重）。解读《同声月刊》的编辑、发行，这个信息很重要。形式上，《同声月刊》与《雅言》几乎如出一辙，主要由遗著、论学文字、诗词录、酬唱集等栏目构成。龙榆生是朱祖谋的嫡传弟子，与清代故老多有交通。以《同声月刊》的"今词林"栏目而言，供稿 4 期以上的作者，除龙榆生、汪精卫、胡先骕、陈方恪等人外，还有夏敬观、陈曾寿、夏孙桐、张尔田等"遗老"（见表 4 - 1）。"今词林"栏目的作者姓名也常互见于《雅言》杂志，像李宣倜、郭则沄、陈曾寿、黄孝纾、溥儒、汪曾武、赵尊岳、俞陛云等。作者也并不总在南京、上海一带，也有处在伪华北政务委员会管辖之下的。尽管南、北的日伪政权间存在张力，但这并不影响诗词作品在两地刊物上的流通。借着这个格局，有些不宜在《雅言》里说的话，甚至可能在《同声月刊》里微微吐露。

表 4 - 1 《同声月刊》"今词林"栏目作者统计

10 期以上	龙沐勋 [13] 廖恩焘 [11] 俞陛云 [11] 张尔田 [10]

---

① 汪精卫:《双照楼遗札》,《同声月刊》第 4 卷第 3 期,1945 年,第 46 页。

续表

4期以上	陈方恪 [8]	陈曾寿 [7]	夏敬观 [7]	汪精卫 [7]
	李宣倜 [6]	郭则沄 [6]	溥 儒 [5]	黄孝纾 [5]
	夏孙桐 [5]	向迪琮 [5]	汪曾武 [5]	黄孝平 [4]
	任援道 [4]	赵尊岳 [4]	陈 洵 [4]	
3期以下	吴 庠 [3]	钱仲联 [3]	吕传元 [3]	刘祖霞 [3]
	夏纬明 [2]	吕碧城 [2]	蔡晋镛 [2]	寿 森 [2]
	章石承 [2]	俞平伯 [2]	林葆恒 [2]	杨秀先 [2]
	何 嘉 [2]	茄 庵 [2]	伯 亚 [2]	英 三 [2]
	夏仁虎 [1]	袁毓麐 [1]	沛 霖 [1]	朱庸斋 [1]
	董 康 [1]	梁启勋 [1]	何 嘉 [1]	杨寿枏 [1]
	林贞黻 [1]	王蕴章 [1]	陈能群 [1]	汪彦斌 [1]
	梁鸿志 [1]	胡子敬 [1]	罗 庄 [1]	丁 宁 [1]
	郑德涵 [1]	张伊珍 [1]	丁庆余 [1]	黄璧如 [1]
	许廷芬 [1]	叶恭绰 [1]	仇 㟲 [1]	陈允文 [1]
	王伯沆 [1]	张伯驹 [1]	黄孝绰 [1]	杨无恙 [1]
	李宣龚 [1]	吕贞白 [1]	巽 堪 [1]	帅 南 [1]
	李 洣 [1]	夏承焘 [1]	戣 素 [1]	固 叟 [1]
	章士钊 [1]	高吹万 [1]	顾 随 [1]	鲍亚白 [1]
	骏 丞 [1]	鈢 郢 [1]	包鸾巢 [1]	若 水 [1]
	细野燕台 [1]			

注：人名后 [ ] 里的数字表示供稿期数。

　　龙榆生最初拟将刊物命名为"中兴鼓吹"，这是他对汪伪政权的定位。这是龙榆生无知、肉麻的展现。[①] 但作为研究的背景，应当稍做引申、考辨。汪伪政权初定，龙榆生游玩南京时，写了一首《水调歌头》赠刘定一，结尾云"勉佐中兴主，欢乐未渠央"，[②] 是一种附和或暗合的声音。刘定一就是龙榆

---

① 顺便提一句，1953年龙榆生《癸巳中秋风雨有怀钱默存锺书教授北京》诗也有句"漫郎合赞中兴业，伫听云山韶濩音"（张晖编《龙榆生全集》第9卷《诗词集》，上海古籍出版社2015年版，第189页）。他设想钱锺书参与鼓吹中兴的伟业，很好地展现了自家心眼与脾性。

② 龙榆生：《水调歌头·赠刘定一将军》，《同声月刊》第1卷第1期，1940年，第121页。

生《干部自传》里提到的汪伪警务旅旅长刘夷;[①] 讽刺的是,
他没有"勉佐中兴主"的命,汪精卫对他印象很坏,早早准
了他的辞职之请。林葆恒(1872～1950)这位"入民国不仕"
的清侍郎在南京同友人为苏东坡作生日时,[②] 也作有《中兴乐·
东坡生日》,略云:"十年津社集冠裳,华灯记奠琼浆。鹤飞一
曲,曾谱伊凉。(戊辰天津词社,曾以此命题,限瑞鹤仙调)。"[③]
考林葆恒把当下的宴饮之乐与十年前在天津同样给东坡过生日
的宴饮之乐相联系,选取《中兴乐》作为词牌可能并非随意
之举,特别是考虑到李宣倜、龙榆生等汪伪政权政要都参与了
这次雅集。李宣倜《辛巳元日》云:"当关久不报侵晨,剥啄
今朝尔许频。世患犹存行夏历,津迷谁问避秦身。褐裘侧帽羞
延客,冷蕊疏枝恐笑人。为告仆夫脂毂去,湖天欲雪静垂
纶。"[④]"世患犹存行夏历"云云亦应作如是解,指"中兴"
的汪伪政权提供的所谓"庇护"。前引李宣倜戏言"王叔鲁
(王克敏)是在读《前汉书》,吾们是在读《后汉书》也",正
是这种心态的流露。其实,1940年身在北平的袁毓麐也有
"回转阳春宏愿了,中兴合纪是元年"之句。[⑤] 不论"前汉"
还是"后汉",所谓"中兴"或合法性都是不存在的。时人曾

---

① 参见张晖《龙榆生先生年谱》(增订本),上海古籍出版社 2020 年版,
第 134～135 页。

② 张璋:《词综补遗前言》,林葆恒编《词综补遗》,上海古籍出版社 2005
年版,前言第 1 页。

③ 《同声月刊》第 1 卷第 5 期,1941 年,第 149 页。

④ 太疏:《辛巳元日》,《雅言》辛巳卷一,南江涛选编《民国旧体诗词期
刊三种》第 6 册,第 461 页。

⑤ 《国花堂补花图卷题咏集》,《雅言》庚辰卷六,南江涛选编《民国旧体
诗词期刊三种》第 6 册,第 63 页。

有这样的观察：

> 过去王克敏的"临时政府"和梁鸿志的"维新政府"，都是奸字号老前辈，沦陷区人民统称之曰"前汉"。汪精卫的伪府自然是"后汉"。许多奸丑们口头上常常承认自己是"后汉"而觍然不以为耻。[①]

沦陷区人民所谓的"前汉""后汉"，可能就是从李宣倜的戏言演绎而来。北洋政客王克敏、梁鸿志的"前汉"是日伪政权，汪伪的"后汉"在架构、组织上虽与前者不同，但其性质同样是日伪政权。但"奸丑们"为什么恬不知耻地承认自己是"后汉"？这有深刻的心理学机制，是一种自我安慰、自我壮胆。正因汪伪政权并无合法性，而又腆然以合法政府自居，除宣传机器外，它还要以异常残暴的手段作为回应或辅助。陶菊隐云：

> 自"后汉"代"前汉"为日本人的傀儡以来，人人切齿痛恨，因为前者远不敌后者为恶之甚，后者有七十六号（伪特务机关）是杀人如麻的魔窟，人人谈虎色变。[②]

其残暴可见一斑。魏斐德、余子道等人的研究有力地揭示了汪伪政权下警察、特务机构的组织及其实施的暗杀活动。[③] 龙榆

---

① 陶菊隐：《天亮前的孤岛》，中华书局 1947 年版，第 1 页。
② 陶菊隐：《天亮前的孤岛》，第 1 页。
③ 参见《魏斐德上海三部曲：1937～1941》，芮传明译，岳麓书社 2021 年版，第 127～147 页；余子道、曹振威、石源华、张云《汪伪政权全史》，上海书店出版社 2020 年版，第 634～666 页。

生、李宣倜的说辞，本就源自他们的"汉奸"身份，前者任汪伪立法院立法委员等职，后者任汪伪印铸局局长、陆军部政务次长等职。他们的这种定位不代表沦陷区的集体意志，却是阅读有些诗文时需要留意的语境。相反，沦陷区文人包括清遗民会以各种方式、各种修辞来确认自己的身份。

我们先从远在北平沦陷区的俞陛云说起。俞陛云是俞樾之孙，光绪二十四年殿试一甲探花。辛亥武昌起义爆发后，他挈家南渡。几年后，定居北京，任清史馆协修。居京期间，他也曾前往晋谒溥仪。据说，1932年溥仪派人持书召他赴伪满洲国佐政，他撕信遣使，毅然拒绝；这倒无悖于俞陛云的立身，遗憾的是，笔者多方查阅，这个叙事都出现在近三十年的论著里，较为权威的原始文献尚未见到。1944年春天，俞陛云"重宴鹿鸣"之际，溥仪赐予匾额；① 假如俞陛云当年确有"撕信遣使"之举，溥仪这个行为虽然容或发生，事理上终究不很圆融。② 俞陛云是如何回应这次赐匾的，还无从考察。可以肯定的是，1937年北平沦陷后，他卜居京郊，书画自娱，不仕日伪。1941~1943年，他在《同声月刊》发表了60余首词。俞陛云旧刻《乐静词》《乐静词二编》有不同版本，以1936年刻本最晚也最全。③ 新发表的词都不见于旧刻本，其中《满江红·青岛》④ 一阕显然是1937年春全家游玩青岛时所作。⑤ 因

---

① 参见《许宝蘅日记》，中华书局2010年版，第1392页。

② 也许当年溥仪确曾招邀，而俞陛云只是婉拒。

③ 参见王凯《俞陛云词及词学研究》，硕士学位论文，河北大学，2019，第43~49页。

④ 《同声月刊》第3卷第6期，1943年。

⑤ 参见王凯《俞陛云词及词学研究》，第141页。

此，有充分理由认为这 60 余首词大都甚至全部作于 1936 年
《乐静词二编》刻行以后。主编龙榆生坦言俞陛云是《同声月
刊》"相助最力者"之一。① 俞陛云此前并不认识龙榆生，他
供稿是因夏孙桐的推荐。为此，龙榆生 1943 年前往北平时特
地拜访了俞陛云。俞陛云赠以自己的词集《乐静词》，俞平伯
则寄调《减字浣溪沙》题咏《彊村授砚图》（俞樾女弟子蒋慧
所绘），此图是龙榆生在俞府老君堂获赠的。② 多年后，龙榆
生还追忆起"相与谈词极契"的情景。③

　　辛亥革命发生的最初几年，俞陛云词作虽涉时局，但甚少
遗民情味。比如《满江红·南归道中》是最为缠绵者之一，
其情辞也不过是：

> 匹骑冲寒，把激荡，孤怀谁诉。莽千里、霜低土屋，
> 风严戍鼓。坏壁金丝东鲁宅，荒原戈戟南徐府。数兴亡，
> 起灭几雄豪，成今古。沙路尽，辞淮浦。人语杂，兼吴
> 楚。看马头晴翠，隔江烟树。夜静潮声沉铁锁，云开山色
> 环金柱。吊英灵，杯酒洒中流，鱼龙舞。④

"数兴亡，起灭几雄豪，成今古"甚至是一种站在局外的超
脱语。又比如他挈眷南下时所作的《木兰花慢·乱后渡江感
赋》云：

---

① 龙榆生：《北游琐记》，《同声月刊》第 3 卷第 7 期，1943 年。
② 参见张晖《龙榆生先生年谱》（增订本），第 122 页。
③ 《乐静词跋》，张晖编《龙榆生全集》第 9 卷，第 152 页。
④ 俞陛云：《乐静词》，1936 年刻本，第 15a～15b 页。

莽秋怀无际，又孤艇，石头城。看风猎牙旌，霜沉朔
吹，萧飒堪惊。鸥群。乱翻雪羽，掠寒涛，欢舞逐船行。
故国周遭山色，新塘日夜潮声。残兵。剑底抚余生。往事
感东征。念磊落勋名，循环劫烧，天意难凭。惊魂。畏闻
鼙鼓，任千畴，衰草罢春耕。极目荒荒波路，一九海月
孤明。①

"念磊落勋名，循环劫烧，天意难凭"也是一样，他把朝代的
兴亡及其引起的个人沉浮看成历史常态。这是所有清遗民都懂
的道理，然而，情感上他们对清亡之速甚有执念，往往哀怨至
极，难以排遣，尤其是民初那几年。俞陛云则从无撕心裂肺之
痛。受聘清史馆，拜谒过溥仪，显示这位光宣文人与清王朝的
纽带，但受聘清史馆而毫无伦理负担，拜谒过溥仪而远离小朝
廷、不留痕迹，他个人的位置感显然与那些著名的清遗民不
同。时人或今天的研究者提起清遗老，从不会想到俞陛云，哪
怕其女婿许宝蘅、郭则沄晚年都是坚定的清遗臣（他们出任
过北洋政权官职）。

而半个中国沦陷后，俞陛云的"遗民体验"反而以前所
未有的姿态呈现出来。《摸鱼儿·故宫》云：

数前朝，江山几姓，兴亡千载何速。只余万瓦琉璃
殿，结束帝王残局。人寂寞，任门掩金环，风雨花开落。
沉沉哀乐。想玉玺晨传，漆车夜出，都付梦华录。

重举目，换了嬉春绣毂，黍离谁问社屋。上阳宫女低

---

① 俞陛云：《乐静词》，第11b页。

鼍诉，亲见棋枰翻覆。珠泪掬，叹老大无归，冷溅湘娥竹。芒鞋踯躅，傍烟柳龙池，一枝折取，犹作旧时绿。①

这种情辞在很多清遗民那里是常态，在俞陛云这里却是头一遭。如果说俞陛云的政治身份在民国时期特别是 1932 年伪满成立后一直处于灰色地带的话，那么北平沦陷后其实变得清晰无比，他真真切切地变成了"遗民"，一个被遗落在沦陷区的中国老人。"上阳宫女低鼍诉，亲见棋枰翻覆""叹老大无归"，说的正是俞陛云自己。当一个人意识到自己处在"老大无归"的境地的时候，② 也正是他需要重新界定自己身份的时候。"芒鞋踯躅，傍烟柳龙池，一枝折取，犹作旧时绿"，犹是此人此志："芒鞋"是杜甫间关赴阙的那只"芒鞋"，但又不全是。这一特殊的历史情境刺激或生成了他的遗民体验，比辛亥革命后真切得多。

与俞陛云一样，张尔田同样困居北平沦陷区。他把目光投向南京。"南京"的一山一水、一巷一桥，是有关兴亡的"历史证词"。其《临江仙》云：

一自中原鼙鼓后，繁华转眼都收。石城艇子为谁留。乌衣寻废巷，白鹭认空洲。

---

① 俞陛云：《摸鱼儿·故宫》，《同声月刊》第 2 卷第 3 期，1942 年，第 120 页。

② 俞陛云"老大无归"这个表达，有可能是化用了明遗民钱谦益《后秋兴》中的"嫦娥老大无归处，独倚银轮哭桂花"。为了验证这一猜测，笔者检索了中国基本古籍库。"老大无归"一词只出现了两次，一次出现在乔士洞的《思居堂集》卷七《老妓》，还有一次就是钱谦益《投笔集》中的这首《后秋兴》第十三叠。后者无疑出名得多，前者几乎无人知晓。

> 万事惊心悲故国，青山落日潮头。此身行逐水东流。
> 除非春梦里，重见旧皇州。①

六朝古都南京一面是繁华，一面是伤感。正像蒯光典早在光绪
年间所作《友人召集莫愁湖之曾公阁即席赋》一诗中说的：
"珊珊花月愁中见，寸寸山河画里量。雄武风流两惆怅，更兼
感旧泪千行。"②"雄武"（曾国藩）与"风流"（莫愁）的融
合，却总是引向"惆怅"。作为国都，南京被日本人屠戮、侵
占之后，再一次承载了相似的怀古美学。居住在沪、宁一带的
词人观感尤切。黄孝平《八声甘州·暮登鸡鸣寺远眺》：

> 渺斜阳一角古台城，倚阑看神州。对平湖千顷，环堤
> 弱柳，摇曳清秋。隐约丛荷深处，三两采菱舟。呜咽南朝
> 水，依旧东流。记得年时俊赏，正菊黄载酒，吟啸高楼。
> 奈钟声换世，笼壁旧题留。共阅黎沧桑细话，问大千浩劫
> 几时休。颓垣外，乱蛩絮语，泪眼难收。③

王蕴章《满江红·覆舟山石壁奇丽，知者颇尠……山石开采殆
尽，犹斧斤丁丁，旦旦作牛山之伐也，伤今吊古，不能无词》：

> 长揖山灵，补不尽，女娲天漏。叹如此，六朝形胜，

---

① 张尔田：《临江仙》，《同声月刊》第 1 卷第 1 期，1940 年，第 113 ~
  114 页。
② 蒯光典：《友人召集莫愁湖之曾公阁即席赋》，《金粟斋遗集》卷七，1929
  年刊本。
③ 黄孝平：《八声甘州·暮登鸡鸣寺远眺》，《同声月刊》第 1 卷第 1 期，
  1940 年，第 119 页。

我来何后。五士竟同灵运凿，一九难遣秦人守。问夜深，谁把鳌藏舟，负之走。猿鹤怨，西山友；麋鹿笑，东海叟。剩新亭余泪，也曾干否。龙脾遥连苍兕渡，鸡笼近接青鸾岫。漫登高，狂啸喝湖波，潜蛟吼。①

不管黄孝平、王蕴章如何努力地把声调引向豪壮，南京这一题材和情境注定了它要与伤感为伍，为泪水浸渍："颓垣外，乱蛩絮语，泪眼难收""剩新亭余泪，也曾干否"。再如朱庸斋《秋波媚》："前朝人事惊重省，梦里旧笙歌。小楼昨夜，依然无恙，金粉山河。"② 依然是语带悲凉。

1941 年，张尔田在《同声月刊》上发表《木兰花慢》：

遍昆池灰劫，曲江上，几声吞。问着甚来由，龙拿虎掷，如此乾坤。黄昏但闻鬼哭，掩衡门，胡骑满城尘。未要秋风华发，等闲沧海吾身。沾巾。今古一酸辛，往事恨难论。算更谁怜取，封中蜗土，地上虮臣。蚩尤五兵枉铸，浪滔滔，直欲尽生民。俯仰空悲去客，兴亡休怨陈人。③

"掩衡门，胡骑满城尘"这样的表达不容易出现在《雅言》杂志里，后者的尺度充其量是"狐兔"那样的隐语。但是，这改变不了"封中蜗土，地上虮臣"的屈辱感。张尔田此词反

---

① 王蕴章：《满江红》，《同声月刊》第 1 卷第 4 期，1940 年，第 114 页。
② 朱庸斋：《秋波媚》，《同声月刊》第 1 卷第 2 期，1941 年，第 129 页。
③ 张尔田：《木兰花慢》，《同声月刊》第 1 卷第 3 期，1941 年，第 100 页。

映的是个体生命的无力感,它适用于沦陷区内的所有人。但此词最突出的地方在于它道出了作为末代士人的无力感:"俯仰空悲去客,兴亡休怨陈人。"前文曾论及沈曾植诗歌中的"陈人"意象,指出这是清遗民感受到自己与时代的脱节,或者说,感受到自己被时代所抛弃。只不过张尔田"兴亡休怨陈人"透露出的是更为决绝的负气感与无力感。假如翻译为通俗的语言,可以表达为:面对如此的国家兴亡,你们可别怨我们这些"落伍赋闲的老东西"(要怨就怨你们自己)。它暗含的对新人及新的意识形态的指责,可以与夏孙桐"劫灰畔,默省因缘"互相发明。

"兴亡休怨陈人"是负气语,含着清遗民的怨气与无力感。这种无力感并不是此时此地才引发的,而是由来已久。民国肇建后,"新""进步""文明""科学""公理"等现代话语巩固了它的统治。按照很多清遗民的理解,如果这是无可置疑的"美丽新世界",为什么社会、国家却一团糟,或者更糟了?为什么还有帝国主义的存在?张尔田未尝不洞然于世界大势:"我民族蕃衍于此大陆,所谓长治久安者,岂不以此也哉!虽然,此善良之制度,苟无外域之激荡以为驱,则教养生息,虽谓至今存可也,吾人又孰得而议之?而无如天演之公例,固不许其如此也。"[1] 也未尝不痛惜于"挽近以降,孔子之尊,压于专制,释菜学宫,阳奉以至圣先师之美名,实阴黜其教主之实权"。[2] 但他相信传统的制度、文化有其卓然不朽

---

[1] 《政教终始篇》,段晓华、蒋涛整理《张尔田集辑校》,黄山书社2018年版,第21页。

[2] 《与陈焕章》,梁颖等整理《张尔田书札》,上海人民出版社2021年版,第10页。

的地方，因此不会屈服于一时之"势"："宇内三大文化，曰远西，曰印度，曰震旦。三者物极将反，至今日几几有不能左右世界之势。未必彼之为是而我之为非，为功为罪，自有末日最后之裁判，固非我辈今日所可妄下断语者也。"① 他相信自己的辩护，出于民族情感，更出于良知、理性，无关乎中、西。这实际是有意反驳了章太炎曾批评的那种现象："夫怀势利之心，以观文化，固无往而不抵牾。"② 章太炎意在批评日本人借国势之雄，嘲笑中国的"儒书"、印度的"佛教"。其实，当时以至 20 世纪末的中国思想界主流何尝不躬自蹈之？国家缺少竞争力就是儒家文化种的祸根，有了钱时，就开始探讨儒家文化与经济发展或资本主义的关系（比如"亚洲四小龙"崛起时）。这种思想界的"势利"，是一望而知的。无论如何，20 世纪的中国被革命诗学所裹挟，张尔田为此承受了极大痛苦。日本全面侵华以后，他痛苦的内容与程度同时增加，"兴亡休怨陈人"也就包含了太多的意味。追溯到 1930年代，张尔田写了《海尘一首》：

> 劫灰到处海尘扬，无主河山空夕阳。眼底洛州皆刺史，传闻神武已天皇。玉衣举后唐陵网，金匮烧残鲁殿荒。帝谓潜移民德改，长星终古吐光芒。③

这首词指涉的内容较多，"劫灰到处海尘扬，无主河山空夕阳"

---

① 《与人论学术书》，段晓华、蒋涛整理《张尔田集辑校》，第 75 页。
② 《印度人之观日本》，《章太炎全集》（八），上海人民出版社 2018 年版，第 382 页。
③ 《海尘一首》，段晓华、蒋涛整理《张尔田集辑校》，第 238 页。

可能包含了国共之间的角逐、中日之间的冲突，"眼底洛州皆刺史"指各地豪强专权一方，"传闻神武已天皇"指溥仪在日本人的扶持下建立傀儡政权，"金匮烧残鲁殿荒"具体何指尚不得而知，但指向传统文化之被摧残大概是不错的。不论哪一件事都非张尔田这样的"陈人"所能左右。1937 年抗日战争全面爆发前夕，他在《书愤》中负气吟道："乱世人心竟向欧，更谁知忆绕朝谋。山崩钟应忧何已，苦亻辛停恨未休。尚自大言摧木铎，请看流涕送金瓯。从今寄语于湖叟，切莫逢人唱六州。"① "尚自大言摧木铎，请看流涕送金瓯"一联是无情的冷嘲，而尾联"从今寄语于湖叟，切莫逢人唱六州"云云正是"神州袖手"之意，隐含对当下各方势力的责备。因此他感叹："举世蜩螗世可知，那堪神器付纤儿。但求缩地如何得，便恐呼天已是迟。人自病来安小愈，我今老去复何之。夕阳只在残红处，满眼秋人落叶悲。"② "我今老去复何之"一句几乎是几年后"俯仰空悲去客，兴亡休怨陈人"的先声。

　　无力感很可能影响一个人的行为或思想。1941 年，林葆恒与友人在孤岛上海给陆游过生日，是极有意味的案例。给古人过生日，从清代开始变得极为寻常。不过，与苏轼、黄庭坚、王士禛这些文豪不同，陆游还是一个爱国者形象，一个置身在南宋半壁江山、矢志收复中原的士大夫形象。③ 因此，给

① 《书愤》其一，段晓华、蒋涛整理《张尔田集辑校》，第 466 页。此诗原载《国闻周报》第 14 卷第 11 期，1937 年。

② 《书费》其三，段晓华、蒋涛整理《张尔田集辑校》，第 467 页。

③ 关于陆游在近现代诗坛声望形成过程中的民族主义因素，参见潘静如《陆游诗在近代诗学史中的地位——近代诗学"桃唐祖宋"说述微》，安徽师范大学中国诗学研究中心编《中国诗学研究》第 14 辑，安徽师范大学出版社 2017 年版，第 38~63 页。

放翁过生日既是伪"秩序重建"下的风雅生活，又具有独特的语境。林葆恒《汉宫春·放翁生日》：

> 谁料月泉社侣，趁好天良夜，还礼吟身。……兰亭禹庙，叹今日犹溷兵尘。休更说，中原北定，感时一样沾巾。①

"月泉社侣"是清遗民自报身份，"休更说，中原北定"是就陆游而言，而"感时一样沾巾"又表征了林葆恒自己的"异代同情"——中国大半国土沦陷。唯一值得注意的是，"中原北定"可能不仅是就陆游视角而言，结合"感时一样沾巾"一句，其也指向当下时局。这好像反而于汪伪政权有所期待；结合前文对林葆恒《中兴乐·东坡生日》一词的分析，林葆恒有此寓意似乎是可能的。虽然如此，这种解读还只能存疑。吴庠《木兰花慢·放翁生日》云：

> 万千南渡恨，供酒鲊，谱神弦。……试看山河半壁，料应流涕尊前。②

同样不能排遣的是"万千南渡恨"和"山河半壁"的苍凉感。

仕伪的廖恩焘则另有视角。廖恩焘的外交官生涯始于晚清，进入民国后继续担任外交官。他为何会投入汪伪政权，有很多因素，这次唱和也提供了一个视角。他在《定风波·放

---

① 林葆恒：《汉宫春·放翁生日》，《同声月刊》第 1 卷第 5 期，1941 年，第 149 页。

② 吴眉孙：《木兰花慢·放翁生日》，《同声月刊》第 1 卷第 5 期，1941 年，第 156 页。

翁生日》中云：

> 应谅南园翁作记，毋谓，千秋集矢一人来。

句下自注道：

> 史载陆游为韩侂胄作《南园记》，见讥清议。按，侂胄定策伐金，与秦桧主和议，皆出于当时事势，不得不然。近世学者辨之详矣。①

在廖恩焘看来，"主战""主和"两种态度或策略"皆出于当时事势，不得不然"。这个看法引出了他的实际行动。在传统士大夫的世界里，"行藏"的抉择是每个人都要直面的，它决定了一个人的胸次与境界。但草草烽火中，虚无感与绝望感的充溢，使行藏的抉择变得似乎无关紧要。龙榆生《水调歌头·辛巳十二月十九日，释戡先生招集桥西草堂，为坡翁作生日，是日立春微雪》谓："衣冠又见南渡，无处话行藏。"② 由无力感导致的这一抉择困境促成了很多人投身汪伪政权，至少也是偃仰徙倚于该政权之下。

　　就人之存在及其有限性来说，无力感是哲学的、宿命的。唯有历史情境和个体精神决定了各自的痛苦程度和解脱路径。

---

① 廖恩焘：《定风波·放翁生日》，《同声月刊》第 1 卷第 4 期，1941 年，第 106 页。
② 龙榆生：《水调歌头·辛巳十二月十九日，释戡先生招集桥西草堂，为坡翁作生日，是日立春微雪》，《同声月刊》第 2 卷第 2 期，1942 年，第 149 页。

大约 1942 年，林葆恒在《玲珑玉》词里用"螺蛳壳里做道场"来比喻自己的处境，另一清遗民夏敬观立刻和作了一阕。"午社"同人还把"螺壳道场"拈作课题，限调《八宝妆》。午社 1939 年举于上海，由林葆恒、夏敬观、金兆蕃、冒广生、仇埰、吴庠、廖恩焘、林鹍翔、吴湖帆、郑昶、夏承焘、龙沐勋、吕贞白、何嘉、黄孟超 15 人组成，次年即 1940 年刻有《午社词》一卷。这卷《午社词》收录了七次雅集的作品，但都没有《八宝妆》或"螺壳道场"。这表明，午社以"螺壳道场"作为课题是 1940 年即汪伪政权成立以后的事。可惜林葆恒、夏敬观两位逊清故老这一时期的词作没有结集刊刻过，暂时还无从考见。

现在可以考见的是廖恩焘的和作。廖恩焘《八宝妆》小序云：

> 讱盦（林葆恒）以吴谚螺壳道场喻吾人今日处境，丐朱君绘图便面，赋玲珑玉一阕，映盦（夏敬观）和焉。词均极工。午社因拈作课题，并限八宝妆调。余从李景元体，膝得此解。

词云：

> 寻蟫逃罭，斗嫌蜗角，碍我啸歌环堵。蛇影杯弓成底事，扰扰恒河沙数。诸尊色相便空，吹法螺来，回旋犹引天魔舞。那管驾轮如齿，行虫迷路。
>
> 凭扇画稿工描，缩人变蚁，一方干净谁土。诉烦恼楚王座下，众生似蝇头瓜聚。叹斋粥僧贫未煮，粒中无现金

身处。甚信手兜罗，蚕余半叶还爬取。①

料想林葆恒、夏敬观的原唱去此不远。考清人王有光《吴下谚联》卷二"螺蛳壳里做道场"条云："螺蛳大如雀卵，其壳固渺然者耳。乃里边三转旋窝，如僧家所谓大乘、小乘、最上乘，具此壳内，故和尚可于此做道场也。"② 身为吴人的王韬在笔记小说《辛四娘》中也写道，辛四娘曾绘有《螺蛳壳里道场图》，为某大僚公子所赏，以二百金购去。③ 看来，这的确是流传甚广的吴谚。廖恩焘一生自编词集十多种，都未收这首词。今人补遗为《集外词》，并评注道："副题所谓'吴谚螺壳道场'者，宁波话里有'蛳螺壳里做道场'之谚语，意即局面狭小，形格势禁，抱负难以施展。对于投入汪伪政权的作者而言，这句谚语也许特别能够引起感触。全词以佛家故事，自嘲纷纷扰扰，一事无成。"④ 这个解读需要商榷。把"螺蛳壳里做道场"解释为"局面狭小"也就罢了，紧接着又说"形格势禁"，评注者似乎对廖恩焘个人的仕伪产生了过多的同情心、想象力。回到副标题中，据"切盦以吴谚螺壳道场喻吾人今日处境"，可知这是林葆恒的感慨。林葆恒并未仕伪，只是汪伪政权笼罩下一个身处孤岛上海的清遗老。其螺壳

---

① 廖恩焘：《八宝妆》，《同声月刊》第 2 卷第 2 期，1942 年，第 145～146 页。

② 王有光：《吴下谚联》卷二，王树山、尚恒元、申文元辑《古今俗语集成》第 1 卷，山西人民出版社 1989 年版，第 795 页。

③ 王韬：《弢园笔记》，朱维公圈点，胡协寅校阅，大达图书供应社 1935 年版，第 56 页。

④ 卜永坚、钱念民编《廖恩焘词笺注》下册，广东人民出版社 2016 年版，第 1127 页。

道场之喻，实际是说沦陷区生存者的处境与心境。廖恩焘当然由此引申，想到自己，但把这首词解释为廖恩焘"抱负难以施展"的感慨似无法令人信服。

面对此时此地的境况，这首词试图以佛家故事写人的渺小与痛苦，但也因此有消解伦理的倾向。"蛇影杯弓成底事，扰扰恒河沙数"不啻是一种苦涩的自我安慰：你我不过是沧海一粟罢了，为什么要担惊受怕！最后一句"甚信手兜罗，蚕余半叶还爬取"，充满了苍凉的意味：这个手正是不可知的命运之手，把蚂蚁掸在叶子上，来回拨弄，饶是如此，这只蚂蚁依然要也只能在这半片叶子上奋然前行，果腹充饥。"蚁"是无力主宰自己命运的个体，它只剩下最原始、最本能的生存欲望。廖氏《玲珑玉·切盦赋螺壳道场，谱此赓和》还云：

> 墙瘠生涯，总都被画笑消磨。行沙弄文，一双取自恒河。纳纳须弥芥子，问维摩方丈，多少么麽。蹉跎。嗟吾曹身世坎坷。
>
> 漫道檀施溢路，叹螺难成饭，翻化为螺。饿死台城，纵梁王也末如何。终是鹦游虫入，算无地能留净土，著我行窝。饮狂药，醉中人聊当巨罗。①

因此，不可避免的，它将引向一个消解了一切严肃与神圣的解脱："饮狂药，醉中人聊当巨罗。"对廖恩焘而言，他将不必听从任何的裁断或羁绊；无力感是对指控的消解。在他自己的逻辑里，"附逆"就变成了莫须有的指控。它之所以成为"指

---

① 廖恩焘：《玲珑玉》，《同声月刊》第 2 卷第 2 期，1942 年，第 146 页。

控"，不过是命运女神的又一次捉弄，成王败寇再一次展现了
自己残忍的本性。而对那些清遗民而言，这同样消解了附丽在
人类创造的政治文明之下的伦理与史观，正如俞陛云《清平
乐》所咏：

> 沙沉万劫，忍向胡僧说。虢覆虞亡同一辙，枉洒玄黄
> 战血。伏波铜柱摩空，天山卫霍铭功。博取数行残拓，误
> 他多少英雄。①

就史观而论，清遗民与廖恩焘似乎没有什么不同。这能够部分
解释何以清遗民能够很好地融入沦陷区政权之下的生活，找到
适合自己的位置。由此，不管是积极的还是消极的，在这一史
观之下，他们都成为沦陷区伪"秩序重建"的一部分。不过，
就出处而论，遗民本身是一个政治主体，尽管它常是想象的，
但绝不是虚构的。所以，除围绕在伪满洲国周围的那些清遗民
外，沦陷区清遗民都没有参与日伪政权。

1945年春夏之交，龙榆生在《同声月刊》第4卷第3期
的版权页刊登了一则《休刊启事》："五载金陵，只余酸气；
感时伤逝，亦复何言。徒殷声气之求，转切乱离之痛。行将率
妻子，入庐山，课童蒙，事垦牧，长与樵夫为伍，期为乐世之
民。"②庐山是慧远、雷次宗、刘遗民、陶渊明之所在，表征
的是一个逸民世界。当"不可知性"落下帷幕，好比一颗关键
的棋子落定，南京汪伪政权将接受失败的命运。龙榆生想到前

---

① 俞陛云：《清平乐》，《同声月刊》第1卷第5期，1941年，第147页。
② 龙榆生：《休刊启事》，《同声月刊》第4卷第3期，1945年。

往庐山去做"逸民"。与遗民一样，逸民也是一个政治主体，一个去政治的政治主体。看起来，做逸民的确是龙榆生、廖恩焘们最好的选择。只不过，这一次，他们要等待历史的仲裁。①

第五节　沦陷区伦理的文化史考察

　　沦陷区生存、生活伦理是一个相当有深度也相当棘手的问题。就抗战时的中国沦陷区而论，近年傅葆石《灰色上海，1937～1945：中国文人的隐退、反抗与合作》、卜正民《秩序的沦陷：抗战初期的江南五城》等著作都涉及相关问题，需要调动多方面的材料、知识、理论。本书并非也无力从事这样的专题研究，但鉴于研究对象都是所谓"旧文人"，有基本相同的文化背景，其诗歌书写往往以历史指涉当下，自然就会产生这样的疑问：它是否可以为沦陷区研究提供一个视角？我们知道，抗日战争是一场反侵略的正义之战，更准确地说，它是世界范围内反法西斯战争的一部分，因此，它不是某种老掉牙的故事，任何传统叙事都不可能在这里"再现"。但是，对于置身在这一情境之中的人来说，历史意识、传统叙事可能会介入他们的认知，进而影响到他们的主体行为。李宣倜那个《前汉书》《后汉书》的戏言表明这种机制确乎存在。因此笔者尝试从文化史这一视角切入。但无疑，这里的重点并不是对相关文化史进行梳理，而是注重它与沦陷区伦理相关联的一面。

　　1941年，身在北平的俞陛云在《雅言》杂志上发表了一

组《西夏怀古》诗，这组诗的小序有云："西夏立国之久，远逾五代，以遏陬偏霸，抗中原龙战之师，保兹戎索，亦有足多者。只以书不同文，难征蕃史，遂致社屋阴沉，销同爝火。"①所以他要征文考献，形之吟咏："谁与霸朝征信史，张陈遗简待钩沉。"② 在他看来，西夏在中国历史上属于"遏陬偏霸"，做过金、辽、宋的属国，算不得正统。但是，什么才是"正统"？史学上的正统论，本于《春秋》，昉于晋，而始盛于宋。自欧阳修撰《正统论》以降，"正统"成为历代寻求政治合法性的话语。历代士人在正统之外，别立闰、霸、伪、僭、窃、攘、偏、逆诸统。除此之外，为了摆脱正统论的困境，有时倡为"无统"之说，有时又把少数民族政权完全排斥于"统"外，径以"夷狄"或"僭国"名之，有时又把正统分为全统、分统两种形式。③ 很多学者都注意到，之所以历代士人对"正统论"聚讼纷如，在于"正统论"本身引起的正与统、史学（史书纪实）与政治（德义）之间的矛盾、悖谬与冲突。④ 这种分析很正确。在比较视野下，我们会发现，同样分享着正统论的话语资源，与日本"皇统万世一系"的社会意识不同，中国的"正统论"是一种"革命"的史观。⑤ 不过，所谓

---

① 阶青：《西夏怀古》，《雅言》辛巳卷三，南江涛选编《民国旧体诗词期刊三种》第7册，第12页。

② 阶青：《西夏怀古》，《雅言》辛巳卷三，南江涛选编《民国旧体诗词期刊三种》第7册，第12页。

③ 参见饶宗颐《中国史学上之正统论》，中华书局2015年版，第3~86页。

④ 参见范立舟《宋儒正统论之内容与特质》，《安徽师范大学学报》1999年第2期；刘连开《再论欧阳修的正统论》，《史学史研究》2001年第4期；江湄《正统论的兴起与历史观的变化》，《史学月刊》2004年第9期。

⑤ 参见乔治忠《论中日两国传统史学之"正统论"观念的异同》，《求是学刊》2005年第2期。

"革命"的史观还可以换一种更为醒豁和精确的说法。

就本质而言，中国传统史学的"正统"不同于雷茵霍尔德·尼布尔的"道德判断"，正如"天命"不同于黑格尔的"绝对精神"，饶宗颐先生以二者相比拟是窒碍难行的，虽然他用"历史"取代了"神断"，声称"历史之秤是之谓正"。① 尽管"正者，所以正天下之不正"② 旨在树立一个至高的政治伦理，但中国的"正统论"是世俗主义和实用主义的产物，它不可能确立自己的道德律令和神圣权威。迄今为止，所有参与讨论"正统论"的士人都隐含着这样一个出发点：本朝必在"正统"之列。这决定了"正统论"并没有一个先验的或最高的伦理准则，也不可能获得"正天下之正"的裁量权和功效。它是帝制或王朝时代的产物，它只尊重并服从既成事实。从文化史的角度来讲，其反面启示恰恰充当了虚无史观的催生剂。就濡染于文化传统和历史传统的旧文人来说，它对他们精神世界的潜在影响是不可小觑的。甚至对新知识人而言，这种影响也从未消去。晚年的胡兰成、周作人常在文章里故作"澹然一笑""无执无偏""唾面自干"的姿态，暗示他们对于世事的态度是一贯的，因而他们其实不曾有什么过错，至少认为自己的良知不必受到谴责。这不能完全视为佛学教义的影响或个人秉性的结果，它一定程度上也脱胎于历史教训和文化土壤。王揖唐、梁鸿志两个巨奸分别有诗云：

　　一忏原无怨与亲，聊持质语喻群伦。尘心不异浮云影，

---

① 参见饶宗颐《中国史学上之正统论》，第 85 ~ 86 页。
② 欧阳修：《原正统论》，饶宗颐：《中国史学上之正统论》，第 104 页。

净土能完堕甑身。未解即真都是妄，本来无物肯言贫。五
旬晓觉缘知晚，待向莲邦证凤因。(王揖唐《偶书》)①

万缘非幻亦非真，过眼谁分果与因。一念爱才凭铸错，
怜渠机事亦缘贫。世情久似菁腾雾，我意常存浩荡春。不
用旁观妄评泊，早将平等视冤亲。(梁鸿志《万缘》)②

二人的"哲学"如此相近，几乎当得沦陷区仕伪叛国者的精
神总纲。

"沦陷区"这一概念恰如其分地表明了日本侵略者对中国
领土、主权的侵犯。对沦陷区生存者来说，他们是如此抗拒、
仇恨日本人，但沦陷区的伪政权又确实在运行着，无法完全避
开。③ 从理论上讲，现代民族国家及其派生出的民族主义、爱
国主义，弥补了"忠君"观念被驱逐之后所导致的国家凝聚
力的缺失，可以对外来入侵者形成有效抵御。但不幸的是，对
沦陷区的少数知识人来说，王朝时代的思想遗蜕、文化范型与
历史记忆，是那样深刻地渗入骨髓之中，以致他们的精神世界
很难不受这些因素的暗示或牵引。列国纷争、楚汉争霸、魏蜀
吴三国鼎立、南北朝的对立或代兴、五代的并存，汇成一部中
国史，每个过往的朝代都曾因某一朝代出于尊事本朝推衍出的
逻辑，而被纳入了正统的范畴。从历史来看，即使是少数民族
政权，抑或假重、托庇于少数民族势力的汉族政权都曾获得正
统的资格。因此，龙榆生想把杂志命名为"中兴鼓吹"并不

---

① 王揖唐：《偶书》，《逸塘诗存》，1941年刻本，第19b页。
② 梁鸿志：《万缘》，《爰居阁诗》卷九，民国文楷斋刊本，第9b～10a页。
③ 对于各地方来说，也是如此。可以参看卜正民《秩序的沦陷：抗战初期
的江南五城》，潘敏译，商务印书馆2015年版。

奇怪；梁鸿志则吟出"鞭笞六国寻常事，只惜秦人不自哀"
之句。① 更可玩味的是，1945 年，同样在汪伪政权供职的赵尊
岳被关押在上海的提篮桥监狱中，次年他写有《丙戌十二月初
十日新元杂书》四首，第一首云：

> 元正颁赦书，大辟皆除死。欢声腾禁扉，开户咸倒
> 屣。群生仁德音，雪涕读片纸。云何钩党诛，不若奸与
> 宄？谓彼窃钩者，可议承恩旨！将此比窃国，必欲肆朝
> 市。所争在名位，所恨夺朱紫。胜败既攸归，吾心如止
> 水。宁复恤是非？愿以质良史。②

这首诗前半部分是慨叹只抓他们这些"小奸"，而不抓真正的
"巨奸"。但这首诗的精华在后半部分："所争在名位，所恨夺
朱紫。胜败既攸归，吾心如止水。宁复恤是非？愿以质良
史。"意思是说，一切都是权力之争，尤其指向蒋、汪集团的
宿怨。赵尊岳认为，他之所以背负"汉奸"之名，是因为他
的努力失败了。他相信真正的"良史"将来会给他们正面的
评价。在他的认知里，他之所以有罪，仅仅是因为他是失败
者。这是一种诡辩，但值得研究者留意。它在一定程度上也许
可以归结到我们上述的文化史背景。在这一文化史背景之下，
任何抉择都可以找到自己的思想资源。特别是，当抗战进入相
持阶段以后，"不可知性"便成为伪"秩序重建"最好的同盟。

---

① 众异：《佳日》，《雅言》庚辰卷二，南江涛选编《民国旧体诗词期刊三
种》第 5 册，第 319 页。
② 《丙戌十二月初十日新元杂书》，《赵尊岳集》，凤凰出版社 2016 年版，
第 61 页。

我们可以看到，北平《雅言》杂志上所载的大都是登高望远、展褉被尘之作，而南京《同声月刊》则不同，所载对战乱的感慨或痛诉的作品比比皆是，甚至出现"黄昏但闻鬼哭，掩衡门，胡骑满城尘"这样直斥日本侵略者的表达，因此具有一定欺骗性或迷惑性。但显而易见的是，中国的抗战尚未结束，中央政府还在，汪伪国民政府是一个毋庸置疑的傀儡政权。也正是有鉴于此，清遗民找准了自己在沦陷区的"位置"。作为一种想象的政治主体，他们先于抗战而存在，从而得以抽离于沦陷区的伪"政权重建"，仅仅成为伪"秩序重建"的一部分，——后者实际上并不以主观意愿为转移。这将他们与那些仕伪叛国者区分开来。一个人——包括仕伪叛国者——出处抉择时的精神世界，多少会受到他所置身的文化和历史的影响，但"文化"其实不能用来为一个人的行为辩护，他是自己的"法人"。

正如我们一开始就说过的，抗日战争不是一场孤立的战争，是全球范围内反法西斯战争的一部分。传统叙事/文化史可以用来观察却不能用来辩解沦陷区生存者的认知模式、精神世界和主体行为。因为我们不能无视这样一个事实，同一文化史背景之下的诸多责任主体，做出了完全不同的选择。

第五章　幽微的遗民意识

1949 年 10 月 1 日，中华人民共和国成立，开启了一个全新的纪元，社会涌动着欣喜与对未来的憧憬。自然，也有一些人会感到短暂迷茫，特别是那些学习、吸收新思想不充分的人，他们身上有典型的"过渡时代"特征。我们过去较多关注"新知识分子"即五四时期成长起来的作家或知识分子群体如何重新开始、重新出发。比如有学者聚焦这一时期海峡两岸的小说，注意到其"伤痕类型学"：这类作者运用伤痕构成一种隐喻，体现了国家在追求现代性过程中被斫伤、撕裂的遭遇。① 这类小说的作者是现代人，都是追求并建构现代中国的"积极的政治主体"，他们之所思所想、所喜所悲，容易被学界注意到。游离在这一进程外的逊清故老，则更多被学界忽视，他们充其量只出现在各种"故事"中。

清遗民虽然是一种时间错位的产物，但并不意味着他们就没有在现世格局中寻求自己的位置。在中国追求现代化的进程中，不同方案也必然对逊清故老产生这样或那样的影响。新中国成立不久，中共中央就对包括清遗民在内的"旧文人"有

---

① 参见王德威《一九四九：伤痕书写与国家文学》，三联书店（香港）有限公司 2008 年版，第 8 页。

很多考虑，除了吸收他们参政、议政外，还先后成立中央文史馆以及各地方文史馆等机构来安置他们。他们身上那种"幽微的遗民意识"也因此淡化，不少人很快投身到社会主义建设事业中。本章所谓"幽微的遗民意识"，包含着这样两重意思：第一，这时距离清王朝覆亡已经很久，明清之际便有"遗民不世袭"的说法，因而所谓遗民大致不过三十年，何况遗民伦理早已遭到现代文明的解构，他们曾经质实的遗民感、逋臣感可能早已淡化，但是面对新的兴亡局面，习惯性的或下意识的遗民想象总是会复活；第二，曾经生活在中华民国时期的少部分"新人"，无论他们曾经怎样鄙弃旧文明、旧伦理，当自己面对新的兴亡局面的时候，旧文明的幽灵却总是悄然袭来。由此，不同的声音掺杂在一起，幽微而诡异。

第一节　1948：李宣龚、陈曾寿引领的"重九"之宴

1948 年 10 月 11 日，即双十节后一天，旧历戊子重阳。按照惯例，这一天是文人雅士登高赏菊的良辰。这一年重阳，菊花迟迟未开。但这似乎并未影响文人雅士的兴致。中午，寓居上海近四十年的李宣龚具馔于硕果亭，款待老少同人。酒足饭饱、偃仰徙倚之余，不知日之将落，乃改由陈曾寿张灯设宴，以为觞咏之继。与宴者除长年寓居上海的外，有的是因战乱而草草避地上海的，还有的比如汪辟疆、陈诵洛、马骥程是应李宣龚之邀特地从南京赶来上海的。文人雅集，又恰值重阳，过去所谓"不可无诗"，这一次也不例外，但阴云覆城，与宴者多少感受到氛围的诡异。

作为午宴和晚宴的主人，李宣龚、陈曾寿都是所谓逊清故老或清遗老，亦即参与此集的林向欣和诗所谓"莫遣时流轻此会，光宣人物散如烟"的"光宣人物"。[①] 与陈曾寿不同，李宣龚是从民国初就寓居沪上的，即李汰书和诗所谓"四十年来东道主"。[②] 李宣龚（1876～1953）是两江总督兼南洋大臣沈葆桢的外甥孙，光绪甲午举人，官至江苏候补知府。入民国后，挂冠不仕，经理上海商务印书馆，与海上故老迭有唱和。[③] 算起来，福建一省为近代诗学的渊薮，陈宝琛、陈衍、郑孝胥都是近代诗学领域的翘楚，海内推为宗师，杖履所至，无不恭迎。李宣龚身为闽人，承其余烈，是同光派诗学的后劲。三十余年后，老辈凋零，李宣龚已过古稀之年，在"光宣人物散如烟"之际，他已是流风的典型。当时的诗坛晚辈如钱锺书、冒孝鲁、高二适、钱仲联、龙榆生等，都是他的忘年交。当李宣龚具馔硕果亭邀同好共度重阳时，几乎没有人拒绝。

参与这次雅集或唱和的人多达 52 位，他们是：李宣龚、陈曾寿、陈祖壬、汪国垣、陈诵洛、叶景葵、陈敬第、杨熊祥、林葆恒、林志钧、叶玉麐、叶参、叶虔、陈海瀛、陈权、马骏程、林德玺、方兆鳌、林志煊、成惕轩、袁福伦、林向欣、王开节、王迻、孙祖同、戴正诚、郑永诒、严昌埈、陈增

---

① 《戊子重九》（唱和集），《硕果亭重九唱和诗》卷下，《李宣龚诗文集》，第 379 页。
② 《戊子重九》，《硕果亭重九唱和诗》卷下，《李宣龚诗文集》，第 387 页。
③ 丁巳复辟闹剧后，李宣龚对这些狼狈返沪的故老不无讽刺，所谓"人情终恶死"。参见李宣龚《十月十九夜上海书所见》，《李宣龚诗文集》，第 53 页。

绥、龚礼逸、陈星炜、杨懿涑、杜家彦、吴常焘、陈道量、丁
毓礽、刘道铿、沈觐辰、沈觐安、李汰书、彭鹤濂、高吹万、
黄葆钺、林洞省、陈颖昆、陈藻藩、杨无恙、钱锺书、王真、
李景埜、刘蘅、卓定谋。每个人的出身、行止都不太一样，如
李宣龚、陈曾寿、林葆恒是名副其实的清遗老，其他人就很难
说了。陈敬第是清进士，授翰林院编修，入民国后迭任浙江都
督府秘书长、大总统秘书、国务院秘书长等职；林志烜也是清
进士，授翰林院编修，入民国后以鬻书画为生；陈祖壬是陈三
立的弟子，更年轻的钱锺书也算得陈衍的半个门生；黄葆钺久
任上海商务印书馆编辑，与李宣龚是多年的同事；陈诵洛是清
学部侍郎严修的忘年交；方兆鳌在清末追随孙中山革命；严昌
堉（严寿澂先生的父亲）是鸣社成员，与逊清故老如曹元弼
等人极相得；成惕轩（成中英先生的父亲）是清末大儒王葆
心的学生，抗日战争胜利后，国民政府授胜利勋章，嗣任考试
院简任秘书……这些人最大的共同点在于都曾与逊清故老相
游，老辈风采，无不得与亲接。

　　上海一岛尚未被战火波及，北方则战事未定，陕晋冀豫一
带烽火依旧，国民党军队的败象已显，如成惕轩诗所谓"秋
篱以外即烽烟，菊蕊团霜只自妍"。[①] 为了增强历史感，我们
可以举一个例子。1948 年春天，林志钧夫妇匆匆收拾行装，
准备南下。林志钧（1878～1961），字宰平，号北云，福建闽
县人。他是林庚的父亲，与李宣龚是同乡，同样多闻老辈绪
论，也列名于后来的《硕果亭重九唱和诗》。作为晚辈的张中
行（1909～2006）听说林志钧夫妇要南下，特地登门造访，

---

　　①　成惕轩：《戊子重九》，《李宣龚诗文集》，第 378 页。

林志钧抄了一首古诗留别："梁楚连天阔，江湖接海浮。故人相忆夜，风雨定何如？"署"林志钧倚装作"。[1] 林志钧这一年的诗作还有《重到北京今又将去此矣晨起花下得句》："三见李花开，频呼堕梦回。今春更惆怅，南去几时来？"[2] 张中行后来的《负暄琐话》也有引及。"三见"指抗战胜利后返京的三年光景。这二十字的分量，不要额外渲染。对林志钧夫妇而言，这次离开北平，可能意味着永别。到了重阳日，局势愈加危急。这一天蒋介石出席了南京国民党中央党部纪念周活动，称"当前局势虽见严重，但绝不悲观"。[3] 不过，很多人还是被战乱的愁云笼罩着。

这次雅集，就在这样的氛围下举行。李景堃诗"雅集逢辰话茗柯，乱时名士过江多。……避地不甘终海岛，洗兵直欲净天河"当得这次雅集的总纲。[4] 作为东道主，李宣龚当仁不让，第一个赋诗：

> 欲向龟山问斧柯，大夫能赋已无多。三年战胜犹如此，九日登临可奈何。只见摸金穿冢石，未闻洗甲挽天河。黄花毕竟归吾党，潋滟樽前试一酡。[5]

---

① 《负暄琐话·林宰平》，《张中行全集》第 1 卷，北方文艺出版社 2019 年版，第 23 页。张中行称林志钧"用信笺写了一首杜诗"，不对。此诗是宋代罗公升《送归使绝句七首》中的一首，且末一句作"风雨定何州"。"州""如"二字行草相近，可能是张中行的误识。

② 林志钧著，林庚选辑《北云集》，中华书局 2016 年版，第 152 页。

③ 刘绍唐主编《民国大事日志》第 2 册，台北：传记文学出版社 1979 年版，第 811 页。

④ 《李宣龚诗文集》，第 392 页。

⑤ 《李宣龚诗文集》，第 367 页。

"升高能赋，可以为大夫。"但是步入 20 世纪以后，所谓"士大夫"进入了一个边缘化的过程，北洋政权的垮台标志着他们彻底退出历史舞台的中心。他们要么在抱残守缺中老死，要么以一种积极的姿态融入新的时代。现代"知识分子"并不是士大夫的对等物，也不是士大夫的继承者，只是现代社会中最接近"士大夫"的一个群体或阶层。"升高能赋"失去了它的身份标记功能。尽管如此，"升高能赋"作为一种传统，仍会在一个特定范围得以延续。这是过渡时代的共同现象。对李宣龚而言，"诗道"并不寂寞。让他难以释怀的还并不是"诗道"的凋零，而在于可能要面临的"变局"，所谓"三年战胜犹如此，九日登临可奈何"。李宣龚并没有意识到这是他在中华民国治下度过的最后一个重阳，他还在另一首题为《重九未有菊，苍虬、辟疆、诵洛、骒程从金陵急装就饮，失喜而作》的诗中欣然期待："莫使江山争日落，更将此会问明年。"①

比李宣龚小两岁的陈曾寿，论诗名，还在李宣龚之上，论者以为不减陈三立、郑孝胥。陈三立自称："余与太夷（郑孝胥）所得诗，激急抗烈，指斥无留遗，仁先悲愤与之同，乃中极沉郁，而澹远温邃，自掩其迹。尝论古昔丁乱亡之作者，无拔刀亡命之气，惟陶潜、韩偓，次之元好问。仁先格异而意度差相比，所谓志深而味隐者耶？嗟乎！比世有仁先，遂使余与太夷之诗，或皆不免为伧父，则仁先之宜有不可及，并可于语言文字之外落落得之矣。"② 其诗学受时人推崇如此。陈曾

---

① 《李宣龚诗文集》，第 367 页。
② 陈三立：《苍虬阁诗序》，陈曾寿：《苍虬阁诗集》，第 478 页。

寿曾参与张勋复辟，授"学部右侍郎"。溥仪被冯玉祥逼宫避居天津时，他曾"携眷北上请安"。溥仪至东北以后，他为溥仪"蹴小楼三椽，凡资用之物皆备"。他入谢时，溥仪一句"患难君臣，犹兄弟也"，他便感激泣下。执政府成立时，溥仪任命他为秘书，他上疏辞归，原因在于他认为"执政"乃是贬号。但溥仪传谕："同处患难之时，何可远引乎？"溥仪在伪满洲国"登极"以后，他被任命为近侍处长，管理陵园事务，溥仪谓"此朕私人之事，与满洲国政府无关也"。① 随着抗日战争全面爆发，他还是于1938年引身远去，迁倚京津间。在陈曾寿身上，我们可以看到民族大义与遗民伦理之间的紧张。他在请辞与任职之间徘徊，未必是遗民伦理在支撑着他。很可能溥仪"患难君臣，犹兄弟也"的这种个人情分才是使他艰于取舍的最大原因。抗日战争进入尾声时，苏联出兵东北掳走了溥仪，身在北平的他闻讯以后哀伤不已，见之于"隐忍十年事，仓皇五国行""心与莲同苦，身犹鸟各囚""意尽吟俱废，悲深句莫酬"等吟咏之中。②

1948年，内战方炽，陈曾寿从北平迁居上海。李宣龚招设的重九雅集，当然不能少了他。他在《次韵墨巢九日诗》中云：

> 旧人梦已断南柯，检点樽前感喟多。如此重阳非往昔，除君东道更谁何。伤高几见尘扬海，湔涕宁希帝赐河。丛菊未花酒无分（余近年戒酒），九华聊复借颜酡。③

---

① 陈曾则：《苍虬兄家传》，陈曾寿：《苍虬阁诗集》，第434～439页。
② 陈邦炎：《陈曾寿年谱简编》，陈曾寿：《苍虬阁诗集》，第571页。
③ 陈曾寿：《次韵墨巢九日诗》，《李宣龚诗文集》，第368页。

不管在什么时候，只要这些"光宣人物"相聚，总能引起彼此的"贞元朝士"之感。眼下，面对又一次可能的变局，这种感喟被放大。遗民看上去仅与孕育了他们的历史相连，但当现实的政治——不管是否与他们直接相关——处于波谲云诡或天翻地覆之时，他们的政治意识总能一次次被勾起。

李宣龚、陈曾寿的"感喟"当然会引起其他人的共鸣。世变之剧是所有人都亲历的。这次重九之宴，他们谈的主要就是战局。这会在他们的诗句中体现出来。李宣龚原唱的首句偏是押的"柯"字——"欲向龟山问斧柯"，于是在和作中，我们得以看到这样一些诗句：

> 此局真堪斧烂柯，络丝犹道一绹多。（陈祖壬）
> 观弈长安烂尽柯，登临次日难犹多。东归谁信人如故，南望微闻帝奈何。（方兆鳌）
> 谁教急劫烂樵柯，扰扰中原盗正多。吹草尚闻歌敕勒，看花只分饮亡何。却怜重九连双十（今岁重九前一日为双十节），安得三军复两河。（成惕轩）
> 一局旗残已烂柯，故教身世醉时多。（陈星炜）
> 倦眼观棋付烂柯，黄花虽瘦意常多。登高未觉闲情少，止酒其如令节何。善战竟推山似砺，求仁反涌血成河。露车漫作王尼叹，忍泪终难醒众酡。（杨懿涑）
> 忍见残棋已烂柯，登临无地难偏多。（杜家彦）①

这里隐含一种巧妙的嫁接式的修辞，可以称之为"典故的嵌

---

① 分别见《李宣龚诗文集》，第368、377、377、381、383、383页。

套或嫁接"。这在古代诗文里很常见，但上述诗句里嵌套或嫁接的工切，几乎到了无以复加的地步。杜甫《秋兴》"自古长安似弈棋"是一个有关政治的隐喻（下棋还与军事同构），而任昉《述异记》里王质观棋烂柯的故事源于仙人奇遇，讲述了无尽的沧桑变幻之感。借助"棋"这一字眼或"观棋"这一意象，把《秋兴》《述异记》二者的含蕴融为一体，精准展现了 1948 年 10 月之际国内急转直下的军事格局和政治格局。隐藏在这背后的，当然是诗人的惊愕、惭愤或感伤。对桐城的世家子弟叶参（字曼多）来说，这个变局同样使他惊异：

> 槐安依约记南柯，梦断檀萝恨几多。周也栩然为蝶耳，虞兮不利奈骓何。嬴颠刘蹶频推局，轴折维崩苦拔河。搔首问天天未晓，风云黯黮似微酡。[1]

再没有比南柯一梦更让人伤怀的。所以陈叔通、严昌堉感慨"忍见神州随劫尽，纵逢佳节奈愁何""景物全非佳兴败，只余心火频颜酡"。[2]

这场宴饮注定不是一般的风雅之会，就像叶景葵所吟："了无风雨看愁绝，尽有江山唤奈何。"[3] 尽管陈颖昆期待"鲁戈挥日应能反"，但是他不得不承认"蚩雾迷天未肯开"，[4] 国民党大势已去。陈藻藩诗云：

---

① 《李宣龚诗文集》，第 374 页。
② 分别见《李宣龚诗文集》，第 372、381 页。
③ 《李宣龚诗文集》，第 371 页。
④ 《李宣龚诗文集》，第 389 页。

战本危机从古戒，功亏一篑奈君何。荒荒大地添新冢，历历群生堕苦河。

又云：

重云狗马势难回，眼见昆池再劫灰。九日无花尊自满，百年多病径仍开。已看尘起夫余国，更觉风高戏马台。气结何言违药石（去夏病树拂水赐书，诫勿轻作诗），避灾爱地总衔哀。①

"战本危机从古戒，功亏一篑奈君何"一联几乎是为蒋介石量身定做的。"重云狗马势难回"一句，意味着陈藻藩断定国民党败局已定。"已看尘起夫余国，更觉风高戏马台"一联，是对北方战局的关注："夫余国"见载于《后汉书·东夷列传》，约在今吉林市内，无疑是指代正在酣战中的辽沈战役（1948年9月12日至1948年11月2日）；"戏马台"在徐州，无疑指代即将展开的淮海战役（1948年11月6日至1949年1月10日）。就陈藻藩的词意来看，他是相当悲观的。

于是，伤感中夹杂着激愤，成了这次唱和的基调。有意思的是，对押河字的颈联细加分析，可以粗略地分为以下三组。第一组：

寇张直欲窥三辅，民病谁能救两河。（陈权）
却怜重九连双十，安得三军复两河。（成惕轩）

_____

① 《李宣龚诗文集》，第390页。

但忧千室成悬磬，几听孤忠唤渡河。（成惕轩）

蓬山路远难通海，瓠子歌成又决河。（成惕轩）

思君未见悲哀郢，御寇空闻唤渡河。（戴正诚）

岂真一掷拼孤注，谁信三呼竟渡河。（严昌埔）

沐冠惯见猱升木，弃甲纷如豕渡河。（刘道铿）

坐怜两败难为国，不见三呼已过河。（李汰书）①

第二组：

黄花避我纷成市，白发欺人皱见河。（陈叔通）

但使振衣忘作客，不须皱面说观河。（郑永诒）

笑我回肠仍灌酒，为谁皱面更观河。（陈道量）②

第三组：

垂危世局忧沉陆，就下人心看决河。（林向欣）

天意已非空惋惜，人情日下似江河。（林洞省）③

第一组诗基本上是对现实战局的关注，出现频率最高的是
"两河""渡河（过河）"两词，"两河"当然是就收复失地来
说，而"渡河（过河）"除了刘道铿"沐冠惯见猱升木，弃甲
纷如豕渡河"一联外，都用的是宋朝名将宗泽临殁之时三呼

---

① 分别见《李宣龚诗文集》，第 375、377、378、380、381、385、386 页。
② 分别见《李宣龚诗文集》，第 372、381、384 页。
③ 分别见《李宣龚诗文集》，第 378、389 页。

渡河的典故。宗泽一生念念不忘收复北方的失地，至死犹三呼渡河。也正因此，他成为整个南宋武将中除岳飞外，最具象征性的志存收复失地的人物。这里指的是国民党北方战局的溃败。成惕轩、戴正诚是正用，而严昌堉、李汰书是反用。他们的关注点都是现实的战局。第二组诗则用释典"观河皱面"。本来这个典故是用来比喻佛性永恒。反过来，佛性永恒衬托的乃是人间世的须臾变灭；诗人大都在这一意义上使用此典。第三组诗都是用比喻的手法来写社会的"人情"或"人心"。不管哪一组诗，都或直接或曲折地反映了这些诗人的精神世界。就这一点来说，作为清遗民的李宣龚、陈曾寿、林葆恒与他们是相通的。

遗民是一种政治主体，通常是一种想象的政治主体。这一点，笔者已经一再论述过。天翻地覆的变局近在咫尺，仿佛也还是一种"易代之际"。当陈道量吟出"九日高斋集耆旧，宛如白发义熙年"[1] 时，他似乎指的是李宣龚、陈曾寿、林葆恒等逊清故老。可又不仅仅是这样。与宴者都不约而同想到了被宋、明遗民一再塑造过的陶渊明：

> 莫怨迟开黄菊傲，此花曾见义熙年。（陈祖壬）
> 此会真成千载遇，几人曾见义熙年。（马骢程）
> 酩酊江山酬晚节，编诗珍重义熙年。（林德玺）
> 白酒愿从彭泽饮，黄花应为义熙开。（陈道量）[2]

---

① 《李宣龚诗文集》，第 385 页。
② 分别见《李宣龚诗文集》，第 369、376、376、384 页。

"陶渊明"的一角庐山隐隐成了他们的精神寄托。但是，一角庐山还存在吗？[①]

第二节 "同床各梦"的咫社

1949 年 10 月 1 日，中华人民共和国成立。全社会都欢欣鼓舞。首都北京更是沉浸在前所未有的热烈喜庆氛围里。与此同时，迭主寒山、秭园、青溪诸诗社的清进士关赓麟，一如既往，与故老新交延续着风雅的酬唱生活，是为"咫社"。[②] 咫社很可能始于抗战胜利后关赓麟赋闲北平的 1946 年。[③] 1953 年油印的《咫社词钞》两册，由章士钊、叶恭绰署尚，收录了 30 次雅集的词作，作品始于 1950 年，止于 1953 年。其后

[①] 1959 年毛泽东《登庐山》诗云："一山飞峙大江边，跃上葱茏四百旋。冷眼向洋看世界，热风吹雨洒江天。云横九派浮黄鹤，浪下三吴起白烟。陶令不知何处去，桃花源里可耕田？"末二句自注云："陶渊明设想了一个名为桃花源的理想世界，没有租税，没有压迫。"这首诗创作于"大跃进"的背景下，蕴含着毛泽东的乐观心情（参见王晓东编著《毛泽东诗词解读》，陕西人民出版社 2016 年版，第 229～234 页）。陶渊明们不必再做隐士，新生的中华人民共和国迫切需要全民参与到社会主义建设事业中来，这是正在成为现实的"桃花源"。

[②] 关赓麟生平诗社活动，参见彭敏哲《秭园诗群及其诗歌活动考论》，《暨南学报》2017 年第 12 期。

[③] 1951 年印制的社员名录中有廖恩焘。廖氏因叛国罪被判入狱，1948 年获释，1949 年移居香港。虽然可以通过信函唱和，但可能性不大。1963 年的《秭园吟集缘起与复课经过》又有云："秭园又与林子有、郭蛰云，另组瓶花簃社，郭氏捐馆，更名咫社，专课诗钟。两社一主，诗词并存，遂易称秭园吟集。南来北往，新旧两多，日课诗词，积稿淹尺，联翩展席，不减寒山。此乃自破敌收京、再延共和以来，为五十余年，岿然仅立之坛坫，开一新纪元。"（南江涛选编《清末民国旧体诗词结社文献汇编》第 13 册，第 149 页）明言是郭则沄捐馆后"更名咫社"，郭氏殁于 1946 年。

以关赓麟稊园为中心的雅集、唱和活动还在继续,[①] 不过似乎未再结集印行。

咫社没什么狭隘或醒豁的主张。它主要还是基于文学趣味和唱和传统,是晚清民国以来北京文士诗酒生活的延续。咫社于1951年、1953年分别登记了社员名录,按年齿排序,1951年的社员姓名及年龄如表5-1所示。

表5-1　1951年咫社社员姓名及年龄

廖恩焘 87	梁启勋 76	章士钊 71	周维华 64	唐益公 52
汪曾武 86	高毓浵 76	叶恭绰 71	黄　复 63	龙榆生 51
彭一卣 85	靳　志 75	吴仲言 71	谌　斐 63	林仪一 51
汪鸾翔 81	傅岳棻 75	廖琇崑 71	汪　东 61	黄孝平 50
林葆恒 80	（正月殁）	宋庚荫 70	陈方恪 60	夏纬明 45
（正月殁）	陈宗蕃 74	蔡可权 70	谢良佐 60	黄　畬 40
冒广生 79	刘子达 74	柳肇嘉 68	刘通叔 59	张浩云 37
夏仁虎 78	王季点 73	钟刚中 67	张伯驹 54	孙　铮 33
夏敬观 77	王　耒 72	侯　毅 66	陈道量 53	（顾散仙 64）
许宝蘅 77	关赓麟 73	（正月殁）	黄孝纾 52	（周汝昌 34）
胡先春 76	陈祖基 72	刘景堂 65		

注：表中顾散仙、周汝昌为"社外作者"。

1953年重制的名录,又多了姚鹓素、吴庠、路朝銮、程学銮、陈世宜、沈曹荫、向迪琮、王冷斋、吴湖帆、张厚载、方朝玉、萧槃元、郭凤惠、丁瑗、陈彰等15人,还附有"社外词侣"邵章、陈应群、刘文嘉、顾散仙、瞿兑之、邱琼荪、陆鸣岗等7人。

可以看出,大部分成员要么是世家子弟,要么是在民国时

---

① 例如,许宝蘅1956年3月15日日记有云："接稊园词课通知,《浪淘沙慢》不限题,用美成十六韵体。"《许宝蘅日记》,第1868页。

期常与逊清故老相往来，他们有相近的文化趣味。老一辈人物，像林葆恒、夏敬观、高毓浵当然都是清遗民。冒广生、许宝蘅、傅岳棻等人虽然都在北洋政府或南京国民政府供职过，但他们对自我身份的界定常常仍是忠于故主的清遗民。像夏仁虎、靳志、邵章等虽然谈不上是清遗民，但他们都曾在清朝获得功名和官职，鼎革以后，所与往来者，仍多是所谓逊清故老。当然，除了清遗民这一视角外，咫社的 70 多人之中，有的曾是南京国民政府时期的国统区官员，有的还是同盟会老会员或国民党员。咫社就是由这些文化趣味相近的旧文人组成的。他们中的很多人对新中国的成立感到欢欣雀跃，只是并非全部如此。

1950 年 10 月 19 日，旧历重阳，咫社迎来第四次雅集，以"北海展重阳"为题命同人分赋，寄调《紫萸香慢》。《紫萸香慢》是宋末元初词人姚云文的自度曲，因词中"紫萸一枝传赐"之句，而得名"紫萸香慢"。姚云文并非大家，其词仅见载于《凤林书院元词》，又是自度曲，所以后世词家填写不多。浅见所及，清初屈大均曾依此调创作，近人则况周颐、朱祖谋、冯煦亦有倚声。① 他们都是明、清遗民，不为无故。厉鹗《元草堂诗余跋》、况周颐《蕙风词话》、陈匪石《宋词举》都已指出，《凤林书院元词》是南宋遗民词的选集，以

---

① 参见《紫萸香慢·九日再赋》《紫萸香慢·丙辰重九》，秦玮鸿校注《况周颐词集校注》，上海古籍出版社 2013 年版，第 332、359 页；朱祖谋《紫萸香慢·焦山九日同病山、仁先、悟仲》，朱孝臧著，白敦仁笺注《彊村语业笺注》，浙江古籍出版社 2015 年版，第 346 页；冯煦《紫萸香慢·题杨子勤观察雪桥诗话图》，南江涛选编《清末民国旧体诗词结社文献汇编》第 2 册，第 480~481 页。

"兴发感物，比中有兴"为特色，词人多借此抒发故国之思。[1]
姚云文《紫萸香慢》也有这一特点。全词云：

> 近重阳，偏多风雨，绝怜此日暄明。问秋香浓未，待
> 携客，出西城。正自羁怀多感，怕荒台高处，更不胜情。
> 向尊前，又忆漉酒插花人。只座上，已无老兵。
>
> 凄情。浅醉还醒。愁不肯，与诗平。记长楸走马，雕
> 弓搊柳，前事休评。紫萸一枝传赐，梦谁到，汉家陵。尽
> 乌纱，便随风去，要天知道，华发如此星星。歌罢涕零。[2]

这阕自度曲，显然作于重阳或重阳前几日。况周颐云："元姚
云文，字圣瑞，高安人。有《江村遗稿》，当是倚声专家。
《紫萸香慢》《玲珑玉》，皆自度曲。声情悱恻，饶弦外音。"[3]
是什么样的"弦外音"呢？只能是故国之思。《全宋词》姚云
文小传云："姚云文，字圣瑞，高安人。咸淳四年（1268）进
士，官兴县尉。入元，授承直郎，抚建两路儒学提举，有
《江村遗稿》，今不传。《翰墨大全》又称为'姚若川'，《天
下同文》称'姚云'。"[4] 由宋入元，姚云文曾出仕新朝，这首
自度曲里的故国之思却依稀可辨。"怕荒台高处，更不胜情"
"前事休评"充满了欲说还休的惘惘之感，而"紫萸一枝传

---

① 参见牛海蓉《〈元草堂诗余〉——宋金遗民词的结集》，《古籍整理研究
学刊》2007年第2期；王毅《论凤林书院体的艺术特色》，《乐山师范学
院学报》2008年第9期。

② 姚云文：《紫萸香慢》，唐圭璋编《全宋词》第5册，中华书局1965年
版，第3377页。

③ 秦玮鸿校注《况周颐词集校注》，第338页。

④ 唐圭璋编《全宋词》第5册，第3377页。

赐，梦谁到，汉家陵"一句既像是旧体诗词里常见的兴亡闲愁，又像是在诉说着自己的故国之思。"兴发感物，比中有兴"可以起到很好的"掩护"作用。

那么，咫社的重阳社课选择姚云文自度的"紫萸香慢"是否含有特别的寓意？咫社中人不会问这样的问题，也不会回答这个问题，否则他们就有违"隐微写作"①的美德和本分了。这是一种默契。叶恭绰正是感受到了这种默契，故特地在词作小序中说：

> 咫社以北海展重阳命题，余漫赋此。未知为异床同梦，抑同床各梦也？②

他的发问，恰恰表明他是这一共同体的一员，他懂得这一命题背后的潜台词；他的发问，所谓"异床同梦""同床各梦"仍是一种隐微修辞，他没有说破任何东西。他的发问还表明他意识到自己可能与有些社员有不同的想法。叶恭绰全词云：

> 绚秋客，琼华太液，金鳌依约铜驼。笑刘郎前度，题糕事，竟蹉跎。时霎长空过雁，又西风尘世，霜叶辞柯。尽寒香，晚节称伴病维摩。奈百感，令人老何？
>
> 销磨。涧曲岩阿。映疏柳，夕阳多。甚残荷留得，枯槎不渡，浑似天河。明年更知谁健，剩佳梦，付春婆。且

---

① 关于"隐微修辞"，参见袁一丹《隐微修辞：北平沦陷时期文人学者的表达策略》，《中国现代文学研究丛刊》2014年第1期。

② 遐庵：《紫萸香慢》，《咫社词钞》卷一，南江涛选编《清末民国旧体诗词结社文献汇编》第12册，第504页。

殷勤，旧狂重理，登高翘望，东海迅息鲸波。相和凯歌。[①]

这首词的关键在于最后两句："且殷勤，旧狂重理，登高翘望，东海迅息鲸波。相和凯歌。"1950 年重阳之日为 10 月 19 日。1950 年 7 月 10 日，中国人民反对美国侵略台湾朝鲜运动委员会成立，10 月中国人民志愿军开赴朝鲜战场。叶恭绰期待中国人民志愿军"东海迅息鲸波。相和凯歌"，但他不确定其他人的想法。正是这一点，使他向咫社成员发问："未知为异床同梦，抑同床各梦也？"

这次唱和由关赓麟发起。他自己的题目作"展重阳日琼岛登高，依姚江村四声"，词作云：

恨前番，郊园丝雨，霁时了却重阳。选登临何地，永安塔，出崇冈。槛外晴游弥望，自玻璃风换，占绝荷疆。剩西山，醮碧缩影入沧浪。有画桨，往来水乡。

秋光。院净诗肠。环啜茗，替持觞。怅衰危足寒，年年此景，辜负萸囊。古仙阅残尘世，汉盘露，瞬沧桑。想黄花，故人还就，俊游商略，城北须访刘郎。三径未荒。[②]

词由于自身的"兴发感物，比中有兴"特色，而成为一种天然的"隐微写作"。就关赓麟这首词来说，我们很难确认它的本旨，因为它所展现的意境，与古今词家的大多数词作没有什

---

① 遐庵：《紫萸香慢》，《咫社词钞》卷一，南江涛选编《清末民国旧体诗词结社文献汇编》第 12 册，第 504 页。

② 梯园：《紫萸香慢》，《咫社词钞》卷一，南江涛选编《清末民国旧体诗词结社文献汇编》第 12 册，第 503 页。

么不同。要破译它，须从"关键词"入手。词牌用的"紫萸香慢"，词题标明"依姚江村四声"，词的下阕"城北须访刘郎"，是三个关键点；"城北须访刘郎"，出自刘禹锡《玄都观桃花》"玄都观里桃千树，尽是刘郎去后栽"，刘诗本意是在讥讽长安城的朝中新贵。只有把握了这几个关键点，"古仙阁残尘世，汉盘露，瞬沧桑"一类表达才能被赋予具体而实在的意义，否则它仍旧只是词家的照例"赋得"，只具备审美上的功能。

清室逊政以后，关赓麟主持风雅垂四十年。寒山（北京）、稊园（北京）、青溪（南京）三个诗社的影响力，在当时少有匹俦。这首《紫萸香慢》所流露出的易代之感，容易被捕捉到。重阳雅集地点选在北海，也许关赓麟不仅考虑了它的环境，还觑准了它的历史。辛亥鼎革后，北海这个皇家禁地废弃了十余年，后经修缮，于1925年向市民开放，成为公园。这样，昔日的皇家禁地，人人皆可游览。1924年，深具怀古幽情的李景铭写成《三海见闻志》初稿，记录了北海的陵谷变迁及相关掌故；所谓"三海"，即北海、中海、南海。他在自序中说："然而回首康乾，有如天宝，徘徊故苑，不尽所悲，蔓草铜驼，触目皆是。而今而后，再越三百年，或五百年，阅吾此志者，更临此地，吾不知后人感慨，视吾何若也。"[1] 北海公园开放后，这种感慨就更加普遍。末代进士靳志（1877～1969）经过这里的时候吟道："曳杖登琼岛，回身眺建章。螭头剥秋雨，鸱尾带斜阳。一塔离离白，双虹故故

---

[1]　适园主人编《三海见闻志》，北京古籍出版社2005年版，序第1～2页。

长。国殇真可痛，城下是沙场。"① 此类低徊长叹，不胜枚举。

1950 年，北洋政府、南京国民政府都成为过去，北海公园别是一番风景。高毓浵词有云：

> 看荒台凤去，离宫鹿走，兴废谁评。景山古亭相望，漫闲话，十三陵。②

高毓浵（1877～1956），字淞荃，一作淞泉，号潜子，直隶静海人，光绪二十九年（1903）进士，散馆授编修，简任京师大学堂教席，入民国，以卖字为生，1930 年代中期重返北平定居，曾任伪满洲国治安部参事。因此"看荒台凤去，离宫鹿走，兴废谁评。景山古亭相望，漫闲话，十三陵"就有了具体的内涵。张伯驹词有云：

> 羞羞。破帽还留。遮不住，雪盈头。念刘郎再至，萧娘易老，前事都休。见闻已销兵气，早全换，旧神州。蠢斜阳，塔铃无语，又传辽鹤，鼓鼙惊破金瓯。③

张伯驹（1898～1982）是河南项城人。其父张镇方（1863～1933），字馨庵，光绪三十年进士，是袁世凯兄嫂之弟。张伯驹虽曾在袁世凯陆军混成模范团骑兵科受过训，不过与袁克文

① 靳志：《北海》，《国学论衡》第 2 期，1933 年。
② 潜子：《紫萸香慢》，《咫社词钞》卷一，南江涛选编《清末民国旧体诗词结社文献汇编》第 12 册，第 504 页。
③ 丛碧：《紫萸香慢》，《咫社词钞》卷一，南江涛选编《清末民国旧体诗词结社文献汇编》第 12 册，第 505 页。

一样，为翩翩公子，所往还的多是文化名流。北平沦陷时期，
自创延秋词社，与溥儒、郭则沄、夏仁虎等酬唱。① "念刘郎
再至，萧娘易老，前事都休。见闻已销兵气，早全换，旧神
州"，就是他在易代之际的感触。"蠹斜阳，塔铃无语，又传
辽鹤，鼓鼙惊破金瓯"一句，指向当时的朝鲜战场。我们很
难去揣摩他的弦外之音。林葆恒词有云：

> 奈转眴，遽成变迁。凄酸。旧梦还牵。谁更买，过湖
> 船。叹登临老去，终无乐土，何处留连。惆怅旧时侪侣，
> 半都已，隔人天（往与粟斋、沅叔、君厚同游最多，今
> 皆异物矣）。想群公，遍题糕处，也应垂念，孤寂谁与为
> 欢。思及泪潸。②

林葆恒是林则徐的侄孙，晚清曾出任驻小吕宋（菲律宾）副
领事、驻泗水领事，入民国，挂冠不仕。曾编有《词综补
遗》。他是地道的清遗民，"叹登临老去，终无乐土，何处留
连"一句也就比别人来得更深沉。夏纬明词有云：

> 纵然已迟佳节，怕风雨，黯殽陵。任丹枫，乱飞瑶
> 席，紫荚重把，惊数鸥鹭晨星。珠泪暗零。③

① 参见《词林近讯·燕沪词社近讯》，《同声月刊》第1卷第1期，1940年。
② 讱盦：《紫荚香慢》，《咒社词钞》卷一，南江涛选编《清末民国旧体诗
词结社文献汇编》第12册，第505页。
③ 慧远：《紫荚香慢》，《咒社词钞》卷一，南江涛选编《清末民国旧体诗
词结社文献汇编》第12册，第510页。

夏纬明（1907～?），字慧远，江苏江阴人，他是逊清遗民夏孙桐之子。他称得上是"遗少"，因为夏孙桐的关系，从小就与逊清故老相交接。"怕风雨，黯骰陵""珠泪暗零"，大约就是所谓"遗少气"了。傅岳棻词有云：

> 快秋晴，重庆高会，者处最觉秋多。擘空冥烟翠，俯层巇，陟嵯峨。一片伤心水碧，看莲池清浅，尚泛微波。怕重来，感旧更共泣铜驼。且让我，独行窃歌。
>
> 婆娑。拊葛攀萝。望远海，意云何。慨终缨竟请，汪戈遍执，气涌山河。颇闻厌言兵事，却十万，又横磨。对西风，细看萸把，但惊秋老，无计能补蹉跎。衰帽冀畸。①

傅岳棻（1878～1951），字治芗，号娟净，湖北武昌人，光绪举人，历任山西大学堂教务长、京师学部总务司司长等职。入民国，供职北洋政府，官至教育部次长。被撤职以后，供职北京高校。1934年4月，出任伪满洲国的宫内府秘书官，② 深得溥仪的嘉许和眷顾，"（伪满）国交文诰"，都出自他的手笔。③ 1936年以年老告退。抗战全面爆发后，他隐居北平，不问世事。假如说上阕"怕重来，感旧更共泣铜驼"一句还仅仅是展现他的遗民身份的话，那么下阕"慨终缨竟请，汪戈遍执，

---

① 娟净：《紫萸香慢》，《咽社词钞》卷一，南江涛选编《清末民国旧体诗词结社文献汇编》第12册，第510～511页。

② 郭卿友主编《中华民国时期军政职官志》，甘肃人民出版社1990年版，第1768页。

③ 许宝蘅：《傅君小传》，《巢云簃随笔》，中华书局2018年版，第113页。

气涌山河。颇闻厌言兵事，却十万，又横磨"两句则多少流露出他对出兵朝鲜的不理解。

四十年间，林葆恒、高毓浵、傅岳棻这些逊清故老，见证了太多的盛衰与兴废。无一例外，这些盛衰与兴废，都成了清遗民重新发现自己、界定自己的触媒。很难说夏仁虎是清遗民，不过，他生于 1874 年，生平迭与唱和的都是逊清故老；同时，他又是北洋政府旧僚，那句"眼前万家烟树，依然是，故神京"也就包含了多重意蕴和可能性。关赓麟历仕清政府、北洋政府、南京国民政府，以宋末元初姚云文的自度曲《紫萸香慢》嘱同人填词，可能正是看中了姚云文的易代背景。张伯驹、夏纬明则因家世的关系，常与逊清故老相往还，无形中沾染了很多惘惘不甘的气息。他们一生中最"裘马轻狂"的岁月是在民国度过的。逊清故老传染给他们的遗民情调常常是空泛的、无所附着的，新中国的成立则把空泛填满，化为触手可揽的实在。

正像前文强调的，咫社成员并不都被"易代之感"所笼罩。同样寄调"紫萸香慢"的王末、梁启勋、蔡可权、谢良佐、刘子达、黄复、黄畬、唐益公、陈祖基，就没有这种感伤。在"紫萸香慢"这一隐微写作形态之下，他们甚至还形成了对话。唐益公词所谓"适意事，不论古今"，[1] 其含义一目了然。特别值得发微的是陈祖基，其词作有云：

> 鼓鼙不惊莹鬓，更遑问，谷为陵。眺琼华，旧裳新

---

① 益公：《紫萸香慢》，《咫社词钞》卷一，南江涛选编《清末民国旧体诗词结社文献汇编》第 12 册，第 507 页。

制，算来还有，寥落云表晨星。安用涕零。①

在已经疏通了"紫荬香慢"的来龙去脉后，我们就不能把"安用涕零"视为寻常的"我言秋日胜春朝"式的文学翻案，它隐含着陈祖基饱更忧患后的价值观。

陈祖基（1880～1953），云南宣威人，宣统己酉拔贡，分发广东补用知县。1913 年任云南《民报》《共和滇报》总编辑。后移居北京，多次出任议员。1923 年，同友人创立"己酉学会"，任学会理事。己酉学会很少有人关注，蔡鸿源、徐友春主编的《民国会社党派大辞典》有简略介绍，提及它的宗旨是"研究政治，交换学识，联络情谊，共策进行"，②但偏偏漏了——至少在笔者看来——最重要的两部分：它的来由与当下诉求。之所以命名为己酉学会，是因它由清朝己酉科贡生联合创立。会长吴宗慈（1879～1951），理事陈祖基、战涤尘（1872～1935）、方朝桓等都是此科拔贡。己酉科的特殊性在于，1905 年科举制废除后，出于维持社会稳定的考虑，清廷决定继续于 1906 年、1909 年、1912 年举办最后三届优贡考，1909 年（己酉）又是十二年一届的拔贡年，故兼举最后一次拔贡考。1908 年秋至 1909 年春，朝野对己酉科优拔考是否还举办存在争议。其最终举办自然使该科优拔考生格外庆幸。1912 年清室逊政，己酉科优拔贡实际成了"末代贡生"。近代科举史研究格外关注癸卯、甲辰两科末代进士，是情理之

---

① 邻袁：《紫荬香慢》，《咫社词钞》卷一，南江涛选编《清末民国旧体诗词结社文献汇编》第 12 册，第 509 页。

② 参见蔡鸿源、徐友春主编《民国会社党派大辞典》，黄山书社 2012 年版，第 37 页。

中的。己酉科优、拔贡的研究殊显冷落，[①] 但返回清季民国，这群末代贡生绝无自轻之意。事实上，己酉学会的雏形"己酉联欢社"（1921年或1922年成立），是己酉科贡生的联谊会；这是科举"同年"传统的延续或变体，正如癸卯科进士也曾制作《癸卯科旅京同年一览表》（1922）。[②] 方朝桓在致同年张维（1890～1950）的信中谈及己酉联欢社的发起，说"现访查诸同年旅京者计百五六十人，大都年岁不老不少，位置不高不低，学识不新不旧，似天不欲使吾辈消灭于潮流澎湃中"。[③] "年岁不老不少，位置不高不低，学识不新不旧"的品题很到位，看上去是丧气话，雄心却隐隐可窥。他们试图通过己酉联欢社"彼此扶助，互相团结"，使近期的国会选举"同人得多数与选"。[④] 出于这个目的，己酉联欢社很快于1923年改名为己酉学会，并表示"本会所最注意者在国会下届选举"，借此扭转"吾辈自己酉后沉沦十余载，大都寄人篱下，莫先〔克〕发展经纶〔纶〕"的局面。[⑤] 但人算不如天算，1924年12月国会宣告撤销，陈祖基从此赋闲在京。1927年，乞食南下，任江西省政府主席朱培德的私人秘书；朱培德是云南人，

---

① 除关晓红《科举停废与近代中国社会》（社会科学文献出版社2013年版，第148～165页）曾述及此科外，近年张仲民有集中讨论，参见氏著《"不科举之科举"——清末浙江优拔考及其制度性困境》，《历史研究》2019年第3期；《"非考试莫由"？清季朝野关于己酉优拔考试应否暂停的争论》，《学术研究》2019年第7期。

② 参见李林《最后的天子门生——晚清进士馆及其进士群体研究》，商务印书馆2017年版，第284～286页。

③ 《方朝桓函·二》，曾雪梅编著《还读我书楼珍藏尺牍考解》，甘肃人民出版社2012年版，第43页。

④ 《方朝桓函·二》，曾雪梅编著《还读我书楼珍藏尺牍考解》，第43页。

⑤ 《方朝桓函·一》，曾雪梅编著《还读我书楼珍藏尺牍考解》，第42页。

二人有同乡之谊，同一时间步入仕途。1937 年朱培德病逝后，他再度失业。1940 年，陈祖基在南京被聘为图书馆专门委员会委员，旋改顾问。[1] 抗战胜利后，陈祖基就任励志中学高中国文教员。他具体于何时来京，还无从考定。

陈祖基留下了若干诗篇，但日记、书札或文章绝少，[2] 这使我们很难对他的思想变化做出精准勾勒。不过，应当注意这样两个事实：第一，1917 年，还在众议院议员任上的陈祖基随孙中山南下护法，任护法国会众议院议员；第二，就在南下护法前，他曾与李文治、赵鲸联名发表《赞成王兆离、程大章、李景濂、赵炳麟诸君请定孔教为国教修正案意见书》，向两院倡议以立法的形式确立孔教的国教地位。[3] 自其小而言之，这印证了方朝桓对己酉科同年"知识不新不旧"的定位；自其大而言之，多少印证了多年前陈志让先生将北洋政权定性为集"法统"和"道统"于一身的"军绅政权"的概括力。陈祖基的行为，显示了一位末代拔贡为中华民国的未来曾做出的努力。1924 年国会撤销给他带来的不仅是失业，可能还包括精神上的打击。在南昌的十年秘书生涯中，他几乎没有任何

---

① 中央文史研究馆编《中央文史研究馆馆员传略》（增订版），中华书局 2014 年版，第 61~62 页。

② 《中央文史馆馆员传略》（增订版，第 62 页）著录陈祖基诗词集 6 种 12 卷、文集《景园堂文存》1 种 1 卷。见存的有《庐山游草》1 卷、《车茵集》1 卷（上海图书馆藏）；他还有不少诗词见于民国期刊。《景园堂文存》1 卷很可能早就亡佚，中央文史研究馆先后编选的《崇文集：中央文史研究馆馆员文选》《崇文集二编》《崇文集三编》都未收录陈祖基文章。

③ 李文治、陈祖基、赵鲸：《赞成王兆离、程大章、李景濂、赵炳麟诸君请定孔教为国教修正案意见书》，《宗圣学报》第 2 卷第 6 附期，1917 年。这篇联名意见书还曾以《赞成定孔教为国教意见书》为题，刊载于《昌明孔教经世报》第 2 卷第 12 期，1924 年。

声音。谋食南京，已在日本侵略者与汪伪政权的笼罩下。1942年10月，他作为图书馆顾问参加李宣倜桥西草堂的"星饭会"宴集；① 星饭会由汪精卫等开支经费，李宣倜出面组局，意在拉拢沪宁一带的文人。有证据显示，他从南昌来到南京，正是在朱培德病逝的1937年。② 他住的地方离袁枚随园旧址不远，所以自号"邻袁野叟"。1940年，他请黄宾虹弟子段拭绘制《邻袁野屋图》一幅，③ 关赓麟、陈寥士等人有题咏。④ 1941年初，他发表了一篇艳丽的骈文征诗启，拟于三月初三（上巳日兼袁枚生日）给袁枚扫墓，⑤ 得到热烈响应，近一百名文士参与了酬唱。⑥ 考察其思想动态，六十岁生日时所作的四首诗尤为紧要，因为六十岁生日向来带有仪式感，诗人笔下的主题通常包含了个人与外部世界的关系。第三首这样写道：

> 寒潭秋碧访春锄，瑟瑟西风荻影疏。淮岸闻歌桓子野，海天琢句木玄虚。兴亡有故兵犹火，绝续斯文道在书。秦畤松炊焦麦饭，饭中滋味果何如？⑦

---

① 参见潘益民《陈方恪先生编年辑事》，中国工人出版社2005年版，第146～147页；张晖编《龙榆生先生年谱》（增订本），第116～117页。
② 参见陈啸湖（陈祖基）《丁丑上巳后湖禊集因事迟到仲云方叔均纪以诗次韵奉酬》，《卫星》第1卷第4期，1937年。
③ 参见陈啸湖《琐窗寒·题段无染君拭为画邻袁野屋图》，《国艺》第2卷第5/6期，1940年。
④ 参见关颖人《琐寒窗·题啸湖社长邻袁野屋图即次原韵》、陈寥士《琐寒窗·前题》，并载《国艺》第3卷第1期，1941年。
⑤ 参见陈啸湖《纪念袁随园征诗启（转载）》，《法制月刊》第1卷第1期，1941年。
⑥ 这些诗作结为《袁随园先生生日扫墓征诗专辑》，分三辑先后发表于《国艺》第3卷第3期、第4期、第5/6期，1941年。
⑦ 邻袁野叟陈啸湖：《六十初度倒次原韵》，《公议》第2卷第6期，1941年。

诗歌语言富于弹性，解读时应当尽可能地节制、审慎。但在材料有限的情况下，研究者必须冒险。这首诗有幽微的感喟，但第三联的"兴亡有故兵犹火"，不痛不痒，仿佛就是点缀一下背景。包括这首诗在内的整组诗给人一种过分冷静乃至冷淡的感觉，依稀有个人唏嘘，却缺少对眼下生死流离的悲悯或愤怒。考虑到他的众议院生涯与护法历史，这种反差过于明显。

上述解读缺少牢靠基础，但如果再结合这首《紫萸香慢》，就会获得更好的理解。"鼓鼙不惊莫鬓，更遑问，谷为陵"，是说不管世变如何，也不管朝鲜战场局势如何，咫社同人一切安好就够了。"眺琼华，旧裳新制，算来还有，寥落云表晨星。安用涕零"是说不管谁来掌权，制度如何，只要旧侣们还在世（哪怕已寥若晨星），就可以欢度佳节，不必哭泣。叶恭绰小心翼翼地发问"未知为异床同梦，抑同床各梦也？"显示新中国刚成立的时候，成分各异的旧文人可能还抱有某种自己的政治见解或倾向，不管正面还是反面。陈祖基似乎完全是超越性的，他不在乎所谓政治。也许是民初十余年国会的动乱、遭遇的挫折与失败，也许是长期乞食生活的消磨，也许是抗战胜利后从与汪伪政权沾边的图书馆顾问一职中全身而退，使他对自己此刻的"活着"感到很满意。可以想象，这些经历重塑了他的价值观。需要补充的是，1951 年 12 月，陈祖基成为第二批中央文史研究馆馆员。当时的故老很多，鉴于中央文史研究馆的性质与定位（下文将论及），他能入选，当是得到了有力者的帮助。不管是谁伸以援手，推荐、讨论时台面上一定包括两个理由：一是清朝己酉科拔贡，二是 1917 年参与孙中山领导的护法运动。

就 1950 年的社会环境来说，咫社中人纵或"同床各梦"，彼此依旧相安无事、弦歌不辍。与历来生当易代之际的士人一样，他们有时也热衷于用隐微修辞的方式来完成自我书写。宋遗民姚云文的自度曲《紫萸香慢》是一个表征系统，在传统修辞共同体那里是自明的，从而巧妙地扮演了"隐微修辞"承担者的角色。

第三节　从遗老到遗少的同光记忆

在咫社的怀旧作品中，第十二次雅集所表达的感情最为深沉。这次雅集以"题夏闰枝先生刻烛零笺册子"（不限调）为题，题下有识语，大概出自社长关赓麟之手：

> 丁卯二月，江阴夏闰枝先生寓居麻刀胡同时，以光绪中叶京师词人集会其家唱和词笺及庚子岁汇钞词稿，有王半塘、朱彊村、刘忍庵、宋芸子、左笏卿、张瞻园、王梦湘、易实甫、由甫诸老之作，皆一时名隽。沧桑后，装裱成册，题曰《刻烛零笺》，并详跋其岁月，留为光宣间词坛之掌故。今藏令子慧远家。慧远能读父书，为咫社后起之秀。携社征题，为述其缘起如此。①

1927 年，寓居麻刀胡同的夏孙桐将王鹏运、朱祖谋、刘福姚、宋育仁、左绍佐、张仲炘、王以慜、易顺鼎、易顺豫等人在光绪中叶寓居京师时的诗词作品装裱成册，题为《刻烛零笺》。

---

① 《咫社词钞》第十二集《说明》，南江涛选编《清末民国旧体诗词结社文献汇编》第 12 册，第 568 页。

其时，南方的国民革命军气势如虹，北洋政府摇摇欲坠，"故都"有失守之虞。不知这是否刺激或引发了夏孙桐的这一举动，但毋庸置疑，这一举动蕴藏着他的"同光记忆"。

夏孙桐在《刻烛零笺跋》中慨叹道："卅年陈迹，世阅沧桑。半塘、瞻园、梦湘早作古人，余亦胥疏江湖，晨星寥落。今尚羁旅旧京者，笏老及章曼先与余三人耳。天宝宫人，贞元朝士，摩挲断简，能无慨然。"① 真实的同光渐行渐远，他希望将京师人文掌故长留世间。装裱《刻烛零笺》，既意在"怀旧"，也意在"传旧"，刻录已去的时光。1896 年，夏孙桐装裱《张文襄龙树寺召客七札册》，并自绘龙树寺名流高会图一幅，遍示友人征题。征题活动从 1896 年持续到 1922 年，其中就有王鹏运的题咏，写于 1897 年；② 而潘祖荫、张之洞领衔的龙树寺觞咏大会，已是遥远的同治十年（1871）之事。夏孙桐在不同时间、不同处境下，反复记起诸如此类的宣南人文掌故。1930 年他在题咏文官果树的一首词中写道："荣枯都付沧桑感，问掌故，宣南堪续。"③ 宣南是宣武门以南的泛称，各省士子会馆累建于此间各区，为四方辐辏之地。近代标志性的文事可以追溯到嘉庆年间的"宣南诗社"，历道咸同光，蔚为北京人文渊薮。④ 龙树寺就位于宣南，此外还有法源寺、常椿寺、报国寺、松筠庵、顾祠、陶然亭、天桥酒楼等胜地，为

① 夏孙桐：《刻烛零笺跋》，《悔龛词》附录《观所尚斋文存补遗》，1962 年铅印本，第 16b 页。

② 参见夏武康、夏志兰整理《闰庵公遗墨辑录》，第 249 页。

③ 夏孙桐：《疏影·文官果树》，夏志兰、夏武康：《悔龛词笺注》，第 117 页。

④ 参见魏泉《士林交游与风气变迁——19 世纪宣南的文人群体研究》，北京大学出版社 2008 年版，第 1~15 页。

士人游玩之所。就是日常的胡同居处，也充满历史、人文情调。林志钧在《燕都丛考》序中略予举例："米市胡同为王敬哉青箱堂所在，程鱼门亦尝居之。果子巷北通保安寺街，则王渔洋曾寓此。邵青门与渔洋对门居，施愚山寓相距亦仅数十武，翁覃溪亦曾居保安寺街，近人李莼客居街北，后为余中表陈征宇寓，尤为晨夕常过之地。半截胡同则汤西厓、查查浦、秦鉴泉、齐次风、钱茶山皆尝居之。西厓又居烂面胡同接叶亭，张南华、沈椒园亦曾寓此。洪北江居左近之莲花寺，今为余友姚茫父居。何东洲居西砖胡同，后为余友余越园居。半截胡同通丞相胡同，今之休宁会馆即徐憺园之碧山堂。陈乾斋亦居丞相胡同，钱晓征、戴醇士、曾涤生皆寓此。吴柳堂故宅则在南横街，皆比邻也。"① 这是高密度的人文历史。夏孙桐"问掌故，宣南堪续"云云至少还包含了亲历的王鹏运"四印斋"雅集，四印斋位于宣武门外，夏孙桐本人在京时亦多住宣南。1938年，大片国土沦陷之际，夏孙桐题咏了一幅《宣南话别图》，慨叹"题咏同人，竟已无存者""破碎河山更浩劫，凋零朋辈剩孤弦"。② 1939年，夏孙桐收到王鹏运侄女婿姚肇菘（1872～1955）寄来的《填词图》后，用缠绵的笔调追忆了王鹏运与宣南文事：

劫灰吟未了。正庾郎萧瑟，江关秋老。寒枝夜乌绕。况相逢南雁，诉将怀抱。风烟坐啸。满奚囊，愁缣恨草。

① 陈宗蕃编著《燕都丛考》，北京古籍出版社1991年版，林序第2页。
② 夏孙桐：《题恽孟乐同年宣南话别图卷》，《观所尚斋诗存》卷二，第25a页。

盼春回，节物关情，漫惜冻杯倾倒。

闻道。承平追溯，四印高斋，擘笺摛藻。音沉韵杳。黄垆畔，记曾到。话春明前事，荒驼残陌，凭续梦余后槁。怕听它，暮雨吴讴，断肠苦调。①

同光之作为精神归宿，在世变中犹然。

中华人民共和国成立时，同光老辈凋零殆尽。作为夏孙桐之子，咫社中的晚辈夏纬明出示了这册《刻烛零笺》向咫社同人征题。一方面，他们怀旧的对象依然落在同光，与夏孙桐无乎不同，这隐隐伏藏着从"遗老"到"遗少"的传承秘钥——同光的记忆或想象构成了遗老、遗少的认同之源。另一方面，他们又通过负载着夏孙桐怀旧之情的《刻烛零笺》来回望夏孙桐以及夏孙桐不能忘怀的同光。"文化记忆"与"交往记忆"编织在一起，在杳霭中孕育出梦痕、幻象与挽歌。② 这构成了"怀旧的怀旧"，有更为诡谲的内容。

作为夏孙桐的门生，关赓麟第一个寄调《齐天乐》：

承平樽俎风流尽，贞元每思朝士。四印居停，卅年掌故，愁绝春明花事（彊村、忍庵，庚子秋同居半塘四印斋。《春明感旧图》，半塘征诸人题咏卷也）。危城送眚。剩小令无题，它年诗史（《庚子秋词》皆无题，以六十字内调为限）。密字秋声，夜窗烛跋替垂泪。

---

① 夏孙桐：《瑞鹤仙》，夏志兰、夏武康：《悔龛词笺注》，第 198 页。
② "文化记忆""交往记忆"的概念、内涵，参见扬·阿斯曼《文化记忆：早期高级文化中的文字、回忆和政治身份》。

　　逢承衣钵旧枭，恨欧梅节拍，传授曾未（庚子乡荐座师裴、夏两公，以庚辰、壬辰入翰林。余亦甲辰通籍。《香草亭词》《悔龛词》，皆为彊村所赏，选入《沧海遗音》。而余少喜填词，中岁弃不复为，老始结社，不及受教于两公也）。辽鹤重来，霓裳换谱，弹指沧桑几世。吟坛又启。问咫社何如，咫村诸子（《咫村吟集》为庚子前半塘、彊村、瞻园、梦湘、由甫等分韵填词，迭为宾主。所在，韵珊师、闰枝师皆与焉）？识我词人，有灵应唤起。①

上片第一、二句的"承平""贞元""朝士""掌故""春明"诸词，构成了全词的指涉对象——同光/光宣。下片的"辽鹤重来，霓裳换谱"则用以映照"今""古"——假使老辈重归，他们也一如现时的自己一样，活在错置的时空里。正如nostalgia一词将时间与空间融为一体，兼有"怀旧""乡愁"两种意蕴一样，此刻，他们成了新中国的"陈人"，也成了新中国的"异乡人"。紧接着"辽鹤重来，霓裳换谱"的"弹指沧桑几世"绾结了全句，也绾结了全词。

　　然而，这首词并非一味地在"空灵"、杳霭中浮现出"东京梦华"的旧影，而是有着质实的历史感。王鹏运《春明感旧图》早已不知何在，但《春明感旧图》的当年题咏依然可觅。甲午战后至庚子国变以前，士人就被一种难以磨灭的哀伤情绪所笼罩。王鹏运、夏孙桐、朱祖谋等不由得感世伤生，追

---

① 秭园：《齐天乐》，南江涛选编《清末民国旧体诗词结社文献汇编》第12册，第568~569页。

忆起旧日承平，所谓"春明感旧"。时间回到 1900 年，夏孙桐《瑞鹤仙·王半塘〈春明感旧图〉》云："瘦苔寒更积。话梦痕前度，古庭烟寂。琴尊几年隔。又东风人世，晨星词客。愁缣恨墨。护尘封，笼纱自碧。恁匆匆，吟到黄垆，容易鬓丝催白。还忆。山青岭外花发。城南那番笺擘，芳韶暗惜。凭翠羽，诉陈迹。纵看花人在，霜浓春浅，怕涩梅边旧笛。只孤弦，犹抱冬心，岁寒耐得。"[1] 朱祖谋也在"诗魂定惊"中伤怀于今日的"国运屯邅"，《绮寮怨·为半塘翁题春明感旧图》云："笛里呼杯人尽，冻醪和泪凝。对冷月，卧仰空梁，枫林黑，断梦无凭。年时黄垆聚别，伤高眼，倦客相向青。怪瘴花，悴折朱丝，匆匆去，夜壑寻坠盟。最是故人茂陵。摩挲翠墨，情怀似醉还醒。细说飘零。有哀雁，两三声。天边唤回辽鹤，教认取，旧春城。诗魂定惊。花阴甚处是，尘暗生。"[2]"天边唤回辽鹤，教认取，旧春城"一句指向的仍然是国都乃至清王朝的衰飒，它集中体现了"日落紫禁城"的时代氛围。当庚子国变以后，《庚子秋词》的问世把时代氛围融入哀怨的浅斟低唱之中，王鹏运、朱祖谋、刘福姚、宋育仁、于穗平、张仲炘诸家词就是在这一情形下产生并充当了"词史"的。因之，作为"小令无题，它年诗史"的《庚子秋词》实际是在记录国变留下的"伤痕"。不论是处于 1927 年"易代之际"的夏孙桐，还是处于 1949 年"易代之际"的关赓麟，都借由对旧日"伤痕"的病态似的赏玩、眷念、抚摩与舔舐而加深

---

① 夏孙桐：《瑞鹤仙·王半塘〈春明感旧图〉》，夏志兰、夏武康：《悔龛词笺注》，第 21 页。

② 朱祖谋：《绮寮怨·为半塘翁题春明感旧图》，朱孝臧著，白敦仁笺注《彊村语业笺注》，第 63 页。

痛楚，获得悲剧意义上的净化或宣泄。

处于"承平樽俎风流尽"之际的关赓麟，缅怀《刻烛零笺》的来龙去脉时当然并不总是指向庚子国变留下的"伤痕"。实际上，通过关赓麟的这曲《齐天乐》，我们会发现，即使是《庚子秋词》的唱和，也成了他们"贞元每思朝士"总体想慕的一部分。换言之，即使是"伤痕"，仿佛也表征了"贞元朝士"的"樽俎风流"，从而成为导向"同光想慕"的一部分。这个吊诡却又自洽的心理机制，意味着想象或怀旧在重温"伤痕"、刺激"创伤"的同时，也剥离了残酷，而对那个时代加以美化。因此，很自然的，《齐天乐》的下片转向了王鹏运、朱祖谋、张仲炘、王以慜、易顺豫等人的咫村词社或咫村吟集。关赓麟的"庚子乡荐座师裴、夏两公"，后者当然是指夏孙桐，前者则是指裴维侒（1856～1925），字韵珊，河南开封人，光绪六年（1880）进士，改庶吉士，官至顺天府尹，著有《香草亭词》《香草亭诗草》。王鹏运、朱祖谋等人的咫村吟集，他们也都有参与。"吟坛又启。问咫社何如，咫村诸子"也就包含多重意蕴：咫社仿佛是光绪年间咫村词社的回响。下片词首句"逢承衣钵旧忝，恨欧梅节拍，传授曾未"并不全是自谦或疑惑，也是在暗示承续。下片结尾一句"识我词人，有灵应唤起"则是为同光／光宣"招魂"。

与关赓麟之作为夏孙桐门生不同，夏纬明是其"哲嗣"。他同样寄调《齐天乐》：

> 梦华陈迹秋螀语，银笺暗留清怨。字蚀仙蟫，魂归夜鹤，烽火长安经遍。吟深烛短。王、易、朱、张，一时耆彦。故国风烟，霅川愁问旧歌扇（册尾有先君跋尾，时

为丁卯仲春。旧京遗宿，正重结聊园词社，距曩日与王朱唱和已近三十年矣)。

春明花事渐渺，夕阳无限处，鸥鹭空恋。四印刊词，三都纪胜，五十年来肠断。霓裳羽换。怆鸾披文章，鲤庭凄泛。先绪悲承，小坡惭许唤（明十余岁时，初学填词，由先君亲授。宝沈庵丈赠联有"小坡绰有长公风"之句。鲁钝无成，尤增惭恧也)。[1]

同样指向作为"梦华陈迹"的"同光/光宣"。同光/光宣的京师记忆与想象一再成为从遗老到遗少的传承秘钥。如果说关赓麟的"四印居停，卅年掌故，愁绝春明花事"是站在 1927 年装裱《刻烛零笺》的夏孙桐的视角上来叙事或追忆光宣的话，那么夏纬明"四印刊词，三都纪胜，五十年来肠断"则是站在 1950 年他自身的视角来展开追忆，既包含了 1927 年夏孙桐《刻烛零笺》的光宣记忆，又包含了 1950 年自身的多重记忆——既有两代相承的光宣记忆，也有他对民国以后逊清故老的"樽俎风流"和北京生活的记忆。在"春明花事渐渺"之际，"怀旧的怀旧"成了夏纬明无可推避的愁绪。正是在这一意义上，夏纬明的身上多了些许"遗少的气息"。

所谓"遗少"不是一个明确的概念，它比"遗老"一词还要含糊得多。金梁《清史稿补·张人骏（子允方)》云："子允方，以荐举为知州，改民政部主事。辛亥后，弃官侍父。父殁，还故都，读书种菜，常终年不出，善病，精医，通

---

① 慧远：《齐天乐》，南江涛选编《清末民国旧体诗词结社文献汇编》第 12 册，第 569 页。

群经大义，尤喜治史，垂发如旧制，终其身不变，与其言时事，太息而已。庚辰卒。"① 张允方（1873～1940）是清总督张人骏之子，逊清覆亡后，"垂发如旧制，终其身不变"，似乎可以说是即使在遗民伦理上也经得起严格考验的"遗少"了，但这样的情形实在太少。并且张允方并不"年少"，本人还曾在清朝为官。1920 年代，胡适与陈寅恪接触后，曾用遗少气息形容陈寅恪留给他的印象。何为遗少气息？只能揣摩得之。我们应当注意到这样的事实，陈寅恪 1913 年《癸丑冬伦敦绘画展览会中偶见我国新嫁娘凤冠感赋》"承平旧俗凭谁问？文物当年剩此冠"，1927 年《王观堂先生挽词》"依稀廿载忆光宣，犹是开元全盛年。海宇承平娱旦暮，京华冠盖萃英贤"，1938 年《蒙自杂诗》"定庵当日感蹉跎，青山青史入梦多。犹是北都全盛世，倘逢今日意如何"，1964 年《赠瞿兑之》"开元全盛谁还忆，便忆贞元满泪痕"，1965 年《高唱》"如何鹤发开元叟，也上巢车望战尘"、《乙巳冬日读清史后妃传有感于珍妃事为赋诗一律》"家国旧情迷纸上，兴亡遗恨照灯前。开元鹤发零落尽，谁补西京外戚篇"等诗句，正像赵刚所揭示的，昭然寄寓着陈寅恪的"光宣全盛论"。② 这种"光宣全盛"的记忆或想象是贯穿了陈寅恪的一生的。

　　阅读了众多"遗少"的诗文集，就会发现他们之成为或被视为"遗少"的原因不一而足，他们通常是血缘、家世、交际圈、诗学宗尚或文化旨趣与遗老相关者，根本无法像

---

① 金梁：《清史稿补》，第 8 页。
② 参见赵刚《反抗道德机会主义——二十世纪中国革命激进背景下的陈寅恪"光宣全盛论"》，许纪霖、刘擎编《知识分子论丛》第 11 辑，华东师范大学出版社 2013 年版，第 333～366 页。

"遗民"那样统摄出一个哪怕相对统一的标准，但有一点是共通的，那就是他们的文本中总是充斥着对"同光（包括宣统）"的记忆和想象。它在差不多整个 20 世纪上半叶被不同的时空、不同的人事所刺激或加强，构成认同之源。这并不奇怪，当中华人民共和国定都北京，开启又一次"易代"时，身处北京的"士人"再次想起遗落在时空变幻里渐行渐远的"同光（包括宣统）"。比如夏仁虎《金缕曲》有云：

> 爱新九叶时非偶。数当年，贞元朝士，半塘诸叟。净洗浙东脂粉气，上继玉田石帚，似发乳，曹溪亲授。太息陬生生较晚，未中原，并辔同驰骤。题败楮，纪其后。①

夏仁虎（1874～1963）是光绪朝举人，曾在邮传部供职，入民国，在交通部、财政部供职；张学良入主北京，还短暂出任政务处长、国务院秘书长等职。北洋政府垮台后，他辞官归隐，不再出仕。民国元年，夏仁虎对清亡抱有同情、遗憾与不甘，但他回顾、反省晚清史事后得出的结论是："推原致乱由，实在钟鼎室。"② 翻译过来就是，清亡是梁武帝"自我得之，自我失之"故事的再演，清宗室与权贵的责任最大。但在情感上，并未影响他对自己曾经生活过的时代的追忆。"贞元朝士"，指光绪间包括王鹏运等人在内的文人群体。其《旧

---

① 枝巢：《金缕曲》，南江涛选编《清末民国旧体诗词结社文献汇编》第 12 册，第 575 页。
② 夏仁虎：《感怀五十韵（用杜甫由京至奉先县咏怀五百字韵）》，中央文史研究馆编《缀英集——中央文史研究馆馆员诗选》，线装书局 2008 年版，第 35 页。

京琐记》十卷、《清宫词》二卷、《旧京秋词》与《枝翁残笔》等著述，往往将晚清掌故融入北京城的一街一庙、一宫一苑之中。新中国成立后，他还撰有《北梦录》长文一篇，1960 年交付北京文史出版社，可惜未见刊行，很可能已亡佚。① 这一系列追忆行为，跨度长达半个世纪，可谓其来有自。很多光宣文人的笔记或回忆录都津津于同光史事，清遗民尤其如此。夏仁虎只是一例。夏仁虎诗作中，堪与这首《金缕曲》相对读的是新中国成立初所作的《友人来索近作吟事久绝口占答之》诗。其一云："海上书来听转疑，何来人索謇翁词。不眠常似知更鸟，瞑坐人呼没字碑。吃饭东坡居惠日，闻韶鲁叟在齐时。子都信美吾无目，且听杨枝与柳枝。"② 大有逍遥物外之意，底色不免消极。同题第二首中"醉醒较量怜屈子，是非彼此悟庄生"句，③ 将晚年的精神、认知表达得更为醒豁。至于"太息陬生生较晚，未中原，并辔同驰骤"是遗憾自己未能赶上老辈风流。事实上，王鹏运、朱祖谋、夏孙桐等人在庚子前后唱和时，他已经二十多岁。刻下，他是有数的健在者。

不难发现，夏仁虎"数当年，贞元朝士，半塘诸叟"的意蕴，与关赓麟"承平樽俎风流尽，贞元每思朝士"、夏纬明"春明花事渐渺，夕阳无限处，鸥鹭空恋"极其相似。这并非

---

① 参见王景山《"多几个读枝巢老人诗文的"——关于夏仁虎的著作》，《中华读书报》2004 年 7 月 21 日。

② 夏仁虎：《友人来索近作吟事久绝口占答之》，许恪儒整理《许宝蘅藏札》，中华书局 2013 年版，第 309 页。

③ 夏仁虎：《友人来索近作吟事久绝口占答之》，许恪儒整理《许宝蘅藏札》，第 310 页。

偶然。试读诸人的题咏：

> 昔游迢递去。远忆沧溟万里，曾戏鸥鹭。发箧陈书，同灯选韵，投赠几多丹素（光绪十八年春，余始谒半塘老人，时所刻四印斋所刻词新成，遂以一部相赠）。文章正午，有技擅雕龙，谈尊挥麈（时宋芸子座师亦在京，每相见，喜谈当世之务，然后及于文章，又次及词）。重展溪藤，只怜悲旧雨（册中诸人大半昔年师友，同时尚有端木子畴埰、况夔笙周颐乃与半塘老人同赋《薇省同声集》，册中惜无其迹也）。①
>
> 朝市几桑田，把读凄然。不须遗事说开元。只此贞元当日事，往梦如烟。②
>
> 影事话到同光，惘然若失，未用乾嘉数。今日后贤怀旧德，惜此吉光片羽。③
>
> 鲁殿灵光剩与。懔前修，青袍肯误。沧桑头白，人物开元，烟鸿般数。④
>
> 吉光片羽，想当时，一梦承平。忆零落瓶花，春游再续，有泪难倾。已是曲终人去，空惆怅，数点峰青。⑤

---

① 公岩：《齐天乐》，南江涛选编《清末民国旧体诗词结社文献汇编》第12册，第570页。

② 畊木：《浪淘沙》，南江涛选编《清末民国旧体诗词结社文献汇编》第12册，第571页。

③ 遂园：《百字令》，南江涛选编《清末民国旧体诗词结社文献汇编》第12册，第571页。

④ 忏庵：《烛影摇红》，南江涛选编《清末民国旧体诗词结社文献汇编》第12册，第573页。

⑤ 丛碧：《扬州慢》，南江涛选编《清末民国旧体诗词结社文献汇编》第12册，第573页。

北望浮云似旧，问当年，流风在否？劫灰残墨，传语郎君，一编长守。①

贞元名士尽矣。叹流光过羽，朝市轻换。②

旧梦宣南尺五天，引觞刻羽集群仙。开元法曲忆当年。③

闲数宣南旧事，丛残岁序分明。……收京。泪痕万点，谈从今，未许赋承平。④

这些词句分别出自汪鸾翔、王耒、廖琇崑、廖恩焘、张伯驹、刘景堂、周维华、高毓浵、柳肇嘉之手，"开元"出现三次，"贞元（朝士）"出现两次，"宣南"出现两次，"承平"出现两次，"乾嘉"出现一次，"同光"出现一次。王耒"不须遗事说开元。只此贞元当日事，往梦如烟"句，"开元"显然隐喻"康乾/乾嘉"，"贞元"隐喻"同光"，在思维层面上正与廖琇崑《百字令》"影事话到同光，惘然若失，未用乾嘉数"一句同构。除了王耒"开元"、廖琇崑"乾嘉"指向"康乾/乾嘉"外，其余的开元、贞元、宣南、承平、同光诸词都指向"同光"。这并非说上述诸人或有类似表述的都是遗老遗少，但正如我们要强调的，清遗民的同光记忆介乎"文化记

---

① 伯端：《烛影摇红》，南江涛选编《清末民国旧体诗词结社文献汇编》第12 册，第573~574页。

② 岩庵：《齐天乐》，南江涛选编《清末民国旧体诗词结社文献汇编》第12 册，第575页。

③ 潜子：《浣溪沙》，南江涛选编《清末民国旧体诗词结社文献汇编》第12 册，第576页。

④ 贡禾：《木兰花慢》，南江涛选编《清末民国旧体诗词结社文献汇编》第12册，第577页。

忆"与"交往记忆"之间，是二者的奇特融合。一方面，有关"同光中兴"的历史叙述借由晚清最后五十年官私文献的记录而定格下来；另一方面，他们（遗老）经历了同光之际的生活，是同光的遗蜕，同光的见证者和叙述者，而遗少则经由残存的记忆或与遗老的接触想象同光，并由此表现出若干与他们（遗老）相同的特质，从而被社会赋予"遗少"之名。可见，遗民作为想象的政治主体，既来自自己也来自他人。但万不能因此忽略这一记忆、想象还来自反向刺激（就他们的感受而言），包含着对1912年迄今一系列新的生活方式、社会组织、意识形态的疏离。

这次唱和收录的最后一首词是陈宗蕃的《水龙吟》。陈宗蕃顾影低徊，想象着那个渐行渐远的"黄金时代"：

> 凤城旧梦如烟，展遗笺，泪痕犹在。鸳班俦侣，惊心禾黍，行吟寄慨。数尽楼更，听残城角，都成无奈。看山河万里，斜阳黯淡，倾樽酒，愁相对。
>
> 今日风流消歇，感红桑，唱酬难再。缥缃爱惜，零笺余沈，陆离光怪。休说骚人，只有离忧，无关成败。试回头，瞑想光宣，是何时代！①

梳理陈宗蕃这首词的脉络，结句"试回头，瞑想光宣，是何时代"是近现代史进程的一种寓言；它是陈寅恪所谓"五十年来，如车轮之逆转，似有合于所谓退化论之说者"的诗意

① 纯衷：《水龙吟》，南江涛选编《清末民国旧体诗词结社文献汇编》第12册，第578页。

表达。① 在这个意义上，诚如博伊姆所言，"怀旧"是对现代的时间概念，或者说是对历史和进步的时间概念的叛逆。②

第四节　许宝蘅的前世今生

1953 年，叶恭绰计划"以纲目体修同、光两朝史"，③ 这种兴味大概不全是来自"史学"热情。同光半是经验、半是想象，尽管可以被视为遗老遗少的一种标识，但是在相当程度上它又仅仅是光宣文人对逝去的生活及其形态的追忆。1949 年后，清遗老凋零殆尽，咫社成员中只有许宝蘅、傅岳棻、高毓浵、商衍瀛四人属之。"同光"仍被追忆，但更重要的是眼下的生活。许宝蘅留下了完整的日记，使我们得以潜入他的现实生活与精神世界。

许宝蘅一向密切关注时局，他在 1949 年 3 月 26 日的日记中写道："昨日，中共中央委员会、人民解放军总部迁来北平，领袖毛泽东、朱德、刘少奇、周恩来、任弼时、林伯渠等均来北平。"④ 并无他语。作为清遗民，从 1945 年日本投降起，他会在日记中记下听来的溥仪动态与东北情势。⑤ 辽沈战役爆发不久，他写有《满江红·戊子八月二十日纪事》：

---

① 《读吴其昌撰梁启超传书后》，《陈寅恪集·寒柳堂集》，生活·读书·新知三联书店 2001 年版，第 168 页。

② 斯维特兰娜·博伊姆：《怀旧的未来》，杨德友译，译林出版社 2010 年版，导言第 4 页。

③ 邓瑞整理《邓之诚文史札记》，凤凰出版社 2012 年版，第 736 页。

④ 《许宝蘅日记》，第 1572 页。

⑤ 参见《许宝蘅日记》，第 1425、1427、1429 页。

一片琼英，问传自汉宫宝奁。争道是，玉龙战罢。败鳞残甲。银海平吞波万顷。金城高拥楼千堞。者分明，聊且慰相思，金花帖。君何事，弹长铗。只无奈，投仙牒。任排云驭气，上窥阊阖。旷野有人歌兕虎，荒邱到处飞胡蝶。怕东方曼倩也难知，何年劫。[1]

他对国共之间的胜负并无明显倾向，主要是有感于东北遭受的兵燹之厄。[2] 这首词的起因是另一伪满旧臣傅岳棻和完刘文嘉《满江红》后，出示给许宝蘅，请他继续和作。傅岳棻那首和作已不得觅。《许宝蘅藏札》中收录的傅氏手书《满江红》大概是另一首和作，因为这首词咏的是解放军横渡长江前夕的事，"金粉南朝佳丽地，风流未歇。俄北警，隔江烽火，烛龙焰烈"。[3] 1949 年，许宝蘅作有《怀园咏棋盘次韵》二首：

方卦森然据有情，日长相对悟亏成。数乘奇偶劳心计，道在纵横到眼明。旁若无人唯自赏，谁先著子便相争。千年多少兴亡事，百感茫茫付此枰。

直成横革写新图，篆笔曾闻信手摹。几见称雄争晋楚，莫教隙末笑肖朱。中心距有不平事，一著翻教全局输。为问旁观柯烂未，方田为海又将枯。[4]

① 《许宝蘅先生文稿》，中国书籍出版社 1995 年版，第 80 页。
② 在另一首《满江红》中，许宝蘅吟道："把沉沦，十四载遗黎，无关切。"（《许宝蘅先生文稿》，第 82 页）所谓"十四载遗黎"，指伪满洲国而言。
③ 傅岳棻：《满江红·刘絜园叠均索和》，许恪儒整理《许宝蘅藏札》，第 340 页。
④ 《许宝蘅先生文稿》，第 30 页。

两首诗的手书见《许宝蘅藏札》。① 虽然感慨万端，依旧是局外人旁观语。可以想见，许宝蘅与友辈见面时谈的最多的就是时局。

虽然关注时局，但许宝蘅并不轻易显露褒贬爱憎，哪怕在私密的日记里。比如，1950 年 7 月 6 日，他听说陈宝琛家族的"沧趣楼等五楼均已献纳，其他房产亦连带没收"，② 并未追加议论。偶有议论，也往往托诸他人之口。比如同年 11 月 27 日他记载云："章叔三叔又自沪来，谈及土改事，追溯解放前一年卖出田地为不法，奇极。"③ 察其辞气，这"奇极"二字既像是来自"章叔三叔"之口，又像是自家议论。再如，同年 3 月 17 日，许宝蘅记载道："赏延来，谈《大学》'心有所忿懥'四句说尽古今学说之来源，如老、墨之厌兵，杨子之为我，佛家之厌生，马克思之共产，皆由于心有所往，惟孔子无是。"④ 这段雌黄各种学说、主义的议论，照例录自他人。1959 年 1 月 9 日，亡友兼连襟郭则沄的孙子"因右派被斗争，愤而投水，遇救而腿折"，他也未予置评，只是慨叹"此子幼孤，甚可悯也"。⑤ 许宝蘅的持重，可能不仅出于天性，还与他供职伪满的经历有关。许宝蘅宣统间曾任军机章京、内阁承宣厅行走。入民国，供职北洋政府。1932 年伪满洲国成立后，曾任执政府秘书、宫内府总务处处长等职。1939 年退职，次年任满洲棉花会社理事。1945 年定居北平。背负如此历史污

---

① 参见许恪儒整理《许宝蘅藏札》，第 121～122 页。
② 《许宝蘅日记》，第 1630 页。
③ 《许宝蘅日记》，第 1646 页。
④ 《许宝蘅日记》，第 1617 页。
⑤ 《许宝蘅日记》，第 1990 页。

点，有必要慎之又慎。

1951 年中央文史研究馆成立后，友人屡次鼓动乃至推荐他，他却并不积极。1950 年该馆筹备阶段，许宝蘅已听闻其事，12 月 2 日日记云：

> 接揆若函，言遇陈叔通，为余谋文史馆事。今年春初，闻政府有人提议养老，曾经娟净开一名单交伯驹转送当局，余名亦在其列。至夏间由符定一、章行严召集枝巢、娟净、冕之诸君会商数次，定名为文史馆，规模颇大，于是希望者甚众，余以为老人甚多，安得人人而悦之，不甚在意。①

"余以为老人甚多，安得人人而悦之，不甚在意"这句话出自许宝蘅的日记，自然可信。但许宝蘅未必道出了全部心曲。1952 年濮绍戠多次前来动员，告以幕后奔走情况，许宝蘅却不甚积极，主要理由是自己"处境尚可支持"，②"我诸子皆成立，子与妇皆有职业"。③可是许宝蘅同一时期的日记记载道："因无车资，不能到南城，每月末数日用度辄窘，此月预计可以有余，乃仍复借贷十万，犹不足以支持，复向小铺赊物，向盈贷米。甚矣，经济调剂之难。"④他的经济状况并不理想，可见推辞的理由并不真切。

那么，我们就要考虑，他对友人的那些表态很可能与他的

---

① 《许宝蘅日记》，第 1646 页。
② 《许宝蘅日记》，第 1721 页。
③ 《许宝蘅日记》，第 1727 页。
④ 《许宝蘅日记》，第 1725 页。

伪满经历、遗民身份有关。假如不谋求入馆，这些污点可以成为鲜有人问的历史。否则，他必须通过身份审查。朋友们都曾考虑过此节。其 1952 年 4 月 14 日日记云："午后元初来，谈文史馆事，娄生欲为余谋，告以伯绚曾以余名开送于叶誉虎，若有人问余履历，可告以曾在北洋政府国务院十六年，在'满洲国'宫内府十年。"① 邵章的策略是让许宝蘅交代伪满宫内府总务处处长职务，而不提伪满执政府秘书职务，前者虽然也是仕伪，但稍存辩解或宽恕余地，因为此职具有爱新觉罗氏私人管家性质，后者为行政职务。其 12 月 11 日日记又云："十一时冕之来，知复堪、季让皆入文史馆，谓余与云汀可自陈述入满原因，良友相爱可感。"② 邢端所谓"自陈述入满原因"，也含有特别用意，嘴长在许宝蘅与商衍瀛身上，自当以极力开脱为主，所以许宝蘅加了一句"良友相爱可感"。正式入馆前，确有相关审查。1954 年 1 月 30 日，许宝蘅被传唤到派出所"同赵某谈话，问在满洲时职务、年数，又问满洲财政部长何人"。③ 一些研究机构或档案馆也不时访问他，像中国人民大学档案研究室就向他"询问军机处处理文书、保管档案情况及北政府、'满洲国'档案情况"。④

　　另一方面，许宝蘅的屡次推辞可能不仅出于污点上的考虑，还带一点"遗民"的原始旨趣在里头，而这一层是不宜显白道出的。作为伪满旧臣，许宝蘅很关注清末民初尤其是伪满时期的史事、掌故。日记显示，这一时期他的读物有《东

① 《许宝蘅日记》，第 1711 页。
② 《许宝蘅日记》，第 1736 页。
③ 《许宝蘅日记》，第 1789 页。
④ 《许宝蘅日记》，第 1805 页。

华录》《宫廷琐记》《满宫残照记》《末代皇帝秘闻》《庸闲斋
笔记》《花随人圣盦摭忆》《劫余琐记》《义和拳纪略》《西狩
纪略》《雪桥诗话》《今传是楼诗话》《戊戌政变杂咏》《故宫
词百首》《清词纪事》《清秘述闻再续》《军机大臣年表》《科
举考试考》①《郇庐遗文》《涧于集·奏议》《缘督庐日记》《王
彦威日记》《澄斋日记》等近四十种，包括清实录、野史笔记、
文集、日记等不同文献，绝大部分涉及同光朝或伪满史事。他
本人的撰著如《枢垣私记》《故闻拾慧录》《夬庐杂记》等也
是此类文献。1950 年初，他写定的集李（商隐）诗《秘殿》
八首，就是咏伪满始末及溥仪被苏联俘虏等事情，颇为哀怨缠
绵。② 同年 9 月 19 日，他在日记中云：

> 昨闻农先述赵冠五言，旧主已自苏俄来归，从者亦皆
> 归，今日观民言此，事甚确，现在辽省，初至时颇惶惑，
> 政府派人慰问，表示绝无恶意。③

溥仪等战犯是 8 月 1 日由苏联政府移交给中国政府的，其后关
押在抚顺战犯管理所。这一年按旧历属于"庚寅"。今存的许
宝蘅集李诗集有《庚寅以后杂诗》一组，标题中的"庚寅"
二字是暗号，暗示主题即是溥仪。从诗意来看，这组诗第八首
还写到了 1959 年溥仪被特赦归京的事；"庚寅以后杂诗"这
个怪名，其实是进一步暗示这组集句诗的创作花费了很多年。

---

① 商衍鎏《清代科举考试述录》部分章节的初稿。
② 参见潘静如《论晚清民国李商隐集句诗的隐微书写与褶皱》，《文学遗
　产》2020 年第 2 期。
③ 《许宝蘅日记》，第 1638 页。

这里不妨试举一二，组诗第一首云：

> 从来系日乏长绳，水去云回恨不胜。欲舞定随曹植
> 马，路人遥识郅都鹰。空闻虎旅传宵柝，不会牛车是上
> 乘。曾是寂寥金烬暗，一桥春露冷如冰。①

这里的"路人遥识郅都鹰"一句提供了最有效的信息，用
《史记·酷吏列传》里的典故，指代 1950 年溥仪被押解回东
北抚顺。再如第二首云：

> 谢家离别正凄凉，柿叶翻时独悼亡。蜡照半笼金翡
> 翠，新春催破舞衣裳。十年泉下无人问，一盏芳醪不得
> 尝。却忆短亭回首处，未妨惆怅是清狂。②

这是写"皇后"婉容（1906～1946）的凄凉结局。日本投降
后，婉容被解放军的游击队俘虏，不久获释，卒于吉林，葬地
不明，其时溥仪正被囚在苏联境内。"十年泉下无人问"可能
并非虚指，而是实指。1955 年 4 月 18 日，许宝蘅写定《宣统
皇后传》一卷，③ 距 1946 年婉容之死刚好十年。也许上引这
首诗，正与《宣统皇后传》作于同一时期。《宣统皇后传》并
未发表过，今存的《许宝蘅藏札》收有甲、乙两稿，④ 看得出
来颇费斟酌。一代"皇后"，后事凄凉，连葬地都不明，遑论

---

① 《许宝蘅先生文稿》，第 142 页。
② 《许宝蘅先生文稿》，第 143 页。
③ 《许宝蘅日记》，第 1834 页。
④ 许恪儒整理《许宝蘅藏札》，第 155～158 页。

陵墓或祭奠，的确当得上"十年泉下无人问，一盏芳醪不得尝"之句。这些事实表明，至少在新中国成立初的一段时间内，许宝蘅还保留着一定的君臣伦理与情感。这可能是他对文史馆之事并不特别积极的另一个潜在因素。这有一个旁证，许宝蘅 1952 年 7 月 7 日日记云："绍戡来，知其文史馆事已发表，并殷殷为余筹画，其情可感，而老人殊无意于此，又不便显拒。"① 这次谈话发生较早，"老人殊无意于此"的态度很明确；做遗老有违新时代的精神，"不便显拒"自在情理之中。7 月 16 日、9 月 19 日，濮绍戡又两次前来游说，许宝蘅这才拿出"处境尚可支持"的理由来搪塞。

许宝蘅不积极，但也没有力阻友人的奔走。毕竟担任馆员既是荣誉，又包含实质性的经济优待。而且，旧伦理、旧情感终会随着时间褪色，尤其是一个人的认知、思维受到新的理论武装之后。1956 年 10 月，许宝蘅终获中央文史研究馆之聘。他在日记里记载道：

> 文史馆任义如送来国务院聘书，并本月薪资八十八元。此事自五二年提起，迄今四年，初因"满洲国"关系被否决，仅由市劳动局给予补助，近因满洲问题认为日本所制造，非本身之行为，又由李任潮之推荐，与云汀同发表，在我个人生活上可以较为宽裕，而为我谋者，如冕之、季迟、涵青、伯驹、誉虎诸人，致可感也。②

---

① 《许宝蘅日记》，第 1720 页。
② 《许宝蘅日记》，第 1892 页。

统观整个过程，许宝蘅的友人濮绍戡、邵章、邢端、诸季迟、张伯驹、叶恭绰等出力甚多。这里可以宕开一笔。咫社成员中，除许宝蘅外，被聘为馆员的还有汪曾武〔1951（表示入馆时间，下同）〕、夏仁虎（1951）、胡先春（1951）、梁启勋（1951）、陈宗蕃（1951）、陈祖基（1951）、章士钊（副馆长，1951）、叶恭绰（副馆长，1951）、宋庚荫（1951）、蔡可权（1951）、钟刚中（1951）、黄复（1951）、王冷斋（1951）、邵章（1951）、汪鸾翔（1952）、王耒（1956）、关赓麟（1956）、黄孝平（1961）、张伯驹（1972）等人，① 可谓照拂甚广。作为第一批馆员，邢赞亭在《文史研究馆成立纪盛》诗中写道：

> 名公莅馆礼初成，仰见中枢吐握情。得士人才三十许，论龄数早二千盈。当今显学称先进，自古常谈误老生。冀有文章能报国，才疏第恐负恩荣。②

这代表了故老的心声，首联"仰见中枢吐握情"尤为体贴入微。新中国成立初期，百废待兴，中央设立中央文史研究馆，既是赈济举措，又是文化政策。

中央文史研究馆的筹备工作始于 1950 年，毛泽东主席对它的定位是"养老机构"，用来安置年高学硕的旧文人，也就是"老知识分子"。③ 1951 年 7 月 29 日正式成立，初名政务院

---

① 参见《中央文史研究馆馆员入馆时间》，《中央文史研究馆馆员传略》（增订版），第 606～613 页。
② 《缀英集——中央文史研究馆馆员诗选》，第 151 页。
③ 参见叶扬兵《关于中央文史研究馆筹建的两个时间》，《党的文献》2018 年第 2 期。

文史研究馆（后改称中央文史研究馆），符定一任馆长，叶恭绰、柳亚子、章士钊任副馆长。[①] 馆址由周恩来总理亲自选定，设在北海公园的静心斋。[②] 最初中央拟选址于故宫，因遭到"再三拒绝"，才改在北海公园。[③] 馆长符定一原想将文史研究馆命名为"国老院"，[④] 副馆长叶恭绰《文史馆开幕呈同馆诸公》中有"宏编待续崇文阁""丝纶恍织登科记"之句，[⑤] 皆甚合于文史馆的定位。我们可以以1951年聘任的馆员为例，来看"老知识分子"的构成。7月聘任馆员26人，是为第一批，加上正、副馆长4人，计30人；12月再聘馆员26人，是为第二批；总计56人（见表5-2）。他们多为清科第出身，生员/附生6人，贡生12人，举人12人，进士9人，计39人，占69.6%（见表5-3）。籍贯上，湖南省最多，有12人，占21.4%。[⑥] 其次为河北省7人，再次为江苏、安徽、浙江、湖北、贵州五省，规模相当，各有4人或5人。以上七省占73.2%（见表5-4）。毕（肄、求）业院校方面，国外院校18人，国内院校19人（京师大学堂/北京大学4人，书院2人，其他国内专门、高等院校13人），几乎持平，总计占66.1%（见表5-5）。毕业于国外院校的18人中，科第出身

---

① 中央文史研究馆编印《中央文史研究馆馆务活动录（1950.7~2001.7）》，2001年版，第2页。

② 参见《中央文史研究馆馆务活动录（1950.7~2001.7）》，第4页。

③ 参见马衡1950年11月18日日记，《马衡日记（1948~1955）》，生活·读书·新知三联书店2018年版，第297页。

④ 参见罗介丘《中央文史研究馆成立十周年纪念，国务院设宴人民大会堂，席罢游船北海喜赋》"虞庠国老拟初型"句自注，《缀英集——中央文史研究馆员诗选》，第366页。

⑤ 《叶恭绰全集》，凤凰出版社2019年版，第1364页。

⑥ 仅统计第一批馆员的话，湖南省比重更大，有10人，占33.3%。

12 人，占 2/3。鉴于清末诏废科举，所谓"科第出身"原则上不是一回事，这 12 人可以约略分为两类：一类是如邵章那样，进士及第后再就读日本法政大学速成科；一类是如叶瑞棻那样，日本早稻田大学毕业后，经过考核，再由清廷授法政科举人，以示褒奖。总之，这两批馆员虽多为科第出身，亦颇有现代学堂或海外求学经历。"老知识分子"也曾经"新"过，有的还一直"新"到新中国成立时。4 位正、副馆长中，符定一京师大学堂毕业，赐举人出身，是毛泽东年轻时的老师，叶恭绰、章士钊的官方定位是"高级民主人士"，柳亚子的官方定位是"坚定的民主主义革命战士"。由他们来主持中央文史研究馆的工作，可以很好地团结、激励旧文人。

表 5 – 2　1951 年中央文史研究馆第一、二批馆员履历

姓名	生年	籍贯	出身	毕（肄、求）业院校	备注
符定一	1879	湖南	赐举人	京师大学堂	毛泽东的老师
叶恭绰	1881	广东	廪贡生	京师大学堂	高级民主人士
柳亚子	1887	江苏	生员	上海理化速成科学堂	坚定的民主主义革命战士
章士钊	1881	湖南		英国爱丁堡大学	高级民主人士
王治昌	1876	河北	授商科举人	日本早稻田大学	
田名瑜	1892	湖南		湖南高等学堂	中国国民党革命委员会成员
邢赞亭	1880	河北	附生	日本东京帝国大学	高级民主人士
邢端	1883	贵州	进士	日本东京法政大学	
宋紫佩	1887	浙江	生员	浙江两级师范学堂	南社社员
志琮	1873	河北	进士		
邵章	1872	浙江	进士	日本法政大学	

续表

姓名	生年	籍贯	出身	毕（肄、求）业院校	备注
康同璧	1886	广东		哈佛大学	康有为次女
周嵩尧	1873	浙江	举人		
查安荪	1886	湖北			董必武同学
夏仁虎	1874	江苏	举人	江阴南菁书院	
唐进	1879	湖南		法国巴黎大学	
陈云诰	1877	河北	进士		
陈半丁	1876	浙江			画家
黄复	1890	江苏	优附生		南社社员
叶瑞棻	1874	湖南	授法政科举人	日本早稻田大学	
巢功常	1882	湖南	优贡生	直隶法政专门学校	
齐白石	1864	湖南			艺术家
齐之彪	1881	北京	优贡生		
刘武	1883	湖南		广西优级师范	
刘契园	1885	湖北	授法政科举人	日本早稻田大学	园丁艺术家（栽菊）
潘龄皋	1866	河北	进士		
萧龙友	1870	四川	拔贡生	四川尊经书院	名医
罗介丘	1891	湖南		北京朝阳大学	
梁启勋	1876	广东		上海震旦学院	为地下党做过工作
康和声[a]	1881	湖南	生员		除名
楚中元	1893	湖南		湖南第一师范	毛泽东亲自批示入馆
彭主邕	1866	湖北	优廪贡生		
汪曾武	1866	江苏	举人		
陈枚功	1878	广西	举人		
李光濂	1879	河北	优贡生	日本东京弘文学院	

续表

姓名	生年	籍贯	出身	毕（肄、求）业院校	备注
戴宝辉	1876	贵州	进士	日本东京法政大学	
漆运钧	1878	贵州	授法政科举人	日本早稻田大学	
石荣暲	1880	湖北		山西法政学堂	
吕式斌	1883	山东	优贡生		
胡先春	1876	安徽	附贡生	湖北法政学堂	
祝先荣	1874	安徽	增贡生		
宋庚荫	1882	河南	授举人	京师大学堂	
徐德培	1878	江苏		两江师范学堂	曾留学比利时、德国
马宗芗	1883	辽宁	拔贡生	北京大学	
刘综尧	1872	河北	优贡生		
钟刚中	1885	广西	进士		
陈祖基	1880	云南	拔贡生		曾随孙中山南下护法
陈宗蕃	1877	福建	进士	日本东京帝国大学[b]	
杨德懋	1872	贵州	举人		
姚菼	1884	安徽		英国歇菲大学	
洪镕	1877	安徽	进士	日本帝国高等工业学校	
吴家驹	1878	湖南	授法政科举人[c]	日本东京明治大学	
钱来苏	1884	奉天		日本早稻田大学	旧同盟会会员，后入党
王冷斋	1892	福建		福建陆军小学堂	中国国民党革命委员会成员
蔡可权	1881	江西	生员	江西心远学堂	
光升[d]	1876	安徽		日本早稻田大学	组织中国民主同盟。辞聘

注：a.《中央文史研究馆馆员传略》无康和声小传。附录《中央文史研究馆馆员入馆时间》于名下注曰"除名"。

b. 《中央文史研究馆馆员传略·陈宗蕃》作"（日本）法政大学"，误。陈宗蕃就读东京帝国大学，习法政经济。

c. 《中央文史研究馆馆员传略·吴家驹》缺此条信息。

d. 《中央文史研究馆馆员传略》无光升小传。附录《中央文史研究馆馆员入馆时间》于名下注曰"辞聘"。

资料来源：据《中央文史研究馆馆员传略》（增订版）馆员小传制作。

表5-3　1951年中央文史研究馆第一、二批馆员科第统计

单位：人，%

	生员/附生	贡生	举人	进士	合计
人数	6	12	12	9	39
占比	10.7	21.4	21.4	16.1	69.6

注：科举停办后，清廷权宜折中，择授举人、赐授进士，统计时与传统科第相同。

表5-4　1951年中央文史研究馆第一、二批馆员籍贯统计

单位：人，%

	湖南	河北	江苏	安徽	浙江	湖北	贵州	合计
人数	12	7	5	5	4	4	4	41
占比	21.4	12.5	8.9	8.9	7.1	7.1	7.1	73.2

表5-5　1951年中央文史研究馆第一、二批馆员
毕（肄、求）业院校统计

单位：人，%

	京师大学堂/北京大学	书院	其他国内院校	国外院校	合计
人数	4	2	13	18	37
占比	7.1	3.6	23.2	32.1	66.1

注：（1）本表只统计书院、专门学校、高等学堂与大学四种情况，最高学历为中学的不纳入统计；（2）先后就读过国内、国外院校的，归入国外院校；（3）先后就读过书院与国内（外）院校的，归入国内（外）院校；（4）福建陆军小学堂（王冷斋）这里做了特殊处理，视作专门学校。

　　中央对旧文人的安排当然不限于中央文史研究馆一处。陈叔通（1876～1966）、张元济（1867～1959）两位清末翰林就是典型。早在1948年，陈叔通就与毛泽东在石家庄见过面，毛泽东尊之为"叔老"，对他说："你是清朝的翰林，经历了几个时代，见多识广，你的经验是很宝贵的。"[①] 1949年春中央领导人"进京赶考"入住香山时，他是毛泽东的座上宾，深入交流的40多位民主人士之一。9月，当选为第一届全国政协副主席，新中国成立后任中央人民政府委员；开国大典上毛泽东身边的美髯公就是他。1952年，鉴于中央文史研究馆"对老年知识分子影响很好"，中央又决计在全国设立各地方文史研究馆，[②] 另一翰林张元济被视为上海文史馆馆长的不二人选。虽然张元济因身体不适，再三推辞，陈毅市长两度到其榻前传达毛泽东"上海文史馆首任馆长非其莫属"的指示。[③] 这都可见中央对旧文人特别是科第出身的、进步的旧文人的礼重。

　　许宝蘅能够得到文史馆之聘，可以说是莫大的荣耀。受聘后，馆员陆和九（1952年6月入馆）有诗相贺。许宝蘅答以一律：

　　　　不见陆生久，闻声喜可知。礼宜称后辈（和九入馆已五年），情重即吾师。马齿徒加长，蛾眉也入时。愿从

①　王爱枝主编《数风流人物——毛泽东与民主人士的交往》，山西人民出版社2015年版，第124页。
②　《中央文史研究馆馆务活动录（1950.7～2001.7）》，第9页。
③　张树年：《先父张元济的最后十年》，商务印书馆编《商务印书馆一百年》，商务印书馆1998年版，第186页。

谋一醉，今有杖头资。①

情感很真挚。"马齿徒加长，蛾眉也入时"是自谦兼自嘲，但"愿从谋一醉，今有杖头资"的欣喜无从掩饰。1956年6月，国务院发布了《关于参事室参事和文史馆馆员不适用退休退职等办法的通知》，规定馆员"不退休、退职，病假期间工资照发"，②终身领薪，待遇优渥。许宝蘅照例于周三、周六前往馆中。馆员通常会参加一些学习，比如许宝蘅日记中提到的，就有领导人刘少奇的报告、毛泽东论"纸老虎"等。更多时候，文史馆并无他事，馆员可以自由社交、娱乐。文史馆也会间接涉入一些外交事宜。1957年苏联最高苏维埃主席团主席伏罗希洛夫（1881~1969）来京访问时，副馆长叶恭绰就号召馆员写字作文，敦睦邦交。许宝蘅4月29日日记云："作赠伏罗希洛夫诗。仿春帖子五绝一首、七绝二首、写斗方一幅，二时送交文史馆，系叶遐庵发起，约有二十余人已交，到者有陈紫纶、彭主邙、邢赞庭、巢功常、陈枚功、田名瑜、黄娄生诸人，在馆中小坐即归。"③这首赠诗今存集中，题作《苏联伏罗希洛夫主席来访依春帖子体》：

操镰持斧开生面，历尽艰难多苦辛。垂老不辞行道远，大裘心事似香山。④

---

① 许宝蘅：《和九闻余人文史馆有诗志喜良友相爱情见乎词依韵奉答》，《许宝蘅先生文稿》，第50页。
② 《中央文史研究馆馆务活动录（1950.7~2001.7）》，第33页。
③ 《许宝蘅日记》，第1918页。
④ 《许宝蘅先生文稿》，第52页。

遣词造句，殊为应景。1959 年 10 月，许宝蘅还作了一首《浣溪沙·建国十周年国庆节献辞》来表达他的欢欣鼓舞之情：

推到〔倒〕古来封建局，崭新学术骋神奇。十年奠定万年基。　百废俱兴无弃利，多方科技展新知。竿头日进复奚疑。①

作为年逾八十的旧文人、新馆员，许宝蘅不断学习，努力前行，最终脱胎换骨，赶上了新时代的步伐。许宝蘅可以说是旧时代文人在新中国成立后寻求思想和行动上的进步，投身社会主义文化事业的典型人物。

第五节　遗民简史

1959 年，溥仪在完成改造后被特赦回京。许宝蘅闻讯，写道："旧主已于前数日来京，现住其四妹夫万嘉熙宅，嘉熙现在市民政局工作，指明由其个人关系迎接，招留同住，行动皆可自由，仅有身着棉衣裤，此外一无所有，现由涛七给旧外套一件，由诸妹为置鞋袜等物，孑然一身，无家可归，此诚有史以来所未有之创局矣。"② 注意他的用语是"旧主"。所谓"有史以来所未有之创局"，也许指的是身为旧君主，溥仪在新中国成立后并未被处死，相反，"行动皆可自由"；也许指的是犯有叛国罪的旧君主，得以改过自新，与平民一样，生活在

---

① 《许宝蘅先生文稿》，第 99 页。
② 《许宝蘅日记》，第 2026 页。

新生的中华人民共和国。①

时间回到 1945 年 7 月，欧洲战事已经结束，驻在东北的日本侵略者注定将接受投降的命运。许宝蘅拟从长春返回北平，前往溥仪处告别。溥仪问："回北京之后若有事相召，尚能来否？"许宝蘅答："如蒙召见，但无交通阻碍必能来。"溥仪又说："旧人可倚赖者甚少，故希望能来。"许宝蘅答："臣虽风烛余年，一息尚存，必闻召即至。"②郭则沄在《赠巢云》诗中也安慰他："先去非逃死，余生苦恋恩。"③然而，1959年溥仪被特赦回北京定居后，许宝蘅从未前去看望，甚至在读完 1960 年印行的溥仪《我的前半生》之后，也无只语片言的评论。④他"失语"了。⑤

失语意味着对自我、历史与记忆的逃离。古之遗民假重遗民叙述、遗民话语，而将遗民伦理、遗民谱系悬为常宪，传诸不朽。当此之际，曾经的清遗民以失语为安身立命之本，也就

---

① 相关探讨，参见马忠文《许宝蘅与溥仪》，《博览群书》2011 年第 9 期。

② 《许宝蘅日记》，第 1418 页。

③ 郭则沄：《赠巢云》，许恪儒整理《许宝蘅藏札》，第 132 页。

④ 参见《许宝蘅日记》，第 2047~2052 页。按，《我的前半生》的撰写始于抚顺战犯管理所改造时，最初有 1958 年油印本、1959 年大字号本，都是未定稿。1960 年 1 月群众出版社印行 7000 套，供内部阅读，俗称灰皮本；其后数易其稿，1964 年 3 月后，北京、香港分别公开发行定本（参见孟向荣《〈我的前半生〉灰皮本之由来》，《中华读书报》2010 年 12 月 1 日，第 14 版）。许宝蘅读的当是 1960 年灰皮本。

⑤ 当然，许宝蘅在 1959 年 12 月 19 日日记中借他人之口阐明了所谓君臣之义："午间子屋来，四时叔鸿来，二君皆谈及旧主事。叔鸿言有某侍郎之子颇惊异相问，叔鸿言问之何意，旧日关系久已隔绝，汝知其为某某，彼不知汝为何许人，如此惊问于汝无益，于某有损。吾虽为旧宗室，尚不能谓有关系，何况为一普通满人乎？其说甚明白。"见《许宝蘅日记》，第 2027 页。

在悄然间消解了自身。1951 年前后，叶恭绰作过一篇《论四十年来文艺思想之矛盾》：

> 我国辛亥革命非征诛而类揖让，以是人多忘其为革命，一般知识分子号称开明人士者亦视若无睹。有时且发露其时移世易之感，则以民国初期虽号共和，而大众多不识共和为何物，未尝视民主为二千余年之创制，乃历史上之一大转变。只视为朝代转移，如三马同槽及刘宋、赵宋之禅代而已。因之一切文化、文学等等皆未尝含有革命前进之精神，而转趋于悲观、怀旧之途，此实当时革命文艺者之责任也。
>
> 四十年来，余对此点至为注意，而朋辈中注意及此者不多，且往往有意无意间做出不少遗老遗少口吻的东西。这可能是旧习惯在那里作祟，但头脑不清、思想未搞通的原因是主要的，而统治阶级根本不注意这些更是最主要的。我记得选清词的时候，不少大词家作品满纸都是这些东西。其实说不上其人是主张复辟，或有反革命行动的，但字句间却流露出此种意识，这完全是没有中心思想之故。四十年来，似亦无人对此加以纠正，其关系殊非浅鲜。①

叶恭绰生平接触的人物大多富于"遗老遗少口吻"。他很了解他们，觉得他们"头脑不清、思想未搞通""完全是没有中心思想"。通过学习与自省，就可以改变这种情况。叶恭绰对学习与进步抱有热情，1958 年时任中央文史馆副馆长且已经 78

---

① 《叶恭绰全集》，第 922～923 页。

岁的他，还不顾年老多病，主动要求参加学习，以至于当场晕倒。"遗老遗少"包括叶恭绰本人，不断学习，最终祛除缠绕在自己身上的思想鬼魅。由此，他们得以再生。

中国文献里的遗民之祖，当是所谓"殷顽"，《尚书》颇多记载。前已述及，"殷遗民"三字见于《史记》卷三十五《管蔡世家》，指一个王国遭他国或他族入侵之后的旧贵族与国人。先秦"遗民"二字多准此义。《左传·闵公二年》："及狄人战于荥泽，卫师败绩，遂灭卫……卫之遗民男女七百有三十人，益之以共、滕之民为五千人，立戴公以庐于曹。"① 《孟子》："故说诗者，不以文害辞，不以辞害志。……《云汉》之诗曰：'周余黎民，靡有孑遗。'信斯言也，是周无遗民也。"② 皆是其例。它并不符合（宋代以后）经典的遗民定义。殷商孤竹国的伯夷、叔齐，以王室后裔隐居首阳山，创《采薇》之歌，不食周粟以死，才成为永恒的遗民表征符号。然而，伯夷、叔齐犹是王室后裔，且其所以不食周粟者，尤在于周王朝的残酷杀戮，即《采薇歌》所谓"以暴易暴兮，不知其非"。

自周秦以逮隋唐五代，天翻地覆、栋折榱崩之际，不仕新朝、隐居以终者，代不乏人。其间，有二事极具象征意味，笔者以为宜书之于此。《后汉书·陈宠传》载：

> （宠）曾祖父咸，成哀间以律令为尚书。……及莽篡位，召咸以为掌寇大夫，谢病不肯应。时三子参、丰、钦皆在位，乃悉令解官，父子相与归乡里，闭门不出入，犹

---

① 杨伯峻编著《春秋左传注》，中华书局 2009 年版，第 265～266 页。
② 朱熹：《四书章句集注》，第 311 页。

用汉家祖腊。人问其故，咸曰："我先人岂知王氏腊乎!"①

腊是祭名。王莽篡汉，首改正朔，腊祭时间也随之而变。自此，"汉腊"或"王氏腊"一词乃成为正朔的表征。《宋书·陶潜传》载：

> 自以曾祖晋世宰辅，耻复屈身后代，自高祖王业渐隆，不复肯仕。所著文章，皆题其年月，义熙以前，则书晋氏年号，自永初以来唯云甲子而已。②

不书义熙年号，意味着自我政治主体的凸显。自此，义熙甲子这一遗民表征符号，又将遗民与年号紧密相连。而所谓年号，其根本意义不在纪年，亦不在指涉某一君王，乃在于它是王朝的治统所系。

遗民表征符号，由"采薇"一变而为"汉腊""甲子"，与正朔、正统相关联，也就与王朝政权建立了更为直接的联系。进而言之，伯夷、叔齐都是王室贵族，而陈咸、陶渊明都不是，由此作为一种存在，遗民开启了新的可能性。然而，正如上引正史列传所提示或显示的，陈咸本人、陶渊明祖辈都曾在朝为官，勋绩灿然，陈咸、陶渊明的个人抉择并非不可理解。换言之，自周秦以逮隋唐五代，遗民的生成并不基于普遍的道德律令，它只是一种个人化的选择。而且，考察这一时期

---

① 班固：《后汉书》卷四十六《陈宠传》，中华书局1965年版，第1547～1548页。

② 沈约：《宋书》卷九十三《隐逸·陶潜传》，中华书局1974年版，第2288～2289页。

特别是从东汉末至五代期间的史传，只有"逸民"才称得上是一种现象。"逸民"之所以蔚为现象，原因很多，其中一个主要的原因在于其放弃了正统意义上"士"的政治担当，以保全小我（从肉体到精神）为旨归。这正是谷川道雄说的逸民"超越了清流派作为自身存在之依据的帝国及其秩序理念，并由此摸索着自身的理想状态"。① 因此，陶渊明之作为遗民，似乎不能完全脱离逸民这一解释框架。他之作为遗民的典范，虽然不能说没有根据，但实乃属于"被发明的传统"。这一传统始自有宋。

从政治生态来看，有宋以前，虽然士人不事二主，允为高节，但出仕新朝也并非道德污点。至少南朝的颜之推有过如下论述："不屈二姓，夷、齐之节也；何事非君，伊、箕之义也。自春秋已来，家有奔亡，国有吞灭，君臣固无常分矣……"② 五代的"长乐老"冯道历仕四朝而颇受君王的器重和士人的推美就是一个极好的例子。但在薛居正等《旧五代史》、欧阳修《新五代史》里，他遭到了严谴。薛居正云：

> 事四朝，相六帝，可得为忠乎！夫一女二夫，人之不幸，况于再三者哉！所以饰终之典，不得谥为文贞、文忠者，盖谓此也。③

---

① 谷川道雄：《中国中世社会与共同体》，马彪译，中华书局2002年版，第82页。
② 王利器：《颜氏家训集解》卷四《文章第九》（增补本），中华书局1993年版，第258页。
③ 薛居正等：《旧五代史》卷一百二十六，中华书局1976年版，第1666页。

欧阳修云：

> 传曰："礼义廉耻，国之四维；四维不张，国乃灭亡。"善乎，管生之能言也！礼义，治人之大法；廉耻，立人之大节。盖不廉，则无所不取；不耻，则无所不为。人而如此，则祸乱败亡，亦无所不至，况为大臣而无所不取不为，则天下其有不乱，国家其有不亡者乎！予读冯道《长乐老叙》，见其自述以为荣，其可谓无廉耻者矣，则天下国家可从而知也。①

这两段话为世人所熟知。这里予以详录，是希望通过这两段文字来感受其中所蕴含的无可辩驳的道德力量。

经由这样的话语建构，宋代士人完成了遗民的"立法"，将遗民伦理悬为常宪，被之后世。征诸有宋一代的政治文化，遗民伦理得以成为一种普遍的乃至先验的道德律令，"正统论"和"新儒家"的兴起起到了至为关键的作用。这里的逻辑关联可以缕述如下：遗民伦理是一种普遍的先验的道德律令（其合法性是自明的），但作为一种主体，遗民是王朝政权的产物，那么只有进一步确认王朝政权的合法性，才能使遗民伦理不与正义相悖。正统论的建立满足了这个要求。在这一推衍过程中，儒学的复兴或理学的出现是关键。用最简单的话来说，忠孝观和家国同构的政治观为遗民伦理提供了一个先验的道德律令，王霸之辨则为正统论亦即王朝政权的合法性提供了一个判断依据，二者共同构成了正义之源。在宋人那里，以自

---

① 欧阳修：《新五代史》卷五十四，中华书局1974年版，第611页。

身为观照，这一切是逻辑自洽的、相统一的。

　　职是之故，检验遗民伦理的成效，则要等到 1279 年南宋灭亡。北宋或金灭亡之际，也催生了"遗民"，但以 1279 年为界的南宋遗民具有多重意蕴。它最具典范性，符合宋人原始正统论之下暗含或预设的历史情境。事实证明，正是在宋元之际，遗民才作为遗民伦理的担当者而存在。换言之，至此遗民伦理才作为道德律令被实践。"强制性归隐"（compulsory eremitism）①、"忠君主义"（loyalism）② 这样的命题也只有从 13 世纪末开始才得以成立、才得以被验证。但是，就像上文已经论述过的，正统论并不完美，"正（所以正天下之不正也）"与"统（所以合天下之不一也）"之间、史学（纪实）与政治（德义）之间常常存在冲突，使王朝政权的合法性论证失去了唯一的或终极的依据，而更倚赖现实政治的笔削。几乎任何王朝政权都可以找到切入点，为自己做正统上的论证（例如北魏、金），遗民伦理也就为一切的王朝政权而设。这一点非常重要：第一，宋—元—明—清的遗民谱系得以建立，它与王朝更迭、正史编纂同构，这也是为什么金梁一定要撰述《清史稿补》为清遗民立传；第二，遗民伦理确保了自身的存在，这也是为什么天下晏安之后乾隆帝要大力表彰明遗民。

---

①　F. W. Mote, "Confucian Eremitism in the Yuan Period," in Arthur F. Wright ed., *The Confucian Persuasion*, Stanford University Press, 1960, pp. 202 – 240. 与"强制性归隐"相对的是所谓"自发性归隐"（voluntary eremitism），换言之，这种归隐并非受命于道德律令，而是一种个人选择，可以出于对某一政权的抗议或逃避，通常出现在宋代新儒家产生以前的朝代（p. 209）。

②　参见 Jennifer W. Jay, *A Change in Dynasties*: *Loyalism in Thirteenth-Century China*, Bellingham, Washington: Western Washington University Press, 1991。

　　然而，工具论却不足以完美解释遗民谱系的持续书写和遗民伦理的持久存在，因为这二者端赖遗民这一政治主体的自我发扬。但遗民与新政权之间的对立，决定了遗民必须获得自己的生存空间和言说空间，这一切才会成为可能。就古老的农业国家而言，民间社会是松散而"自由"的，依礼俗人情而自治，国家力量很少能直接干预或全面干预，从而为遗民提供了归息之地；① 仕、隐是中国传统政治文化的一体两面，遗民还可以从隐逸这一解释框架中获得正当性；易代之际，新政权使秩序臻于稳定，据神器而建国号、定正朔，就算完成了天命的转移，革命于焉告成。质言之，王朝政权的易代革命是"外向型革命"，以神器的拥有权为职志，"王侯将相宁有种乎"、"彼可取而代也"或"逐鹿中原"是这一革命的古典表达。天命转移之后，前朝遗民逐渐由积极的政治主体向消极的政治主体转变，在新政权下找到自己理想的位置和状态。由此，遗民这一政治主体得以自我发扬。

　　现在则需要对政治主体（political subject）一词加以解释。

---

① 　直到清王朝崩溃前夕，美国传教士布朗（Arthur Judson Brown，1856 - 1963）的观察仍是如此："中国政府的形式是温和的家长制，但是在实际运行上却很软弱、腐败、专制。尽管如此，中国的人民仍然拥有比西方人想象的多得多的个人自由。"布朗还引英国驻华外交官兼汉学家庄延龄（Edward Harper Parker，1849 - 1926）所著《中国》云："中国没有护照、没有对自由的限制、没有国境线、没有种姓偏见、没有食物禁忌、没有卫生措施，除了风俗习惯和刑事法令，没有法律体系。在很大程度上，中国就像一个巨大的共和国，身在其中，个性不受约束。"（阿瑟·贾德森·布朗《中国革命1911：一位传教士眼中的辛亥镜像》，季我努译，重庆出版社 2018 年版，第 41 页）外国人的观察有隔膜的地方，许多论断需要打个折。他们的观察实际是以西方现代"法理社会"为比较对象，确实反映了一些所谓"前现代"的社会真相。

这个概念曾见于王德威先生的《后遗民写作：时间与记忆的政治学》，本书在写作时深受启发。照狭义的政治学理论，政治主体是政治过程中处支配地位的或者被国家法律赋予了政治权利和政治义务的政治行为者。现代国家之本在于宪制，从近代自然法的角度看，制宪权属于人民，似乎可以得出这样的结论：现代民族国家（nation）是政治主体。但正像塔里佐指出的，在美国取得制宪权或成为现代国家之前，其人民已经经由《独立宣言》的宣言而成为无可置疑的政治主体，它是如此有生命力，以至于可以承受同英国——当时拥有世界上最强大武力的国家——展开的大战，因此他认为，政治主体就是宣言主体（subject of enunciation），就是"我们"（simply a "we"）。[①]跳出现代国家的框架，"政治主体"一词依然有一定的适用性，但他把讨论引向基督教神学，则非我们所能借鉴。从现代艺术评论家更激进但也因此显得更深刻的观点来看，一切需要概念化的都是政治主体。[②] 两者都将启发我们把王朝政权催生的被命名为"遗民"的群体作为一种政治主体来讨论。依传统的政治哲学与历史轨迹来看，每个获得"天命"的王朝政权其实都建立了自己的合法性，所谓"逆取顺守"，[③] 政治主

---

① Davide Tarizzo, "What is a Political Subject?" *Política Común*, Vol. 1, 2012.

② Marina Gržinić et al. , "What Needs to be Conceptualized is a Political Subject," *Performance Research*, Vol. 10, No. 2, 2005, pp. 5 – 19.

③ 传统政权的"合法性"，可以一语概之，所谓"顺守"，即"守之长"是也。"逆取"政权的合法性更加倚赖"顺守"。钱锺书《管锥编》对此有精彩的发挥：《郦生陆贾列传》中陆贾对高帝说，"且汤、武逆取而顺守之"，语意本《商君书·开塞》"武王逆取而贵顺……其取之以力，持之以义"；"逆取"即"弑"尔。班固《东都赋》"攻有横而当天，讨有逆而顺民"，所谓主苟无道失德，则臣之弑僭，名分虽乖，而事理殊允，不忠不顺，却天与民归（When lawful's awful, treason's reason）；《后汉书》固

体则是君王及其授权的官僚阶层。当积极的军事行动不再展开之后，遗民便调整自己在新政权下的位置。他们是政治主体，却不参与新政权的政治活动，构成了独特的政治景观。称"消极的政治主体"，是强调他们作为政治主体的真实性，在传统的王朝统治之下，社会自然地恢复生产，很少有人再有强烈的政治意识，但遗民群体就是这样一种例外，不管任何时候，我们都必须保留其主体性；谓之消极，是指只要不被新政权纳入其官僚系统，遗民就没有（合法性的）实际的政治行为，而游离在新政权的政治过程之外（这本身就是政治主体的意志与行动）；"政治主体"而"消极"，构成了一种撕裂、悖谬、惨痛的存在，正是遗民作为"畸人"的写照。

20 世纪的"革命诗学"无所不在。由晚清进入民国，就普遍的思想观念来说，遗民伦理已经被消解，但遗民群体还存在。1949 年成立的中华人民共和国是一个消除了阶级差别的国家，充满了新的气息。与传统王朝的"外向型革命"——易代革命不同，取得神器的拥有权并不是中华人民共和国的终点，相反，应该说是一个新的起点。人们迫切希望扫荡旧社会

本传章怀注引"逆取顺守"释之，尚隔一尘。《后汉书·袁绍传》下刘表谏袁谭书曰："昔三王、五伯，下及战国，君臣相弑，父子相杀，兄弟相残，亲戚相灭，盖时有之。然或欲以定王业，或欲以定霸功，皆所谓'逆取顺守'。"《晋书·段灼传》还乡临去上表曰："世之论者以为乱臣贼子无道之甚者莫过于莽，此亦犹'纣之不善，不如是之甚'也'。……昔汤武之兴，亦逆取而顺守之耳。向莽深惟殷、周取守之术，崇道德，务仁义，……宜未灭也。……非取之过，而守之非道也。"盖凡取虽逆而守能长者，胥可当此语，不限于汤武，即所谓"成败论人"也。钱锺书：《管锥编》第 1 册，生活·读书·新知三联书店 2007 年版，第 590～593 页。

的一切，对历史、对文化特别是对人性做出审视乃至审判，从而去开创一个全新的纪元、全新的世界。许宝蘅仅仅称溥仪为"旧主"，意味着他断绝了自己的遗民身份，努力去获得新生。

不无讽刺的是，以"旧主"称溥仪，虽然是对历史与记忆的逃离，但同时又是对历史与记忆的再现。往昔的一切，也并未像革命诗学预计或期待的那样，化作灰烬版的史前史。它们是鬼魅。它们是息壤。它们如影随形。许宝蘅的一声"旧主"① 向世人透露，他曾经是清遗民。

---

① 许宝蘅最后一次提到"旧主"，是在 1960 年 11 月 29 日，他在日记中记载道："荫轩来，明日南行，问旧主消息。"（《许宝蘅日记》，第 2066 页）并无他言。

结　语

在本书中，遗民始终是一种时空错置的"想象的政治主体"。"复辟"是其极端表现形式，然而在大多数时候，它表现为一种态度或立场。与历朝遗民不同的是，清遗民面临着道德和价值之源的干涸，现代文明消解了王朝政治伦理语境下遗民的"崇高性"，清遗民经历着从"遗民"到"弃民"的角色转变。这可以算中国社会从"天理"观向"公理"观转变的一个注脚。在成为清遗民的那一天起，他们就注定要面对"正义之源"的缺席。换言之，他们所能够做的，仅仅是"扮演"他们自己。此之谓"想象的政治主体"。

但想象又不等于虚构，确认这一前提非常重要。清遗民经历了从遗民到弃民的角色转变，遗民的意义不再是自明的，必将促使其比宋、明遗民更迫切地寻求自己的社会归属，更依赖遗民认同的广泛建立。清遗民作为一个共同体，并不完全仰仗遗民政治伦理而聚合，地缘、血缘、师承乃至文化旨趣等都构成了共同体的纽带。这样，在"扮演"自身角色的过程中，他们不断地考量社会，也不断地考量自己，摸索着自身的理想状态。其"角色"与"身份"（清遗民）不同，是流动变化的。我们有时不自觉间会把遗民进行一种本质化的预设或处理，这有其合理性、方便处，但也会造成这样一种后果：我们处理的是"理念性的遗民",而不是"社会性的遗民",从而造成自我表述中的若干罅隙或紧张。本书强调他们的身份与角色,是出于这样一种考虑:与其把清遗民视为一种模型,不如把清遗民视为一个过程、一个变量。

清遗民作为一种想象的政治主体,总是倾向于确认并强化彼此的身份认同,这构成了"常"。清遗民对宋、元、明遗民谱系的承续和历史的想象,指向超越时空的遗民身份;康乾之际或同光之际的想象和记忆则仅仅与清王朝相关,指向根植于具体情境的"清遗民身份"。尤其值得注意的是,他们对同光之际的记忆和想象,介乎"文化记忆"与"交往记忆"之间,是二者的奇特融合。一方面有关"同光中兴"的历史叙述借由晚清最后五十年官私文献的记录而定格下来;另一方面他们经历了同光之际的生活,是同光的遗蜕,同光的见证者和叙述者。从遗老到遗少的传承,在很大程度上倚赖或表现为对同光的记忆或想象。与此同时,他们的结社、雅集、唱和等集体活动,也都承担着使共同体得以维系并运转的功能。

清遗民又是社会性存在。作为一种软性身份,清遗民是不稳定的、可塑的。清遗民在保留身份认同的同时,也在不同时代、不同地域亦即不同的社会情境下不断地摸索自身的理想状态,从而完成自我的位置调适,扮演不同的角色,这构成了"变"。"常"与"变"相推相挤、相因相生,共同构成了清遗民生活的变奏曲。这关涉清遗民这一存在物的方方面面,本书试着做了有限的探讨。可以稍做如下勾勒:"流人"的身份认同,时空错置里的现代体验、殖民体验,士大夫"地位政治"的焦虑,"遗老"或"陈人"托庇租界而获得周全的讽刺;遗民美学与遗民伦理的界限,遗民话语与遗民伦理的歧趋，北洋政府的特殊性——共和政体·清朝正统，清遗民的"革命"恐惧；"白山黑水"的历史叙述与社会记忆，末代士人的"圣贤豪杰"情怀，"遗民"生发的不同理路，"清朝"与"殖民"影像的角逐；清遗民的"逸民想象"，沦陷区的伪"秩序重建"及生存伦理，史学传统与行动逻辑；外向型革命与内向型革命的分野，遗民政治主体的"终结"。但是，如果有可能，笔者仍然希望读者不要在意这些大而无当的勾勒，而是注意书中的具体内容。

清遗民既是实体，又是历史、文化的丛集，具有多种面相、多重维度，任何确凿的、排他的界定都几乎是不可能的。但在特定场合、语境中，唯有凸显他们的某一面相、某一维度，才能真正触及并感知他们的存在。本书对清遗民身份、角色与命运的聚焦，意图展示这一"想象的政治主体"的不稳定性、可塑性以及他们是怎样想象他们自己、界定他们自己、调整他们自己、书写他们自己并怎样被时代所裹挟着的。这是说，本书还试图通过以清遗民为代表的末代士人群体来呈现近代中国政治史的一个侧影。

参考文献

一 史料

碑传、年谱、回忆录、齿录

卞孝萱、唐文权编《民国人物碑传集》，团结出版社 1997
　　年版。

卞孝萱、唐文权编《辛亥人物碑传集》，凤凰出版社 2011
　　年版。

邓镕：《忍堪居士年谱》，北京图书馆编《北京图书馆藏珍本
　　年谱丛刊》第 192 册，北京图书馆出版社 1999 年版。

《郭则沄自订年谱》，凤凰出版社 2018 年版。

闵尔昌：《碑传集补》，周富骏编《清代人物传记丛刊》第
　　120～123 册，台北：明文书局 1985 年版。

钱仪吉编《碑传集》，周富骏编《清代人物传记丛刊》第
　　106～114 册，台北：明文书局 1985 年版。

钱仲联主编《广清碑传集》，苏州大学出版社 1999 年版。

涂凤书：《厚庵先生六十自述》，1941 年铅印本。

王树枏：《陶庐老人随年录》，中华书局 2007 年版。

吴天任：《澹归禅师年谱》，香港佛教志莲图书馆 1991 年版。

吴天任：《康有为年谱》，广东人民出版社 2018 年版。

吴天任：《邝中秘湛若年谱》，香港：至乐楼 1991 年版。

吴天任：《梁鼎芬年谱》，广东人民出版社 2018 年版。

吴天任编著《清何翔高先生国炎年谱》，台湾商务印书馆 1981 年版。

吴天任：《杨惺吾先生年谱》，台北：艺文印书馆 1974 年版。

杨景熈：《近代无锡杨氏先人传记事略类稿》，北京市新闻出版局准印本 1991 年版。

杨寿枏：《苓泉居士自订年谱》，《北京图书馆藏珍本年谱丛刊》第 192 册，北京图书馆出版社 1999 年版。

俞寿沧编《光绪癸巳科同年丙子齿录》，1936 年铅印本。

张勋：《松寿老人自叙》，1921 年刻本。

中国人民解放军广东省军区军事志办公室编《广东军事人物志》，广东人民出版社 2001 年版。

中国社科院近代史资料编辑部编《民国人物碑传集》，四川人民出版社 1997 年版。

中央文史研究馆编《中央文史研究馆馆员传略》（增订版），中华书局 2014 年版。

周延祁：《吴兴周梦坡先生年谱》，《北京图书馆珍本年谱丛刊》第 188 册，北京图书馆出版社 1999 年版。

日记、书札、资料汇编

程淯：《丙午日本游记》，岳麓书社 2016 年版。

邓瑞整理《邓之诚文史札记》，凤凰出版社 2012 年版。

顾廷龙校阅《艺风堂友朋书札》，上海古籍出版社 1980 年版。

《郭曾炘日记》，中华书局 2019 年版。

李立民整理《〈《清儒学案》曹氏书札〉整理》，中国社会科学出版社 2016 年版。

梁颖等整理《张尔田书札》，上海人民出版社 2021 年版。

《马衡日记（1948~1955)》，生活·读书·新知三联书店 2018
年版。

《徐兆玮日记》，黄山书社 2013 年版。

《许宝蘅日记》，中华书局 2010 年版。

许恪儒整理《许宝蘅藏札》，中华书局 2013 年版。

许全胜整理《沈曾植书信集》，中华书局 2021 年版。

叶昌炽：《缘督庐日记》，台湾学生书局 1964 年版。

袁金铠：《佣庐日记语存》，1935 年铅印本。

袁克文：《辛丙秘苑·寒云日记》，山西古籍出版社、山西教
育出版社 1999 年版。

《恽毓鼎澄斋日记》，浙江古籍出版社 2004 年版。

《郑孝胥日记》，中华书局 1993 年版。

中国第二历史档案馆编《中华民国史档案资料汇编》第 5 辑，
江苏古籍出版社 1997 年版。

中国社会科学院近代史研究所编《劳乃宣档五》，《近代史所
藏清代名人稿本抄本》第 3 辑第 8 册，大象出版社 2015
年版。

中国社会科学院近代史研究所中华民国史组编《胡适来往书
信选》，中华书局 1979 年版。

方志、文史资料

许承尧纂《歙县志》，台北：成文出版社 1975 年版。

叶昌炽：《寒山寺志》，江苏古籍出版社 1999 年版。

永吉县地方志编纂委员会编《永吉县志》，长春出版社 1991
年版。

民国《宾县县志》，1929 年铅印本。

中国人民政治协商会议镇江市委员会文史资料委员会编印
　　《镇江文史资料》第 29 辑，1996 年版。

中央文史研究馆编印《中央文史研究馆馆务活动录（1950.7～
　　2001.7）》，2001 年版。

诗文集（不含诗词唱和集）

卜永坚、钱念民编《廖恩焘词笺注》，广东人民出版社 2016
　　年版。

曹经沅：《借槐庐诗集》，巴蜀书社 1997 年版。

曹聚仁：《上海春秋》，生活·读书·新知三联书店 2007 年版。

曹元弼：《复礼堂文集》，王有立主编《中华文史丛书》第 46
　　号，台北：华文书局 1968 年版。

曹元忠：《笺经室遗集》，《清代诗文集汇编》第 790 册，上海
　　古籍出版社 2010 年版。

曾克耑：《颂橘庐丛稿》，台北：新文丰出版公司 1983 年版。

陈曾寿：《苍虬阁诗集》，上海古籍出版社 2009 年版。

陈巨来：《安持人物琐忆》，上海书画出版社 2019 年版。

陈康祺：《郎潜纪闻初笔二笔三笔》，中华书局 1984 年版。

《陈夔龙全集》，贵州民族出版社 2013 年版。

陈夔龙：《梦蕉亭杂记》，中华书局 2018 年版。

陈三立：《散原精舍诗文集》，上海古籍出版社 2003 年版。

陈声聪：《填词要略及词评四篇》，广东人民出版社 1986 年版。

《陈诵洛集》，广陵书社 2011 年版。

陈衍：《石遗室诗话》，人民文学出版社 2004 年版。

《陈寅恪集》，生活·读书·新知三联书店 2001 年版。

陈宗蕃编著《燕都丛考》，北京古籍出版社 1991 年版。

陈作霖：《可园诗存》，《清代诗文集汇编》第 736 册，上海古

籍出版社 2010 年版。

邓国光辑释《唐文治文集》，上海古籍出版社 2018 年版。

邓镕：《荃察余斋诗存》，上海商务印书馆 1927 年铅印本。

董诰编《皇清文颖续编》，《续修四库全书》第 1667 册，上海
　　古籍出版社 2002 年版。

段晓华、蒋涛整理《张尔田集辑校》，黄山书社 2018 年版。

法式善等：《清秘述闻三种》，中华书局 1982 年版。

樊增祥：《樊樊山诗集》，上海古籍出版社 2004 年版。

冯乾编校《清词序跋汇编》，凤凰出版社 2013 年版。

辜鸿铭：《中国人的精神》，陈高华、杜川译，陕西师范大学
　　出版社 2007 年版。

顾宗泰：《月满楼诗文集》，《清代诗文集汇编》第 425 册，上
　　海古籍出版社 2010 年版。

《归庄集》，上海古籍出版社 1984 年版。

郭曾炘：《匏庐诗存》，《清代诗文集汇编》第 787 册，上海古
　　籍出版社 2010 年版。

何冀：《曼叔诗文存》，上海古籍出版社 2011 年版。

何藻翔：《邹崖先生诗集》，香港 1985 年印本。

胡思敬：《退庐全集》，台北：文海出版社 1970 年版。

《胡先骕诗文集》，黄山书社 2013 年版。

黄维翰：《渤海国记》，《丛书集成续编》第 228 册，上海书店
　　出版社 1994 年版。

黄维翰：《黑水先民传》，1925 年刻本。

黄维翰：《稼溪诗草》，1925 年刻本。

黄维翰：《稼溪文存》，1926 年刻本。

江瀚：《慎所立斋诗集》，1934 年刻本。

金梁：《清史稿补》，1942 年铅印本。

金毓黻：《渤海国志长编》，王有立主编《中华文史丛书》第
55 号，台北：华文书局 1968 年版。

蒯光典：《金粟斋遗集》，1929 年刻本。

赖际熙：《荔垞文存》，香港学海书楼 2000 年版。

劳乃宣：《桐乡劳先生遗稿》，台北：文海出版社 1969 年版。

李详：《李审言文集》，江苏古籍出版社 1989 年版。

李兴盛等主编《陈浏集（外十六种）》，黑龙江人民出版社
2001 年版。

《李宣龚诗文集》，华东师范大学出版社 2009 年版。

梁鼎芬：《节庵先生遗诗》，华东师范大学出版社 2012 年版。

梁鸿志：《爰居阁诗》，民国文楷斋刊本。

梁济：《桂林梁先生遗书》，台北：文海出版社 1969 年版。

林葆恒编《词综补遗》，上海古籍出版社 2005 年版。

林志钧著，林庚选辑《北云集》，中华书局 2016 年版。

刘成禺、张伯驹：《洪宪纪事诗三种》，上海古籍出版社 1983
年版。

刘成禺：《世载堂杂忆》，中华书局 1960 年版。

罗大经：《鹤林玉露》，上海古籍出版社 2012 年版。

罗家伦：《心影游踪集》，台北：正中书局 1957 年版。

罗振玉述，松崎鹤雄、穆传金译注《清朝学术源流概略》，商
务印书馆 2018 年版。

缪荃孙：《艺风堂文漫存》，《清代诗文集汇编》第 756 册，上
海古籍出版社 2010 年版。

缪荃孙等编《嘉业堂藏书志》，复旦大学出版社 1997 年版。

聂树楷：《聱园诗剩》，贵州省新闻出版局 2009 年版。

《溥儒集》，浙江人民美术出版社 2015 年版。

钱仲联：《梦苕盦诗文集》，黄山书社 2008 年版。

钱仲联校注《沈曾植集校注》，中华书局 2001 年版。

秦玮鸿校注《况周颐词集校注》，上海古籍出版社 2013 年版。

《瞿鸿禨集》，湖南人民出版社 2010 年版。

饶汉祥：《珀玕诗文集》，湖北教育出版社 2019 年版。

尚秉和：《辛壬春秋》，四库未收书辑刊编纂委员会编《四库未收书辑刊》第 5 辑第 6 册，北京出版社 1998 年版。

邵章：《倬盦遗稿》，1954 年油印本。

沈曾植：《海日楼文集》，钱仲联编校，广东教育出版社 2019 年版。

沈瑜庆：《涛园集》，福建人民出版社 2010 年版。

适园主人：《三海见闻志》，北京古籍出版社 2005 年版。

孙雄：《旧京诗文存》，台北：文海出版社 1960 年版。

唐圭璋编《全宋词》，中华书局 1965 年版。

唐晏：《渤海国志》，《丛书集成续编》第 228 册，台北：新文丰出版公司 1988 年版。

陶菊隐：《天亮前的孤岛》，中华书局 1947 年版。

涂凤书：《石城山人诗钞续稿》，稿本，中国国家图书馆藏。

涂凤书：《石城山人文集》，稿本，中国国家图书馆藏。

《王国维手定观堂集林》，浙江教育出版社 2014 年版。

王式通：《志盦遗稿》，台北：文海出版社 1966 年版。

王树枏编《故旧文存》，1927 年刻本。

王韬：《弢园笔记》，朱维公圈点，胡协寅校阅，大达图书供应社 1935 年版。

王揖唐：《逸塘诗存》，1941 年刻本。

王有光：《吴下谚联》，王树山、尚恒元、申文元辑《古今俗语集成》第 1 卷，山西人民出版社 1989 年版。

温肃：《温文节公集》，香港学海书楼 2001 年版。

吴天任：《荔庄诗稿》，台北：艺文印书馆 1981 年版。

吴天任：《牧课山房丛稿》，台北 1983 年版。

吴天任：《牧课山房随笔》，台北：艺文印书馆 1973 年版。

吴天任：《元遗山评传》，《学海书楼讲学录》第四集，香港学海书楼 1964 年版。

吴天任：《章实斋的史学》，台湾商务印书馆 1979 年版。

夏孙桐：《观所尚斋诗存》，1939 年铅印本。

夏孙桐：《悔龛词》，1962 年铅印本。

夏武康、夏志兰整理《闰庵公遗墨辑录》，2004 年自印本。

夏志兰、夏武康：《悔龛词笺注》，内蒙古大学出版社 2001 年版。

徐一士：《一士类稿》，中华书局 2007 年版。

《许宝蘅先生文稿》，中国书籍出版社 1995 年版。

许宝蘅：《巢云簃随笔》，中华书局 2018 年版。

杨钧：《草堂之灵》，岳麓书社 1985 年版。

杨增荦：《杨昀谷先生遗诗》，1935 年铅印本。

《叶昌炽诗集》，华东师范大学出版社 2012 年版。

《叶恭绰全集》，凤凰出版社 2019 年版。

俞陛云：《乐静词》，1936 年刻本。

俞寿沧：《焦桐集》，1935 年铅印本。

袁金铠：《东渡百一诗》，1932 年铅印本。

袁金铠：《诵诗随笔》，1921 年铅印本。

袁金铠：《佣庐诗存》，1934 年铅印本。

袁金铠：《佣庐文存》，1934 年铅印本。

袁金铠：《中庸讲义》，1924 年铅印本。

袁金铠辑《佣庐寿言》，1930 年铅印本。

翟立伟、成其昌编注《成多禄集》，吉林文史出版社 1988 年版。

张伯驹主编、编著《春游社琐谈　素月楼联语》，北京出版社 1998 年版。

张朝墉：《半园老人诗集》，民国铅印本。

张晖编《龙榆生全集》，上海古籍出版社 2015 年版。

张其淦：《元八百遗民诗咏》，1933 年东莞张氏铅印本。

张寅彭主编《民国诗话丛编》，上海书店出版社 2002 年版。

《张中行全集》，北方文艺出版社 2019 年版。

《章太炎全集》，上海人民出版社 2018 年版。

章梫：《一山文存》，1918 年吴兴刘氏嘉业堂刻本。

《赵尊岳集》，凤凰出版社 2016 年版。

郑孝胥：《海藏楼诗集》（增订本），上海古籍出版社 2013 年版。

中央文史研究馆编《缀英集——中央文史研究馆馆员诗选》，线装书局 2008 年版。

周馥：《秋浦周尚书（玉山）全集》，台北：文海出版社 1967 年版。

朱师辙：《清史述闻》，生活·读书·新知三联书店 1957 年版。

朱孝臧著，白敦仁笺注《彊村语业笺注》，浙江古籍出版社 2015 年版。

朱正编《胡适文集》，花城出版社 2013 年版。

诗词唱和集

陈夔龙编《花近楼逸社诗存》，民国上海聚珍仿宋印书局排印本。

程炎震编《漫社集》，1922 年刻本。

顾准曾编《潇鸣社诗钟选》，南江涛选编《清末民国旧体诗词结
社文献汇编》第 26 册，国家图书馆出版社 2013 年版。

郭则沄编《蛰园击钵吟》，1933 年铅印本。

《寒山社诗钟选》（甲、乙、丙三集），南江涛选编《清末民国
旧体诗词结社文献汇编》第 13～14 册，国家图书馆出版
社 2013 年版。

硕果社编《硕果社第一集》，香港 1947 年石印本。

苏泽东编《宋台秋唱》，1917 年刻本。

孙雄编《落叶集》，1926 年铅印本。

孙雄编《漫社二集》，1922 年刻本。

孙雄编《漫社三集》，1923 年刻本。

午社编《午社词》，南江涛选编《清末民国旧体诗词结社文献
汇编》第 1 册，国家图书馆出版社 2013 年版。

希社编《希社丛编》，1913 年刊本。

《稊园癸卯吟集》，南江涛选编《清末民国旧体诗词结社文献
汇编》第 13 册，国家图书馆出版社 2013 年版。

《咫社词钞》，南江涛选编《清末民国旧体诗词结社文献汇编》
12 册，国家图书馆出版社 2013 年版。

周庆云编《淞滨吟社集》，《晨风庐丛刊》，1915 年刻本。

朱祖谋编《烟沽渔唱》，1933 年铅印本。

民国报刊

《法制月刊》《公议》《光华大学半月刊》《国学论衡》《国艺》
《华文大阪每日》《江苏党声》《京报副刊》《立言画刊》
《辽东诗坛》《生机》《同声月刊》《卫星》《新新小说》

《兴华》《雅言》《宇宙风·乙刊》《中日文化月刊》《宗圣汇志》《宗圣学报》

其他文献

阿桂等：《满洲源流考》，中国国际广播出版社 2016 年版。

范晔：《后汉书》，中华书局 1965 年版。

郭庆藩：《庄子集释》，中华书局 2012 年版。

李林甫等：《唐六典》，中华书局 1992 年版。

刘向撰，向宗鲁校证《说苑校证》，中华书局 1987 年版。

沈约：《宋书》，中华书局 1974 年版。

司马迁：《史记》，中华书局 1982 年版。

脱脱等：《金史》，中华书局 1975 年版。

汪荣宝：《法言义疏》，中华书局 1987 年版。

王利器：《颜氏家训集解》（增补本），中华书局 1993 年版。

余金：《熙朝新语》，上海书店出版社 2009 年版。

朱熹：《四书章句集注》，中华书局 2012 年版。

二 研究论著

专著

阿里夫·德里克主讲《后革命时代的中国》，刘东评议主持，上海人民出版社 2015 年版。

阿瑟·贾德森·布朗：《中国革命 1911：一位传教士眼中的辛亥镜像》，季我努译，重庆出版社 2018 年版。

艾恺：《世界范围内的反现代化思潮——论文化守成主义》，贵州人民出版社 1991 年版。

艾恺：《最后的儒家：梁漱溟与中国现代化的两难》，王宗昱、冀建中译，江苏人民出版社 2003 年版。

C. A. 贝利：《现代世界的诞生：1780～1914》，于展、何美兰译，商务印书馆 2013 年版。

本杰明·艾尔曼：《从理学到朴学：中华帝国晚期的思想与社会变化面面观》，赵刚译，江苏人民出版社 2012 年版。

伯克霍福：《超越伟大故事：作为文本和话语的历史》，邢立军译，北京师范大学出版社 2008 年版。

卜正民：《秩序的沦陷：抗战初期的江南五城》，潘敏译，商务印书馆 2015 年版。

蔡鸿源、徐友春主编《民国会社党派大辞典》，黄山书社 2012 年版。

曹卫东等：《德意志的乡愁——20 世纪德国保守主义思想史》，上海人民出版社 2015 年版。

陈国球：《文学史书写形态与文化政治》，北京大学出版社 2004 年版。

陈晶华：《清遗民社会生活研究》，民族出版社 2019 年版。

陈鹏辉：《清末张荫棠藏事改革研究》，中山大学出版社 2021 年版。

陈平原：《触摸历史与进入五四》，北京大学出版社 2010 年版。

陈平原：《中国现代学术之建立——以章太炎、胡适之为中心》，北京大学出版社 1998 年版。

陈志让：《军绅政权：近代中国的军阀时期》，广西师范大学出版社 2008 年版。

戴迎华：《清末民初旗民生存状态研究》，人民出版社 2010 年版。

邓衍林：《中国边疆图籍录》，商务印书馆 1958 年版。

渡边信一郎：《中国古代的王权与天下秩序——从日中比较史

的视角出发》，徐冲译，中华书局 2008 年版。

段永富：《从"理想"到"现实"：美国对伪满洲国政策的演变（1931～1941）》，社会科学文献出版社 2020 年版。

高嘉谦：《遗民、疆界与现代性：汉诗的南方离散与抒情（1895～1945）》，台北：联经出版事业股份有限公司 2016 年版。

高全喜：《立宪时刻：论〈清帝逊位诏书〉》，广西师范大学出版社 2011 年版。

戈夫曼：《日常生活中的自我表演》，徐江敏、李姚军、余伯泉译，桂冠出版社 1992 年版。

格里德：《胡适与中国的文艺复兴：中国革命中的自由主义（1917～1937）》，鲁奇译，江苏人民出版社 2010 年版。

葛兆光：《西潮又东风：晚清民初思想、宗教与学术十讲》，上海古籍出版社 2006 年版。

谷川道雄：《中国中世社会与共同体》，马彪译，中华书局 2002 年版。

关晓红：《科举停废与近代中国社会》，社会科学文献出版社 2013 年版。

广东省政协文化和文史资料委员会编《香海传薪录：香港学海书楼纪实》，中国文史出版社 2008 年版。

郭卿友主编《中华民国时期军政职官志》，甘肃人民出版社 1990 年版。

韩策：《科举改制与最后的进士》，社会科学文献出版社 2017 年版。

胡平生：《民国初期的复辟派》，台湾学生书局 1985 年版。

黄百竹：《杂读偶记》，宁波出版社 2009 年版。

黄克武：《惟适之安：严复与近代中国的文化转型》，台北：

联经出版事业股份有限公司 2010 年版。

黄美娥：《重层现代性镜像：日治时代台湾传统文人的文化视域与文学想像》，台北：麦田出版社 2004 年版。

黄美真、郝盛潮主编《中华民国史事件人物录》，上海人民出版社 1987 年版。

吉川幸次郎：《中国诗史》，高桥和已编，章培恒等译，安徽文艺出版社 1986 年版。

季剑青：《重写旧京：民国北京书写中的历史与记忆》，生活·读书·新知三联书店 2017 年版。

卡尔·曼海姆：《保守主义》，李朝晖等译，译林出版社 2022 年版。

寇志明：《微妙的革命：清末民初的"旧派"诗人》，黄乔生译，生活·读书·新知三联书店 2020 年版。

拉塞尔·柯克：《保守主义思想——从伯克到艾略特》，张大军译，江苏凤凰文艺出版社 2019 年版。

李开军：《陈三立年谱长编》，中华书局 2014 年版。

李林：《最后的天子门生——晚清进士馆及其进士群体研究》，商务印书馆 2017 年版。

李细珠：《地方督抚与清末新政：晚清权力格局再研究》（增订版），社会科学文献出版社 2018 年版。

李玉栓：《明代文人结社考》，中华书局 2013 年版。

林立：《沧海遗音：民国时期清遗民词研究》，香港中文大学出版社 2012 年版。

林毓生：《思想与人物》，台北：联经出版事业公司 1983 年版。

林志宏：《民国乃敌国也：政治文化转型下的清遗民》，中华书局 2013 年版。

刘绍唐主编《民国大事日志》，台北：传记文学出版社 1979 年版。

刘寿林编《民国职官年表》，中华书局 1995 年版。

刘望龄：《辛亥革命后帝制复辟和反复辟斗争》，人民出版社 1975 年版。

罗惠缙：《民初"文化遗民"研究》，武汉大学出版社 2011 年版。

罗香林：《香港与中西文化之交流》，香港：中国学社 1961 年版。

罗小未主编《上海建筑指南》，上海人民美术出版社 1996 年版。

罗志田：《裂变中的传承》，中华书局 2009 年版。

罗志田：《权势转移：近代中国的思想与社会》，北京师范大学出版社 2014 年版。

吕超：《海上异托邦——西方文化视野中的上海形象》，黑龙江大学出版社 2010 年版。

冒怀苏编著《冒鹤亭先生年谱》，学林出版社 1998 年版。

梅尔清：《清初扬州文化》，朱修春译，复旦大学出版社 2004 年版。

W. J. T. 米切尔编《风景与权力》，杨丽、万信琼译，译林出版社 2014 年版。

牟振宇：《从苇荻渔歌到东方巴黎：近代上海法租界城市化空间过程研究》，上海书店出版社 2012 年版。

帕累托：《精英的兴衰》，宫维明译，北京出版社 2010 年版。

潘益民：《陈方恪先生编年辑事》，中国工人出版社 2005 年版。

齐格蒙特·鲍曼：《现代性与矛盾性》，邵迎生译，商务印书馆 2003 年版。

钱理群、黄子平、陈平原：《二十世纪中国文学三人谈·漫说文化》，北京大学出版社 2004 年版。

钱锺书：《管锥编》，生活·读书·新知三联书店 2007 年版。

乔治·莱考夫、马克·约翰逊：《我们赖以生存的隐喻》，何文忠译，浙江大学出版社 2015 年版。

秦燕春：《清末民初的晚明想象》，北京大学出版社 2008 年版。

丘树屏：《伪满洲国十四年史话》，长春文史资料编辑部 2022 年印行。

裘昔司：《晚清上海史》，孙川华译，上海社会科学院出版社 2012 年版。

饶宗颐：《中国史学上之正统论》，中华书局 2015 年版。

芮玛丽：《同治中兴：中国保守主义的最后抵抗（1862～1874)》，房德邻等译，中国社会科学出版社 2002 年版。

桑兵：《晚清民国的学人与学术》，中华书局 2008 年版。

桑兵：《走进共和：日记所见政权更替时期亲历者的心路历程（1911～1912)》，北京师范大学出版社 2016 年版。

尚克强：《九国租界与近代天津》，天津教育出版社 2008 年版。

施吉瑞：《诗人郑珍与中国现代性的崛起》，王立译，河南大学出版社 2016 年版。

斯维特兰娜·博伊姆：《怀旧的未来》，杨德友译，译林出版社 2010 年版。

苏发祥：《清代治藏政策研究》，民族出版社 1999 年版。

孙绍谊：《想象的城市——文学、电影和视觉上海（1927～1937)》，复旦大学出版社 2009 年版。

佟佳江编《民国职官年表外编》，中华书局 2011 年版。

王爱枝主编《数风流人物——毛泽东与民主人士的交往》，山

　　西人民出版社 2015 年版。

王德威：《后遗民写作：时间与记忆的政治学》，台北：麦田
　　出版社 2007 年版。

王德威：《一九四九：伤痕书写与国家文学》，三联书店（香
　　港）有限公司 2008 年版。

王建伟：《旧都新城：近代北京的社会变革与文化演进》，中
　　国社会科学出版社 2022 年版。

王明德：《南京与北京：近代中国政治中心的互动空间》，中
　　国社会科学出版社 2014 年版。

王世杰、钱端升：《比较宪法》，商务印书馆 2017 年版。

王晓东编《毛泽东诗词解读》，陕西人民出版社 2016 年版。

《魏斐德上海三部曲：1937～1941》，芮传明译，岳麓书社
　　2021 年版。

魏宏运主编《民国史纪事本末》，辽宁人民出版社 1999 年版。

魏泉：《士林交游与风气变迁——19 世纪宣南的文人群体研
　　究》，北京大学出版社 2008 年版。

温迪·J. 达比：《风景与认同：英国民族与阶级地理》，张箭
　　飞、赵红英译，译林出版社 2011 年版。

伍江：《上海百年建筑史：1840～1949》，同济大学出版社
　　2008 年版。

夏晓虹：《晚清上海片影》，上海古籍出版社 2009 年版。

萧功秦：《走出天下秩序——近代中国变革的思想视角》，商
　　务印书馆 2022 年版。

解学诗：《伪满洲国史新编》（修订本），人民出版社 2015 年版。

熊月之主编《上海通史》，上海人民出版社 1999 年版。

许全胜：《沈曾植年谱长编》，中华书局 2007 年版。

雅罗斯拉夫·普实克：《普实克中国现代文学论文集》，李燕乔等译，湖南文艺出版社 1987 年版。

严修自订，高凌雯补，严仁曾增编《严修年谱》，齐鲁书社 1990 年版。

扬·阿斯曼：《文化记忆：早期高级文化中的文字、回忆和政治身份》，金寿福、黄晓晨译，北京大学出版社 2015 年版。

杨剑锋：《现代性视野中的陈三立》，中国社会科学出版社 2011 年版。

姚啸宇编《胡克与英国保守主义》，华夏出版社有限公司 2021 年版。

叶凯蒂：《上海·爱：名妓、知识分子和娱乐文化（1850 ~ 1910）》，杨可译，生活·读书·新知三联书店 2012 年版。

叶中强：《上海社会与文人生活（1843 ~ 1945）》，上海辞书出版社 2010 年版。

殷啸虎：《近代中国宪政史》，上海人民出版社 1997 年版。

尹奇岭：《民国南京旧体诗人雅集与结社研究》，中国社会科学出版社 2011 年版。

余美玲：《日治时期台湾遗民诗的多重视野》，台北：文津出版社 2008 年版。

余英时：《文史传统与文化重建》，生活·读书·新知三联书店 2012 年版。

余子道、曹振威、石源华、张云：《汪伪政权全史》，上海书店出版社 2020 年版。

喻大华：《晚清文化保守思潮研究》，人民出版社 2001 年版。

曾国庆主编《百年驻藏研究大臣论丛》，中国藏学出版社 2014
年版。

曾雪梅编著《还读我书楼珍藏尺牍考解》，甘肃人民出版社
2012 年版。

张晖：《龙榆生先生年谱》（增订本），上海古籍出版社 2020
年版

张鹏：《都市形态的历史根基——上海公共租界市政发展与都
市变迁研究》，同济大学出版社 2008 年版。

张同乐：《华北沦陷区日伪政权研究》，生活·读书·新知三
联书店 2012 年版。

张展：《日本扶植汪伪政权研究》，江苏人民出版社 2022
年版。

赵园：《明清之际士大夫研究》，北京大学出版社 2014 年版。

赵云田：《清代西藏史研究》，社会科学文献出版社 2014 年版。

郑曦原编《共和十年·政治篇：〈纽约时报〉民初观察记
（1911～1921）》，蒋书婉等译，当代中国出版社 2011
年版。

周克让：《三不畏斋随笔》，吉林文史出版社 1993 年版。

周明之：《近代中国的文化危机：清遗老的精神世界》，山东
大学出版社 2009 年版。

朱文华：《风骚余韵论——中国现代文学背景下的旧体诗》，
复旦大学出版社 1998 年版。

朱兴和：《现代中国的斯文骨肉：超社逸社诗人群体研究》，
上海三联书店 2014 年版。

朱则杰：《清诗考证》，人民文学出版社 2012 年版。

朱则杰：《清诗考证续编》，浙江大学出版社 2019 年版。

邹依仁：《旧上海人口变迁的研究》，上海人民出版社 1980
年版。

邹颖文：《香港古典诗文集经眼录》，中华书局（香港）有限
公司 2011 年版。

Alan Taylor, *Colonial America: A Very Short Introduction*, Oxford
University Press, 2012.

Chia-Ling Yang and Roderick Whitfield, eds. , *Lost Generation:
Luo Zhenyu, Qing Loyalists and the Formation of Modern Chinese Culture*, London: Saffron Books, 2012.

Emer O'Dwyer, *Significant Soil: Settler Colonialism and Japan's
Urban Empire in Manchuria*, Harvard University Asia Center,
2015,

Frantz Fanon, *The Wretched of the Earth*, Grove Press, 1963.

Frederick H. Buttel, Arthur P. J Mol, and Gert Spaargaren, eds. ,
Environment and Global Modernity, SAGE Publications, 2000.

Ian Baucon, *Out of Place*, Princeton University Press, 1999.

Jennifer W. Jay, *A Change in Dynasties: Loyalism in Thirteenth-Century China*, Western Washington University Press, 1991.

Jini Kim Watson, *The New Asian City: Three-Dimensional Fictions of
Space and Urban Form*, University of Minnesota Press, 2011.

Kevin Gilmartin, *Writing Against Revolution: Literary Conservatism
in Britain, 1790 – 1832*, Cambridge University Press, 2015.

Marie-Claire Bergère, *Shanghai: China's Gateway to Modernity*,
Stanford University Press, 2009.

Sabaree Mitra, *Literature and Politics in 20th Century China*,
Books Plus, 2005.

Shana J. Brown, *Pastimes: From Art and Antiquarianism to Modern Chinese Historiography*, University of Hawai'i Press, 2011.

Shengqing Wu, *Modern Archaics: Continuity and Innovation in the Chinese Lyric Tradition*, *1900 - 1937*, Harvard University Asia Center Press, 2013.

倉田貞美『清末民初を中心とした中國近代詩の研究』大修館書店、1969。

今村与志雄編『橋川時雄の詩文と追憶』汲古書院、2006。

刊物论文

彼得·盖伊:《历史中的精神分析》,王立秋译,"拜德雅Paideia"微信公众号,2015年5月16日。

蒋永康:《德语文献中的"Gemeinschaft"》,《社会》1984年第4期。

柴田阳一:《"满洲国"的地理学者及其活动特征》,石川祯浩主编《二十世纪中国的社会与文化》,袁广泉译,社会科学文献出版社2013年版,第273~325页。

陈丹丹:《民初上海清遗民之生计与交接》,《汉语言文学研究》2014年第3期。

陈丹丹:《十里洋场与独上高楼——民初上海遗民的"都市遗民想象"》,《北京大学研究生学志》2006年第2期。

陈方正:《试论新文化运动与欧洲文艺复兴》,《中国文化》2007年第2期。

程太红:《清遗民研究的学术史回顾与展望》,《岭南师范学院学报》2020年第2期。

储方朔:《晚清遗老间的"相斫书"》,《东方早报》2015年3月22日。

稻畑耕一郎：《傅增湘诗篇遗留日本考——兼论〈东华〉与〈雅言〉之关联》，林宗正、张伯伟主编《从传统到现代的中国诗学》，上海古籍出版社 2017 年版，第 281～301 页。

稻畑耕一郎：《傅增湘与〈雅言〉——传统诗歌的继承事业》，陈致主编《中国诗歌传统及文本研究》，中华书局 2013 年版，第 494～529 页。

范立舟：《宋儒正统论之内容与特质》，《安徽师范大学学报》1999 年第 2 期。

房学惠、王宇：《宝熙致罗振玉信札十七通》，《文献》2002 年第 2 期。

房学惠：《罗振玉友朋书札》，《文献》2005 年第 2 期。

傅道彬、王秀臣：《郑孝胥和晚清文人的文化遗民情结》，《北方论丛》2002 年第 1 期。

高嘉谦：《刻在石上的遗民史：〈宋台秋唱〉与香港遗民地景》，《台大中文学报》第 41 期，2013 年。

高莹莹：《1949 年以来的沦陷区研究综述》，《兰州学刊》2015 年第 5 期。

胡晓：《国民党与溥仪出宫事件》，《安徽史学》2012 年第 2 期。

扈耕田：《从政治遗民到文化遗民——侯方域参加清廷乡试原因新论》，《河南大学学报》2014 年第 1 期。

江湄：《正统论的兴起与历史观的变化》，《史学月刊》2004 年第 9 期。

李坤睿：《王孙归不归？——溥仪出宫与北洋朝野局势的变化》，《南京大学学报》2012 年第 5 期。

李思清：《民国时期的光宣文人——以清史馆文人群体为中心》，《中国现代文学研究丛刊》2012 年第 7 期。

李永健：《〈重大信条十九条〉蕴含的宪法理念》，《华北水利水电学院学报》2008 年第 3 期。

李之勤：《关于〈清史稿〉的版本》，《史学史资料》1980 年第 1 期。

林志宏：《清遗民的心态及处境：以刘声木〈苌楚斋随笔〉为例》，《东吴历史学报》第 9 期，2003 年。

刘凤云：《十八世纪的"技术官僚"》，《清史研究》2010 年第 2 期。

刘连开：《再论欧阳修的正统论》，《史学史研究》2001 年第 4 期。

刘振华：《论钱谦益的"文化遗民"心态》，《东南文化》2000 年第 11 期。

柳成栋：《黑龙江的诗社》，《黑龙江史志》2014 年第 4 期。

罗惠缙：《从〈苌楚斋随笔〉五种看刘声木的"文化遗民"情结》，张新民主编《阳明学刊》第 3 辑，巴蜀书社 2008 年版，第 396～405 页。

罗惠缙：《民初遗民对晚明历史的文学表达——以〈淞滨吟社集〉为中心》，《江汉论坛》2008 年第 9 期。

罗琳：《〈续修四库全书总目提要〉编纂史纪要》，《图书情报工作》1994 年第 1 期。

罗澍伟：《民国初年天津的寓公》，天津社会科学院历史研究所、天津市城市科学研究会编《城市史研究》第 21 辑，天津社会科学院出版社 2002 年版，第 419～433 页。

罗祥相：《释"忠恕"与"一贯"》，《孔子研究》2012 年第 5 期。

罗义俊：《"黄宗羲现象"与〈明夷待访录〉——兼政治遗民、

文化遗民与夷夏之辨大义论略》，上海社会科学院《传统中国研究集刊》编辑委员会编《传统中国研究集刊》第 1 辑，上海人民出版社 2006 年版，第 307～323 页。

马忠文：《清季查办藏事大臣张荫棠的家世、宦迹与交游》，《学术研究》2019 年第 6 期。

马忠文：《许宝蘅与溥仪》，《博览群书》2011 年第 9 期。

孟向荣：《〈我的前半生〉灰皮本之由来》，《中华读书报》2010 年 12 月 1 日，第 14 版。

牛海蓉：《〈元草堂诗余〉——宋金遗民词的结集》，《古籍整理研究学刊》2007 年第 2 期。

潘静如：《〈晚晴簃诗汇〉编纂史发覆——兼论清遗民与徐世昌等北洋旧人的离合》，《苏州大学学报》2018 年第 2 期。

潘静如：《〈晚晴簃诗汇〉的编纂成员、续补与别纂考论》，《中国典籍与文化》2016 年第 2 期。

潘静如：《陆游诗在近代诗学史中的地位——近代诗学"祧唐祖宋"说述微》，安徽师范大学中国诗学研究中心编《中国诗学研究》第 14 辑，安徽师范大学出版社 2017 年版，第 38～63 页。

潘静如：《论晚清民国李商隐集句诗的隐微书写与褶皱》，《文学遗产》2020 年第 2 期。

潘静如：《清遗民话语系统与清遗民现象——以"贞元朝士"为例》，《文艺理论研究》2018 年第 2 期。

潘静如：《清遗民诗词结社考》，《中国韵文学刊》2017 年第 4 期。

潘静如：《时与变：晚清民国文学史上的诗钟》，《中山大学学报》2017 年第 4 期。

裴传勇：《忠观念的起源与早期映像研究》，《文史哲》2009
　　年第 3 期。

彭敏哲：《稊园诗群及其诗歌活动考论》，《暨南学报》2017
　　年第 12 期。

彭玉平：《王国维、陈寅恪文化遗民心态辨析》，《广州大学学
　　报》2011 年第 1 期。

乔治忠：《论中日两国传统史学之"正统论"观念的异同》，
　　《求是学刊》2005 年第 2 期。

萨仁高娃：《有关〈续修四库全书总目提要〉的通信》，《文
　　献》2006 年第 3 期。

沙红兵：《早期现代经验的诗性领会——清末民初五大经典诗
　　人研究》，《文学评论》2013 年第 1 期。

尚小明：《近代中国大学史学教授群像》，《近代史研究》2011
　　年第 1 期。

邵丹：《故土与边疆：满洲民族与国家认同里的东北》，《清史
　　研究》2011 年第 1 期。

邵盈午：《从梁济自沉看中国近代遗老的文化心态》，《上海师
　　范大学学报》2004 年第 1 期。

苏星菲、杨东方：《夏孙桐与〈续修四库全书总目提要·医家
　　类〉》，《北京中医药大学学报》2018 年第 4 期。

孙海鹏：《〈辽东诗坛〉研究》，中国历史文献研究会、大连图
　　书馆编《典籍文化研究》，万卷出版公司 2007 年版，第
　　38～164 页。

孙江：《太阳的记忆——关于太阳三月十九日诞辰话语的知识
　　考古》，《南京大学学报》2004 年第 4 期。

孙明：《清遗民关怀中的治统与道统——以沈曾植、曹廷杰为

个案》，《史林》2003 年第 4 期。

孙明：《由禅让而共和——梁济与民初政治思想史一页》，《史林》2011 年第 2 期。

汪民安：《游荡与现代性经验》，李小娟、付洪泉主编《批判与反思：文化哲学研究十年》，黑龙江大学出版社 2011 年版，第 373～384 页。

王标：《空间的想像和经验——民初上海租界中的逊清遗民》，《杭州师范学院学报》2006 年第 1 期。

王德威：《亡明作为隐喻——台静农的〈亡明讲史〉》，《现代中文学刊》2020 年第 4 期。

王景山：《“多几个读枝巢老人诗文的”——关于夏仁虎的著作》，《中华读书报》2004 年 7 月 21 日。

王雷、陈恩虎：《民国初年前清遗老圈生存心态探析》，《学术月刊》2005 年第 3 期。

王晴飞：《溥仪出宫与北京知识界：以胡适为中心的考察》，《社会科学》2015 年第 4 期。

王咏：《文化遗民的区隔符号——对新文化运动中古琴艺术的社会学研究》，《中国地质大学学报》2012 年第 1 期。

魏刚、于春燕：《日本统治时期东北地区的图书杂志出版与发行》，《大连近代史研究》第 5 卷，辽宁人民出版社 2008 年版，第 386～400 页。

吴盛青：《风雅难追攀：民初士人禊集与诗社研究》，吴盛青、高嘉谦编《抒情传统与维新时代——辛亥前后的文人、文学、文化》，上海文艺出版社 2012 年版，第 24～74 页。

吴盛青：《亡国人·采珠者·有情的共同体：民初上海遗民诗社研究》，《中国现代文学研究丛刊》2013 年第 4 期。

萧文立：《可居藏罗雪堂书札考释——致宝熙（之二）》，《收藏·拍卖》2006 年第 9 期。

萧文立：《可居藏罗雪堂书札考释——致宝熙（之一）》，《收藏·拍卖》2006 年第 8 期。

熊月之：《辛亥鼎革与租界遗老》，《学术月刊》2001 年第 9 期。

徐文涛：《逊清遗民的"忠"思想》，《孔子研究》2014 年第 4 期。

许广智：《张荫棠"查办藏事"始末》，《西藏研究》1988 年第 2 期。

叶扬兵：《关于中央文史研究馆筹建的两个时间》，《党的文献》2018 年第 2 期。

俞祖华、赵慧峰：《戊戌思潮：中国三大现代性思潮的共同源头》，《学术月刊》2009 年第 11 期。

喻大华：《〈清室优待条件〉新论——兼探溥仪潜往东北的一个原因》，《近代史研究》1994 年第 1 期。

喻大华：《重评 1924 年冯玉祥驱逐溥仪出宫事件》，《学术月刊》1993 年第 11 期。

袁一丹：《隐微修辞：北平沦陷时期文人学者的表达策略》，《中国现代文学研究丛刊》2014 年第 1 期。

臧运祜：《抗日战争时期的沦陷区研究述评》，《中共党史研究》2015 年第 9 期。

张福记：《清末民初北京旗人社会的变迁》，《北京社会科学》1997 年第 2 期。

张明杰：《今关天彭与鲁迅关系考略》，《鲁迅研究月刊》2013 年第 8 期。

张树年：《先父张元济的最后十年》，商务印书馆编《商务印书馆一百年》，商务印书馆 1998 年版，第 182～188 页。

张笑川：《民初"清遗民"研究的回顾与展望》，《兰州学刊》2012 年第 9 期。

张笑川：《郑孝胥在上海的遗老生活（1911～1931）——以〈郑孝胥日记〉为中心》，常建华主编《中国社会历史评论》第 13 卷，天津古籍出版社 2012 年版，第 158～175 页。

张永：《从"十八星旗"到"五色旗"——辛亥革命时期从汉族国家到五族共和国家的建国模式转变》，《北京大学学报》2002 年第 2 期。

张仲民：《"不科举之科举"——清末浙江优拔考及其制度性困境》，《历史研究》2019 年第 3 期。

张仲民：《"非考试莫由"？清季朝野关于己酉优拔考试应否暂停的争论》，《学术研究》2019 年第 7 期。

章开沅、刘望龄：《民国初年清朝"遗老"的复辟活动》，《江汉学报》1964 年第 4 期。

赵刚：《反抗道德机会主义——二十世纪中国革命激进背景下的陈寅恪"光宣全盛论"》，许纪霖、刘擎编《知识分子论丛》第 11 辑，华东师范大学出版社 2013 年版，第 333～366 页。

赵世瑜、杜正贞：《太阳生日：东南沿海地区对崇祯之死的历史记忆》，《北京师范大学学报》1999 年 6 期。

周游：《旗帜与认同：国民革命时期国民党以党旗代国旗与各政治力量的因应》，《人文杂志》2022 年第 8 期。

朱国伟、宗瑞兵：《论向迪琮词学观及其词作》，《河南社会科学》2012 年第 5 期。

朱兴和:《超社的诗学思维与思想文化意义》,胡晓明主编《古代文学理论研究》第 54 辑《诗学思维与批评范式》,华东师范大学出版社 2022 年版,第 529～554 页。

Davide Tarizzo, "What is a Political Subject?" *Política Común*, Vol. 1, 2012.

Dennis H. Wrong, "The Oversocialized Conception of Man in Modern Sociology," *American Sociological Review*, Vol. 26, No. 2, 1961, pp. 183–193.

F. W. Mote, "Confucian Eremitism in the Yuan Period," in Arthur F. Wright ed., *The Confucian Persuasion*, Stanford University Press, 1960, pp. 202–240.

Marina Gržinić et al., "What Needs to be Conceptualized is a Political Subject," *Performance Research*, Vol. 10, No. 2, 2005, pp. 5–19.

学位论文

范丽:《另类的遗民:民国初年张勋身份认同研究(1912～1923)》,硕士学位论文,中央民族大学,2014。

方慧勤:《夏孙桐诗词研究》,硕士学位论文,苏州大学,2016。

刘洋:《在民国:逊清遗民的文化心态与诗歌书写》,博士学位论文,吉林大学,2012。

饶玲一:《尚贤堂研究(1894～1927)》,博士学位论文,2013。

王凯:《俞陛云词及词学研究》,硕士学位论文,河北大学,2019。

王雷:《民国初年前清遗老群体心态剖析》,硕士学位论文,广西师范大学，2003。

王亮：《〈续修四库全书总目提要〉研究》，博士学位论文，复旦大学，2004。

魏湘：《晚清立宪的分析——关于〈钦定宪法大纲〉与〈重大信条十九条〉对比分析》，硕士学位论文，中国政法大学，2006。

附录 后遗民时代：吴天任的
浮城晚唱与现代迷思

1949 年夏秋之交，吴天任（1917～1992）在《初到香港》诗中写道：

> 乱来真愧此南游，世外徒闻似十洲。照眼楼台非故国，骄人犬马亦名流。烽烟落日衔中土，海气经天入早秋。信美蓬莱轻一割，百年遗恨水悠悠。①

香港岛一个多世纪前被割让给英国，自是"百年遗恨水悠悠"。但这种伤感还部分来自吴天任的个人心境。作为原国民政府低级官员，吴天任没有随国民党迁往台湾，而是自请解职，挈家赴港谋生。自此，吴天任扎根香港，讲学著书终老。

吴天任的全部著述中，遗民题材占了不小的比重。他为金遗民元好问写有评传，为明遗民邝湛若、澹归及清遗民何藻翔、梁鼎芬、康有为撰有年谱，都是精心钩稽之作。《元遗山评传》结尾如是说：

---

① 吴天任：《荔庄诗稿》，台北：艺文印书馆 1981 年版，第 203 页。

> 要是国亡之际，慷慨一死，原是古今忠臣义士最后的归宿，并非一件难事；但对故国的贡献，似乎太寻常了。不特没有达到保存国史的任务；就对文学作品，也不会有后来光辉的成就呢。①

又说：

> 自遗山逝世，至今已满七百年了……我们处在七百年后的今日，读起他的诗，正如凌廷堪所说："展卷之际，身后漠不相关，古今渺不相接。然其情之可以移人者，常一往而不可穷；其诚之可以动物者，每三复而不能置。茫茫然而来，怦怦焉欲动，不自知其何心也！"这几句话，是无异替我们说的啊！②

研究古之遗民时，吴天任的感慨很多。本文主要关注他的清遗民研究。何藻翔、梁鼎芬、康有为三谱勾勒了这几位清遗民的行藏出处。年谱不同于评传，除自序中作者会集中呈现个人观点外，谱文通常并不涉及"评价"。但是，结合序文与其他相关论述，行实的选取、排比或辨正，在以"求真"为归宿的同时，也会隐含作者的价值倾向（特别是考虑到吴天任的经历与遗民题材的特殊性），尽管并不总是如此。在这一总体原则下，作为一项研究，本文还须对三谱做差别化处理。三位谱

---

① 吴天任：《元遗山评传》，《学海书楼讲学录》第四集，香港：学海书楼1964年版，第80页。
② 吴天任：《元遗山评传》，《学海书楼讲学录》第四集，第80~81页。

主分别有以下不同角色："技术官僚"何藻翔，"道德楷模"梁鼎芬，"政治思想家"康有为。无论哪一种角色，都与中华民国之共和政体及其理念发生关系。考察完这些内容之后，最终我们要回到吴天任，看看一位受过挫折的现代人，其遗民认知处在近现代思想史的什么位置，又能为我们提供什么。

一　始于"遗老"：20 世纪上半叶的宋王台

吴天任抵港后，在重阳节这天寻访了九龙宋王台遗迹：

> 日落夷歌起，年深帝迹荒。九州余片石，孤抱对重阳。采菊遗民泪，淘沙旧国殇。崖门元不远，风浪想苍茫。①

所谓宋王台遗迹，与南宋末代皇帝赵昺相关。相传，陆秀夫在崖山负帝投海殉国之后，附近的居民在东临今九龙湾的一块巨岩上刻"宋王台"三字，以为纪念。无疑，这是宋朝痛史。吴天任的诗古今俱泯，像是宋遗民"魂兮归来"后的视角，也像是个人感喟。同样流寓香港的曾克耑也有一组《宋王台》诗，第三首写道："流徙余生涕笑艰，分无词赋动江关。梦中故国摧魂魄，劫外残山弄髻鬟。海气夜嘘蛟蜃吼，夕阳暮诇雁乌还。经空本穴知谁喻，泪尽蛮烟蛋雨间。"② 他们笔下的宋王台都有着别样意味。这种别样意味，要追溯到民初清遗老对

---

① 吴天任：《九日寻宋王台遗迹》，《荔庄诗稿》，第 206 页。
② 曾克耑：《颂橘庐丛稿》内篇第三十四卷，台北：新文丰出版公司 1983 年版，第 3 页。

宋王台的重新"发现"。香港之成为遗民寄居地，宋王台之成为遗民瞻吊处，皆始于清遗老。

清室逊政，一大批遗老先后避地香港，包括陈伯陶、吴道镕、温肃、丁仁长、汪兆镛、张学华、赖际熙、朱汝珍、江孔殷、桂坫、岑光樾、区大典、区大原等十余人。他们都是粤籍，除汪兆镛为举人外，其余都是进士。1916 年秋，陈伯陶在宋王台追祀宋遗民赵秋晓生日，又别作宋王台怀古，吴道镕、张学华、汪兆镛、黄佛颐等人竞相赓唱，其后丁仁长、张其淦、何藻翔、黄日坡、赖际熙、李景康、梁济等人也加入此列。1917 年，苏泽东辑录的《宋台秋唱》行世。宋王台由此成为香港的"遗民地景"。① 作为古迹，宋王台 1898 年就进入港英当局的视野，立法局通过《宋王台保留法案》（Sung Wang Toi Reservation Ordinance），禁止市民采石，以保留"令人崇敬的历史光环"。② 显然，宋王台被保护，主要缘于古迹可以为年轻的租界城市增加历史底蕴。是后来的陈伯陶，赋予其完全不同的意义。旧说帝昺曾驻跸宋王台，陈伯陶经过详细考证，指出此台"乃端宗（赵景炎）驻跸之所，非帝昺也"。③ 重要的是，它确是南宋灭亡前夕宋皇驻跸之处，并成了清遗民吊古伤今的"地景"。

就清遗民之"宋台秋唱"而言，他们的悲凉之感要甚于

---

① 参见高嘉谦《刻在石上的遗民史：〈宋台秋唱〉与香港遗民地景》，《台大中文学报》第 41 期，2013 年 6 月，第 277～316 页。

② 高嘉谦《刻在石上的遗民史：〈宋台秋唱〉与香港遗民地景》，《台大中文学报》第 41 期，2013 年 6 月，第 287～288 页。

③ 真逸（陈伯陶）：《宋皇台怀古（并序）》，苏泽东编《宋台秋唱》卷中，1917 年刻本，第 1b 页。

宋遗民。长久以来，片石上的"宋王台"三字足以告慰宋皇、宋遗民之魂，但当时，宋王台甚至不属于国人：

> 九龙非我有，漫说宋皇台。只合中原死，宁徒易姓哀。忠臣出盗贼，遗老空尘埃。泪尽崖门水，花溪浑倘来。[1]
>
> 登临远在水之湄，岂独兴亡异代悲。大地已随沧海尽，怒涛犹挟故宫移。残山今属周原外，块肉曾无赵氏遗。我亦当年谢罪羽，西台恸哭只编诗。[2]

不论是何藻翔之所谓"只合中原死，宁徒易姓哀"，还是赖际熙之所谓"登临远在水之湄，岂独兴亡异代悲"，都是指不但清王朝已经覆灭，香港也早被英国侵占。然而，香港还有他们无比倚赖的一面。恰恰是何藻翔又说出"惟有此中堪避世，不须凭吊宋王台（自注：西人拓展租界，华民辄争界址。由今思之，转幸得避乱地也）"，[3] 恰恰是赖际熙又说出"神州文化，行见陆沉；轩辕遗裔，尽将沙汰。挟书之令，秦以严刑禁之，尚有孑遗；畔道之端，今以曲说诱之，自然风靡，诚斯道存亡绝续之交，君子怵惕危虑之会也。幸香江一岛，屹然卓立，逆焰所不能煽，颓波所不能靡……"，[4] 此中悖论，无计可除。

---

① 何藻翔：《九月十七日宋皇台祝赵秋晓先生生日和九龙真逸》其四，《邹崖先生诗集》卷三，第10b页。

② 赖际熙：《登宋王台作》其二，《荔垞文存》，香港：学海书楼2000年版，第161页。

③ 何藻翔：《柬九龙真逸》，《邹崖先生诗集》卷三，第3a页。

④ 赖际熙：《筹建崇圣书堂序》，《荔垞文存》，第31页。

"宋王台"作为地景的意义，并不限于清遗民。抗战时期，它还隐隐成了中华民族的精神支柱。全面抗战爆发后，赋闲在家的原国民党官员何冀（1895～1955）① 避地香港。他在《宋帝昺为胡元所逼史称尝驻跸官富场或云即今之九龙城也当宋末志抗胡元者只为士大夫而未发动民众卒其至于亡余于日昨春气暄柔携女友登台虽笑题台者称谓不确之可哂而志亡之痛亦可哀也》中写道：

> 帝昺当年驻跸来，乡民题作宋王台。士夫独力支残局，目极中原事可哀。②

这首诗最初于 1938 年 3 月 1 日发表在香港《大众日报》上。题目中所谓"题台者称谓不确"，大概是沿袭陈伯陶的说法，陈伯陶指出此石为端宗驻跸之所，当名为"宋皇台"，而非宋王台。何冀诗题又有"当宋末志抗胡元者只为士大夫而未发动民众卒其至于亡"云云，字里行间充满现代政见、现代史论。"而志亡之痛亦可哀也"，可见南宋"士夫独力支残局"的悲壮，也是我民族精神的遗产。但彼时，香港依然无恙，何冀"目极中原"还隔着江海。

1941 年 12 月香港沦陷，阴云笼罩了这座城市。1945 年日本投降，宋王台再次为诗人所聚焦。谢焜彝、黄伟伯、伍宪

---

① 何冀，字曼叔，广东东莞人。1925 年由廖仲恺介绍加入国民党，1935 年任毕节专员公署民政科长。其子何与成时任上海闸北区共青团区委宣传部长，被国民党当局逮捕入狱，经何冀的上司莫雄营救出狱。其后，莫雄以"通共"嫌疑被扣押，何冀去职，回到东莞。

② 何冀：《曼叔诗文存》，上海古籍出版社 2011 年版，第 62 页。

子、冯渐逵等人于同年创立的硕果社，有一次雅集就是以
"香港乱后吊宋皇台遗址""九龙城宋行宫瓦当"为题（二选
一）。1947年印行的《硕果社第一集》显示，至少李景康、招
量行、韦汪瀚、陈荆鸿、谢逸夐等五位诗人选择了"宋皇台"
一题。招量行写道：

> 多年不到宋皇台，此日登临只劫灰。磐石也随流水
> 去，长林空见暮鸦回。萋萋芳草生原上，寂寂残阳照海
> 隈。此地已忘禾黍痛，几人凭吊志余哀。①

结合首联"多年不到宋皇台，此日登临只劫灰"，可知尾联
"此地已忘禾黍痛，几人凭吊志余哀"并非指宋元之交的痛
史，而是指香港的四年沦陷岁月。也许是日本投降后，招量行
触目所见是一片灯红酒绿，故有感而发。然而，这正是香港的
生机所在。作为海隅"浮城"，它早已伤痕累累。灯红酒绿只
是还商业都会以本来面目，诗人、革命家、冒险家都不断来此
寻求机会。宋王台一直都是少数人的地景。吴天任寻访它，不
用说，也只是个人之旅。

二 吴天任在香港

寓港不久，吴天任还遇到了故人麦朝枢（1896～1973）。
麦朝枢曾任上海市政府社会局局长、第二方面军司令部秘书
长、国民政府主席广州行辕秘书长，有陆军少将衔。他与吴天

---

① 招量行：《香港乱后吊宋皇台遗址》，硕果社编《硕果社第一集》，香港
1947年石印本，第8a页。

任一样，虽曾出入行伍，却有扎实的旧学功底，娴于诗词。此时他有一个新身份，即中国国民党革命委员会成员，简称"民革"，1848 年 1 月由李济深、宋庆龄、何香凝、谭平山等国民党元老创建。1949 年 8 月，麦朝枢通电起义，积极北归，准备参与新中国的建设，而吴天任则相反，选择南来避世。两位旧日同僚选择的道路显然不同，他们的相遇富有戏剧性。吴天任在送别诗中写道"候雁南来公北去""亦知兴废如轮转""闻道求贤尊郭隗"，① 表示尊重、祝福这位前辈的选择。② 相形之下，吴天任自己则栖栖惶惶，不无苍凉之感。

除本文开头引及的《初到香港》外，他的一系列诗作写尽了眼中的萧索、苍凉：

> 眼中何地着行藏，倚槛微吟接大荒。后日成田归变灭，长风吹浪立昏黄。群鱼结队窥灯出，众水争流赴海忙。欲识吾愁深几许，可堪衔石一评量。（《望海》）③
> 秋气如海深，夜凉浸床席。虚堂下白露，疏林动孤翮。不寐迟所思，落月照颜色。弃家事远游，烟尘黯南北。中原安敢望，避地忍去国。江山虽信美，羁旅谁与适。怀抱空自奇，万感赴遥夕。（《秋夜》）④

---

① 吴天任：《送麦仲衡丈北行兼柬伯轩大令》，《荔庄诗稿》，第 205 页。
② 麦朝枢供职人民文学出版社，校有施国祁《元遗山诗集笺注》（人民文学出版社 1958 年版）等典籍。晚年出国，1973 年病逝于加拿大。参见中国人民解放军广东省军区军事志办公室编《广东军事人物志》，广东人民出版社 2001 年版，第 530 页；黄百竹《运动记愧》，《杂读偶记》，宁波出版社 2009 年版，第 6 页。
③ 吴天任：《荔庄诗稿》，第 204 页。
④ 吴天任：《荔庄诗稿》，第 204 页。

这种苍凉感来自"羁旅"，也来自时事的刺激。解放军攻下广州——国民党政权"行都"——后，遣散了国民政府收容的战时伤兵。这些伤兵来到香港，"流落街头，扶伤乞食"，令他异常感伤："海隅十月风霜急，一别亭前木叶脱。跛足蹒跚泪满襟，三五扶携路旁乞。言昔同仇御倭寇，从戎百战勇蹀血。八年辛苦终受降，头颅无恙股肱折。将军奏凯皆晋爵，论功不数创病卒。凄凉冷院寄残生，战友那复问存没。秋深杀气从北来，赤焰着处皆成灰。行都不战一夕弃，中枢西撤珠海沸。……当年苦战恨不死，余生倒悬向谁哭。……"[①] 对伤兵而言，这是一场悲剧。他举目四望，再次想起不久前刚刚造访的宋王台："莫上宋台瞻故国，烽烟高举夕阳迷。"[②]

但苍凉不是吴天任生活中的唯一色彩。他甫一抵港，就得以参与硕果社的雅集，[③] 还受学海书楼之聘，讲学授徒。这可以有效调剂他的生活、情感与精神。最值得一提的是他设立的"中华艺苑"，专授诗文国故之学。学生兴致很高，入门之后，成立青社，彼此唱和，几年间就裒然成帙。这出乎他的意料，因为当初他担心香港"华夷习处，海隅俗薄"，自己教的东西不会有市场。[④] 实际上，这是香港诗文创作最为繁荣的一个时期。香港开埠后的一个半世纪里，古典诗文创作者多达1700余人，至少514人有诗文集传世，凡808种。这514名作者来

---

①　吴天任：《伤兵叹》，《荔庄诗稿》，第208页。
②　吴天任：《香江秋感四首》其二，《荔庄诗稿》，第209页。
③　吴天任《四秋吟》题下注曰"硕果课题"（《荔庄诗稿》，第204页）。
④　参见吴天任《学诗诸子》，《牧课山房随笔》卷下，台北：艺文印书馆1973年版，第205～208页；吴天任《青社心声序》，《牧课山房丛稿》，台北1983年版，第19～21页。

港时间集中在 1911 年前后、抗战时期及 1949 年前后；就中 1949 年前后至 1950 年代来港作者最多，达到 180 人。[①] 当时的香港也因此坛坫林立。到 1960 年代，其风仍炽，为吴天任所亲历，"比岁以来，岛上诗风浸盛，文士骚人，每聚同好为社集"。[②] 吴天任的友人兼同事潘小磐（1914～2001），一人就出入于硕果社、龙江复雅社、云社、愉社、锦江文社。[③]

这一时期旧文学的繁荣，与包括吴天任、曾克耑在内的 180 余位流寓诗人有很大关系。但就 20 世纪香港本土传承而言，这种繁荣局面还应记上清遗民的贡献。清末时王韬、胡礼垣、潘飞声等文人已经给香港注入了文学活力，但他们的影响并不如清遗民这般深远。这不仅因为这批清遗民人数众多，或带着"进士""翰林""太史"诸如此类的头衔，更因为他们投身到教育、讲学之中，使诗文国故之学在此生根。日后执掌香港大学中文系的罗香林（1906～1978），也是 1949 年流寓来港，将清遗民视为香港文学第三、第四时期的主力。第三时期指民初，第四时期指 1920 年代以后。罗香林指出："第四时期之中国文学，则以学海书楼之讲授经学文学，及香港大学中文系之专门研讨为代表，而港大中文系之影响尤巨。"[④] 而不论学

---

① 参见邹颖文编《香港古典诗文集经眼录》，中华书局（香港）有限公司 2011 年版，前言第 9～20 页。这里的香港古典诗文创作者取其广义。凡香港出生、长期居港、短期旅居香港，或曾在香港受业、工作者，其居港前后的诗文集，都在收录范围之内。

② 吴天任：《知非楼诗序》，《牧课山房丛稿》，第 31 页。

③ 参见李健明《悠悠八十载 香江一书楼——保存弘扬中国传统文化的学海书楼（代序）》，广东省政协文化和文史资料委员会编《香海传薪录：香港学海书楼纪实》，中国文史出版社 2008 年版，第 6 页。

④ 罗香林：《香港与中西文化之交流》，香港：中国学社 1961 年版，第 207 页。

海书楼还是香港大学中文系（中文学院）的成立、发展，都离不开清遗民。他们虽远离内地，但也不能不注意到新文化运动的影响。是以 1920 年赖际熙租赁香港中环坚道小楼一角，请何藻翔主讲国学，以资存续。没想到收效甚著，于是 1923 年在香港绅商的资助下，赖际熙正式创立学海书楼。除赖际熙外，何藻翔、吴道镕、陈伯陶、张学华、区大原、区大典、朱汝珍、温肃、岑光樾诸老都来此讲学。1927 年，香港大学成立中文学院，聘任赖际熙、区大典、林栋三位教员，赖际熙出任主任。其后，温肃、朱汝珍先后应聘为兼任讲师。在早期的学海书楼、香港大学中文学院，清遗民尤其是赖际熙都扮演了中坚角色。他们培养了很多人才。

　　1950～1960 年代，吴天任于学海书楼讲学，仿佛冥冥中的定数。他先后讲授过"诗圣杜甫""集大成的赋家——庾信""诗仙李白""王安石的政治思想""史学叙事""楚辞文学的特质""郑樵生平与通志简介""通志总序疏证自序""正始文学与阮籍咏怀""元遗山评传"十门课。① 这些内容，出入文史，反映了吴天任涉猎、研究范围之广。他还有《龙龛道场铭考》《章实斋的史学》《水经注疏清写本与最后修订本校记》《郦学研究史》等著述，第一部可以归到金石学范畴，后三部算得上 20 世纪的"预流"之学——胡适曾引领、推动过。他最为引人注目的年谱撰著，除开头提到的遗民年谱（或评传）六种外，还有《黄公度先生年谱》《杨惺吾先生年谱》《梁任公先生年谱》《蔡松坡将军年谱》四种，就中杨守

---

① 参见骆伟《学海书楼国学讲座述略》，《香海传薪录：香港学海书楼纪实》，第 248～249 页。

敬的主要贡献在学术，黄遵宪、梁启超、蔡锷三位谱主则在整个中国近代政治、文化、思想史进程中有各自的分量。此外，吴天任还有内容丰富的札记、文章，收录在《牧课山房随笔》《牧课山房丛稿》中。虽然这些著述的动机可能始自来港以前，比如吴天任少时爱读《水经注》，广泛求访精校本，因此辗转听说"宜都杨惺吾先生有水经注疏之作"，① 成为后来撰著《杨惺吾先生年谱》乃至《水经注疏清写本与最后修订本校记》《郦学研究史》的前因，但其写作、完成都在香港。

通观其著述次第，吴天任对南明史情有独钟，从抵港初的《永历行都》《论明永历帝》到1991年出版的《邝中秘湛若年谱》《澹归禅师年谱》，可谓一以贯之。《邝中秘湛若年谱》自序云："宋明俱亡于异族，当二代莫造，志士仁人，奔走呼号，以谋挽救，已肩踵相接。及其亡也，犹奋起山陬水涯，崎岖岭海之间，掷头颅，洒热血……此诚足以惊天地泣鬼神。而明之亡，士夫君民之抗清殉节者，既难偻计，其死事之烈，尤远过于宋。"② 部分道出了其迷恋南明史的缘由。《澹归禅师年谱》自序云："余好读史，尤留意南明史；抗战期间，行役吾粤西江一带，即永历君臣播迁所在。于肇庆流连尤久，是为永历行在，尚存行宫与披云楼、龟顶烽台遗迹，数往凭吊，低徊咏叹而不能去。"③ 可见，他与南明"结缘"，始于抗战时期。1941年行役肇庆之际，吴天任瞻吊永历行宫故址、披云楼，各系一诗。其《肇庆永历行宫故址》有云："从官终愧崖门

① 吴天任：《自序》，《杨惺吾先生年谱》，台北：艺文印书馆1974年版，第1页。
② 吴天任：《邝中秘湛若年谱》，香港：至乐楼1991年版，序第5页。
③ 吴天任：《澹归禅师年谱》，香港佛教志莲图书馆1991年版，序第1页。

水，故老犹传永历年。"① 这是致慨永历君臣未能死义，孙可望叛变，大势已去之后，永历君臣却选择草间苟活，最后见辱于缅甸人。虽是怀古幽情，但不无现实刺激，那就是眼下半壁江山沦陷。但作为怀古对象，"永历（君臣）"并无特别指涉，不存在古今人物、情势的那种影射或隐喻关系。这就与郭沫若《甲申三百年祭》甚至台静农《亡明讲史》② 等有所不同。及至寓居香港，吴天任写《永历行都》《论明永历帝》两篇文章（二者内容接近），情味有了明显变化。《论明永历帝》云：

> 明季南都既破，张国维等奉鲁王以海，称监国于浙江之绍兴，黄道周等奉唐王聿键称帝于福州，前后年余，相继败没。桂王由榔，以袭封南藩，于清顺治三年，为丁魁楚瞿式耜等奉迎监国于粤之肇庆，旋即帝位，改元永历，时西南各省，版图未改，清兵势力，尚难顾及。永历声势寝盛，附者日增，奄有湘赣粤桂滇黔诸省兵民力量。使帝果敢有为，任用得人，上下一心，悉力以赴，虽未必能恢复旧物，而以地势险阻，民物殷富，与清廷对垒而治，或亦可稍延明祚于西南半壁也。而乃庸懦畏葸，战守不定，坐席未暖，闻敌先逃，朝廷内外，文武将臣，相互倾轧，轻国家而重私斗。卒至强敌压境，土地日蹙，大势已去，而戮力诸臣，如瞿式耜何腾蛟等，相继殉难，转为悍将孙

---

① 吴天任：《荔庄诗稿》，第 69 页。

② 《亡明讲史》是一部历史小说，作于抗战时期，当时没有出版。台静农到台湾后，局势发生了变化，台湾"戒严"，他更心存顾忌，不敢出版。参见王德威《亡明作为隐喻——台静农的〈亡明讲史〉》，《现代中文学刊》2020 年第 4 期。

可望等劫持。旋复窜身缅甸，觍颜求庇，始则从臣皆为缅
人所杀，终则身系异域，传送军前，犹欲苟活旦夕，见辱
而死，原其大节，视广州唐王聿𨮢之凛凛死义，相去抑何
远哉。①

责备永历君臣，不可谓不严。其笔法的老到之处，在于忽又下
一转语：

虽然，以帝之庸懦，播迁不已，而自顺治三年至十八
年，及身享国，犹历十有六年；以视福王，当燕京新陷，
兵力臣庶，咸集南都，虎踞龙蟠，本大有可为，亦仅偏安
逾岁，转瞬破亡者，抑又何如？而吾以为福王诸臣，除一
二忠节如史可法等，其君臣庸暗误国，犹远过永历时也。
呜呼！帝亦足以自豪于明季也矣。②

这是对永历帝的赞美。无论责备还是赞美，言外都别有所指。
寻味其言外意，责备与赞美非但不矛盾，反而像是格斗上的连
环踢，形成双倍杀伤力。它可以对勘吴天任的旧作。《京陷四
首》（自注：三十八年五月南京弃守）"雾迷江失险，国破党
重钩""将士戈先弃，违言恨有余"，③《再述四首》"图南竞
作抟鹏徙"，④《述闻八首》（自注：三十八年十月十五日广州

① 吴天任：《牧课山房丛稿》，第3~4页。
② 吴天任：《牧课山房丛稿》，第4页。
③ 吴天任：《荔庄诗稿》，第198页。
④ 吴天任：《荔庄诗稿》，第198页。

弃守）"先斗疲秦赵，纷争怨李牛""连城交赤帜，要地弃珠崖"，① 《香江秋感四首》"市朝左袒惊初变，冠盖偏安讼未休"，② 都是解读其《论明永历帝》的注脚。

据此而言，无论台湾是否有足够大的安置低级官员的空间，吴天任都不太可能乐意前往。香港成了他的最佳选择。寓港第一年除夕，吴天任有句云："休问天心几来复，人间终见井函书。"③ "井函书"用宋遗民郑思肖的典故，他以所著《心史》藏于井中。我们可以认为，他在香港的著书立说生涯始于这一刻。

三　何藻翔："技术官僚"的视野

如果说吴天任从金遗民元好问身上看到"自视不碌碌，留身以待，为斯文计，所关尤重"④ 的道义担当，从明遗民邝湛若、澹归禅师身上看到"惊天地泣鬼神"⑤ 的抗争精神，那么他从清遗民身上则依稀看到了近代史的隐秘张力——这种张力很可能是他以前所没有意识到或思考过的。如果他意识到，他对主导近代史进程的神秘力量将别有解会。

《何翙高先生年谱》是清遗民三谱中的第一谱，始于1955年，告成于1958年。何藻翔曾讲学于学海书楼，算是吴天任的前辈同事，虽然他们并没有见过面。吴天任很推崇这位乡贤的"风节"，例如甲午之役参劾"权相"孙毓汶误国六罪，清

① 吴天任：《荔庄诗稿》，第 206 页。
② 吴天任：《荔庄诗稿》，第 209 页。
③ 吴天任：《己丑除夕在香港作》，《荔庄诗稿》，第 211 页。
④ 吴天任：《论元遗山》，《牧课山房丛稿》，第 2 页。
⑤ 吴天任：《邝中秘湛若年谱》，序第 5 页。

室逊政时投版去官，不稍留恋，等等。但最让吴天任倾倒的，还是何藻翔的"才略特识"。吴天任所举七事及附举二事中，边疆治理占据四事，如果算上辛亥之役他坚持君主立宪而反对"共和"，主要是考虑到"蒙藏"问题，实际上共五事。它们是全谱的核心内容，篇幅上接近六成。就何藻翔的早先经历及使藏时的具体擘画而言，他可以被视为处理外务尤其是边疆事务的"技术官僚"。

"技术官僚"是现代概念，指具备专业知识、专业技术的官员，将它用于何藻翔，可能会引起争议，因为他是典型的科举铨选制下的文官。但正如有论者指出的，"技术"不必来自学校，官僚生涯的历练也很重要。一个需要注意的事实是，号称"康乾盛世"的 18 世纪，代表政府进行决策并实现政府乃至国家意图的还是那些负有封疆之责的品官，他们在农业、赈灾、河工、海塘、水利、漕运、采矿、钱法等经济建设领域都有一些创建性举措，来应对制度、政策的缺陷。① 何藻翔正是这样一位"品官"。光绪三十二年，他从外务部主事任上被外派为随员，随钦差张荫棠"查办藏事"。长期以来，何藻翔都被忽略了，研究清末西藏新政、藏事改革（包括中英谈判事宜）的著述，主要还是聚焦在几位驻藏大臣及钦差大臣（张荫棠）身上。驻藏大臣制度建立于雍正初年，一直持续到清末，所以这样的研究取径容易理解。② 但确实不无问题，尤其是清末的那几十年。比如，较早研究张荫棠"查办藏事"的

---

① 参见刘凤云《十八世纪的"技术官僚"》，《清史研究》2010 年第 2 期。

② 截至 2010 年以前的驻藏大臣研究，参见曾国庆《前言：百年驻藏大臣研究述评》，曾国庆主编《百年驻藏研究大臣论丛》，中国藏学出版社 2014年版，第 1~30 页。

影响很大的一篇文章，就把《传谕藏众善后问题二十四条》全归在张荫棠名下，[①] 而无视或尚不清楚何藻翔的介入深度。最近的一部著作提到"何藻翔对其（张荫棠）规划藏事改革方案等起到很大作用"，[②] 但或许限于研究是围绕张荫棠展开的，何藻翔《藏语》仅仅是作为补全叙事的史料被使用。《藏语》乃是何藻翔随使印度和西藏为张荫棠所拟文电及交涉记录，对"查办藏事"过程有翔实呈现。

清末英、俄两国都垂涎西藏。1904 年英国发动第二次侵藏战争，使边疆问题更加棘手。清廷先后派遣唐绍仪、张荫棠[③]等人前去谈判。清廷任命何藻翔为张荫棠的随员，就是看重了他的才干。何藻翔籍贯为广东顺德，18 岁成为举人。1889 年，22 岁的何藻翔第二次参加会试，路过天津的时候，"访购津沪局译西书百余种"，是为"讲求西学之始"。28 岁进士及第，殿试二甲，因为朝考脱落两字，失去馆选，以主事签分兵部武选司。无论是早先购求西籍，还是失去馆选，都有助于他向"技术"方面发展。供职武选司第二年，他就被擢充帮总办，上司誉以"勤敏沉毅，何君一人，足了十人事也"。30 岁时，他又学习算术天文，观察天象，感慨"近世士大夫极渊雅者，多茫然，以不得门径耳。西人科学，事事征实，循途而进，人人能晓，似难实易，非词章变化，工拙难定者比"。1895 年，康有为入都参加会试，经常"借阅"他的"架上西籍"，夜谈时每慨叹"士大夫莫肯读此种书，故国家

---

① 许广智：《张荫棠"查办藏事"始末》，《西藏研究》1988 年第 2 期。
② 陈鹏辉：《清末张荫棠藏事改革研究》，中山大学出版社 2021 年版，第 58 页。
③ 张荫棠原任全权大臣唐绍仪的参赞，之后唐绍仪回国，张荫棠接替其职。

一旦有事，以市侩当外交之冲，焉得不败"。32 岁时，他考取总理各国事务衙门章京，"策问中俄英法陆路边界，设防险要，振笔疾书，三刻钟成二千言"，翁同龢拍案惊赏，目为"有用才"。他还从大刀王五那里借阅伊斯兰教《古兰经》一部，研究教义。与友人创立健社，讲求时务，学习英语。1896年旧历八月，同乡黄遵宪抵京，约他随使英德，充参赞，没有成行。1897 年，同乡张荫桓出使英国，约充参赞，又未成行。1902 年，梁诚出使秘鲁等国，约充参赞，也被他推辞掉。他的英语水平、西学造诣在当时士大夫群体间可能已很有声闻。1905 年，同乡①张荫棠充藏印商约大臣赴印度。1906 年，张荫棠从印度致电外务部，"贵部主事何藻翔，学贯中外，沉毅有为，请饬来印随同入藏，以资襄赞"，还私电何藻翔称"翔高肯来，吾无忧矣"。② 正是张荫棠与何藻翔等人于 1896 年共同创立了健社。此时，何藻翔与上司邹嘉来（外务部左丞）适相龃龉，加以梁士诒曾力劝入藏，当即定计随使。行前，先谒自印归国的唐绍仪，后谒奕劻、那桐，辞行请示。然后一路南下，从香港转新加坡，再转印度。七月与张荫棠在印度加拉吉打会合，八月抵西藏，开启了为期两年的襄赞生涯。

藏印商约及藏事改革，一定程度上当视为张荫棠与随员的共同擘画，而随员中又以何藻翔的角色为最要。除具体谈判、

---

① 同乡，就同为粤籍而言。过去学界误认为张荫棠与张荫桓同为广州府南海籍，有兄弟之谊，实则张荫棠是新会人。后人这种误会的产生，可能缘于晚清政局"粤党"有兴起迹象，时人不免有锻炼周纳之心。参见马忠文《清季查办藏事大臣张荫棠的家世、宦迹与交游》，《学术研究》2019 年第 6 期。

② 本段引文见吴天任编著《清何翙高先生国炎年谱》，第 7、10、11、14、17、26 页。

调查外，何藻翔身负拟稿之责，张荫棠发往清廷的电文、奏稿、条约、章程，皆出其手。《治藏刍议十九款》最初只是"治藏策略十七款"。《拉萨九局暂行章程》洪纤毕举，洋洋数万言，涉及极微末的细节。《中英修订藏印通商章程》的签订，外须与英方交涉，内须与枢府通气，谈判旷日持久，"成议"几次被推翻。英方看重的总冒、商场地基、治理权、孜噶通路、旅舍赎回、关税印茶、藏文入约诸端，他们进行了反复磋商。特别是英方每次都强烈主张与西藏地方官直接交通，每次都被驳回，每次也因此差点罢议。他们借着商约谈判的契机，成功使英国人从春丕撤回驻军。他们还请示清廷推动西藏成为万国通商地，以牵制英国，同时放风班禅将入京觐见的消息，来探寻各国反应。谈判过程中，他们展现出了足够的素养。可以举一个很小的例子。在印度森罗的中英双方代表会议上，英印外交大臣戴诺爵士（Sir Louis Dane）先声夺人，挑剔噶布伦全权不足，这很容易唬人，尤其是过去那种"以市侩当外交之冲"的官僚。但他们严正指出，戴诺没有英王的"敕谕"，仅有印度转述英政府的文凭，也不具备全权资格，戴诺这才理屈改色，表示定期再议。张荫棠汇报给清廷的《致军机处外务部电陈初次会议彼此执驳情形并请汇款》是何藻翔所拟，其中谈到了这个细节，内容与《藏语》的记载可以互勘。何藻翔《六十自述》也说：

> 戴诺挑剔噶布伦文凭，有"电达商上"字样，全权不足，几罢议。余忽笑曰，戴大臣久使欧美，想未尝办亚洲外交，故有此疑。戴曰，何也。余曰，近年日俄交涉案颇重要，朴斯茅条约，两全权文凭，皆有随时将商议情形

电达政府字样。戴令其参赞韦礼敦、濮兰德翻检蓝皮书，始默然。犹强辩曰，他国则可，唯西藏不可。余曰，戴大臣全权文凭，止系印督闻道电转，未奉英皇敕谕，全权亦不足，与唐（指唐绍仪）使成案（指1905年中英议续订藏印条约）不符，亦应暂停议。戴愕然改色曰，彼此通融，先开议，约一星期，英皇敕谕当寄到……①

内容与张荫棠奏上稿或《藏语》誊录底稿大致相同。只是叙事视角上，奏稿以张荫棠口吻，奏稿里的"我"都是我方的意思。据回忆录记载，何藻翔是我方起关键作用的人物。虽然不能排除何藻翔自我美化或记忆出了偏差，但是可能性不太大。我们通常会认为这展示了勇气、胆识或爱国心，但这不是关键，据理力争的"（法）理"字，才是技术官僚的意义所在。没有专门知识，则不知"理"之所在，必须对英国的机构及权力运行，近年来世界各国的交聘文书、条约制度或实践有充分认识，方能使对方"理屈"。道咸以降，边疆史地及时务是士大夫关心的焦点，同光间涉藏专书就有约80种。② 即使舆地、游记类著作也大都有经世之意，而非单纯考古、观光，升泰《藏印边务录》，有泰《使藏日记》《驻藏信底》，联豫《西藏刍议》，张荫棠《使藏纪事》这类"治藏"之书更占了半数。作为随员，何藻翔与这些驻藏大臣、钦差大臣相比并不起眼，但其《藏语》记录的藏事始末，展示了他的介

---

① 吴天任编著《清何翙高先生国炎年谱》，第82页。
② 参见邓衍林编《中国边疆图籍录》，商务印书馆1958年版，第210～213页。

入、历练与才干。强调这些内容，并非旨在弱化张荫棠钦差大臣的角色；事实上张荫棠此前曾随使至美国、西班牙等国，有丰富的外务经验，他本人就是出色的外务官僚。这里想说的是，"查办藏事"与中英谈判，兹事体大，细节繁多，离不开通晓外务的随员。

赴印度、入西藏期间，何藻翔堪称张荫棠的左右手，行止俱随。他的独处机会不多，自由出行时极留意谈判桌外的现实世界。1907 年初，他参观了印度人的抵制英货会，还小小使坏，"题词奖勉印学生"。① 议约之暇，他与英军统帅吉勤那保持着不错的私交，时相过从，但是"唯谈古瓷，不及他事"；② 一战时吉勤那殉国，何藻翔晚年还有诗悼之。③ 可见，他英语应该不错，也有很强的政治意识，公、私分得很开。何藻翔与张荫棠的合作非常愉快，1909 年张荫棠奉派出使美国、墨西哥、秘鲁、古巴诸国时，竭力邀他出任参赞。1910 年，袁世凯之子袁克定谋求出任德使时，也约他为参赞。不过，何藻翔很可能对立宪运动更为关注，他都推辞了。何藻翔一直主张维新或立宪，1908 年秋入都回外务部供职时，甚至隐藏自己的主张，以免"被斥为康梁党，且蹈不测也"。④ 1910 年旧历九月，资政院开院，他任钦选议员，可谓得其所愿。然而，他的观感却很差："开院十日，乱党横议，舍法律而侵行政权，轶

---

① 吴天任编著《清何翙高先生国炎年谱》，第 105 页。

② 吴天任编著《清何翙高先生国炎年谱》，第 105 页。

③ 1917 年，吉勤那奉调回国守卫，在驶离爱尔兰港口时，被潜水艇炸死。参见何藻翔 1930 年去世前所作《追怀吉勤那将军（二十一韵）》（并序），《邹崖先生诗集》卷五，第 11a－11b 页。

④ 吴天任编著《清何翙高先生国炎年谱》，第 123 页。

出轨道，余一言不发。同寅王鸿年，询余对资政院作何感想。余曰，我为政府，必效拿破仑第三，炮击议院，一网打尽。王曰，君愿死其中乎。曰无悔也。"[1] 何藻翔愤愤于"乱党横议，舍法律而侵行政权"，表明他是从架构及其职能，也就是从（宪）法学角度来看"资政院"。乱象肯定由多种因素造成，议员法学不精是其一。何藻翔举此为言，体现了他的法学视角。但是，"炮击议院，一网打尽"之论，表明何藻翔"背叛"了自己对立宪实践的认知。

就在四年前，即 1906 年旧历八月二十日，参与办理藏事不久，何藻翔替张荫棠拟奏，请先开州县议会，颁发例章，以立宪法基础。其中有云：

> 时论或以为中国国民程度未足，无立宪资格，当先改定官制。夫今日误天下者，官吏也，改定官制，诚属要图，然官者行法之人，非立法之人也，官制只宪法中一事，而宪法实为官吏之良监督，泰西议院舆论，实隐操百官黜陟之权，议院不立，虽有新官制，用人未必当其材，与其先改官制，何如官制与宪法同时并立。若以国民程度未足，其诬吾民实甚，国民程度本无止境，欧美宪法，亦不过因国民程度随时改良，即欧美国民程度，亦岂有足之一日。中国乡愚，于地方利弊，时政得失，其议论常有高出官吏之上者。议员资格，固不必奇材异能，各有专门之学，但有普通知识，于切己利害，知之必明。臣愚以为中国今日当因国民程度，定中国今日相当之宪法，宪法者，

---

[1]　吴天任编著《清何翙高先生国炎年谱》，第 126 页。

> 所以养国民之程度，程度进，即以改良他日之宪法，宪法
> 立，则程度之进愈速。若待程度高，始议宪法，则宪法无
> 成书之日，立宪终无实行之期。①

这段论述显示了他的"沉毅"（外务部上司、钦差张荫棠都曾
有此评）。当然，这必须也被认为是张荫棠的观点。他不同于
顽固守旧者，但也不像康梁那样一度过于激进、乐观（尽管
比较乐观）。无论是对国民或议员"于切己利害，知之必明"
的强调（信任人之为人皆有基本常识或判断，议院并非高深
游戏），还是对"若待程度高，始议宪法，则宪法无成书之
日，立宪终无实行之期"的陈述，都意味着张荫棠、何藻翔
认为，立宪是一种操练、实践，永远不会完美，德性、民智及
立宪自身的完善须在动态中寻求。他们既非某种庸俗制度论
者，无视德性、民智在政治实践中的重要性，也非某种国民性
或民智论者，不懂得实践、操练之作为培养皿的意义，而耽溺
于用力过猛的片面深刻。也就是说，他们意识到理想的立宪实
践是一个持久过程，如果不是漫长的话。四年以后，何藻翔
"我为政府，必效拿破仑第三，炮击议院，一网打尽"的态度
告诉我们，认知是一回事，置身在大变局中的切身焦虑又是另
一回事。何藻翔尚且不能忍受"（资政院）开院十日"的怪现
状，全国政治家、军阀、士绅或知识分子自亦不能忍受"（民
国）开国十年"的怪现状。在这个意义上，我们要承认，理
智或个人在历史的潮流中是如此渺小。

　　宣统三年（1911）九月，资政院第二次开会。丁丑日

---

① 吴天任编著《清何翙高先生国炎年谱》，第32～33页。

（11月3日），清廷颁示资政院《宪法重大信条十九条》（简称《十九信条》），宣布正式实行君主立宪。这是在袁世凯、立宪派、南方革命军共同逼迫下做出的决定，清廷有实质性让步。《十九信条》的宪法史定位，学界还存在争议，[①] 但可以概括它的基本精神、主张。与早先（包括戊戌变法、1908年预备立宪颁示《钦定宪法大纲》）设想的那种君主立宪制不同，它向英国的虚君共和制靠拢，也就是保留皇室，但缩小了皇帝权力，相对扩大了议会和总理的权力，尽管条文上尚有细节需要完善。何藻翔觉察到，这不会是终点。适值梁鼎芬奉调入都，任广东宣慰使，拟南下宽慰革命党，他们有过对话。何藻翔说："忠义止能激厉士夫，九世复仇之说，鼓动下流人士社会，潮流比洪杨尤烈，事变不可测也。"[②] 所谓"事变不可测""九世复仇之说"即是说排满革命及其引发的一系列全国性问题，包括族群/边疆问题。他在同一时期《杂感》诗自注里说："明末禁书，风行市肆，康乾文字之狱，祸发于今日，比炸弹尤烈。"[③] 亦是此意。外务部在这个非常时期还奏上1910年葡萄牙君主退位后各国承认新政府的折子。曹汝霖私下对何藻翔说，这是中国的绝好模范。何藻翔这才明白，与革

---

① 参见王世杰、钱端升《比较宪法》，商务印书馆2017年版（据1942年增订四版校印），第411~413页；殷啸虎《近代中国宪政史》，上海人民出版社1997年版，第96~101页；魏湘《晚清立宪的分析——关于〈钦定宪法大纲〉与〈重大信条十九条〉对比分析》，硕士学位论文，中国政法大学，2006；李永健《〈重大信条十九条〉蕴含的宪法理念》，《华北水利水电学院学报》2008年第3期。

② 吴天任编著《清何翔高先生国炎年谱》，第129页。

③ 参见何藻翔《杂感》第四首"禁籍出秦火"句自注，《邹崖先生诗集》卷二，第7b页。

命党暗通款曲的曹汝霖因为自己"素主变法维新"，① 就以为自己跟他一样是"同党"，故此直言不讳。十月，唐绍仪进而奏请南北方召开会议，商议是采取共和政体还是君主政体，《十九信条》已被抛开。何藻翔在北京《民视报》上发表了一篇政论，大略云：

> 君主民主，政体孰优，聚欧美大政治家，未易决定。而满清入主中夏，挈满蒙回疆二万余里地，归我版图。今国体骤更，五族仓卒，如何集议，谁人足当代表，共和空言，岂能团结，势必分裂，唐宋边祸，足为殷鉴，切望国人留意。②

"君主民主"，前者指君主立宪制或虚君共和制，后者指共和制（废除君主）。何藻翔挂心的不是二者的优劣，而是废除君主后"国体骤更，五族仓卒"的问题。这与他的"藏事"经历相关，也与清王朝的统治形态、清末的排满话语相关。清王朝内亚边境的开拓在 18 世纪完成，八旗制而外，像类似西南土司制、西藏噶厦制、新疆回部伯克制等制度也存在于清王朝的政治体制中。清王朝此一统治形态，近年中外学术界的讨论很多。这里无意亦无力参与，但不论对清朝或清皇帝做怎样的修辞或性质定位，从清统治者的各类诏书、圣训来看，清王朝仍是"天下型国家"，或者说秉持着"中国古典国家观"，是很难驳倒的历史事实。其不同者，在于清王朝对内亚边境的控

---

① 吴天任编著《清何翙高先生国炎年谱》，第 129 页。
② 吴天任编著《清何翙高先生国炎年谱》，第 130 页。

制超越了古之"羁縻"或短暂控制的程度。天下型国家的确立，始于后汉明帝，内部统一性中包摄习俗、语言多样性与权力分立状态，其基本构成一直延续至清末。[1] 面对边疆危机，设立行省或倡议设立行部，乃清末新政的一部分。[2] 排满革命的发生，使它固有的危机、张力被进一步放大。何藻翔不无隐忧。

十二月初六，何藻翔在外务部惊见密电，段祺瑞等联衔要挟清室逊国，他在外务部大堂发表了一通议论："北方如赞成共和，应以总统让革命老祖孙文做，清朝大小文武官员，胥退出政局，不能换汤不换药，改招牌不改货色。"[3] 闻者愕然。这是针对袁世凯及其心腹，但并不能挽回大局。清室逊政时，袁世凯招致殷勤，何藻翔毅然辞官。此后他仅有有限的政治活动：比如1915年"筹安会"成立时，他与温肃、瞿鸿禨等故老联衔，推冯国璋、张勋为盟主，密谋倒袁；1917年，与谋丁巳复辟，但没有北上；1918年，徐世昌任总统，他又致电劝行"虚君联邦制"。不论哪一役，都包含保存皇室、团结五族这两个意图。这两个意图的成功，在何藻翔看来，又都系于1911年资政院《十九信条》的恢复。何藻翔与有些清遗民不同，他会考虑到《清室优待条约》问题，这既是信义，又涉法理。筹安会成立后，他在倒袁秘议中对温肃说："今当牺牲《清室优待条约》，以救五族，趁筹安会议，赞成君主政体，

---

① 参见渡边信一郎《中国古代的王权与天下秩序——从日中比较史的视角出发》，徐冲译，中华书局2008年版，第70~72页。

② 有关清代西藏新政的研究，参见苏发祥《清代治藏政策研究》，民族出版社1999年版，第123~134页；赵云田《清代西藏史研究》，社会科学文献出版社2014年版，第115~176页。

③ 吴天任编著《清何翙高先生国炎年谱》，第130页。

迎立故主，废《临时约法》，复资政院《十九条》，通电旧将，征求同意。"① 民国政府虽然未能尽践《清室优待条约》，款项时有拖欠，但清室与清遗臣单方面撕毁该条约，则非信义所在，且留有后患。何藻翔设想此举可以"救五族"，只好"牺牲"《清室优待条约》。单方面毁约是失信的，但这个幕后故事证明，比之某些颟顸的清遗民，何藻翔有较强的现代视野、契约敏感度。及至徐世昌任总统，他的主张仍不外恢复《十九信条》，实行虚君联邦制。致电有云：

> 菊人太傅相国同年钧鉴，贞元斡运，千载一时，伊霍勋名，匪异人任，鲁戈回日，娲石补天，再世中兴，可为预贺。国变以来，七年五乱，共和聱说，成效可睹，袁冯覆辙，宁肯再蹈，长此纷扰，五族沦胥。约法自缚，首当抉破，复资政院十九条，宠利不居，某某旧臣，无辞反对，近向某某私语，亦复赞同，制仿联邦，势成藩镇，一尊既定，自可兼纳众流，暴徒政客，无能为役。成固不世之业，败亦不朽之名，遗臭流芳，间不容发，白驹易逝，青史难诬，负扆翘瞻，钦迟无量。戊午九月。②

何藻翔一贯"沉毅"，并非鲁莽行事之人。丁巳复辟时，他反对仓促举事，力主谋定而后动，友人再三催促，他都没有北上。他此次致电徐世昌，是事出有因，从筹安会成立到丁巳复辟前后，徐世昌颇主拥戴清室"复辟"。吴天任考辨完徐世昌

---

① 吴天任编著《清何翙高先生国炎年谱》，第 139 页。
② 吴天任编著《清何翙高先生国炎年谱》，第 148～149 页。

与复辟事件原委后也罕见地发表了议论："据此，徐氏固先有重申《十九条》之意。然诚如《复辟记》所云，彼辈之主复辟，纯为己图，其后徐已得总统，自益变其主张。而先生复以此进言，其终始不渝之志虽可钦，而观人未审，急不暇择，亦足哀矣。"① 确实，何藻翔之眷眷《十九信条》，满足私心私利的成分不多，主要还是着眼清室与五族。抛开这些具体关怀，他对资政院《十九信条》的一再重申，意欲完成宣统间未竟的"虚君共和制"，正是建立在法理、情势诸考虑之上。当时，他大概不会想到十多年后会有一个政党（国民党）可以从形式上完成对中国的统一，而只联想到唐末藩镇之局。

吴天任在《清何翙高先生国炎年谱》自序中说藻翔清末民初的"计议，使果得行，则民国史乘，恐须更写新页，未可知也"。② 我们只能把这看作吴天任的一种感佩。何藻翔的这些擘画表明，清遗民未必不具现代视野，只不过更多考虑清王朝的遗产问题，也怀疑共和政体在当下能否落实、是否有益，而显得"保守"。但自始至终，他都渴望宪制行于中国。

四 梁鼎芬："道德楷模"的悲剧

与何藻翔精通时务不同，梁鼎芬之为世所重，主要在其道德节操。吴天任在《梁鼎芬年谱》的序例中举梁鼎芬"大节宏才"七事，又举"风规节概"若干事。后者属道德范畴无疑，前者之七事依次为：（1）入仕以来，先后参劾崇厚、李

---

① 吴天任编著《清何翙高先生国炎年谱》，第149页。
② 吴天任编著《清何翙高先生国炎年谱》，自序第2页。吴天任条举的何藻翔民初"计议"，还包括民国成立时"请粤当道北伐"，及袁世凯拟南征时的"联岑拒袁"之策。

鸿章、奕劻、袁世凯及其亲信（徐世昌、周馥、唐绍仪等）；
（2）庚子事变后，在西安行在面呈慈禧，与其回銮后受列强胁迫而废除大阿哥，不如先自料理，此种见识，很多人都有，但不敢明言，梁鼎芬则"忠不避祸"；（3）光绪末，上奏请求化除满汉界限，以固邦本，"天下臣民皆欲言而未言者，而先生乃敢言之"；（4）东南互保发生后，倡议各省进贡方物，以示君臣一心，果然奏效，使全国免于瓦解；（5）在湖北佐助张之洞兴办新学；（6）在湖北佐助张之洞训练新军，改进武备；（7）清室逊政后，不避风霜，守陵种树。① 七事中，除（4）（5）（6）三事为谋略、事功而外，其余四事都可以归在道德范畴内。

无论生前还是身后，清季还是民初，梁鼎芬之作为"道德楷模"是时人的共识：

> 吾不敢谓梁子已能平其心，一比于纯德，要梁子志极于天壤，谊关于国故，掬肝沥血，抗言永叹，不屑苟私其躬，用一己之得失进退为忻慍，此则梁子昭昭之孤心，即以极诸天下后世而犹许者也。（1893 年，陈三立）②
>
> 志节清峻，学行敦笃。（1895 年，张之洞）③
>
> 庄生云，"受命于地，惟松柏独也"；天章（谓溥仪"御书"匾额）之宠公也，曰"岁寒松柏"。忆辛亥之冬，公访肃京寓，相与商榷条奏，恒至夜分。后于沪、于京、

---

① 吴天任：《梁鼎芬年谱》，广东人民出版社 2018 年版，序例第 1～8 页。
② 陈三立：《旧序》，梁鼎芬：《节庵先生遗诗》，华东师范大学出版社 2012 年版，第 1～2 页。
③ 这是张之洞荐牍中语，见吴天任《梁鼎芬年谱》，第 113 页。

于粤、于易州，或旅舍半面，或荒山茧足，画地视天，心危语苦，盖旨趣同，踪迹同，甚至衣冠容止，类无不同，惟此松柏后凋之操，则天之生是使独，宜其光辅冲主，而弼成中兴之治也。（1918 年，温肃）①

呜呼！天生我公，以维人纪，赋性忠贞，贯彻终始……公之一身，千钧发系，时当末流，道衰伦斁，相争以权，相依以势，权势互倾，不顾信誓，暮楚朝秦，积成风气，惟有我公，成败罔计，大节凛然，初终一例，泰山猝崩，哲人竟逝，同采溪毛，蘋蘩致祭，非哭其私，实悲斯世。（1919 年，湖北士绅）②

后两段引文都作于民国时期，一篇是温肃为梁鼎芬六十寿辰写的寿序，有“惟此松柏后凋之操，则天之生是使独”之语；一篇是梁鼎芬死后湖北士绅写的公祭，有“天生我公，以维人纪”“非哭其私，实悲斯世”之语。这都是在民国语境中凸显梁鼎芬之大节，可以以一当万，维持道德于一线。1947 年，吴天任《题节庵先生诗卷》有“一士竟为天下恸，百年空忆眼中人”之句，③ 也是从道德角度着眼。

民国肇建后，道德沦丧为时人所共叹，清遗民身上尤抱有“道德的焦虑”。④ 但很难说这是文教崩坏或共和体制带来的，其首要原因在于社会失序。胡思敬所叹最能得其真：“我辈处

---

① 温肃：《梁节庵师傅六十寿序》，《温文节公集》卷三，香港：学海书楼 2001 年版，第 157 页。
② 《湖北公祭节庵先生文》，吴天任：《梁鼎芬年谱》，第 362～363 页。
③ 吴天任：《荔庄诗稿》，第 164 页。
④ 参见林志宏《民国乃敌国也：政治文化转型下的清遗民》，第 164～170 页。

今日时势，与前明遗老不同。明革为清，国已定矣；今尚在黄巾、绿林时代，无所谓朝廷，更无所谓政府。"① 与其说这是"共和"的失败，不如说这是"共和"无从走上正轨的失败。当然，无从走上正轨正是"共和"的失败，但就论点来说，二者的中心略有差异。如果认识不到社会秩序是道德的土壤或基础，提倡道德也只是枉然。康有为提倡孔教，孙雄撰著《读经救国论》，都隐含着他们的道德焦虑（以及政治诉求等）。讽刺的是，康有为、孙雄的道德都未必经得起考验，他们所开的药方也就很可疑。梁鼎芬则身体力行，道德在康有为、孙雄之上。吴天任在《梁鼎芬年谱》序例中将梁鼎芬跟其他遗老做了比较："其所自处，则忠孝大节，尤见终始不渝，迄于清廷覆亡，其他遗老，大都逍遥津沪，享其寓公生活，而先生则不惮风雪，奔走关外，为守陵种树大臣，最后为逊帝师，丁巳复辟，强起周旋，虽授官名单竟未与列，而事急既托日友劝阻段军飞机入宫投弹，事后又劝军人勿扰皇室，处处以帝室为重。鞠躬尽瘁，死而后已，黄晦闻诗所谓'世有君臣始见公'。"② 显然，即便在恪守旧道德的遗老群体中，梁鼎芬也是罕能企及的。

梁鼎芬晚年的活动中，守陵种树最为人所熟知。不过，他两次劝说黎元洪吸引了笔者更多的目光。一次是辛亥年，他致电已经自立的黎元洪，劝其重新归顺清室；一次是丁巳复辟时奉张勋之命去总统府，劝黎元洪退位。梁鼎芬曾长期与黎元洪共事。张之洞督鄂近二十年，梁鼎芬大抵在其幕中效力，兴新

① 胡思敬：《答王泽寰书》，《退庐全集》，第549页。
② 吴天任：《梁鼎芬年谱》，序例第10页。

学、练新军两端，张之洞倚赖尤深，吴天任的评价是"推诚相与，实为近代罕见"。① 黎元洪以任职北洋水师起家，北洋舰队覆灭后，他来到南京，为张之洞效力。1896 年，张之洞回任湖广总督。他也追随而西，此后参与编练新军，镇压自立军起义，一路平步青云。武昌起义爆发后，黎元洪被推为湖北军政府都督、中央军政府大都督。梁鼎芬乡居游玩，听闻此变，即发出函电。函电写作技巧高超。比如"鄙人客鄂十七年，屡与谈笑，知公抱有用之学，为有用之人，清苦简质，实所心敬，时于抱冰堂上指数将才，称公廉勇可倚，张文襄公深韪是言，以张统制资格在前，未及独当一面。文襄已矣，闻公时时追念，每为泣下"，从私人交谊叙起，引入对黎元洪有知遇之恩的张之洞；"自瑞总督来湖北后，日以诋文襄为快，公与诸将士心皆不能安，鄙人病居布局，辄为长叹也"，指出将士哗变，总督瑞澂负有不可推卸的责任；"前月忽闻武昌之事，惊曰，宋卿必殉节矣。继知宋卿闻变，果欲自刎，为左右所持，不得死""宋卿忠孝人也，平日受父师之教，至于从军为军，官为大官，知有忠孝而已，何曾与彼党有一信之往还，一人之交契"，为黎元洪归顺留足了余地；"武昌城内，旗人杀尽，闻某家一子，手抱未周岁，不曾学话，亦杀之于菱湖之旁，万国兵祸，无此惨酷"，也足以显示革命军的"残暴"。此信有些观点甚至跟今天少数史学家的扼腕叹息不谋而合，比如"又协定宪法，大开党禁，而且实行责任内阁，不用亲贵，天下人人日日企望而不得见者，今一旦见之，欢声雷动，有如死者复生"，指革命党人操之过急，破坏了来之不易的宪政，

---

① 　吴天任：《梁鼎芬年谱》，第 257 页。

"革命"反将陷中国于巨劫之中。① 黎元洪读后做何反应，已无从考察。但历史表明，此信没有起到作用。

丁巳复辟时，梁鼎芬第二次劝说黎元洪退位，这次是在总统府面谈。与上次不同，这次梁鼎芬的劝说细节无从得见（想来大体无异于上次函电所云），但黎元洪的反应倒有记载：

> 复辟之晨，梁公节庵至黎元洪处，劝其退位，黎不肯，曰："余之不退，仍为国为民也。"又曰："汝未读新书，不明新理，破坏民国，万死不足蔽辜。"梁公一怒遂归。②

这段记载来自陈曾植的《丁巳复辟记》。陈曾植为陈曾寿之弟，陈曾寿正是丁巳复辟的参与者之一。《丁巳复辟记》以"公"称梁鼎芬，寓有尊敬之意，不存在刻意丑化梁鼎芬的动机。黎元洪痛骂梁鼎芬的内容，是相当可信的。黎元洪当然不愿民国断送于自己之手。他痛骂梁鼎芬"未读新书，不明新理，破坏民国，万死不足蔽辜"，很可能是觉得梁鼎芬顽固不化，只有痛骂才是最有效的交流。梁鼎芬曾佐助张之洞兴新学、练新军，但就梁鼎芬留下的文字来看，很难判断他对"新书""新理"有何探究或心得。假如站在黎元洪面前的是何藻翔，他一定可以从"新书""新理"的角度阐明君主立宪制或虚君联邦制之合理性、可行性。梁鼎芬似乎并无此种新学修养，被骂之后，只能"一怒"而去。

---

① 引文见吴天任《梁鼎芬年谱》，第 293~295 页。
② 吴天任：《梁鼎芬年谱》，第 337 页。

　　遗民很少像我们想象得那样不通时变，梁鼎芬则有些特别，确乎带有原教旨倾向。他的过往显示，他还是一名道德中心主义者。从中法战争时条陈李鸿章有八大可杀之罪，这种迹象就很明显。只要是符合心中道德的事，他行之不疑。1913年冬天，光绪帝、隆裕皇太后的陵寝奉安，一众遗老中他哭得最为动情，几乎见者鼻酸。不但如此，他还痛骂前来致祭的民国官员代表团。代表团由赵秉钧率领。赵秉钧脱下礼服，换上清朝素袍褂，行三跪九叩礼。孙宝琦是随行官员之一，也是梁鼎芬旧友，只因未穿清朝袍褂，被梁鼎芬指着鼻子骂："你是谁？你是哪国人？"弄得孙宝琦与同僚面面相觑，莫名其妙。梁鼎芬手指都哆嗦起来，嗓门越来越高："你忘了你是孙诒经的儿子，你做过大清的官，行这样的礼，来见先帝先后，你有廉耻吗，你是个什么东西！"据说，当时孙宝琦面无人色，赶忙承认"我不是东西，我不是东西"。① 孙宝琦自认不是东西，未必是受到了良知的谴责或折磨，也许只是不愿再听此老多说一句话。按照情理，民国政府派代表团致祭，领队官员又身着袍褂，行三跪九叩礼，是相当得体，也相当照顾皇室的。梁鼎芬却在这样的场合下，发癫似地骂人。可以想象，这是他的道德中心主义在起作用。正是这一年春天，他曾拟自杀殉清，遗书都写好了：

　　　　癸丑春间，公有三良之志，而不得遂，事前手书遗言："我生孤苦，学无成就，一切皆不刻，今年烧了许多，有烧不尽者，见了再烧，勿留一字在世上。我心凄

---

① 参见吴天任《梁鼎芬年谱》，第 309 页。

凉，文字不能传出也。"①

余绍宋是梁鼎芬的表侄，所以能够获闻此节，笔之于书。遗书几乎没用任何修辞，却是如此凄凉，如此动人。它究竟意味着什么？

逊清覆亡后，梁鼎芬为光绪帝守陵，小朝廷封他为"崇陵种树大臣"。友人为他绘制《崇陵种树图》并形诸吟咏，使他成为当时最负盛名的清遗民之一。有理由相信，他意欲自杀，焚烧著述，并留下"今年烧了许多，有烧不尽者，见了再烧，勿留一字在世上。我心凄凉，文字不能传出"的遗言，乃是因他被一种凄凉的绝望感、无力感所裹挟。这种绝望感、无力感当然可能来自现实力量的制约，比如他没有能力使清王朝免于覆灭，但更可能来自他对自身（清遗民）及一整套旧道德之"存在"的焦虑和犹疑。换言之，面对新的世界和文明的挑战，他没有能力使忠君观念合乎天理、绳之世人，更没有能力使自己的存在合乎"天理"。这是过时的旧道德，无从唤醒。如果"天子""遗民"的终极意义或先验伦理被抽离、被消解，那么"遗民"及其存在就不可能获得"正义之源"。因此，清遗民的无力感几乎就是与生俱来的：在成为清遗民的那一天起，他们就要面对"正义之源"的缺席。现代文明有一个崭新的"正义之源"，他们注定要在自己编织的意义之网上行走，通常，他们走得越远、越久，就越痛苦。梁鼎芬是其中一位。也许正是在上述意义上，有些西方研究者挑用他们自

① 余绍宋：《节庵先生遗诗目录》识语，梁鼎芬：《节庵先生遗诗》，第 5 页。

己现成的词语——"迷惘的一代"（lost generation）[1] 来指称清遗民群体。在西方，"迷惘的一代"源于第一次世界大战以后价值失落的年代。与他们一样，清遗民随着儒家文化的衰微、遗民伦理的消解，同样感到彷徨、忧虑，有着种种不同的生存心态。[2] 不幸的是，梁鼎芬恰是一位（旧）道德中心主义者，他也就比大多数遗老更靠近虚无的深渊，有着更为痛苦、焦灼、绝望的灵魂。

五　康有为："盖非辟也，何复之有"

1937 年春，21 岁的吴天任在西樵区村执教谋生，就地寻访了康有为故居。避地香港后，吴天任回忆此游，仍历历在目，"方塘隔岸，古木森森，有楼翼然"。[3] 他还提到，康有为在杭州西湖丁家山建造别墅"康庄"时，浙江省议员郑迈等人指责康有为破坏了"蕉石鸣琴"古迹，并向省长沈金鉴提出质疑。康有为不得不致函沈金鉴，澄清这并非古迹，乃是雍正时佞臣李术所留，还说："仆老无用矣，外不能争敌国之境

---

[1]　这是爱丁堡大学艺术史研究所杨佳玲、伦敦大学亚非学院韦陀的用法，参见 Chia-Ling Yang and Roderick Whitfield, eds., *Lost Generation: Luo Zhenyu, Qing Loyalists and the Formation of Modern Chinese Culture*, London: Saffron Books, 2012。

[2]　有研究者指出，民初清遗民圈出现了各种不同的生存心态，"自放其意——遗民生活传统的延续"类有之，"迫于人言——生存方式的狭仄"类有之，"以生为死——负罪、自虐生存心态"类有之，"偷生苟活——生计之苦"类有之。这种种生存心态不能说宋、明遗民就没有，但清遗民的特殊性无疑加深了各种选择背后的痛苦程度。参见王雷、陈恩虎《民国初年前清遗老圈生存心态探析》，《学术月刊》2005 年第 3 期。

[3]　吴天任：《康南海先生故居》，《牧课山房随笔》卷上，第 1 页。另参见吴天任《康有为年谱》，广东人民出版社 2018 年版，第 113 页。

土，以立奇功；内不能争总统之富贵，以荣当世，乃为争丁家
山数尺土地……"① 质疑康有为人品、心术的人断不会因此同
情他，反而会认为这是装可怜。浙江省议员指控他毁坏古迹，
与 1923 年引燃全国公愤的"圣人盗经"案一样，② 表明彼时
的康有为是一个不受欢迎的声名狼藉的人。而吴天任眼中的康
有为要有魅力得多。

1934 年，吴天任受教于康门弟子邓醴芝。邓醴芝是广东
三水人，其诗才曾深受梁鼎芬赏识。③ 吴天任执弟子礼后，邓
醴芝授以杜诗，告诉他这是"康门学诗途径"。④ 1936 年，吴
天任又从另一康门弟子曹毅（字宏道）受春秋公羊之学。曹
毅与其兄长曹砚、曹泰都著籍万木草堂。曹毅年轻时追随康有
为出国游历，任报馆主笔，晚年客寓青岛，教授康有为子女。
康有为逝世后，他返回故里凤池村，设帐授徒。凤池与荔庄相
去不过几公里，吴天任遂得以日日从游听讲。这段时间，吴天
任写了《孟子荀卿论》《经学今古文辨》两篇习作。曹毅对吴
天任期待很高，曾赠以楹帖八字："天才峻拔，任道坚贞。"⑤
从这样的渊源看，吴天任可说是康有为的"再传弟子"。⑥《康
有为年谱》是吴天任生前最后一部著作，完成于老病交侵之际。
吴天任没来得及作精细打磨，甚至没来得及写自序（他撰著的
年谱例有自序），就已离世。钱仲联在《康有为年谱》序中提到

① 参见吴天任《康南海先生故居》，《牧课山房随笔》卷上，第 3 页。
② 现在的很多研究表明，"圣人盗经"是一桩莫须有的罪名，它是当时康有
为形象的一种社会投射。
③ 吴天任：《纪先师邓醴芝先生》，《牧课山房随笔》卷上，第 7 页。
④ 吴天任：《纪先师邓醴芝先生》，《牧课山房随笔》卷上，第 4 页。
⑤ 吴天任：《曹宏道师与万木草堂口说》，《牧课山房随笔》，第 9 页。
⑥ 唐祖培：《荔庄诗稿序》，吴天任：《荔庄诗稿》卷首，第 5 页。

自己的朋友张次溪（张伯桢之子）为康有为"再传弟子"，① 却全未注意到吴天任与康有为亦有此种渊源，不得不说是遗憾。吴天任撰著《康有为年谱》，这种渊源——也包括康有为同为广东南海人这样的乡谊——肯定也起了作用。当康氏后人以编撰康有为年谱相请时，他"自谓原拟任公先生年谱撰成后，有意续撰南海先生之年谱"，② 自是蓄念已久。这些都是机缘。就反省近代史而言，吴天任还有他史学上的关怀、动力，"自太平军后至孙中山领导革命之前，其间思想之精博，事业之奇伟，文章之光彩，震惊中外，照耀古今，影响所及，最宏远显著者，宜莫康南海先生若矣"。③

吴天任在《康有为年谱》中，每每强调康有为的见识与勇气，尤其是在民国时期，所谓"其言特多卓见，道人之所不敢道，发人之所不敢发"。④ 别人何以"不敢"？可以用康有为自己的话来解释。袁世凯称帝失败后，康有为撰《中国善后议》，再次搬出虚君共和制主张。康有为这一主张，自进入民国，至其亡故，有过调整，但没有根本性变化。相关研究非常丰富，这里从略。在《中国善后议》中他有如下自陈：

> 吾明知犯举国之怒，而不敢自隐，乃敢创立三法之共和者，诚忧中国而行总统制之共和制，日为墨西哥之乱而将亡也，故不敢妄徇众意而明言之，诚以救中国之亡，不得已也。虽然，吾言至此，垂泪和血，诚念中国之危而哀

---

① 钱仲联：《康有为先生年谱序》，吴天任：《康有为年谱》，第2页。
② 康保延：《后序》，吴天任：《康有为年谱》，第808页。
③ 吴天任：《谱前》，《康有为年谱》，第1页。
④ 吴天任：《康有为年谱》，第530页。

> 吾同胞之浅识，程度之太低，感情之太盛也。误法欧美濒
> 于大乱，恐一专制之袁世凯去，而后之袁世凯又无数而
> 来，不数年又将再劳诸公之流血而争也。①

既然康有为认定"同胞之浅识，程度之太低，感情之太盛"，那么他不该没有意识到，无论他做怎样的恳切姿态，他"犯举国之怒"，是确定不变的。他认定中国的形势风俗与美国不同，而"法国九变，尚未能尽善"，②所以效仿英国的虚君共和制最为相宜。否则，"慕虚名而受实祸，虽有圣者，亦无能救之也"。③他在《中国善后议》中还特别解释道：

> 虚君之制，无权而有礼……各国宪法皇族不得干预政事，太后不能摄政，皆载在宪法，更无他患，而共和政体决定矣。既曰五族共和，平等无择，以为偶神最便，以为复辟，则大不切也。书曰：惟辟作威，惟辟作福。……盖非辟也，何复之有。④

只要他被戴上"保皇"的帽子，这种"盖非辟也，何复之有"的解释就不会起作用。"慕虚名"是社会的一种常态。康有为未尝不明此理，但他不肯放弃。从参与丁巳复辟再到游说吴佩孚、张宗昌抗击南方革命军，最终消耗完了他曾经攒下的全部声望。无论康有为道德、心术或策略有怎样的缺陷，就勇气来

---

① 康有为：《中国善后议》，吴天任：《康有为年谱》，第 601～602 页。
② 吴天任：《康有为年谱》，第 536 页。
③ 吴天任：《康有为年谱》，第 765 页。
④ 康有为：《中国善后议》，吴天任：《康有为年谱》，第 600～601 页。

说，他确实是近代史上的有数人物。以康有为的智力程度，他环顾天下，此刻需要拿出的勇气不会小于公车上书时。他成为不受欢迎、备遭奚落的过时人物，不会出于他个人理性的意料。多年后，女儿康同环为他辩解道："我认为先父的一生，都是想用一己的影响力来改造时势，而终于吃了形势比人强的大亏。"① 不妨说，康有为是在遥远的东方国度，上演了西方意义上的古典悲剧：以肉体凡胎挑战不可抗拒的时代力量。

清末时，"保皇"差不多是立宪的同义词。比如光绪三十年，点评家在小说《中国兴亡梦》前四回的总批中说道："保皇、革命，立宪、排满，论锋并峙，各不相下，然其尚空谈，无实力则一也，将来中国兴亡，当不出此两途。"② 所谓"不出此两途"，就是指保皇、革命，二者与立宪、排满是一一对应关系。民国时期，一则渐入大众政治时代（至少在媒体舆论层面），政治理解与此前的士绅有所不同，再则史由官书，论自党发，曾经与"保皇"浑然一体的宪制意涵不断萎缩。舆论媒体或论者说起保皇来，便与号召国人做奴才差不多。康有为自己也意识到，因嘉定三屠、文字狱等血腥历史，国人已不能接受爱新觉罗氏作为虚君："人或以夙昔感情，不愿拥戴也。"③ 他之眷眷于此，是因他认定这可以消弭共和乱象。

不考虑可行性问题，康有为的判断也很可能是一厢情愿的。各种共和乱象的出现，是因没有共主吗？比如几乎与北洋政权相始终的"府院之争"格局就源于宪制框架。康有为没

---

① 吴天任：《康有为年谱》，第 799 页。

② 侠民：《中国兴亡梦》，《新新小说》第 1 卷第 1 期，1904 年。

③ 吴天任：《康有为年谱》，第 601 页。

有特别多的政治实践经历，对此也许缺少足够的体认或敏感度。饶汉祥《宪法哀》云："南京约法何偏激，欲缚雄才守岑寂。六年宫府迭争权，战血斑阑染锋镝。……"①表明他意识到除了袁世凯及其后继者德性不充、法学不精之外，南京方面当初移交的《临时约法》过于"激进"。饶汉祥是法政学出身，从湖北到北京，一路追随黎元洪，负责起草文件，有丰富的政治经历，特别是"府院之争"方面的经历，他看问题就与康有为不同，这些层面甚至可以跟当代史学家对话。袁世凯过往的所作所为，表明他不值得信任，南京方面的考虑本无可厚非。但就历史事实来说，南京方面提供了一个不稳定的、充满冲突的框架。在实践中，一定会浮现各种问题。问题是，以袁世凯之德性、法学而言，南京方面提供的框架再完美，共和也未必会往更理想的方向推进。以此例彼，康有为之共主或虚君主张，不一定了无是处，但还是留在纸上更能给康有为本人及其追随者以宽慰。吴天任早就注意到"事机凑泊，种豆得瓜"乃是近代史的常见现象。②这是历史对历史当事人以及历史学家的挑衅、嘲讽。

无论如何，世人鄙弃康有为复辟时应该给他说话的机会："盖非辟也，何复之有。"倒是溥仪身边的遗老比后人的历史书写来得"高明"：康有为大逆不道，并非皇室忠臣。但两边都有些狭隘、苛刻，对康有为不很公道。好在康有为的内心足够强大，实在令人艳羡，这恐怕也是吴天任推崇他的原因之一。

---

① 饶汉祥：《珀玗诗文集》，湖北教育出版社 2019 年版，第 451 页。
② 吴天任：《梁鼎芬年谱》，序例第 8 页。

六　两种"清遗民"：经验的/抽象的

吴天任的史学研究深受章学诚、梁启超、胡适等人的影响。讲授章学诚史学时，他曾拈出章学诚《韩柳二先生年谱书后》"年谱之体，仿于宋人，考次前人撰著，因而谱其生平时事，与其人之出处进退，而知其所以为言，是亦论世知人之学也"之语，推崇年谱在史学上的重要性，可以与时代大事相经纬。① 梁启超、胡适都曾竭力宣扬年谱或人物传记的价值，吴天任只是嗣响前贤。② 他还将章学诚史学观与近代德国的"历史哲学"并举，这是采了梁启超《中国历史研究法补编》中的观点。③ 可见，他撰著如此多的近代人物年谱有充分的史学理论、史学关怀。但仅仅从史学角度去探讨这些是不够的。

吴天任的童年在放羊中度过。他受外祖父何祖棉（1862～1932）的教诲最多，11 岁时何祖棉命他就读于村中塾师清秀才李荣伯处，④ 由此打下旧学底子。其旧学渊源，除前面提到的康门弟子邓醴芝、曹毅外，正式拜师的还有陈汝松、黄荣康，至于获闻绪论的前辈则更多，包括桂坫、刘筱云、冒广生、叶恭绰、黄任恒、黄佛颐、唐节轩、俞叔文等。抗战时，他游幕西南一带，正式与国民党政权结缘。1948 年初，他从广东飞到南京，任空军总司令部秘书。在南京时，他曾参与青

① 吴天任：《章实斋的史学》，台湾商务印书馆 1979 年版，第 194～195 页。
② 吴天任的史学观受梁启超影响甚大，可以参见吴天任《中国的史学》，《牧课山房丛稿》，第 233～252 页。
③ 吴天任：《章实斋的史学》，第 204 页。
④ 吴天任：《秋郊牧课图本事记》，《牧课山房随笔》卷上，第 135 页。

溪、白门两大诗社的社集，吟兴颇盛。① 但很快，他就开始迁徙、流亡，辗转抵港。

吴天任生于 1917 年，也就是新文化运动时期。虽然因缘际会，他有自己的旧学渊源，但应当说，从整体看，他是一个典型的"现代人"。铺天盖地的媒体报道，无所不在的意识形态话语，肯定比夹缝中的零星旧学更能塑造一个人。他接受了一整套民国时期的官方历史叙事与主流意识形态。我们可以举几个例子。比如，在他笔下，洪秀全基本是近代史上反抗清政府专制统治的革命先驱，有重大正面影响。② 再如，《清史稿》将王国维列入《忠义传》，他斥责称"此亦足见遗老辈之无史识"，并说"《清史稿》之弊尤不一端"，可见他对一般意义上的遗老并无好感，正与时人相同。③ 但是，进入吴天任所熟悉的遗老世界时，笔触变得不一样。他在《清何翙高先生国炎年谱》自序中说：

> 先生之志行，虽眷眷前朝，言论稍异，然士各有志，亦各有其立场，既不能强同，亦不必为天下万世讳，是适足见先生之终始不渝耳。④

在《梁鼎芬年谱》序例中说：

---

① 多年后，他追忆时还满怀感情，津津有味，参见吴天任《还都后之青溪白门社集》，《牧课山房随笔》卷下，第 254～261 页。
② 参见吴天任《谱前》，《康有为年谱》，第 1 页。
③ 吴天任：《王国维之死》，《牧课山房随笔》卷下，第 235 页。
④ 吴天任编著《清何翙高先生国炎年谱》，自序第 4 页。

　　或问于余："节庵先生前朝遗臣，无甚事功之可见，遗诗数百首，亦一诗人而已，清史已有其传，何劳吾子为纂年谱，详其生平？且子病中为此，无乃太自苦矣乎？"友侪为此言者多矣，而余屹然不摇，力疾为之，孳孳无倦，此稿幸而粗底于成，盖有可言者……

　　论史者往往持有主观，以为"甲朝之忠臣，即乙朝之罪人"。以衡量前人功罪，如此必难得平允。先生既属清室忠臣，吾人当设身处地，就其当日立场，尚论其人。盖人必有所立，即有所守，其所守所立，确定不移，即其所以过人之处，不必问其为彼为此也。先明斯义，以读吾书，庶几无惑。①

辩解、同情的成分变多了。《康有为年谱》无自序，但想来论调不会有二致。表面上，这是治史该有的态度或立场。② 或者，这三位是吴天任自己挑选的，吴天任的挑选标准就是清遗老里的佼佼者，因此他认为此三人比其他清遗老杰出。我们当然不怀疑吴天任的眼光，但世界上似乎还没有如此严丝合缝的事。

　　吴天任在撰述年谱时，是在研究具体"问题"，而非谈"主义"，所以"遗老辈"面目可憎的程度降低了。我们还可以换一种说法，通过撰述年谱来认识一个人，实际还原了一个经验的、生活的人，而"遗老辈"三字实际是一种抽象的、

---

① 吴天任：《梁鼎芬年谱》，序例第 8 页。
② 吴天任的相关论点，还可以参见吴天任《论唐节轩丈之民国名人小传》，《牧课山房随笔》卷下，第 201~204 页。

意识形态化的表达。1924 年，周作人议论道："至于遗老，则不但非是中国人，而且与民国还立在敌对的地位，苟非他们悔过自新，决无可使参与民国事务之理。"① 我们注意到 1912 年12 月"中国通"濮兰德接受爱德华·马歇尔的采访时，特意提到"选举权不应该与人的发型联系"，声称："如果国民党在首次选举中胜出，那只能表明一小部分当前得势的、已分化为两三个派系的政客们在尽全力操控选举。少数商人和其他上层阶级的人士可能会认真行使他们的选举权，但目前，整件事都被一种极其敷衍和幼稚的方式对待，其结果也是预先知道的。选举中出现的一些问题在西方人眼中看来，可能是荒唐可笑的。例如，国民党非常严肃地提出，任何留有长辫的人都不得参与投票。不知道这是否可以作为袁世凯更具政治家风度的一个例证，因为他认为选举权不应该与人的发型联系起来。"② 可以发现，濮兰德所据的是法理，而"国民党"或周作人着眼的是意识形态。对缔造了中华民国的新民而言，剥夺留有长辫者的参政权，一点都不"荒唐可笑"。显然，这违背了一个简单原则：现代政治是一种妥协。当然，这一点上，清遗民也不无辜，他们中的不少人与周作人们并无不同。它所包含的教训，值得铭记。

我们先从吴天任熟悉的旧诗入手。胡适《五十年来中国之文学》确立了一种文学史叙事典范，新旧之分竟变作好坏之别；近代最著名的旧体诗人陈三立，其旧诗几乎一无是处。

---

① 开明（周作人）：《善后会议里的遗老》，《京报副刊》第 23 期，1924 年。
② 郑曦原编《共和十年·政治篇：〈纽约时报〉民初观察记（1911～1921）》，第 72 页。

如果吴天任不是于旧诗久有心得，可能会接受这样的观点。因为从他"发现"汉代王充为"提倡言文合一与语体文之一例也"来看，① 他基本上是一位有新文化价值取向的"现代人"。但吴天任对旧诗创作深有体会，这使他不肯随声附和。他辩解道："夫文学以能表达感情争取同情为上，其作品果能感人，能传远，又何必强别新旧，更何必舍此从彼乎？余谓新旧体格之争，亦殊多事，盍亦听其自然演变以验之！使果有力足以稳站不摇者，必与天地长存，何待人力强为轩轾？使其本身条件不足，无存在价值，则虽日事叫嚣争夺，而无如信之者少，虽能眩惑一时，顾不旋踵而灰飞烟灭矣。"② 除了文学层面的见地外，这段话还与伯克的保守主义思想相通。它反对的不是进步或新，而是启蒙理性的专断"设计"。谈到文学创作中更具体的问题，比如用典，吴天任也有自己的经验可恃。他承认用典会带来问题，"藻饰虽工，真性反没"。但他不接受胡适"禁止用典"的主张，他认为"善用典者，工稳贴切，回味无穷，既可使文章增色，亦可减省篇幅"，还举了杜甫、王藻的诗来加以证明。③ 虽然在今天看来，这些都是再简单不过的常识，辩解都显得多余，但在"新"作为最高意识形态的时代，就未必如此。如果我们对这个问题进行进一步探讨，就可能发现近代思想史的症结所在。

在为旧诗辩护时，吴天任还说了一句很多辩护者都说过的话："不观于五四时代倡为新诗之俊杰，皆废然自返，销声匿

---

① 吴天任：《王充提倡语体文》，《牧课山房随笔》卷下，第 278 页。
② 吴天任：《从胡怀琛诗说起》，《牧课山房随笔》卷下，第 180 页。
③ 吴天任：《作诗用典》，《牧课山房随笔》卷下，第 236～237 页。

迹，转而为旧诗寄兴乎？"① 不应小看这句话，它不仅是一种智慧，而且有其深刻学理。鲁迅、闻一多、朱自清、俞平伯以至罗家伦都是这方面的代表。从一个角度看，它反映了人为什么是人：革命、启蒙不能当饭吃，个体的情感、欲望乃至"堕落"需要被安置；革命、启蒙可以有安置功能，但明显不够，特别是它们的安置功能总是有条件的。不过，这个角度不是本文要展开的。我们注意到，他们"废然自返……转而为旧诗寄兴"的同时，往往仍不忘留下最后的担忧与关怀：

> 虽然，持钢笔作白话诗文如余者曷足以言旧诗，此不过余之野狐禅而已。拟诸歌场，斯为客串，绳之檀板，当避知音。余无意僭居雅坛之一席地，尤冀贤达毋因此而置疑于亟待拓展之新诗无量前途。②

这就是问题所在。"我"来写旧诗可以，因为"我"有免疫机制，其他人来写就堪忧。虽然能理解，但天下真的有这样的道理吗？假如是这样，启蒙先贤怎么能指望凡夫俗子真的可以被启蒙，又有什么理由认为自己是值得信任的，可以担起"启蒙"之责？

现在，让我们从清遗民、旧诗回到更宏大的命题上来。近代思想史的一条主线就是反传统，以新文化运动为分界线，它臻于顶峰，持续了半个世纪以上。基本上，传统是负面存在，被视为中国人"因袭的重担"，是走向现代的最大绊脚石。林

---

① 吴天任：《从胡怀琛诗说起》，《牧课山房随笔》卷下，第 180 页。
② 罗家伦：《自序》，《心影游踪集》，台北：正中书局 1957 年影印手稿版。

毓生、王元化等前辈学者都深刻反思过。这里想指出的是，激烈的反传统背后包含了这样一种思维：假如我们有一种魔力，能将传统变为一张白纸，事情就会好办得多，美丽蓝图也更容易实现。笔者认为，这个"白纸假说"不至过于离谱。逻辑上，我们可以仿照中世纪神学著述，写一篇"证明现代化必须全面反传统之为谬误的一百种方法"：（1）假如某个传统是有害的、已死的，它何以能够生出明事理的现代人，哪怕是在取资西方的情况下？（2）假如一个社会中只有少数人是例外，可以不受传统的毒害，而担负起引领大众之责，那么现代启蒙价值会普遍有效吗？它与现代价值的预设不矛盾吗？（3）将传统变为一张白纸，等于彻底否认以往的文明，就事实来看，它是无法被否认的，任何挑剔的理论家都做不到。（4）传统并非某种抽象存在，它包含了全部的人、人性及人的活动，"白纸假说"否认的与其说是传统，不如说是人；人被否定，再伟大的计划都不可能实现。（5）"白纸假说"的另一个潜在假设是，一个社会是否有连续性的道德基础并不重要，假如确实如此，那么他（们）就不是致力建设现代化国家或社会这么简单，而是在做"女娲抟泥"的工作，他（们）是否有能力胜任实在很可疑。（6）假如只有在白纸上才能画出理想的现代蓝图，那么英国的例子恰是相反的。（7）假如英国的传统与其他国家或地区不一样，不具备可比性，那么，何以肯定它生发出的"现代"是有普遍意义的？（8）我们一定要提醒，英国的传统很长、很古老，而它的"现代"（据说）不过才几百年历史，并非与它的传统一样长、一样古老，——这样说的意思是，"传统"与"现代"不管有怎样的关系，它们必须在某个点上被做一种本质化的区隔、理解（至少逻辑上是如

此），那么"英国的传统与其他国家或地区不一样"这样的辩
解就没有意义……显然，"白纸"假说是一个抽象命题，包含
"纯粹性""彻底性""整体性"诸王国，集浪漫、幼稚、专
断于一身，非常危险。只有乌托邦能容纳这些王国。假如笔者
与新文化先贤同时代，或者是那个时代的青年，大概会比他们
更浪漫。这就是历史的意义。

吴天任的研究表明，很多人也许比何藻翔、康有为这些清
遗民激进，但在价值层面未必就比他们"现代"（一般意义
上）；旧诗有它的缺陷（或特点），但当初革新者主要是抬出
一个"新"字来审判它。禅宗每每有"死于句下"之戒，但
是很好地道出了近代思想史的症结。我们已经指出，吴天任是
接受了启蒙价值的"现代人"，他没有为传统做狭隘辩护的动
机。假如他不是恰好对（几位）清遗民或旧诗的具体"问题"
有过研究，很难想象他能跳出现代意识形态的牢笼。不独清遗
民有经验的、抽象的两种面孔，一切皆然。因此，它的真正启
示，倒不是怎样看待传统，而是我们在追求我们所深爱的启蒙
价值的时候，要警惕启蒙理性的抽象、滥用，回到熙熙攘攘的
大地之上，学会处理具体问题，学会接受不完美。这会是一种
有益的开始。

1981 年，寓港三十年后，吴天任深信"我凤经变久，兴
废识其故"，[①] 他在《六六自述》中这样写道：

转甲频年似定僧，尽教世事几除乘。身多疾病知寒
燠，心有春秋阅废兴。畏逐时人稀过客，偶闻啼鸟亦良

---

① 吴天任：《卅年吟》，《荔庄诗稿》，第 371 页。

朋。灯窗一卷堪长伴，便拟名山岂见征。①

仿佛世事乘除，尽在眼中。第二联显示，他身上有一丝经验主义的气息。他之聚焦清遗民，在琐碎的钩稽排比中，感受、默省中国的近代，不失为一次虔诚之旅。他是"后遗民时代"的一位有心人。

---

① 吴天任：《荔庄诗稿》，第 371 页。

后　记

从 2012 年踏入北大校门起，不管在生活还是在学习上，业师夏晓虹教授都给予我很多帮助、关怀、指导，有的是技术性的，有的是关乎为人处世、安身立命之本的。人谓夏师有侠女风范，此盖以善饮言，我的观察稍稍异乎是，"温润如玉"是我最深切的感受。2016 年夏，我以博士学位论文《身份认同与位置调适：历史图景里的清遗民》通过答辩，走出校门。博论的完成离不开夏师的悉心指导，诸多圈点批改之处，现在还记忆犹新。但应该说，限于学力、时间，这篇博论自己不很满意，所以走出校门后，会不时加以修改，但真正全身心投入修改工作，是 2022 年 8 月至 2023 年 6 月这接近一整年的时间。博论原先的框架基本保留，增删内容在一半以上，题名改为《末代士人的身份、角色与命运：清遗民文学研究》。不夸张地说，是重新体验了一遍博士学位论文写作。多亏了手中的国家社科基金青年项目（项目编号：19CZW051），我才得以购置、查阅或复印大量与清遗民有关的文献，来进行文稿的修改工作，并将其出版。

摩挲着手中的一校稿，回想起求学时的一个瞬间。那是 2014 年 12 月的某一天，为了查阅相关文献准备开题报告，我第一次进入校图书馆的学位论文收藏室。映入眼帘的是满架满架的学位论文，伫立其中，既感到渺小，又感到悲壮。多少才智、多少心血，化此干瘪数纸。像尸解，也像蝉蜕。这就是我当时的感觉，很震撼。我想，之所以图书馆其他阅览室没带给我这种震撼，很大程度上是因为书有质感，很好看，装帧各异，书架周边也有络绎往来的读者。学位论文收藏室不一样，阴森、肃穆，架上论文又差不多长一个样，重重叠叠，无面目可识。往那一站，仿佛就看到了自己的命运。

跨出校门、踏入学术圈后，发现当初不经意的感受竟像是现代学者处境的隐喻：在一个很小的世界里，或者说在一个孤岛上，玩着自己的圈子游戏。但我毫不怀疑，我们的工作是有意义的。事实上，这方面我是个无可救药的乐观主义者。学术旨在求真，也可以求善。每个时代都有不同的诱惑、困难、挑战或难以抗拒的压力，心中之火不灭、行其所是就是最好的回应。

中国社会科学院近代史研究所的马忠文先生写过不少清遗民方面的文章，我自己因特殊机缘很早就认识他。投入修改工作之初，我曾将博论送马先生处请教。马先生读完文稿，热心推荐给了社会科学文献出版社历史学分社的总编辑宋荣欣女士。宋老师安排审读之后，慨然接纳，且拟收入"大有"丛书。没有他们两位的奖饰、鼓励或支持，接下来的大半年时间，我大概很难如此心无旁骛地投身修改工作。作为本书的责编，陈肖寒先生订讹匡谬，尤其付出了艰辛劳动。在此向他们三位由衷致谢！当然，书中错误肯定还有不少，那都是本人学养所致，恳请读者批评、指正。

2023 年 10 月 9 日

图书在版编目（CIP）数据

末代士人的身份、角色与命运：清遗民文学研究／
潘静如著. —— 北京：社会科学文献出版社，2024.4
（大有）
ISBN 978 - 7 - 5228 - 2857 - 2

Ⅰ.①末…　Ⅱ.①潘…　Ⅲ.①中国文学 - 近代文学 -
文学研究　Ⅳ.①I206.5

中国国家版本馆 CIP 数据核字（2023）第 225396 号

大有
末代士人的身份、角色与命运：清遗民文学研究

著　　者／潘静如

出 版 人／冀祥德
责任编辑／陈肖寒
文稿编辑／徐　花
责任印制／王京美

出　　版／社会科学文献出版社·历史学分社（010）59367256
　　　　　　地址：北京市北三环中路甲 29 号院华龙大厦　邮编：100029
　　　　　　网址：www.ssap.com.cn
发　　行／社会科学文献出版社（010）59367028
印　　装／三河市东方印刷有限公司

规　　格／开　本：889mm × 1194mm　1/32
　　　　　　印　张：13.875　字　数：322 千字
版　　次／2024 年 4 月第 1 版　2024 年 4 月第 1 次印刷
书　　号／ISBN 978 - 7 - 5228 - 2857 - 2
定　　价／89.00 元

读者服务电话：4008918866